増山実

百年の藍《あい》

100 Years of Indigo

小学館

百年の藍

目次

装画　金子幸代
装幀　bookwall

第一章　夢二と青い虹

一九二三年（大正十二年）
八月三十一日

1

鶴来《つるぎ》恭蔵《きょうぞう》は蒼天《そうてん》にかかる虹を見上げて、ため息をついた。

午後三時ごろから降り出した夕立は浅草の空を白鼠《しろねずみ》色に塗り込め、食い物屋や芝居小屋の軒下に逃げ込んだ人々は三十分も経たぬうちに広がった晴れ間をふり仰ぎながら再び往来に出た。

恭蔵はちょうど日本館という小屋でアメリカの活動写真を観た後に夕立に遭った。軒下に座る売り子から五銭でラムネを買い、今観たばかりの西部劇のカウボーイが大仰に二丁拳銃を構えている絵看板や、目の前の大池の蓮《はす》の間を鯉《こい》が銀色の鱗《うろこ》を光らせて跳ねているのを眺めているうちにさっと雨は上がり、虹に出くわしたのだ。

なんて大きな虹なのだろう。もっと近くであの虹を見たい。

恭蔵の目の前には凌雲閣《りょううんかく》があった。

凌雲閣。別名、浅草十二階。

長岡の豪商が明治の半ばに私財を投げ打って浅草六区の外れに建てたという、東京一、いや日本一の高さの煉瓦塔《れんがとう》だ。

三日前に東京へ出て来て以来、その威容が恭蔵の視界に入らない日はなかった。郷里にいた頃から雑誌の写真や挿絵で何度も目にしていたが、実際にその前に立つと、てっぺんに唐人の帽子のような屋根を載せて八角形のずんどうな図体《ずうたい》を大池に映してゆらめかせているその姿は、建物というよりも子供の頃母から聞いた巨人の妖怪に見えた。

十二階建てのてっぺんは展望台になっていることは知っていた。しかし、登ってみたい、と思ったのは今日が初めてだった。

たしか、この塔には、エレヴェーターなるものがあるはずだ。

エレヴェーターとは電動式の昇降機で、階段を上らずして建物の上階まで行ける文明の利器だ。気管支が弱い恭蔵にとって、それはありがたかった。

石門をくぐった先にある入り口で六銭の入場料を払った。もらったテケツには仰々しい文字で「江湖の諸君、暇のある毎《ごと》にこの高塔の雲の中に一日の快を得給え」と書かれている。テケツをズボンのポケットに押し込み、エレヴェーターの前まで行くと貼紙があった。

〝故障中に附《つき》、階段のご利用をお願い奉り候〟

恭蔵は逡巡《しゅんじゅん》した。すでにテケツは買ってしまった。払い戻してもらおうか。

いや。たとえ十二階までは無理でも、階段で上がれるところまで上がればいい。外から見た限り、諸国の物産を並べた勧工場《かんこうば》があるという途中の階にも大きな窓があった。そこからでも虹は見えるだろう。エレヴェーターに背を向け、脇の薄暗い螺旋《らせん》階段の手すりに恭蔵は手をかけた。握った手にぐっと力を入れ、ゆっくりと足を持ち上げた。

そうしてなんとか三階と四階の途中までは上がったが、案の定、息が切れて立ち尽くし、挙句その場にへたり込んだ。

「あんちゃん、どうしたい？　気分が悪いのかい」

下から声がした。張りのある声だ。豆絞りのハチマキを頭に巻いた若い男が見上げている。

恭蔵は小さく咳《せ》き込みながら首を振った。

「い、息が、上がってしもうて……」

「まったく、日本で初めての電動エレヴェーターがウリだってえのに、こう故障続きじゃあ、しょうがねえやな。あんちゃん、上までおぶってやらあ。俺の背中に乗んな」

男は恭蔵の前まで駆け上がり、しゃがんで背中を向けた。

「いや、それは……」

「遠慮は無用だあね。俺を誰だと思ってんだ。この浅草じゃあ、ちったぁ知られた韋駄天《いだてん》の政次《まさじ》たぁ、俺のことさ。俥《くるま》に人を乗せて毎日、五里、十里と走ってんだ。あんたを十二階まで運ぶぐらい、わけねえさ。心配すんなって。駄賃くすねようなんてセコい了見で言ってんじゃねえ。さあ、乗んな」

「か、かたじけねえです」

恭蔵は政次と名乗る男の背中に身体を任せた。

目の前ににゅっと政次の掌が伸びた。

「この飴玉《あめだま》でもしゃぶってな。飴玉が口ん中で溶けてなくなる頃に、十二階に着いてらあ」

恭蔵が飴玉を口に放り込んだと同時に身体が浮いた。政次がトントントンと調子良く階段を駆け上がる。

五階まで上がったところで、政次が声をかけた。

「あんちゃん、暇だったら、壁の美人の写真でも眺めてな」

「美人の写真？」

恭蔵は壁をにらんだ。薄汚れた壁があるだけだった。

「凌雲閣の階段の名物と言やあ、『東京百花美人鏡』さ。東京じゅうの花街から集めた選《よ》りすぐりの芸者たちの写真だあね」

政次の肩がリズミカルに揺れた。

「誰だって十二階まで歩いて登るのは嫌だあね。そこで考えたのが美人の写真てわけさ。美人の写真がわんさか壁に貼ってありゃあ、それに釣られて客は上まで登ってくるだろうって算段さ。それで結構客足が伸びたってんだからまったく、男ってのはどうしょうもねえ生き物さ。てっぺんまで登っても、生身のいい女が待ってるわけでもねえのによ」

恭蔵は目をこすった。やはり美人の写真など見えない。

「美人の写真って……、どこにも……」

「見えなきゃ、頭の中で想像しな」

政次がこともなげに言う。

「美人の写真の展示はよ、凌雲閣の開業以来、ずっと続いてたんだが、四、五年前にやめちまったんだ。ただ俺の頭の中にゃあ、飾ってた美人の顔と名前が、全部入ってる。俺が名前を読み上げてやるから、あんちゃんは頭の中で美人の顔を想像しな。こういうときに頭使わねえでいつ使うんだ。そら行くぜ。まずは新橋、吉田屋のやまと、中村屋のころく、田中屋のまる、新松屋のこたつ、伊東屋のこふみ、喜久屋のこふさ、近江屋のとんこ……柳橋は三河屋のおかね、駒屋のりゅう……吉原は、なを、に、かめこ、に、みつ、よしこ……ほら、言ってる間にもう、六階だ」

恭蔵は東京に来て、これほど他人から言葉を投げかけられたことは初めてだった。生来が見知らぬ人と話すのが苦手で、どうしても話さざるを得ない時はかなりの努力を要した。それに輪をかけて、初めて東京駅に着いたとき、勇気を振り絞って「浅草はどこですか」と駅前の通行人に尋ねたら、「自分で調べな」と冷たい言葉が返ってきた。ここに住む人は自分が生まれ育った故郷の人と全然違うと思い知った。以来、恭蔵はこの街で貝のように閉じこもった。すぐにでも郷里に帰りたくなったが、目的を果たすまでは帰れないと思い直し、今日に至ったのだ。

「……赤坂の、よしの、に、みづき……で、ちょうど、百人。あんちゃん、着いたぜ」

政次の張りのある声が、がらんどうの回り階段にこだました。

これまでとは違う明るい光線がさっと視界に入る。

「ほうら。ここが、浅草十二階のてっぺんだ」

口の中の飴玉がいつの間にかなくなっていた。

政次の背中から下りた恭蔵は、欄干に駆け寄った。

浅草の街が眼下に広がった。

はあああ、と恭蔵は身体の栓から空気が漏れたような声を上げた。

あれほど大きいと思っていた大池がひとまたぎできそうな水たまりに見える。池の縁を通行人が蛆《うじ》のように蠢《うごめ》いている。

そして、虹だ。

虹は南天に弓をかけていた。虹の向こうには海が見え、きらきらと銀の波を煌《きら》めかせている。弓の端を目で追うと富士山がまるで虹から飛び跳ねた水滴のように白い孤影を描いていた。

「あんちゃん、この虹を、見たかったのかい」

恭蔵は両眼《りょうめ》に虹を映して大きくうなずいた。

「俺ぁなあ、自慢じゃねえが、毎日一度はこの十二階に登ってるんだ。お上りさんでもあるめえにって、仲間たちはこの塔に登るやつをバカにするけどよ、俺は高ぇところから毎日走ってるこの街を眺めるのが好きなんだ。見てみろよ。あれは上野、これは隅田川、遠くに見える魚の鱗みてえな屋根は、築地の本願寺だ。もっと先にゃあ品川の海だ。あっちにゃ多摩の山、丹沢の山。その向こうには富士山だ。五里、十里つったって、地上に突っ立ってりゃ大した距離に思えるが、鳥になった気分で、こうして上から眺めてみりゃあ、どうって距離じゃねえ。世の中は、もっとずっとずっと先までつながってんだ。気の遠くなるほど、ずっと向こうまでな。そう思うとなんだかでっけえ気持ちになって、自然と俥を引く足が軽くなるってもんだ。そんな心持ちになれるんなら、入場料の六銭なんざ安いもんよ。そうして今日も登ってみたんだが、ここからこんなでっけえ虹を見たのは、今日が初めてだ」

そうして遠い目をしてつぶやいた。

「美人よりも、よっぽどいい眺めだ」

気持ちのいい笑顔だった。恭蔵も微笑《ほほえ》んだ。東京へ来て笑ったのは初めてだった。

政次が目線を下に移した。

「今日は月の終わりで給料日だから、いつもより人出が多いな。見てみなよ。地べたを歩いてる、あの豆粒みてえな人間たちを」

恭蔵も下を覗《のぞ》き込んだ。

擦ったマッチ棒の先のような人間の頭がいくつも見えた。その間で川面を漂う花びらのように流れているのは女たちが差している日傘だろう。

恭蔵と政次は誰にともなく手を振った。

「人間てなぁ、ちっぽけなもんだよな。あんなちっぽけな人間が、毎日ああだこうだと一日の心配をしながら生きてんだよなあ。そんな心配ごとなんざ、お天道さんの側から見りゃあ吹けば飛ぶよな芥子《からし》の種みてえなもんだってことも、ここに登ってみりゃあ、ようくわかる。それに比べりゃ、あの虹のデカさはどうだい」

政次は再び目線を上げて背筋を伸ばした。

ちぢこまっていた恭蔵の胸がゆっくりとひらいていく。

「あ、あの……」

恭蔵は傍《そば》の男に声をかけた。

「俥屋さん」

「政次って呼んでくんな」

「政次さん」

「なんでえ」

「お礼がしてえんですが……」

「礼なんか要らねえって言っただろ」

「そんなら、俥の客として……」

「客？　おう、客なら話は別だ。どこまで行きてえんだ」

「……浅草」

「浅草？　ふざけんなよ。浅草はここじゃねえか」

「で、ですけえ、一時間分の俥代を払いますけえ、ちぃと相談に乗ってもらえんじゃろうか」

「相談？」

政次は掌で顎を撫《な》ぜた。

「面倒な話は御免だが、まあ、乗りかかった舟だ。聞いてやろうじゃねえか。相談てなぁ、いってえ、なんでえ」

2

「竹久夢二に会いてえ？」

凌雲閣十二階の欄干にもたれ、政次が片眉を上げた。

雨上がりの束《つか》の間《ま》の涼風が高楼の隙間を駆け抜けた。

東京は眼下の陽炎《かげろう》の中にゆらめいている。

「知っとりますか？」

「知ってるも何も、竹久夢二と言やあ、今じゃ飛ぶ鳥落とす勢いの、美人画で有名な画家さんじゃねえか。そんな大先生に会いてえってのは、一体、どうしてでえ？」

政次は澄んだ目で恭蔵を見つめている。

恭蔵は背負っていた風呂敷包みの中から雑誌をつかみだした。

「わしが中学の時に読んどった文芸誌です。いっつも持ち歩いとります。わしの宝物です」

「宝物？」

「この雑誌に、わしが描いた絵が載っとります」

「ほう」と政次は興味の色を目に浮かべた。

恭蔵は舌で指を濡《ぬ》らして頁《ページ》を繰る。

「この絵です」

政次は手渡された雑誌を、目に近づけたり離したり目をしばつかせたりしながらしばらく眺めていた。

「あんちゃんよ、俺は、絵のことは、からっきしわかんねえんだが、これは、あんちゃんが実際に目で見たことを描いたのか、頭ん中のことを想像で描いたのか、どっちでえ」

「想像です。この絵の二人は恋人同士じゃけんど、わしにゃあこれまで、そねぇな人はおらんじゃったですから」

「ふうん。それにしちゃあ、ずいぶんと色っぽく描けてるな」

「頭を使いました」

恭蔵はさっきの階段で政次に言われた言葉を思い出して答えた。政次はからからと笑った。

「この雑誌で、草画の募集企画があって、応募したら、わしのが載ったんです」

「ソウガって、何でえ」

「ソウは草です。地面に生えとる草です。地面に生えとる草のような絵。コマ絵とも言います。雑誌の記事の空いたところに入れる、埋め草のような絵です」

ふうん、と政次は興味なさそうに応え、

「それで、その話と、竹久夢二と、どういう関係があるんでえ」

「わしのこの絵を選んでくりょうたんが、夢二先生じゃったんです。夢二先生が審査員じゃったんです。ですけえ、わしはこの雑誌に応募したんです」

「夢二センセイが、この絵を？」

「ええ。自分の描いた絵が載っとるのを見たとき、それこそ、天にも昇る気持ちじゃったです」

恭蔵が目を輝かせた。

「それだけじゃねえです。審査員じゃった夢二先生が、講評をくださったんです。ほら、ここに載っとります」

「俺は字が読めねえんだ。読んでくれや」

「〝リンゴの樹《き》の下の男女の表情が実に好《よ》い〟」

「それだけか」

「ええ。けど、わしは嬉しゅうて嬉しゅうて、大袈裟《おおげさ》じゃのうて、その日に百ぺん以上は読み返しました。すぐに発行元の春陽堂あてに、夢二先生へお礼の手紙を出しました、返事は来んじゃったけど」

「それはいつの話でえ」

「六年前、十三の時の話です」

「ずいぶん前の話じゃねえか」

政次が眉を寄せた。

「で、今になって夢二センセイに会いてえってのは、どういう了見だい？　そんなずいぶん前の話の礼を言いたいってことかい」

「わしは、夢二先生の、書生になりてえんです」

「ショセイ？」

「わしは、夢二先生の絵が好きで……。下働き、雑用、とにかく何でもええけえ、夢二先生のもとで、働きてえんです。ずっとそう思うとりましたが、決心がつかんままでした。じゃけど、その思いが、どうしても抑えきれんじゃった」

「で、いきなり東京へ来たってわけかい」

「出版社にも夢二先生あての手紙を何べんか出しました。じゃけど、そんなもん、実際に夢二先生に届いとるかどうか、わからんです。なんとか直接、夢二先生に手紙を届けたいと住所を尋ねたこともあったですけんど、教えてはもらえんじゃったです」

恭蔵は一気に喋《しゃべ》った。こんなにも言葉が流れ出るのが自分でも不思議だった。

恭蔵には、幼い頃から見知らぬ人と会話する時、緊張すると一切言葉が出てこなくなる癖があり、しばしば悩まされた。吃《ども》る、というのではない。頭の中が一瞬真っ白になって、言葉自体が浮かんでこないのだ。

しかし、政次の前では不思議なほど言葉が流れ出た。政次の背中の温かさが恭蔵の胸と腹にはまだ残っている。

「で、思い余って、夢二センセイに会いに東京くんだりまで出てきたってわけだな。会いてえ理由は判《わか》った。けど、なんで、それを俺に頼むんでえ」

「この雑誌の表紙です」

恭蔵は表紙の画《え》を指差した。

「表紙を夢二先生が描いとるんです。この、逆立ちしとる少女は、サーカスの少女じゃろうと思います。それに、こちらは、踊り子。東京でサーカスの少女や踊り子がおるといえば、浅草じゃねえですか。それぐらいのこと、田舎におってもわかります。夢二先生は、きっと浅草が好きに違いない。浅草に行きゃあ、夢二先生に会える。そう思うて、来たんです」

「ずいぶん無鉄砲だねえ」

政次は袂《たもと》から敷島を取り出して火をつけ、欄干の向こうに身体を向けてふうと煙を吐いた。

「そうして東京に来て、今までどうしてたんだ」

「三日間、浅草を歩きました。夢二先生のお顔は雑誌に写真が載っとったけえ、知っとりました。見かけりゃあ、必ずわかります。けど、浅草じゅうを毎日歩いても、夢二先生には会えんじゃった。それで、この街で俥引きをしている政次さんなら、何か知っとるんじゃねえか、と」

「あんちゃん」

政次はぐっと顔を恭蔵に近づけた。

「無鉄砲なようでいて、存外、勘どころはわかってんな。図星だよ。その街のことを知るにゃあ、俥引きに訊《き》くのが一番さ。仲間内にゃあ、警察の手先になってタレコミしちゃあ小遣い稼いでる輩《やから》もごまんといるさ。もっとも俺は、そういうのは性に合わねえ。吠える犬と警察はでえ嫌《きれ》えなんだ。ただ、この街に出入りする人間を誰よりも知ってる自信はあるぜ。あんちゃんが知りてえっていう、夢二センセイも、この街で何度も見かけてるさ。俺の俥に乗せたこともある」

「ほんまですか！」

「ああ。一ぺんきりだが、話したこともある」

「なんて？」

「相手が誰だかわかっていても、こちらから話しかけちゃあいけねえってのがこの商売の不文律だ。ましてや相手が有名なお方ならなおのことだ。そいでもって俺が夢二センセイを乗せて黙々と俥を引いて走ってたと思いねえ。と、そん時だ。突然、夢二センセイの方から声をかけてくれたんだ。僕も東京へ出て来たばかりの若い頃は、生活費を稼ぐために、この浅草で俥を引いていたんだよって」

「えっ、夢二先生が、俥引きしとったんですか」

「そうよ。存外、あの人も若い頃は苦労してんだ。働いてた俥屋の元締めの屋号まで教えてくれてさ。それでまたびっくりよ。俺の俥の元締めと同じだったんだ。そんなこったから、俺も、いつもよりは、気が緩んだんだろうな。こちらから夢二センセイに話しかけたんだよ。浅草には、よくお見えになりますねって。そうしたら」

　恭蔵は政次の言葉に身を乗り出した。

「そうしたらさ、こう言ったんだ。江川一座の玉乗りが好きで、もう何年も通ってるって」

「江川一座の玉乗り？」

「そうだ」

「ど、どこで演《や》っとるんですか」

「大盛館だよ」

「大盛館?」

「玉乗りの常打ち小屋さ。江川一座が毎日出てる。この雑誌の逆立ちしている少女も、大方、江川一座の玉乗り娘だろうよ。ただし、俺が夢二センセイからその話を聞いたのは、もう何年も前だ。今はどうだかわからねえが、もし先生が浅草にいるとすればあそこだ。行ってみな」

「あ、ありがとうございます！　で、その大盛館はどこにあるんですか」

「三日も浅草ほっつき歩いてて、大盛館の場所も知らねえのか」

政次の眉がへの字に曲がった。

「ほら、こっからすぐ真下を覗いてみな」

政次が塔の真下を見下ろして指をさした。

「あそこに、屋上で洗濯物を干してる女が見えるだろう」

恭蔵も覗き込んだ。屋上の洗濯物の間を、踊り子だろうか、襦袢《じゆばん》を着た女が行き来しているのが見えた。

「凌雲閣の前の道をまっすぐ行ってすぐ右手だ」

「ありがとうございます。こ、これ、俥代です。どうか、受け取ってくだせえ」

「一歩も走っちゃいねえが、ありがたくもらっとくよ。ちょうど、新しい地下足袋《じかたび》が欲しいと思ってたところだ。今履いてるのが、ずいぶんくたびれてきたんでな」

政次は左脚をあげて地下足袋の裏を見せた。

「見たところ、丸五《まるご》の地下足袋ですね」

「丸五？」

「岡山で地下足袋を製造しとる会社です。人力車のタイヤを足袋の足裏につけることを思いついて、大成功しよりました。今じゃあ、俥夫の履きょうる地下足袋のほとんどは、丸五の地下足袋です」

「あんちゃん、えらく詳しいじゃねえか。なんでそんなに詳しいんだ」

「故郷が、岡山ですけえ。わしの実家も、岡山で足袋を作って売っとります」

「なんでえ。あんたんとこも足袋、作ってんのか」

「岡山は足袋の一大産地ですけえ」

「ずいぶん儲《もう》かんだろ？」

恭蔵は首を横に振った。

「今はなんとか保《も》っとりますけど、足袋業界はもう先細りです」

「何言ってんでえ。この浅草十二階にも、でっけえ、福助の看板が掛かってるじゃねえか。儲かってなきゃ、あんな看板、掛けられるわきゃねえやな」

「うちは地道に、昔ながらの足袋を作って売っとるだけじゃけん。福助とは比べもんにならんです。それに、明治の世が大正に変わってからこっち、みんなますます洋装になって、靴を履く人が増えとりますけえ。これからは足袋よりも、靴下を履く世の中になりよります」

「それで夢二先生の書生になって画家になろうって算段か」

「画家になろうなんて大それたことは考えとりません」

「絵が好きなんだろう？」

「はい」

「だったら」

「画家になんかなれっこねえんです」

「おいおい、さっきまでの勢いはどこ行ったんでえ？」

政次が声の調子を上げた。

「やる前から、何を弱気なこと言ってんだ。やってみなきゃ、わかんねえじゃねえか」

「いいや。わかるんじゃ」

「どうしてでえ？」

恭蔵は唇をかんでうつむいた。言おうかどうか逡巡した。

しかしやがて意を決したように顔を上げ、欄干の向こうの虹に目を向けた。

「あの虹の色」

「虹の色が、どうした」

「何色に見えますか」

「何色に見えますかって、分かりきったこと聞くんじゃねえよ。虹ってのは昔から七色と決まってるじゃねえか。赤だろ、橙《だいだい》だろ、黄色、緑、青、紫……。あれ？　ひとつ、足んねえな。赤、橙、黄色、緑、青、紫……」

政次は指を折りながら、何度も色を数えていく。

「やっぱりひとつ足りねえや。あと、もうひとつは……」

「藍です」

「ああ、藍か」

政次は合点がいったようにうなずいた。

「そうか。違《ちげ》えねえや。言われてみりゃあ、たしかに青と紫の間にもう一色、あらぁね。それにしてもあんちゃん、目がいいねぇ。七色、くっきりと見えるんだねぇ」

「見えてるじゃねえか、ちゃあんと七色」

「いいえ、わからねえんです」

恭蔵はゆっくりとかぶりを振った。

「見えてねえんです」

「いや、だけどよ、あんちゃん、さっき……」

「見えとるのは、青、藍、黄。それから、ほかの色」

「ほかの色？」

「強いて言うたら、茶色ちゅうか、ぼんやりとした色」

「どういうこってえ？」

「わしには、赤と、緑の色がようわからんのです。明るいとか暗いとか、濃いとか淡いとかはわかります。じゃけど、色の違いは、ようわからんのです。生まれつきそうでした。『あお』だけがすげえ綺麗《きれい》に見えて、いろんな『あお』の区別はつきます。あとは……」

恭蔵はまた唇を噛《か》んだ。

「そんなわしに、まともな絵が描けるわけがねえ……画家になんか……」

「ちょっと待ちねえ。けど、あんちゃん、さっき夢二センセイの絵が好きだって言ったじゃねえか。そうだろう？　夢二センセイの絵にゃ、いっぱい色がついてるじゃねえか。俺は絵のことなんか、とんとわかんねえが、それでも、夢二センセイの絵は知ってるぜ。夢二と言やあ、赤だとか緑だとか、綺麗な色使いの美人画で有名なお方だろう、あんちゃんは、それが……」

「ええ。わからねえんです。みんなと同じには見えてねえんです」

恭蔵は自嘲気味に笑った。

「さっき政次さんが言うたように、夢二先生の絵は、色使いが素晴らしいと世間の人はみんな言います。特に夢二先生の描く赤や緑が印象的じゃと褒めよります。世間の人が、口を揃《そろ》えてみんなそう言うんじゃけえ、きっとそうなんじゃろう。せやけどわしにゃあ、わからん。わかりようがねえんです。じゃあけど、ひとつだけわかることがあるんです。色がわからんで、何がわかるんじゃ、と言われるかもしれんけど」

「教えてくれねえか。何がわかるんでぇ」

「夢二先生の絵は、『あお』がぼっけえ美しいんです。とりわけ、藍が」

「藍……」

「ええ。わしは……夢二先生の書生になるために東京に出てきたんじゃけど、たとえ夢二先生の書生になりたいちゅう願いが叶《かな》わんでも、もし、一目でも先生にお会いできたんなら、そのとき、そのことだけは、伝えてえと思うとります」

　政次はしばらく黙っていたが、やがて口を開いた。

「あんちゃんが、夢二センセイに会えることを祈ってるよ」

　ありがとうございます、と恭蔵は深く頭を下げた。

「今から、大盛館に行ってきます」

「そうしねえ。よし、下までおぶってやらあ」

「ありがとうございます。お言葉だけありがたく頂戴します。登るのはキツいんですが、降りるのは、ゆっくりならなんとか自分で行けますけえ」

「そうかい。じゃあ、気をつけてな。俺はもうちょぃと、ここで油を売ってから帰《けえ》るわ。この十二階に居りゃあ、たまぁに、どこかのもの好きの大尽《だいじん》が腹掛けに股引《ももひき》姿の俺を見つけて、『おお、俥屋さん、ちょうどよかった。今、十二階から品川の海に浮かぶ帆掛け船を見てるうちに、間近で海が見たくなったところだ。品川までやってくんな』なんて一発、長距離の客に出くわすことがあるんでな。人間、見晴らしのいいとこに立って、でっけえ景色を見ると、気もデカくなるんだよ」

「幸運を祈ります。わしも今日、ここまで登ってきて、ほんまによかったと思うとります。ご恩は、ずっと忘れませんけえ」

恭蔵は深々と頭を下げて、踵《きびす》を返した。

「おい、ちょっと待ちねえ」

回り階段に続く出口に向かった恭蔵を政次が呼び止めた。

恭蔵が足を止めて振り返る。

「あんちゃん、赤や緑はわからねえらしいが、色のついてない絵は描けるんだろう」

「は、はい」

恭蔵はうなずいた。

「だったら、俺からもひとつ、あんたにお願いさせてくんな」

「何でしょうか」

「簡単なのでいい。俺のツラを、紙に一枚描いてくんねえか」

「お安い御用ですよ。似顔絵は得意です」

恭蔵は風呂敷包みから鉛筆とスケッチブックを取り出し、政次に向き直った。

よく見ればかなりのいい男だ。

「できるだけ男前に描いてくんねえ」

政次は歯並びのいい白い歯を見せて笑った。

「最近、入り浸ってる、十二階下の惚《ほ》れた女にくれてやるんだから」

恭蔵は笑顔で筆を走らせる。

着慣らして幾分脱色した政次の藍染の腹掛けが、八月の終わりの陽《ひ》を受けて鮮やかに光ったのを恭蔵は見逃さなかった。

3

階をひとつ下るたびに休みながら、やっとのことで地上までおりると、石門の向こうから浅草の喧騒《けんそう》が恭蔵の耳に飛び込んできた。

闊歩《かつぽ》する群衆たちの下駄の音。物売りの声。新聞売り子の鈴。大道芸を披露する男の掛け声。巡査の警笛。凌雲閣に登る前に吹いていた雨上がりの涼風はすでになく、むわっとした真夏の空気が恭蔵の肌にまとわりつく。虹はすっかり消えていた。

石門の前の大池に沿って居並ぶのが劇場街だ。一番手前の建物には浅草国技館という大きな看板が掛かり、その先を行くと、並びの中でもひときわ派手な幟《のぼり》がはためいている小屋が見えた。政次に教えてもらった大盛館だった。

恭蔵は三階建ての建物を見上げた。

一番上には歴代の玉乗り名人の顔写真が並んでいる。その下には、曲芸を披露する踊り子たちの看板絵が何枚か飾られていた。その中には、恭蔵が雑誌の表紙で見た、夢二が描いた踊り子に似た絵があった。

この劇場の木戸を、あの竹久夢二がくぐっている。そう思うだけで恭蔵の胸は高鳴り、眩暈《めまい》にも似た恍惚《こうこつ》が全身を包んだ。

恭蔵は入場料の三銭を払って木戸をくぐった。

客席は五分ぐらいの入りだった。恭蔵は一階の真ん中から少し前の席に座る。薄暗い客席の向こうの、そこだけが妙に明るい舞台の上では、肉付きのいい女が仰向《あおむ》けに寝そべり、足の裏で大きな樽《たる》を回していた。

もしかしたらさっき凌雲閣のてっぺんから見えた、洗濯物を干していた女かもしれない。

樽の腹に描かれた大きな菱形《ひしがた》の模様が、女の足の裏で走馬灯のようにくるくるくると回った。その動きに見とれていると、突然女が樽を空中に蹴り上げた。観客たちはあっと声を上げた。恭蔵も声を上げた。

宙高くから落下する樽を女の足の裏がピタリと受け止めた瞬間、大きな拍手が起こった。樽を受け止めた女の足は真っ白い足袋を履いていた。その足袋の白が妙に眩《まぶ》しく見える。恭蔵にはそれが誇らしかった。

女が一礼して舞台から去ると、続いて登場したのはまだ十代前半と思《おぼ》しき三人の少女だった。少女たちは玉乗りの芸を披露した。

恭蔵は客席を見渡した。

この中に竹久夢二はいるだろうか。いない、と恭蔵は直感で悟った。

前の客は後ろ姿しか見えないから確かめようはない。しかしもしそこにいるのが竹久夢二なら、彼は必ず紙に鉛筆を走らせているはずだと思った。

そんな客は一人もいなかった。

恭蔵は風呂敷包みからスケッチブックと鉛筆を取り出して、女たちの動きをスケッチした。筆は恭蔵自身が驚くほどよく走った。白い紙に躍動する線が形を成して行く。夢二のことさえ忘れて恭蔵はスケッチに没頭した。

舞台とスケッチブックに向き合い、ふと壁に掛かる柱時計を見ると、入ってからもう二時間近くが過ぎていた。

夢二には会えなかった。

明日また来ればいい、と恭蔵はむしろ清々《すがすが》しい気持ちでスケッチブックを閉じて席を立ち、客席の戸を押して外に出た。

「君、絵を描くのかね」

後ろから声をかけられた。

振り返った恭蔵の足が竦《すく》んだ。

白生成《しろきな》りの浴衣《ゆかた》に藍鼠の帯。緩やかに流したやや長めの黒い髪と、浅黒い肌の色。幾分垂れた目尻とまっすぐな鼻筋。意思が感じられるきりっとした口元。

竹久夢二だった。


「岡山から、僕に会いに来た、と?」

賽《さい》の目に切った寒天が銀の容器の中でつるんと揺れた。

小さなフォークで器用に突き刺した寒天を夢二は口元に運ぶ。

凌雲閣から花屋敷の裏に入った甘味屋で恭蔵は夢二と向かい合っていた。

はい、と恭蔵はかすれた声でうなずいた。

「いつ来たんだね」

「三日前です」

「どうして、浅草に、僕がいると?」

「夢二先生の描いた雑誌の表紙を見て……」

自分は、今、竹久夢二と話している。何度も夢想した光景だった。しかしいつもその夢想の中にひととき遊んで現実に戻ったとき、必ず大きな不安が恭蔵を苛《さいな》んだ。もし本当に竹久夢二に会えたとして、きっとその時は、彼の前で、石のように固まって何も喋れなくなる。これまで恭蔵を失敗に導いてきた数えきれないほどの辛《つら》い体験から、それは十分にあり得るどころか、必ずそうなると考える方が自然だった。それでも会いたいと決心して東京に出てきたのは、まさか本当に会えるはずはないと心のどこかで思っていたからのような気もする。夢想の中に生きてきた。しかし、夢想は現実とつながっていた。奇跡が起きた。そして彼の前で言葉が滑らかに出てくることは、竹久夢二に会えた以上に奇跡のように思えた。

夢なら醒《さ》めるな。恭蔵は祈りつつ言葉を継いだ。

「それで、きっと先生は、浅草が好きなんじゃろう、と思うて……」

夢二はただ微笑んでいる。

話し続けなければならない。話すのをやめた途端、目の前の光景が一瞬にして消えてなくなり、自分は岡山の故郷の二階の布団の上で寝ているのに気づくような気がした。

「あのう、わし……僕は」

「わし、でいいよ」

夢二の目尻が下がった。

「ひさしぶりに聞く岡山弁が懐かしいんだ」

「……わしは、まず、夢二先生に、一言、お礼を言いとうて……」

「何のお礼だね」

「中学の時、夢二先生が審査員を務めてらっしゃった『中學世界』の草画コンテストに、応募したことがありました。それが掲載されて、先生から講評をいただいて……」

「ほう。どんな絵だね」

「今、持っとります」

恭蔵はまた風呂敷包みを解いてその雑誌の頁を繰った。指が震えた。

夢二は差し出された雑誌を手にとって、じっと眺めていた。

「申し訳ないが、覚えてないな。しかし、なかなかいい絵だ」

恭蔵は目の前の夢二に褒められたことで、かえって居心地が悪くなった。嬉しいというよりも何か自分がひどくあつかましいことをしているような気がして、ありがとうございます、と言ったあと、うつむいた。

しかしすぐに顔を上げた。

話し続けなければならない。

「わしは、この掲載誌をずっと宝物にして持っとります。ほんまは、それだけで十分幸せなことじゃというのはわかっとります。じゃけんど、わしは、思い切って出版社に手紙を出して訊いたんです。夢二先生にどうしても一言お礼を言いたいんで住所を教えてくだせえと。そしたら葉書で一言だけの返事が来よりました。夢二先生には、住所がありませんのでお教えすることができませんと」

夢二は苦笑した。

「そういう手紙はよく来るからね。おそらくは編集部が遠回しに君を門前払いしたんだろうが、その返事はまんざら嘘でもない。僕はいつも旅に出て宿帳に住所を書かされるときに、はたと困るんだよ。自分の住所はどこなんだ。昨日まで居たところが住所なのか、今、居るところが住所なのか、明日泊まるところが住所なのか。いつもそうして、根無し草のようにさすらっているからね」

夢二が居場所を転々としていることは恭蔵も薄々知っていた。愛する女を追いかけ、あるいは追いかけられ、そのたびに居場所を変える。ひところは京都に住んでいたはずだ。それも女との逃避行の末だったという噂を何かの雑誌で読んだことがある。そんな噂をどこか尾ひれのついた作り話めいたものとして受け取っていたが、こうして面と向かって対峙《たいじ》してみると、すべて納得できた。この人には人を惹《ひ》きつける不思議な魅力がある。しかしそれは近づくとまたその先に遠のいて見える、夏の逃げ水のような魅力だ。だからこそ追いかけたくなる。男の自分でさえそう感じる。現にこうして六年越しの思いを風呂敷包みに詰めて東京まで追いかけて来た。

「しかしまあ、それでも君はこうして僕に会えたんだから、君も相当に運が強いね。実のところ、僕が今日浅草に来たのは、久々なんだ。ふっと江川座の玉乗りが見たくなってね」

夢二は黒蜜豆を口に頬張った。

「じっと見てないで、君も食べなさい」

恭蔵は慌てて自分の器の中の黒蜜豆をスプーンですくった。

「浅草は、好きな街だよ」

僕が喋るから、君はしばらく食べてなさい、と言って夢二は続けた。

「今はもう、街から離れて、女の絵ばかり描いている。ある時期から、街が自分からずいぶん遠いもののように思えてきたんだ。それがなぜだか分からない。女の絵ばかり描いているのは、世間の要求に応えなきゃならないという事情もあるにはある。しかしそれでも、いや、それだからこそ、というべきか、あるとき、ふっとこの街の空気がたまらなく恋しくなることがあるんだ。今日みたいにね」

夢二は横目で硝子《ガラス》窓の向こうの道ゆく人を眺めた。

売り物のたくさんの風船を手に持った老人が横切った。

「スケッチをするのに、こんなにいい街はない。人間を描くのに最も好い場所だ。姿の好い人がたくさんいる。人間の業《ごう》やら善と悪やら、愛憎が、この街には渦巻いている。猥雑《わいざつ》で混沌《こんとん》とした中に、生のたしかな力を感じるんだ。浅草を歩いていると、いつもスケッチブックがたった一日で五冊も六冊もいっぱいになった。中でも、大盛館は好きな場所だ。ドガが踊り子を一所懸命スケッチした気持ちが、ここに来ると僕にはよくわかるんだ」

夢二の目に光が宿った。恭蔵に語っているというより、自分自身に語っているかのようだった。

そして唐突に恭蔵の顔を見つめた。

「で、君はなぜ、大盛館に僕がいると？」

「凌雲閣で知り合うた俥屋さんが教えてくれたんです」

ほう、俥屋が、と夢二が感心した顔を見せた。

「僕も、東京へ出てきたばかりの頃、浅草で俥夫をしていたことがあるんだよ」

「はい、政次さん……、俥屋さんもそう言うてました」

懐かしいな、と夢二はまた目尻を下げた。

「ところで僕の郷里は邑久《おく》郡の本庄《ほんじょう》村だが、君はどこなんだね？」

「倉敷の児島《こじま》です」

「ほう、児島か」

「つまらんところです」

「住んでいる時はみんな、そう思うんだよ。僕だって、十六歳で村を出るまでは、こんなところ早く出て行きたいって思ってた。それで叔父のいる神戸の中学校に入学したんだ。都会のエキゾチズムに憧れてね。神戸はいい街でね。異人館のある坂やメリケン波止場なんかをよく散策したよ。もう二度と故郷へなんか帰るものかと思ったね。ところが東京へ出てきた今では、あの故郷が懐かしくてたまらないよ」

夢二が遠くを見つめるように目を細めた。

「土塀のぬくもり、柿の木。椿《つばき》の花。ゆるやかな小径《こみち》の先には牛窓《うしまど》の港が見えてね。夕暮れどき、なだらかな山の端に真っ赤な陽が沈むと、常夜灯にぽっと明かりがともるんだ。白壁には、夕陽の名残がまだほんのりと残っててね。懐かしい。そして、どこかもの寂しい。そんな風景だ」

今、夢二が言った風景を、恭蔵も見たことがある。それは夢二が描く画に、たびたび出てくる風景だった。

「実家の二階の勉強部屋の窓からは、街道が見えた。どこからかやってきた神楽《かぐら》や人形遣いや旅芸人たちが歩いてるんだ。旅から旅へと移動する彼らを見るのが幼い頃から好きだった。彼らはどこからやってきて、どこへ行くんだろう、と思いながらね。今から考えると、あの時に見た風景が、僕を故郷から離れさせたのかもしれない」

夢二の故郷の邑久郡の本庄村と恭蔵の故郷の倉敷の児島とは、三十キロばかり離れている。旅芸人たちは夢二の生家から見える街道を歩いて、自分の故郷にもやってきたかもしれない、と恭蔵は思った。児島は江戸時代に新田干拓で開かれた街だが、金毘羅《こんぴら》参りの旅人たちが立ち寄る港町として栄えて、芝居小屋も多く立ち並ぶ芸事の盛んな街だった。

夢二が訊いた。

「実家は何を？」

「足袋屋です」

「児島の辺りは繊維業が盛んだからね。君は長男ではないのかね？」

「いえ、長男です」

「商売を継がなくていいのかね？」

「わしは、商売は、からきしダメで……。子供の頃から身体も弱うて、人付き合いも苦手で……。

他にもいろいろと事情があって、家の商売は、三歳上の姉が、養子縁組して、継いだ。

「そうか」と夢二はまたしばらく硝子窓の向こうを眺めたあと、言葉を継いだ。

「僕の家は、造り酒屋でね。上に兄が居たんだが、僕が生まれる前の年に死んでしまって、僕が実質上の長男だった。けど僕は、子供の頃から家の商売を継ぐ気は、からきしなくてね、絵ばかり描いていた。絵なんか大嫌いな親父に、何度絵具や筆を取り上げられたことか。そんなことより実業を身につけろってね。それでも、僕は、絵を描くことをやめなかった。やめられなかったんだ。絵を描く以外は、何にもできないんだから。絵を描いているときだけが、自分が自分であるような気がしたから」

不意に恭蔵の心の中の堰《せき》が切れた。両眼から涙が溢《あふ》れた。

袖で拭っても拭っても溢れ出て、伏せた目からこぼれた雫《しずく》が木の卓を濡らした。

「何をそんなに泣いてるんだい？」

恭蔵は言葉が出ない。ただうつむいていることしかできなかった。

それからあとは何も言葉を継がず、夢二は恭蔵が泣き止むのをじっと待っているかのようだった。恭蔵の嗚咽《おえつ》がようやく収まった頃、夢二が口を開いた。

「で、君は僕を訪ねて、これから、どうするつもりだね？」

それは突然やってきた。

書生に、してください。そのひと言を今、目の前にいる人に伝えるために、はるばる東京までやって来た。

なのに、言葉が出ない……。

全身から汗が噴き出す。顔が歪《ゆが》んでいるのが自分でもわかる。恭蔵は首を垂れて両掌《りょうて》を強く握った。

「画家に、なりたいのかね？」

助け舟を出したのは夢二だった。

「いえ」

恭蔵は反射的に首を振った。

金縛りにあった身体を全身の力を込めて動かそうとするかのように、恭蔵はやっとのことで言葉を振り絞った。

「……画家には……なれっこねえんです」

「どうしてだい？」

恭蔵はまたその先の言葉が出なかった。

「君はさっき、大盛館でスケッチしていただろう」

恭蔵はこくんとうなずいた。

「見せてくれないかね」

弾《はじ》かれたようにしてスケッチブックを夢二に差し出した。

夢二がゆっくりと頁を繰る。ふと指が止まる。しばらく眺めて、また頁を繰る。やがて頁をめくる指の動きが速くなる。夢二の指の動きと呼応するように、恭蔵の胸が早鐘を打った。

人に見せるために描いた絵ではない。心の赴くままに描いた絵だ。そんな、自分の恥部をさらけ出したような絵を、いま、夢二が見ている。恥ずかしくて逃げ出したくなった。

パタンとスケッチブックを閉じる音が聞こえた。

金魚売りの物憂げな声が硝子窓の向こうから聞こえた。

「なかなか、しっかりしている。いいスケッチだ」

恭蔵は顔を上げた。

「スケッチにこそ画家の最上のものが現れるんだよ。スケッチにこそ、画家の命が宿るんだ。描くということの心の震えが筆に乗るんだ」

逃げ出しそうになった気持ちはその場を駆け回りたいほどの気持ちに変わった。しかし駆けようとした足はすぐに心の中で躍動を止めて硬直した。言わなければならない。あのことを。

「けど……わしは……」

「なんだね？」

「……色が……」

恭蔵は言葉を絞り出した。

「……わからねえんです。人が、見えとるようには……」

夢二の瞳に昏《くら》い影が差した。

「どういうことだい？」

「赤や、緑が、全部、似たような色に見えます」

「似たような色？」

「区別がつかねえことが多いんです」

そこまで言うと恭蔵の言葉に加速がついた。

「さっき、夢二先生は、故郷の山並みに沈む真っ赤な夕陽の話をされましたね。それから、白壁に名残を残す夕陽の話。わしには、その本当の色がわかりません。椿の花の赤も、柿の実の橙もわかりません。草の葉の緑も。なんとなくの、コントラストの違いは、ようよう見ると、わかります。じゃけんど、みんなが見とるような色にはきっと見えとらんのです。ただ、赤は情熱的じゃ、情念の色じゃ、という認識はあります。緑が静かで安らぎの色じゃという認識も。全部、三つ上の姉が教えてくれました。けどそれは、皆が感じる赤や緑の概念を、頭で学習して、その色に当てはめとるだけなんです。草画コンテストに応募した、あのリンゴの樹の下の男女の絵も、リンゴの実の、赤い色を知らんと描いとるんです。偽りの絵です」

　夢二が訊いた。静かな声だった。

「君はそのことに、いつ気づいたんだね」

「子供の頃でした。桃の絵を画用紙に鉛筆で描いたんです。何の気なしに姉が持っとった絵の具を借りて、色を塗りました。そしたら、それを見た母親が、あんた、なんで桃をそんな灰色に塗っとるの、桃色の作り方も知らんの、黒と白を混ぜるんやない、赤と白を混ぜるんやで、ほら、やってみって、言うたんです。その時わしは、戸惑いました。わしには、桃は灰色みたいな色に見えとったんです。それで、母が気づいて……母は、泣きました」

　夢二は沈黙したまま話を聞いている。浅草の喧騒だけが二人の間を横切った。

「色の欠けた世界に、生きているのか」

　恭蔵はうなずいた。

「じゃけんど」

　反射的に発した恭蔵の声が大きくて前の席の客が何事かと振り返った。

　恭蔵は目をつむった。そして大きく息をひとつ吐いた。ゆっくりと目を開ける。そして、

「……あおは……」

　とつぶやいた。

「あお?」

「あおだけは、ぼっけぇ、ようわかるんです。それで……それで……」

　夢二の眼が自分を見据えている。

　また言葉に詰まる。全身から汗が噴き出す。

「慌てなくてもいいんだ。ゆっくり話せばいい」

「……それで、わしは、夢二先生の描く……あおが好きなんです。他の色がようわからんのじゃけえ、そんなこと、言えんじゃろうと、自分でもわかっとります。じゃけんど、わしは、夢二先生のあおが、好きなんです。わしは、夢二先生の、あおに、救われたんです」

夢二の眼に、これまでにない光が灯《とも》った。

「どういうことだい？　教えてくれないか」

その淡い光が竦みそうになる恭蔵の心を鎮ませた。

「僕に話そうと考えなくていい。自分の心に話すように、話したらいい」

心がゆっくりとひらかれた。

そこからは一気呵成《かせい》だった。

「わしは、人と会《お》うたり話したりするのが苦手じゃけえ、こまい時から、絵ばっかり描いとりました。中学に上がってからは、姉が読んでいた文芸誌の挿絵に興味を持って、藤村の『若菜集』やら与謝野晶子の『みだれ髪』なんかに載っている挿絵を、かたっぱしから写して描いて遊んどりました。そんな時に出会うたのが、夢二先生の『草絵募集』です。採用された上に、先生から講評をいただいて、わしは天にも昇る心地じゃったです。もうその頃は、自分には色がちゃんと見えとらんことがわかっとりました。じゃけんど、雑誌の二色刷りの色のない世界は、わしを安心させました。けど、そのうち、雑誌にも色刷りの絵が世の中にいっぱい出るようになって、わしは、どんどん自分が嫌になりました。中学でも、色がわからんちゅうことで、先生にはふざけて書くな、ちゅうて怒られるし、同級生からは、これは何色か言うてみい、言われてからかわれることが多なって……。学校に、行かんようになりました。家の二階の部屋に籠《こも》って……。ただ、ぼうっと、窓から見える風景を眺めとりました。親父には、この意気地なしが！　と毎日のようになじられました。最初は父に反抗する気持ちもあって、絵を描いてましたが、そのうち、絵も描かんようになりました。姉がそんなわしのことを気づこうてくれまして、時々はわしの部屋にやってきて、勉強を教えてくれたり、楽器を演奏してくれたり、歌を歌うてくれたりしよりました。

気ぃつくと、もう十九になってました。世間じゃ、もう大人じゃけんど、わしは、相変わらず……。そんな時でした。あれは忘れもしません。姉が、いつものように、わしの部屋にやってきて、歌を歌うてくれました。美しい歌じゃったです。今でもその歌詞を、はっきりと覚えとります」

楽の音　わがなやむとき
心をおとずれては
あたたかき　愛を充てつつ
清らかなる境に
わが身をともないぬ

そこまで歌って恭蔵は顔を赤らめた。

「すみません、こんなところで歌って」

「かまわんよ。店の中で歌うやつなんかこの街にはいくらでもいる。話を続けてくれ」

「わしは、姉の歌うその歌に、心の底から感激しました。ただ、その題名を知りませんでした。わしは姉に訊きました。シューベルトの『楽に寄す』という歌じゃ、と姉は、手に持った楽譜の表紙を見せて教えてくれました。『セノオ楽譜』の、表紙です。

その表紙の絵を見たとき、ついさっき姉が歌ってくれた歌が、わしの耳にまた聞こえてきました。歌で感じた世界が、その絵の中に、そっくりそのままありました。闇の海の中を、帆船が走る絵です。昏い絵です。じゃけんど、どこか、その絵には心が安らぐところがありました。夜の絵じゃけんど、絵の中に切り取られた夜空と海の『あお』には、なんとも言えん不思議な明るさがありました。光を孕《はら》んでいるように見えました。じっと見とると、その秘密がわかりました。夜空と海を覆う闇の色が、まったくの闇じゃのうて、その中に、ほんのかすかじゃけんど、藍を含んどるんです。闇の中の藍が、夜空と海の『あお』を、引き立てとるんです。その絵は」

「僕が描いた絵だ」

夢二が答えた。

「はい。わしは、夢二先生が描いたその絵に心を奪われました。なんて豊かな絵なんじゃと。『あお』だけで、こんな豊かな世界が表現できるなんて。わしは姉に頼みました。夢二先生が描いたセノオ楽譜の表紙が他にもあったら見せてほしい、と。姉は自分の部屋に戻って、何冊も抱えてきました。すべて、夢二先生の絵でした。そして、そこにはやっぱり、『あお』の世界がありました。例えば、シューマンの『月の夜』の楽譜の表紙です。白い月が川の流れの中に溶け込むさまを、幾つもの『あお』と白のコントラストだけで表現しとりました。天と地が溶け合っとるさまも、『あお』と白の世界だけで表しとりました。夢二先生の描く『あお』は、どこか哀しい『あお』です。じゃけんど、決して沈み込まん、光を孕んだ『あお』です。そして、夢二先生が描く『あお』からは、いっつも、音楽が聞こえてきよるんです」

気がつくと夢二は、目を瞑ったまま恭蔵の言葉を聞いている。

恭蔵は話し続けた。

「それまでは、夢二先生の描く絵の中の、赤や緑がわしにゃあわからんちゅうことが恐ろしゅうて仕方ねえじゃった。じゃけん、いつしか夢二先生の描く絵からも離れるようになりました。気がついたら、自分が生きとるこの『世界』そのものからも、わしは逃げとりました。じゃけんど、その日、夢二先生の『あお』に出会うたときに、思うたんです。わしは、赤や緑が見えんけえ、夢二先生の描くこの『あお』の秘密に気づけたんじゃなかろうか。そう気づいたとき、わしの心の中で、澱《おり》のように溜まって固まっとった何かが、ゆうくりと溶け出しました。そして、わしは、それまでは怖《こお》うて怖《こお》うて出られんかった『世界』に、また出ていけるようになったんです。わしは、夢二先生の『あお』に救われたんじゃ、と。もし先生にお会いできたら、そのことを、一番に伝えたかったんです」

夢二の閉じていた目が開いた。

「君の眼に、世界がどんなふうに見えているのか、僕には正直、よくわからない。けれど」

夢二の大きな眼が恭蔵を捉えた。

「すべての色が見えている人が、本当の世界を感じ取れているかは、疑問だよ。むしろ、すべての色が見えている人が、何かを見誤っている、ということもあるかもしれない」

恭蔵には夢二の言葉の意味がわからなかった。ただ、今まで自分の中に閉じ込められていた何かがひらかれたような気がした。

「これは、僕の想像だが、たとえば、大昔、君が仲間と狩りに出たとしよう。獲物は森の中に隠れている。あるいは、君たちを襲おうとしている獣が森の中に隠れている。獲物も敵も、森の色と同じでその姿を見分けることができない。ところが君には、森の色そのものが仲間と同じように見えていない。しかし、見えていないからこそ、君はそこに潜む、獲物や敵の姿を色に惑わされることなく明暗や輪郭で見つけることができる。そんなことが起こる可能性はないかね」

恭蔵は言葉が出ず、ただ大きく目を見開いた。

「それは、美の感覚についても、言えると思うよ。僕は常々、美しいと思われるものを、日常を覆う常識に照らして美しいと考えることは間違っていると思ってるんだ。たとえば、太陽の色だ。霧の多い春先の太陽は、青磁の花瓶より青いことがあるんだ」

恭蔵はさらに大きく目を見張った。

そんな太陽を、たしかに恭蔵も見た覚えがあるのだ。

その時初めて、恭蔵は夢二と心が通じ合った気がした。

「『あお』は、好きな色だよ」

夢二がつぶやいた。

「僕の母親の家は、本庄村の紺屋《こうや》（染物屋）だったんだ。子供の頃、母の里に帰ると、母屋の隣に藍染の小屋があってね、いつもそこで遊んでいた。糸巻きの真似事《まねごと》をしたり、藍甕《あいがめ》の中の藍をかき混ぜてみたりね。茶色くゴツゴツした木の枝から、どうしてあんな鮮やかな色が生まれるのか、子供心に不思議で仕方なかった」

夢二は遠くを眺めるように目を細めた。

「ほんまですか」

恭蔵の声が店内に響いた。店の客の何人かが振り向いたが、もう恭蔵は頓着しなかった。

「わしの母の里も、阿波《あわ》で紺屋をやっとります」

「ほう。そうかい」

夢二と通じるところがまたひとつ見つかった。恭蔵の心は大きく弾んだ。

「『あお』は、きっと我々日本人にとっては、原始の色なんだよ。遠い遠い我々の祖先が、吸い込まれそうな高い空を仰いだとき、えも言えぬ気持ちになった。生き延びる上では関係のない、不思議な感情だ。彼はそこで絶句してもよかったはずだ。しかし彼は、なんとかその気持ちを表現しようとした。その気持ちを自分以外の誰かと共有したかったんだ。そして彼は、その時の自分の情感になるべく近い音で、『ア、マー』と叫んだ。それが『天』となった。それと同じように、どこまでも果てしない空の青を見て、彼は、『ア、オー』と叫んだ。もっとも発音しやすい、原始的な言葉でね。『あお』は、そんな色だよ。僕にはそんなふうに思えるんだ」

そうかもしれない、と恭蔵は思った。

「ところで、画家になれないと悟った君が、どうして僕のところに来たんだい？　お礼を言いに来ただけかい？」

「書生に、してください」

今度はすんなりと言葉が出たことに恭蔵は驚いた。

「あお」のことを夢二に伝えられたことで、背負っていたものが肩から降りた。そんな気がした。もう喉を遮るものは何もなかった。

「東京で、夢二さんのもとで、働きてえんです。なんでもやります。どうか、わしを、夢二先生のもとに置いてくだせえ」

夢二は苦笑した。

「なんだか君を見ていると、まるで十七で上京してきた自分を見ているようだよ。東京へ行こう。それ以外に自分を救う道はない。あの時の僕も、頑《かたく》なにそう信じていた。それで、なんとしても『白馬会《はくばかい》』や『明星《みょうじょう》』のサークルに近づいて、絵や詩を見てもらうチャンスを摑《つか》もうとしていた頃の僕をね。ただ、そう思いながら実際にやっていたのは、その日の生活費を稼ぐための、新聞配達や牛乳配達、そして俥夫だ。毎日、俥夫のいる俥宿で寝起きしてね。日銭はその日の食費に全部消えたよ。夜は泥のように眠ってね。これでは思いは叶わない、と、絶望しかけたとき、僕を書生として自宅に住まわせてくれる人が現れたんだ。そこから、僕の人生が拓《ひら》けた」

そして、夢二は言った。

「君は、さっき、僕の描く『あお』からは、音楽が聞こえる、と言ったね」

夢二の言葉に恭蔵は大きくうなずいた。

「どうやら君と僕は、同じものを見ている。いや、聞いているようだ」

夢二はわずかに身を乗り出し、恭蔵に顔を近づけた。

「今、僕は、仲間たちと一緒に、図案社を作ろうと思ってるんだ」

「図案社？」

「僕はこれまで、日常生活に芸術を取り入れたいとずっと思ってきた。展覧会に飾られる一枚のタブローより、新聞や雑誌に複製される図案の方がはるかに大衆にアピールできる。いわば生活美術だ。僕の出発点がそこだった。そして今も、そう考えている。もう十年ばかり前になるが、日本橋の呉服町に港屋って名前の絵草紙店を出したことがある」

港屋のことは恭蔵も雑誌でその評判を伝え聞いていた。ちょうど、自分が草絵を投稿した頃の話だ。

「あれも同じ気持ちで始めたことだった。その店はいろいろとあって、途中でやる気を失《な》くして随分前に閉めてしまったけど、今度は本気だ。僕は日本でまだ誰もやっていない仕事を本格的に展開しようと思ってるんだ。そう思うに至ったきっかけは、さっき君も言った、セノオ楽譜の表紙の仕事だよ。あの仕事で手応えをつかんだんだ。君があの仕事を褒めてくれて、僕はとても嬉しいよ。そこで、君さえ良ければなんだが、僕が今やろうとしているこの仕事を、君に手伝ってもらえはしないだろうか」

恭蔵は全身の血が全て逆流して顔面に集まったような気がした。

「ほ、ほんまですか」

声がうわずった。

「印刷所の後ろ盾もある。本所緑町三丁目にある金谷印刷所だ。あとは、船を漕《こ》ぎ出すだけだ」

夢二は恭蔵の目を見据えて言った。

「名前は『どんたく図案社』だ。どんたくはオランダ語で日曜日という意味だ。まるで日曜日の市場のような、気取りのない、庶民の生活感情に根ざした美術の砦《とりで》だよ」

美術の砦。夢二の言葉が恭蔵の心を震わせた。

「図案だけじゃない。文案も請け負う。そのほかやることはいっぱいある。君は、君ができる仕事をやってくれれば、それでいい。いや、そんな言い方は君に失礼だな。君にしか見えない世界があるように、君にしかできない仕事が、きっとあるはずだ。どうだね。僕の仕事を助けてはくれないかね」

恭蔵は反射的に頭を下げ、目の前の卓に両掌と額をつけた。

「お願いします」

「よし。決まった。どんたく図案社の住所は渋谷の宇田川町三一番だ。ちょうど明日からは九月だ。キリがいい。明日、訪ねてきてくれ。竹の看板が出ているからすぐわかる。まずは君の仕事を一緒に考えようじゃないか」

恭蔵はもう一度頭を下げた。

今日、我が身に起こったことが信じられなかった。ふと、昼間、凌雲閣で出会った政次という俥夫を思い出した。恭蔵は心の中で政次に深々と頭を下げた。

店を出ると浅草の街はすでに夕暮れに包まれていた。路地の脇の泥溝《どぶ》に沿って歩くと大池の前に出た。池の端の柳の葉が風に揺れている。

ぶおんぶおんと、腹の底に響くような音が聞こえてくる。池に潜んでいる蛙《かえる》たちの鳴き声だ。

「蛙の声か」

夢二がつぶやいた。

「僕は、いつも女の乳房を見ると、蛙を思い出すんだよ。幼い頃、岡山の郷里の田んぼで摑まえた、蛙の白い肌をね」

突然出てきた夢二の「女の乳房」という言葉に、恭蔵はたじろいだ。恭蔵は母親以外の大人の女の乳房をまだ一度も見たことはなかった。

「もっとも、今、鳴いているのは、最近アメリカから食用でやってきた蛙たちだな。誰かが酔狂でこの池に放したんだろう。どうも、あの鳴き方が、日本的ではないねえ、アメリカの女も、あんな感じか」

夢二は笑った。恭蔵には答えようがなかった。

「いつか海を越えて、アメリカにも行ってみたいんだ。僕の絵はね、アメリカでも通用する気がするんだ。もう何年も前だが、京都で展覧会をやったとき、ボストンの博物館長だったかが、ずいぶん気に入ってくれて絵を買ってくれたことがあった。その人が外国行きを勧めてくれたんだが、なんだかその時は気乗りがしなくてね。せっかくの機会を逃したよ。新しく始めるどんたく図案社が、足がかりになればいいんだがな」

そんな日が来ればいい、と恭蔵も思った。

「君はどこに泊まっているのかね」

「浅草公園のベンチです」

「そうか。かつての僕の住所だよ」

夢二は笑った。

「じゃあ、明日な」

夢二は池の端に佇《たたず》んでいた俥夫に声をかけた。

「ちょっと遠いが、行ってくれるかい」

へい、と俥夫が答える。

「宇田川町まで」

行き先を告げてから、

「恭蔵くん」

と夢二は俥の中から声をかけた。

「アメリカの『あお』は、どんな『あお』だろうな」

俥夫が梶棒《かじぼう》を上げて走り出した。

俥は劇場が並ぶ道をまっすぐに進み、あっという間に雑踏の中に消えた。

恭蔵は空を見上げた。

昼間に登った凌雲閣の窓ごとに、アーク電灯の光が揺れていた。

夕闇に浮かぶその姿はどこか作り物めいた美しさを湛《たた》え、白い陶磁の皿を半分に割ったような半月が中天に浮いていた。今日一日に起こったことすべてが、まるで芝居の書き割りの中での出来事のように思いながら、恭蔵はそのてっぺんの火かげをいつまでも見つめていた。

第二章　瓦解の青

一九二三年（大正十二年）
九月一日

1

どこかで鳥が鳴いている。恭蔵は目を覚まし身を起こした。

東の空は草原に咲く菫《すみれ》のような色に染まっていた。恭蔵は夜から朝の間の、世界がゆっくりと呼吸を始めるこの時間が好きだった。それは瞬《まばた》きをすれば過ぎ去るほどの刹那だったが、この世で「あお」が最も美しく見える瞬間だった。故郷でいつも見ていた「あお」が東京の空にもあることを知り恭蔵は目を細めた。

背中が微《かす》かに痛いのは昨夜寝床にしたベンチの硬い木のせいだが、その痛みも四日目となるとずいぶん慣れてきた。故郷の児島にもどこからか流れ着いた浮浪者はいた。彼らに対して憧れの気持ちなど微塵《みじん》もなく、あんな生活はずいぶん苦労も多かろうと他人事《ひとごと》のように思っていたが、いざ自分が空の下で寝てみると案外心地よい。真面目に家で寝起きして働いている者が馬鹿にさえ見えてくる。わずか三日ばかり真似事をしたぐらいで偉そうなことを言うなと本筋の浮浪者からは叱られそうだ。もちろん彼らとて、どうにも行きどころがなくなって仕方なく浮浪者に身を堕《お》としているというのが大半だろうが、存外この心地よさから抜け出せなくなって続けている輩も多いのではないかと恭蔵は思った。

目の前のひょうたん池も、夜の活動写真館のけばけばしい装飾電燈に染まっていた水面はうそのように消えて今は静謐《せいひつ》な「あお」を映している。その池の端に人影が見えた。上半身素っ裸でフンドシ姿の男だ。あいつもきっと浮浪者だ。何をしているのだろうと眺めていると、男は池の中にずぶずぶと入り込み、腰まで浸かったあたりで水の中に頭から飛び込んだ。しばらく浮かんでこなかったが、やがて亀のようにぷかっと頭を出し、泳いでいるのか歩いているのかこちらの岸に向かってゆっくりと移動を始めた。上半身が露《あら》わになると、男の両手には巨鯉が抱えられていた。

池から上がった男は恭蔵のいるベンチへずんずんと近づいてきた。

恭蔵は身構えた。

「おい」と男は抱いていた鯉を池端にポンと投げ捨てて恭蔵に声をかけた。

裸の上半身と顔は垢《あか》だろうか、まるで漆のような鈍い光沢を放っている。生え放題の髪は池の水に濡れてワカメのように肩に垂れ下がっている。糸くずのような細い目は片方が腫れていて完全に塞がっていた。閉じていない目には微かな光があった。明らかに浮浪者だが、体格はいい。

「おめえ、これまで見かけん顔だが。最近、ここらでよう見るな」

開いた口からは歯が二、三本しか見えなかった。

恭蔵はイヤな予感がした。強請《ゆす》られる。直感でそう思った。

故郷にいた時に何かの雑誌で読んだことがある。浅草の乞食が出てくる読み物だった。浅草寺の境内にいる乞食には隅田川の橋の下を根城とする元締めの乞食の親分がいて、彼らはその親分に「地代」として月々の上がりからいくばくかの金を払って乞食業を営んでいる。そんな話だ。界隈《かいわい》の浮浪者にも同じような掟《おきて》というかナワバリのようなものがあって、新参者の自分はその領分を侵している。男はそのことにいちゃもんをつけて強請ろうとしているのではないか。きっとそうに違いない。

「あ、あの……すみません」

恭蔵はとりあえず謝ることにした。

「勝手に、こんなとこで寝てしもうて……」

「何を謝ってんだ。お天道様はみんなのもんだ。どこで寝ようと勝手じゃねえか」

男が歯茎をむき出しにして笑った。やはり歯は先ほど見えた二、三本だけだった。

「しかし、もうすぐ、ひと雨、来るぜ。気をつけな」

男は東の空を見上げてから、池端に置いた鯉を拾って去って行った。

恭蔵は安堵《あんど》した。そして同時に、つい先ほどまで自分が抱いていた浮浪者に対する考えを恥じた。浮浪者が気楽などとよく言えたものだ。乞食であろうと浮浪者であろうと食っていかねばならない。故郷で読んだあの雑誌には彼らがどのように食うための努力をしているかが書かれていた。純然と乞食をする者がいる。食堂から出る残飯を漁《あさ》る者がいる。誰かが池に投げ入れた鯉の餌の麩《ふ》を掬《すく》い、鯉の上前をはねて食う者もいる。多少腕に覚えがあれば大道芸や怪しげなものを売る者がいる。そのサクラをする者もいる。猫取りをする老人もいる。孤児の真似をして文房具を売る子供がいる。自分はそんな努力を何もせず、ただ数日、この浅草のベンチで寝ていただけのことだ。そうして浮浪者に声をかけられただけで、金を強請られるのではないかと怯《おび》える始末だ。

恭蔵は懐に手を当てた。

財布には、まだ数円、入っている。故郷を出奔する時に持って出た金だ。

今日からは、夢二先生のもとで働ける。昨日、先生は、午後の遅くに、宇田川町の「どんたく図案社」を訪ねて来い、と言った。夢のような話だ。いやあれは本当に夢だったのではないか。しかし、夢にしては鮮やかすぎる。今度はズボンのポケットに手を入れる。

凌雲閣へ登る六銭の入場券が出てきた。

恭蔵は政次のことを思い出した。

そうだ。昨日、自分は、たしかにあの凌雲閣に登り、夢二先生の居どころの情報を彼に教えてもらった。その時に礼を渡した。心ばかりの額だ。しかしその後、彼の情報で実際に夢二先生に会えたのだ。彼には感謝してもし切れないほどの恩がある。

残った金を、彼のために使おう。渋谷の宇田川町まで、彼の俥で行くのだ。

宇田川町まで、俥でいくらかかるかわからない。しかし恭蔵は故郷から持ってきた金を残らず彼に払うつもりだった。そうして無一文になって、自分は夢二先生のもとで、一から出直すのだ。それが自分の人生の新たな門出にふさわしい。

そう決断すると、恭蔵は何やらさっぱりとした気持ちになり、ぽんと両膝を打ってベンチを立った。

と、途端に恭蔵の顔に冷たいものが落ちた。

雨だ。男の言った通りだ。空はいつの間にか昨日の午後に見たような銀鼠色に変わり、ざっと雨が降ってきた。恭蔵は慌てて浅草寺の境内まで駆け、観音堂の縁の下に身を入れた。

そこにはすでに先客が何人かいた。いずれも浮浪者だ。

浮浪者たちは恭蔵をぎょろりと一瞥《いちべつ》しただけで何も言わなかった。

縁の下から見る世界は空のない世界だ。地面を打つ雨だけが見える。夜が明けたばかりの浅草寺に参拝客の足は見えず、歩いているのは野良犬だけだった。野良犬が見る世界は今、恭蔵が縁の下から見ているような世界だろう。恭蔵は自分も野良犬になった気分で所在なく身を縮めて雨が止むのを待った。どこかで虫がふぃりりりりと鳴いている。虫の音と大屋根を打つ雨の音を聞くうちに瞼《まぶた》が重くなり、微睡《まどろ》みの中に落ちた。

蟬《せみ》の鳴き声で恭蔵は目を覚ました。地面は白く光っている。すでに雨は上がっていた。

ガラガラと音がして、恭蔵は縁の下から顔を出した。観音堂の傍にある社務所の戸が開いたのだった。そこに大きく「みくじ」の看板が見えた。縁の下から這《は》い出た恭蔵は気まぐれにひとつ引いてみることにした。一銭を集金箱に入れ、みくじ箱を振る。箱の穴から棒が顔を出す。八十八と出た。末広がりか。縁起がいい。ずらりと並んだ棚から八十八と記された引き出しを探し、みくじ紙を一枚取り出す。みくじ紙には、こうあった。

凶

願望　叶わず
健康　障りあり
商売　後になれば益あり
縁談　整わず
待人　たよりなし
方位　西に吉
金運　悪し
争事　多くは負けなり
旅行　大災難あるべし　控えよ

走人　つれあるべし

恭蔵はため息を漏らした。

散々ではないか。

全体運の「凶」でまず滅入《めい》ったが、それ以上に気になったのは、個別の項目だ。

願望は叶わず、健康は障りあり、縁談は整わない。待ち人はたよりなく、金運は悪く、争い事の多くは負ける。いくらか良いことが書いてあるのは、「商売」の「後になれば益あり」ぐらいだ。恭蔵は信心深い方ではなかったが、それでも何か言われると気になるのが人情だ。さっさと木の枝にくくりつけて立ち去ろうと、みくじ紙を折りたたんだ。

とその時、恭蔵の心にひっかかるものがあり、もう一度紙を開いた。

「走人」という項目がある。

これまでの人生でみくじは何度か引いたことはあるが、こんな項目は初めて見た。これはいったい何だ。

恭蔵は近くにいた白装束の神職に訊いてみた。

「あの、すみません。ここに書いてある、『走人』てえのは、何ですか？」

「ああ、『はしりびと』ね」

神職はなんなく答えた。

「あなたのもとからいなくなった人のことですよ」

「いなくなった人？」

「ええ。別れた人。どなたか、心当たりのある方でも？」

「おります。おります。まさに、『走る人』ですよ！」

神職は怪訝《けげん》な顔をして、みくじを覗き込んだ。

「で、なんと書いてます?」

「つれあるべし、と」

「ほう、それはよろしいですな」

「どういう意味です?」

「いなくなった人は、いずれあなたの前に現れて、一緒に誰かを連れてきたり、何か良いものを持ってきてくれる、という意味ですよ」

「つまりは、また会える、ちゅうことですね」

「そうです」

「ありがとうごぜえます。それを聞いて安心しました」

恭蔵は神職に深々とお辞儀して踵を返した。

「『凶』ですよ。木の枝には、くくりつけないんですか」

「ええ。ずっと持っとることにします。何か、これからのお守りになるような気がしますけん」

2

恭蔵はみくじを懐にしまい、浅草寺観音堂から西を目指した。みくじにそうあった。「西に吉あり」と。観音堂から西に歩けば、そこは、凌雲閣だ。昨日、政次と出会い、別れた場所だ。すでに起こったことを予想していたとするなら、このみくじは見事に的中している。これから起こることを予想しているとすれば、西に向かう価値は十分にある。

恭蔵は歩きながら昨日の政次との会話の中で、何か彼の居所がわかる手がかりはないか記憶を手繰り寄せていた。ひとつだけ、その手がかりに思い当たった。

昨日、政次に所望されて、似顔絵を書いてやった。その時、政次は言ったのだ。

「最近、入り浸ってる、十二階下の惚れた女にくれてやるんだから」

十二階下。恭蔵はその名を知っていた。

岡山の故郷で読んだ文芸雑誌に、十二階下の名は淩雲閣と共にたびたび出てきた。

そこは淩雲閣のすぐ下に広がる区域のことだ。銘酒屋と呼ばれる、酒を供するという名目で、その実は客に身体を開く商売の女がいる店がひしめいているという。「私娼窟《ししょうくつ》」街だ。

そこに政次の「惚れた女」がいる。

政次は昨日、自分と別れたあと、あの絵を女のところに持って行ったのではないか。

そこで女と一緒に夜を明かした。政次は今、十二階下の、どこかにいる……。

すべては恭蔵の夢想である。しかし他に手がかりのない恭蔵にとって、夢想はいつしかもうそれ以外にあり得ないという確信に変わっていた。惚れた女と夜を明かした政次は、陽が昇りきった遅い朝、十二階下のどこかの店から、ひょっこりとあの人懐こい笑顔を見せるのではないか。

恭蔵は西に突き進んだ。

まだ午前中だというのに妙に蒸し暑い。そういえば数日前の台風が低気圧になって北陸の日本海あたりに居座っている、と、昨日、道端で拾った新聞に書いてあった。夜明け直後の雨も、今、恭蔵の頰を撫ぜる生温かい南風もそのせいだろう。

風に乗ってがるるがるると奇妙な音が聞こえてきた。獣が吠えているのだ。花屋敷の遊園地の檻《おり》の中にいる獣に違いない。花屋敷はもともと江戸時代の千駄木《せんだぎ》の植木屋が始めた花園で、茶を飲みながら花木を愛《め》でるような風情のある場所だったらしいが、明治の世になってからは象だとか熊だとか虎だとか豹《ひょう》だとか南国の珍鳥だとかを集めて随分人気らしい。恭蔵には聞こえてきた咆哮《ほうこう》がなにか不吉を知らせる警笛のような気がして足早に通り過ぎた。

花屋敷を過ぎると、そこが十二階下の路地街だ。

街はしんと静まり返っていた。

通りに人の姿は見えない。浅草に初めて来た日に境内で観た、のぞきからくりの中の作り物の街のように見えた。女たちと昨晩泊まった男たちはまだ眠りの中だろう。

路地の入り口から目に入るのは「銘酒あります」という張り紙と共に「亀遊」だとか「房遊亭」だとかの屋号の入った軒行燈《のきあんどん》だ。恭蔵は行燈の林の中に足を踏み入れた。

どの店も道端に打ち捨てられたマッチ箱のように粗末だ。細い木や竹をはめられた格子の小窓には簾《すだれ》がおろされ、中は見えない。「水菓子」と書かれた腰高障子の先が、くの字に折れ曲がっている。「路地ぬけられます」の張り紙の先は左右に道が分かれている。思いつきで左に曲がるとまた蛇のようにうねうねと細い道が続き、うろうろしているうちに元の道に戻った。まるで迷宮だ。

どこかの店の二階から歌声が聞こえてきた。

おれは河原の枯れすすき
おなじおまえも枯れすすき
どうせふたりはこの世では
花の咲かない枯れすすき

最近よく耳にする歌だ。きっと流行《はや》っているのだろう。たしか題名は『船頭小唄』だ。

昨夜帰りそびれた客が女の部屋で歌っているのだろうか。もう若くはない老人の声のようにも聞こえた。揺れる舟の上でまどろみながらの寝言のようなのんびりとしたその歌声は、この世ならぬところから聞こえてくるような心地もして、この朝とこの場所にふさわしい気がした。歌声に導かれるように、恭蔵はさらに路地を奥へと入った。

「あんちゃん、どこか、探してるのかい」

声をかけてきたのは、「新聞縦覧所《じゅうらんしょ》」の看板がかかっている店の前にいる小柄な若い男だ。喜劇役者のエノケンのような大きな目でぎょろりと恭蔵を見た。目は黄色く濁っているが妙に精気がある。朝方にあの浮浪者が抱えていた巨鯉の目を恭蔵は思い出した。

「いや、別に……」

恭蔵は目を逸《そ》らしながらも、ちらと店の中をのぞいた。

台の上に新聞と、菓子や牛乳が置いてあるのが見えた。その脇に二階へと続く階段がある。

「寄っていくかい」

男は首を傾けて二階の方へ目をやった。

なるほど、ここもそういう店か。

恭蔵は首を横に振った。

男は表情も変えずに奥に引っ込んだ。

そうだ、と、恭蔵は自分がここへ来た理由を思い出し、店の中に入った。

「あのう」

「なんでえ？　その気がねえんだったらとっとと失《う》せな」

「人を探してるんですが」

「人？」

「はい」

「誰だい？」

「政次、っていう名の、俥引きなんです」

「俥引き？」

男の眉がへの字に曲がった。

「俥引きなら、雷門の方へ行きねえ。あるいは六区の劇場通りだ。ここはそういう場所じゃねえ」

「いや、あの、その政次って人は、『客』として、今、この、十二階下の、どこかにいるはずなんです」

「どこか？」

男の声には疑いと苛立《いらだ》ちがにじんでいる。

「店の名前もわからねえのか」

恭蔵はうなずいた。

「あんちゃん、ここに、女のいる店が、何軒あると思ってんだ。百はくだらねえぜ」

「すみません。何か、手がかりは……」

「うるせえ！」

男の目が血走った。

「てめえみてえな唐変木《とうへんぼく》を相手にしてるヒマはねえんだ！　とっとと失せろ！」

男は手に取った柄杓《ひしゃく》を傍の桶《おけ》に突っ込み、掬《すく》った水を恭蔵にぶっかけた。

野良犬のような扱いを受けて、恭蔵は店を離れた。

初めて東京に出てきた日、道を尋ねて「自分で探しな」と冷たく突き放されたことを思い出した。

そうだ。この街は、人に優しくない。

昨日出会った政次と夢二の優しさが、やはりすべては夢だったのではないか、と恭蔵は水で濡れた服を手で拭きながら思った。

この街でもう一度、政次を見つけなければ。そうしなければ、自分はあのひょうたん池の傍のベンチの上で眠りから覚め、すべてが夢だったと思い知らされる。

そんな気がして、恭蔵は何かに憑《つ》かれたように十二階下の路地の迷宮をひたすら彷徨《さまよ》い歩いた。

歩けば歩くほど街は夢の中の風景のように現実感をなくした。相変わらず人影はない。

路地の奥の板塀の傍にどぎつい色のひまわりの花がその大輪とは不釣り合いなほど細い茎に支えられて頼りなげにうつむいていた。そこに何か動くものが視界に入った。鞠《まり》が転がってきたのだった。その鞠を追いかけるようにおかっぱ頭の女の子が路地から姿を現した。

歳《とし》は七つか八つといったところか。少女は恭蔵を見るや大きな目を見開いて一瞬その場に立ち尽くし、転がるのをやめた鞠を拾うと大事そうに胸に抱いてさっと路地の奥へ姿を隠した。

恭蔵はまた歩き出した。首の後ろがじりじりと灼けるように熱い。汗が滴り落ちる。そうしてどれだけ歩いただろうか。気がつけば、いつの間にか厚い雲は去って陽がほぼ中天に上がっている。どこかで魚の焼く匂いがして、包丁をまな板に当てる音がした。もうすぐ昼時だ。

恭蔵は額から滴る汗を手で拭って空を見上げた。

路地の向こうから自分を見下ろしているものがある。凌雲閣だ。

そうか、と恭蔵にはある考えが浮かんだ。

政次は、今、あの凌雲閣の十二階にいるのかもしれない。

昨日、政次は言っていたではないか。

この十二階に居りゃあ、たまぁに、どこかのもの好きの大尽が腹掛けに股引姿の俺を見つけて、一発、長距離の客に出くわすことがある、と。そして、凌雲閣には、毎日登る、と。そうだ。政次に会うには、こんな迷宮のような十二階下をうろうろするより、凌雲閣に登った方が確実ではないか。なぜそれにもっと早く気づかなかったか。

今からでも遅くないかもしれない。凌雲閣に登るのだ。そして、昨日と同じあの場所でもう一度政次に会って、自分が彼にとっての長距離の客になるのだ。恭蔵は十二階まで上がる。政次が振り向く。恭蔵は笑顔で告げる。渋谷まで。竹久夢二のいるところまで。

夢想の中を彷徨う恭蔵の足元に、また鞠が転がってきた。

先ほど路地で出会った少女の持っていた鞠だ。路地を彷徨《ほうこう》しているうちに、いつの間にかあのどぎつい色のひまわりが咲いている路地の奥へ再び戻っていたのだった。恭蔵は鞠を拾って、あたりを見回し、少女の姿を探した。

誰もいない。蟬の声だけが鳴り響いていた。

鞠を板塀の下に置いて立ち去ろうとしたとき、路地の先から少女の姿が見えた。

一瞬、少女と目があった。

濁りのない白目に大きな黒目が浮かび揺れている。やや垂れた目にはあどけなさと力があった。

恭蔵は鞠を拾い、微笑みながら差し出した。

少女の目に怯えの表情が走った。

彼女は二、三歩、後ずさりしたと思うと踵を返して一目散に駆け出した。恭蔵は立ち尽くしたまま小さな背中を目で追った。

少女が路地の先を左に曲がろうとしたとき、彼女の身体がガタンと傾き、頭だけを残して消えた。恭蔵はあっと声をあげて駆け寄った。鞠が恭蔵の手元からこぼれて地面に跳ねた。

少女の身体は塀の脇の割れた溝板《どぶいた》に挟まれていた。慌てて逃げた際に腐った溝板を踏み抜いて落ちたのだろう。

恭蔵は少女の手をとって引き上げた。

少女は痛い痛いと泣いている。

足を挫《くじ》いているようだ。もしかしたら折れているかもしれない。

恭蔵は少女をおぶって歩きながら叫んだ。

「医者はおらんか！」

首をひねって背中の少女に聞いた。

「嬢ちゃん、家は？」

少女は泣きながら右手を伸ばして指差した。

指差した方向に顔を向ける。その先に凌雲閣が見えた。

そのときだった。

どんと大きな音がしたかと思うと、凌雲閣がぐらっとゆらめいた。

突如として目の前の街の輪郭がぶれた。身体が揺れている。いや、揺れているのは身体ではなく大地だった。揺れは一瞬収まったのち、足元が一層激しく上下にぐらついた。用水路脇の石のゴミ箱が目の前を滑った。軒先の行燈が落ち、屋根瓦が飛び立つ鳥の群れのように宙を舞って落ちてきた。電柱がバキバキと音を立ててなぎ倒された。

「地震だ！」

どこかで誰かが叫んだ。

恭蔵の身体は鍋の上で炒《い》られた豆のように弾かれ、うねる地面に顔を打ちつけながらおぶっている少女を後ろ手で支えた。

轟音《ごうおん》が耳をつんざいた。

その時、恭蔵は見た。

茶色い土埃《つちぼこり》の向こうにそびえ立つ凌雲閣の上部三分の二ほどが、まるで巨人の胴体がへし折られるように崩れ落ちたのだ。

展望台から豆粒のような人が振り落とされるのがたしかに見えた。

わあああっ！　と悲鳴のような叫び声があちこちからあがった。

夢だ。これこそ夢なのだ。凌雲閣が崩れ落ちるなんて、夢でなくて何なのだ。

黒煙が空に立ち込めた。焦げた匂いが鼻をつく。今まで無人だった路地のあちこちから人が飛び出してくる。男が頭から血を流して倒れている。屋根から滑り落ちた瓦が飛び出した男の頭を直撃したのだ。直後に目の前の四軒並びの長屋が土煙を上げて崩れ、路地に土埃が舞った。あちこちから炎があがった。

「おっかさん！　おっかさん！」

背中の少女が叫んだ。

「おっかさん？　おっかさんはどこじゃ！」

「ここ！　ここにいる！」

今まさに恭蔵の目前で崩れた三間間口の二階家を少女は指差している。

ひしゃげた軒先に「賀川」と書かれた行燈が倒れているのでここも銘酒屋だろう。

「おっかさんが、この中に……」

恭蔵は少女を背中から下ろし、ひしゃげた三間間口の隙間から中を覗き込んだ。

眼前に大きな梁《はり》が横たわってそれ以上中には入れない。

恭蔵は梁を持ち上げようとした。しかしいくら力を入れても持ち上がらない。

「おっかさん！　おっかさん！」

泣き叫ぶ少女の声が恭蔵の心を裂く。

「誰か！　力を貸してくだせえ！」

恭蔵は叫んだ。

「この中に、この子のおっかさんが閉じ込められとるんです！」

3

浅草公園の境内には避難してきた人たちが犇《ひし》めいていた。

花屋敷の方向から聞こえてくるのは獣たちの咆哮だ。咆哮は一つではなかった。

檻に入れられたあらゆる獣たちが吠えている。朝に前を通った時に聞いた咆哮とは明らかに違う。恐怖に慄《おのの》く啼《な》き声だ。

恭蔵は腹のなかを熱い棒でかき混ぜられているような心持ちになった。避難してきた人々も一様に不安の表情を浮かべている。

恭蔵は傍に横たわる少女を見た。泣き疲れたのか、眠りこけている。

少女の右足首が腫れている。やはり折れているに違いない。

恭蔵は後悔の念に苛まれた。

あの時、転がってきた鞠を、少女に差し出した。

善意のつもりだったが、それが彼女を怯えさせた。最初に会った時に、彼女は自分を見て、怯えて逃げ去ったではないか。この子は、他人が怖いのだ。大人が怖いのだ。

そう察して、そのままその場に鞠を置いて立ち去ればよかったのだ。

善人ぶってあんなことをしなければ、鞠を板塀の下に置いて立ち去れば彼女は逃げずに、腐った溝板を踏み抜かずに済んだ。足を怪我《けが》せずに済んだ。

ふっと少女の瞼が開き、恭蔵を見た。

「おっかさんは？」

「この中に、この子のおっかさんが閉じ込められとるんです！」

恭蔵の声に飛び出してきた男たち数人が加勢して、梁を持ち上げた。

わずかに開いた隙間から女の白い手が見えた。恭蔵が必死で手を伸ばすが届かない。

「どけっ！」

股引に腹掛け姿の男が飛び込んできた。男は手に持った鋸《のこぎり》で梁を切り落とした。

恭蔵が飛び込んで女の身体を引きずり出した。女は白目を剝《む》いて頭から血を流し、口から舌を垂らしていた。息は、もうなかった。

少女が女の身体に取りすがって泣いた。

恭蔵はその場に立ち尽くした。

「この子に、他に身寄りは？」

恭蔵の問いに、鋸を持ってきた男が首を横に振って呟《つぶや》いた。

「母ひとり、子ひとりで、この長屋の一階で客を取って暮らしてたんだ。二階に住んでた強欲な主人夫婦がへしゃげた二階の窓から一目散に逃げやがったのを俺はこの目で見たんだ。自分たちがうまいもん食ったり酒を飲むために散々食い物にしたこの子の母親を置き去りにしてよ。あんまりひでえじゃねえか。この子は、本当の天涯孤独になっちまったよ」

誰かが大声で叫んだ。

「火の手が上がったぞ！　ここは危ない！　逃げろ！」

それから少女をおぶって浅草公園の境内まで逃げてきた。

母が死んだことを、少女は知っているはずだった。

しかし眠りから目覚めた少女は、恭蔵に聞いたのだ。

「おっかさんは？　おっかさんは、どこ？」

恭蔵はゆっくりと首を横に振った。

少女の目に怒りの色が滲《にじ》んだ。

「おっかさんを返して！　おっかさんを返してよ！」

両拳で恭蔵の胸を叩く。小さな瞳から涙が滝のように溢れ、恭蔵の胸を濡らした。

恭蔵は少女の身体を抱きすくめた。

少女は弾かれたように恭蔵の身体から身を引き剝がした。

「あんたが殺した！　あんたが、あたいのおっかさんを殺した！」

そうしてまた恭蔵の胸を叩く。錯乱している少女を前に、恭蔵はかける言葉を失った。

奇妙な鳴き声が頭上から聞こえた。

見上げると見慣れぬ巨大な鳥が数羽、空を旋回していた。

「檻が壊れてる！　動物たちが逃げ出したぞ！」

「動物たちを殺せ！」

怒号が聞こえた。

「逃げ出した動物たちが人間を襲うぞ！」

男たちの目が血走っていた。

恭蔵は嫌がる少女を再びおぶって歩き出した。

背中から少女の呪詛《じゅそ》の声が聞こえた。

「あんたが殺した！　あんたが、おっかさんを殺した！」

　ここよりも上野公園か本所の被服廠《ひふくしよう》跡が広くて安全らしい。浅草公園にいた避難民の間でそんな噂が立っていた。

　上野公園は浅草公園よりはるかに大きい。被服廠跡とはかつて大日本帝国陸軍省の軍服を製造していた場所だ。数年前に移転して今は広大な空き地になっているらしい。

　上野公園は浅草から西にある。本所の被服廠跡は隅田川を渡って南にある。

　恭蔵は朝に観音堂で引いたみくじを思い出した。西に吉あり。とすれば上野公園だ。しかし、と恭蔵は思った。南に向かいたい。みくじに逆らいたい気持ちだけではなかった。火の手の上がった十二階下の光景を見て、本能的に、隅田川の水が流れる南に惹かれたのかもしれない。あるいは、被服廠跡の「被服」という耳慣れた言葉に惹かれたのかもしれない。

　広島にも大きな被服廠があり、軍服をはじめ軍人と兵隊用の衣服の受発注やそれらを扱う民間工場の管理指導や国民の被服の監督などを行なっていた。被服廠は岡山の実家で繊維を扱っている恭蔵にとっては馴染《なじ》みのある名称なのだ。

　恭蔵は被服廠跡を目指して隅田川に架かる吾妻橋《あづまばし》を渡った。

　橋の上は混雑を極めていた。風呂敷包みなどわずかばかりの家財を大八車に積んで運ぶ者。布団の上に痩せ衰えた老人を乗せて行く者。箪笥《たんす》を肩に背負って歩く者。後生大事に金庫を抱えたまま座っている男。虚《うつ》ろな目で口をポカンと開けたまま老婆を背負って歩く男。血みどろになった若い男を横抱きにした者。誰もが紙のような真っ白な顔をしていた。

「久太郎！　久太郎！」と橋の向こうから女が叫びながら恭蔵に近づいてきた。女の胸は単衣《ひとえ》がはだけ、土埃にまみれて黒く汚れている。「久太郎！　あんたがおぶってるのは久太郎じゃないか！　久太郎を返せ！」女は恭蔵の腕を摑んで離さない。女の目は完全に正気を失っていた。恭蔵はその手を振りほどいて橋を渡った。

どこからか流れてきた白煙が恭蔵の目に沁《し》みた。両瞼から涙が溢れて仕方なかった。

「おしっこ、おしっこがしたい」

吾妻橋を渡って隅田川の左岸をしばらく行くと、背中の少女が言った。

恭蔵は仕方なく少女を背中から下ろした。

すると少女は一目散に今来た吾妻橋の方向へ駆け出そうとした。

しかし足を引きずった少女は、数歩も歩かぬうちにその場に立ち止まってうずくまった。

「なんで走ったりするんじゃ。足を痛めとるんじゃぞ」

少女は恭蔵の目をきっと睨《にら》んだ。

「あたい、行きたくない！　おっかさんの近くにいたい！」

「あそこは危険じゃ。火の手も迫っとる。本所の広場の方が安全じゃ。落ち着いたら、また、戻ろう、な」

「嫌だ！　嫌だ！　行きたくない！」

少女はへたり込んで泣き出した。

恭蔵は仕方なく少女を抱き、背中におぶって今渡ってきたばかりの吾妻橋の方向に戻った。

橋は来た時よりも一層混雑を極めていた。

吾妻橋から浅草の雷門まではーキロもないはずだが、橋を渡ろうとする人々の群れで一時間以上もかかった。ようやく雷門が見えてきた。煉瓦造りの仲見世は崩れ落ちていたが火は出ておらず、芋の子を洗うようにひしめき合う避難民をかいくぐって境内までたどり着くと、朝方に恭蔵が雨宿りした観音堂も焼けずに残っていた。お堂を中心に一辺百間ほどの広さの境内にも着の身着のままの大勢の人間がひしめいていた。

恭蔵は観音堂の階段下で少女を背中から下ろし、気が抜けたようにその場にへたり込んだ。ほっとする間もなくいきなり余震が襲った。南無阿弥陀仏南無阿弥陀仏と避難してきた人々が肩を寄せあいながら念仏を唱え出した。境内のイチョウが揺れている。恭蔵は思わず少女の肩を抱いた。少女はきっと恭蔵の目を睨んだ。また余震が襲った。少女は恭蔵の胸に顔を埋《うず》めた。

余震が収まると、奇妙な静寂が辺りを包んだ。

恭蔵はその静寂で思い出し、近くの者に聞いた。

「動物は、どうなったんですか？　花屋敷の、檻の中の獣たちは？」

「みんな、殺されたよ。花屋敷の方から、銃声が何発も聞こえてきたからね」

少女の顔がさっと曇った。黒い双眸《そうぼう》が膜を張ったように潤んでいる。

そのとき、座り込んでいる恭蔵と少女の傍に、はらりと何かが落ちた。

澄み渡った青空のような色の花だった。何という名の花だろうか……。

思わず顔を上げる。

片目を閉じた土色の男が立っていた。朝方、ひょうたん池に潜って鯉をつかみ取りしたあの浮浪者だった。

「嬢ちゃんに、あげるよ」

4

境内に夕闇が迫ってきた。

西の空が明るいのは夕焼けのせいではなく、浅草六区の劇場が燃えているせいだった。

観音堂の壁には、離れ離れになった家族に行き先を知らせる張り紙が無数に貼り付けられていた。その石段の下からも、東京市内のあちこちで火の手が上がっているのが見えた。

少女は北の方角を見つめている。十二階下の方角だ。そこにも黒煙が上がっていた。

少女は浅草に戻ってきてから、一言も口をきかなかった。

恭蔵は少女の頭を撫ぜて自分の胸に引き寄せた。少女は恭蔵に頭を預けるでもなく拒絶するでもなく、ただまっすぐに北の方角を見つめていたが、やがて瞼を閉じてこくんと首をうなだれた。小さな寝息が聞こえてきた。涙がひと筋、少女の頬を伝っていた。

恭蔵は、力なく垂れる少女の腕を見つめた。なんて細いんだ。

これまでずっとこの子をおぶってきたのに、なんで今まで気づかなかったのだろう。

この子は、この先、どうやって生きていくのだろうか。

そう思ったとき、恭蔵は、初めて気づいた。

夢二先生との約束を、反故《ほご》にした、と。

そして、政次のことを思った。

政次は、今頃、どこで、どうしているのだろうか。あの忌まわしい地震から逃げ延びて、どこかで生きながらえているだろうか。

その次に思ったことは、自分のことだった。

自分は、これから、この東京で、どうしていけばいいのだ。

この震災の騒動が落ち着いてから改めて夢二先生のもとを訪ねようか。

恭蔵は心の中で首を振った。

先生の居住先の渋谷の被害はわからなかった。しかし、昨夜、先生が恭蔵を雇い入れると言ってくれた「どんたく図案社」の構想を話した時の言葉を、はっきりと覚えている。

「印刷所の後ろ盾もある。本所緑町三丁目にある金谷印刷所だ」

本所は先ほど恭蔵が避難するために目指した街だ。この浅草からは目と鼻の先だ。

ほとんどの建物が瓦礫《がれき》と化していたのを恭蔵は見た。本所の印刷所の建物が無事であるはずがなかった。「どんたく図案社」の構想もまた灰燼《かいじん》に帰した。そうに違いなかった。夢も希望も未来も何もかもが一瞬にして灰燼に帰したのだ。恭蔵は絶望した。

浅草六区の劇場街に上がる火の手が一層勢いを増しているのが見えた。どこからかボーンボーンと音がする。ガス管か建築用材中の鉄管か何かの中の空気が火の熱で膨張して爆発しているのだろう。そのとき、避難民たちが話す声が聞こえてきた。

「本所の被服廠跡が、大変なことになったそうだ」

恭蔵は耳をそばだてた。

「どうしたんでえ?」

「あそこは広いからよ、何万という人間が方々から避難してきたそうだが、旋風《つむじかぜ》に乗った火が四方から吹き込んで、ほとんど全員、折り重なって焼け死んだそうだ」

「ほとんど全員? 何万もの人間が、ほとんど全員?」

「間違いねえ。みんな家財道具を持って身動きできねえほどぎっしり密集してたからよ。どうにも逃げ切れねえで……奇跡的にここまで生き延びて来た人間がそう言ってたんだ」

恭蔵は全身から血が逆流するのを感じた。そして眠りこける少女の顔を見た。

もし、あの時、この子が吾妻橋の上で「あたい、行きたくない! おっかさんの近くにいたい!」と言わなければ……。

自分と、この少女の命を救ったのは、誰か。

恭蔵は、黒煙を上げてぼんやりとほの光る十二階下の方角を茫然《ぼうぜん》と見つめた。

「喉、渇いた」

そう言って少女は目を覚ました。

「そうか。ちょっと待っとれ」

恭蔵は立ち上がり、境内を彷徨った。社務所の横に人だかりができていた。

「水は一銭、カルピスは三銭だ」

どこから仕入れてきたのか、男が旗を立てて水とカルピスを売っていた。

「てめえ、こんなとこで商売する気か」

誰かが怒鳴っているが、男は御構い無しで商売に励んでいる。行列は引きも切らずだ。

「水をひとつとカルピスをひとつくれ」恭蔵は四銭を差し出し碗《わん》を二つ受け取った。

「カルピス、飲んだことあるか」

少女は首を振った。

「美味《おい》しいよ」

少女は差し出した碗を奪うように手に取ると、一気に飲み干した。

「名前を、教えてくれんか」

「りょう」

少女はつぶやいた。

「りょう、か」

その時、母親を一緒に助け出そうとした男が言った言葉を思い出した。二階に住んでた強欲な主人夫婦がへしゃげた二階の窓から一目散に逃げやがった、と。

恭蔵はりょうに訊いた。

「二階に住んどったのは、りょうのおじいちゃんとおばあちゃんか？」

りょうはこくんとうなずいた。

「おじいちゃんとおばあちゃんを探して、一緒に暮らすか？」

りょうはちぎれそうなほど首を横に振った。

「いや。ぜったい、いや」

そう言ってうつむいた。

「そうか」

自分のせいで怪我をさせ、天涯孤独になったこの子を、どうすればいいのだ。恭蔵は途方に暮れて空を見上げた。

そのとき、パオーンという奇妙な音がした。

動物の鳴き声だ。花屋敷にいた動物に違いない。動物たちはすべて銃殺したと聞いたが、生き残っていた動物がいたのか。恭蔵は身構えた。

少女が言った。

「ハナコ、ハナコ」

「ハナコ？」

恭蔵が聞き返した。

「仔象の、ハナコがいる。連れてって」

鳴き声は五重塔の方向から聞こえた。

りょうをおぶって五重塔までやって来ると、足に鎖をつけられて柱につながれた仔象がいた。

恭蔵は柱の脇にいた男に訊いた。

「この仔象は？」

「花屋敷の園丁がよ、猛獣たちを全部射殺したんだが、この仔象だけは、見るに見かねて救ってやったんだそうだ」

少女が仔象の背中を撫ぜた。

仔象は鼻を上げて目を細めた。

「あたい、ハナコと一緒に、ここにいる」

5

身体が痛い。

昨夜のひと騒動で、身体中の筋肉が悲鳴を上げていた。

昨夜の午後八時ごろだった。急に風向きが変わり、西側から火流が迫った。火翼は折れた凌雲閣前の、かろうじて焼け残っていた劇場街をも完全に燃やし尽くし、午前二時ごろには境内西側にいた避難民たちの家財道具にまで火が燃え移り、猛火が付近を包囲した。

消防隊が駆けつけ、ひょうたん池の水をポンプで吸い上げ、懸命の消火活動を続けたが、火は衰えない。旋風が巻き起こり、灯籠が倒れた。炎は勢いを増し、観音堂に迫った。

二天門と社務所にもすでに火がついていた。誰もが噂に聞いた被服廠跡の悲劇を思い描いた。

誰かが叫んだ。

「ここはもうダメだ！　上野公園へ逃げろ！」

境内にひしめいていた大勢の避難民が家財道具をほったらかして西に走った。

恭蔵もりょうを抱いて逃げようとした。

その時、別の誰かの声がした。

「おーい！　手伝ってくれ！　ひょうたん池の水をバケツで汲《く》んで火を消すんだ」

半纏《はんてん》をまとった鳶職《とびしょく》の男だった。組手を数人率いている。どうやら鳶頭らしい。

恭蔵は一瞬、迷った。このまま上野公園へ向けて逃げるか、消火活動を手伝うか。

その時、背中のりょうが叫んだ。

「観音堂が燃える、観音堂が燃える。ハナコが燃える」

恭蔵は背中からりょうを下ろした。

「ええか。ここでおとなしく待っとるんやで」

鳶頭が大声で叫んだ。

「二列縦隊に並んでくれ！　ひょうたん池の水をバケツに汲んで手送りだ！」

恭蔵もバケツリレーの列に加わった。

二天門と社務所に水を浴びせ、そうしてなんとか観音堂への延焼を食い止めた。五重塔も無事だった。

「浅草界隈はほとんど燃えたのに浅草観音堂が燃えなかったのは観音さんのご利益だなんてみんな言うけど、そうじゃねえ。俺たちが徹夜で力を合わせて守ったからさ」

翌朝、疲れて地面にへたり込みながら、火の煤《すす》で真っ黒になった避難民たちが口々にそんなことを言っていた。

午後になってその観音堂の前に大変な行列ができた。

「いったい、何の行列じゃ」

恭蔵は並んでいる避難民をつかまえて訊いた。

「陸軍のトラックがやってきたんだ。軍用パンを、一人につき五個ずつ配るそうだ。それと、あっちの列は衛生部の救護班だ」

「救護？　医者か？」

「ああ。医者も看護婦もいるらしい」

恭蔵は叫んだ。

「おおい！　怪我人じゃ！　ここに怪我をしている子供がおる！　早う来てくれ！」

しばらく叫び続けると白衣の看護婦がやってきた。

「看護婦さん、この子が足を怪我しとるんだ。歩けんのじゃ。すぐに診《み》てくれんか」

看護婦は背中のりょうの腫れた右足を触って、言った。

「多分折れてはいないわ。ヒビが入ってるかもしれないけど。しばらくは歩かせないようにして、様子を見て」

「そんな。ちゃんと診てくれんか」

「ごめんなさい。人手が足りないの。この子よりもっと重症の人がたくさんいるの」

看護師は詫《わ》びるような目で足早に去って行った。

その時、背中のりょうが言った。

「あたい、大丈夫」

「歩けんのじゃぞ。大丈夫なわけねえじゃろう」

「大丈夫。それよりパンが欲しい。パンの列に並んで」

恭蔵もりょうも昨日から何も口に入れていない。仕方なく恭蔵はその列に並んだ。

行列に並ぶ誰もの目が餓鬼のようにぎらついている。

二時間ほど並んでようやくパンを手にした恭蔵の背中をりょうが叩く。

「ハナコ、ハナコ」

「ハナコ？　ハナコがどうした？　ハナコは無事じゃったじゃろ？」

「ハナコにも、ごはん、あげて」

恭蔵は苦笑した。自分たちでさえ食うや食わずで苦労してるんだ。仔象に与える食料なんて。

「象の分は、ねえんじゃ」

「あたいの分のパンをあげる」

「りょう、ダメじゃ。ちゃんと食わんといけん。それに象は、パンは食わんのじゃねえかのう」

「じゃあ、お水。お水をあげて」

「水か」

足元に、昨夜、消火に使ったバケツが転がっていた。

「よし。ひょうたん池の水をやろう。ちょっとここで待っとるんじゃぞ。それから、ちゃんとこのパンは食うんじゃぞ」

恭蔵はりょうを背中から下ろしてりょうの分のパンを置き、自分の分のパンを一気に二つ食い、あと一つのパンを自分の口に突っ込みながら二つのバケツを両手に提げてひょうたん池に向かった。あとのふたつは夜に食べるつもりだった。

口の中のパンが胃袋に落ちたころ、ひょうたん池が見えてきた。そこから浅草六区の劇場街跡が見えた。軒を並べていた劇場が一夜にして焼け落ちたのは遠くから見て知っていた。白日の下にさらされたその悲惨な光景を目の当たりにして、恭蔵は立ちすくんだ。自分が一昨日の朝に西部劇を観た、あの劇場も跡形もない。

江川一座の、あの玉乗り娘は無事だっただろうか。

目の前には茫漠たる廃墟《はいきょ》が広がるばかりである。

冷たいものが恭蔵の頬を伝い、水を汲んだバケツの中に落ちた。

両手にバケツを提げて恭蔵はりょうのもとに戻った。

「水を汲んできたぞ。ハナコにやってくるよ」

「あたいも行く。あたいが水をあげる」

「ほんなら背中に乗れ」

恭蔵はりょうをおぶって、五重塔に向かった。

五重塔脇の柱につながれたハナコのもとへ行くと、背中から下りたりょうは恭蔵の手からバケツを奪ってハナコの前に置いた。ハナコは鼻先をバケツに突っ込み、口元に運んで水を飲んだ。

何度かそれを繰り返すと、あっという間にバケツが空になった。

「うわあ、全然足らんな。もっと汲んでこよう」

とって返そうとすると、両手にバケツを持った男が突っ立っていた。

片目を閉じたあの浮浪者だ。

「これ、使いなよ」

りょうの顔がパッと明るくなった。恭蔵は、その時、りょうの笑顔を初めて見た。

「おじちゃん、ありがとう」

男が歯茎を見せて笑った。

「ああ。いくらでも汲んでくるよ。待ってろな」

戻ってきた男の両手には、またなみなみと水が注がれたバケツがあった。

ハナコはその水をうまそうに飲んだ。

「ハナコ、喜んでる。おじちゃん、ありがとう」

りょうは、また男に礼を言った。

「おじちゃん、象が、好きなの？」

「ああ、大好きだよ。象だけじゃなくて、動物が大好きなんだ」

「なんで？」

「動物は、裏切らんからな」

そのうち、何人かの避難民たちが、ハナコのもとにバケツで水を汲んできた。

「ハナコ、嬉しそうに水を飲んどるなあ」

「花屋敷は焼けてしまったけど、よう生き延びたなあ」

みんな口々に言った。それは震災の惨禍の中に吹いたひとときの涼風だった。

避難民たちが象のもとを離れていっても、りょうはハナコの近くを離れようとしない。

日は中天に昇っている。

「ハナコ、水だけで、生きていけるのかな」

りょうの顔が曇った。

「どうじゃろうな。今は花屋敷の職員も大変じゃろうけど、落ち着いたらちゃんと面倒見てくれるから、心配せんでええよ」

仔象は水を飲んで満足したのか、足を曲げて座っている。その頭をりょうがずっと撫ぜている。

仔象は気持ちよさそうに目を瞑る。

「なんの夢を見てるのかなあ。おっかさんと一緒にいる夢かなあ」

りょうの独り言が、恭蔵の胸を衝《つ》いた。

6

日が西に傾くにつれ、不穏な空気が境内を包んだ。

「地震がまた来るらしい」

「今度のはもっと大きいらしい」

「品川は津波に呑《の》まれて水没したらしい」

どれもが口伝《くちづて》の噂だった。通信は途絶し、正確な情報は入ってこなかった。

誰もが目に見えぬ不安におののいていた。食料の調達は朝に一度軍のトラックが来たきりで途絶えている。明日また来るという保証は何もない。

その日の夕刻だった。

「警戒！　警戒！」

誰かが盛んに石油缶を棒で叩きながら歩いている。男は大声でがなり立てている。

「朝鮮人襲来！　朝鮮人放火せり！　各自警戒せよ！」

「井戸の水を飲むな！　朝鮮人が井戸に毒を入れて回っている！」

そのうちバケツを叩く音とがなり声は、拡声器を使った声に変わった。

拡声器を持っているのは制服を着た警官だ。

「朝鮮人がこの境内にも紛れ込んでいます。東京の壊滅を図って暴動を企《たくら》んでいるから見つけたら即刻ひっ捕らえて、殺しても構いません」

それを聞いて境内の避難民が色めきたった。

「昨日からの方々の火事も、不逞《ふてい》朝鮮人が、火をつけて回ったらしい」

「あの被服廠跡の大火事も、あいつらが火をつけたらしい」

「太《ふて》え野郎だ。見つけたら、ぶっ殺そう」

やがて境内が騒然となった。

数人の男たちが、電線で縛り上げた十七、八ぐらいの若い男を引き回してきたのだ。

「こいつは朝鮮人だ。死人から時計を盗みやがった」

「死人の物を盗むなんて、太え野郎だ。殺してしまえ！」

「ボクはやってません！　ボクはやってません！」

若い男は必死になって抗《あらが》った。

「おまえ、うずくまって死体の腕をとってたじゃねえか」

「あれはボクのアボジです。一緒に逃げてきたアボジが息を引き取って、抱き上げようとしたんです」

「口から出まかせを言うな！　殺《や》ってしまえ！」

大勢の男たちが若い男に殴りかかり、倒れたところを蹴り倒した。誰かが棍棒《こんぼう》を振り下ろし、男の頭が割れて血が流れた。

「見るな」

恭蔵は、りょうの目を手で塞ぎ、その場を立ち去った。

立ち去りながら、恭蔵は思った。

本当にあの朝鮮人は、死人から金品を奪ったのだろうか。だとしたら、それは許されないことだ。しかし、そんな証拠はどこにもない。恭蔵には、あの若い朝鮮人が嘘をついているとは思えなかった。先ほどから聞く「朝鮮人が井戸に毒を投げた」とか「火をつけて回っている」というのも、どこまで本当の話なのか。

夕闇が夜の闇になり境内を包んだ。

仔象がいる五重塔の脇でりょうと共にうたた寝していると、観音堂の裏の方から声が聞こえた。

「朝鮮人が伝法院の方へ逃げたぞ！」「追いかけろ！」「観音堂に火をつけようとしやがった！」

バタバタバタと大勢の人間が走る音が聞こえた。

「そっちだ！」「こっちにいるぞ！」

「藤棚の上に逃げたぞ！」「下から竹槍で突け！」

恭蔵はりょうを見た。すやすやと寝息を立てている。

「殺して見せしめにしろ！　ひょうたん池の木にくくりつけろ！」

「走って逃げたぞ！　しぶとい野郎だ。逃すな！」

喚《わめ》き声がこちらに近づいてきた。

恭蔵は身体を起こして騒動の先をのぞいてみた。そして慄然とした。

追いかけられているのは、あの片目をつぶった浮浪者だった。

恭蔵は夢中になって後を駆け、追いかける男たちに質《ただ》した。

「あいつが何ゅうした、いうんじゃ！」

「何にもしちゃいねえが、朝鮮人だ。怪しいから君が代を歌ってみろって言ったら、歌えなかった。朝鮮人に違えねえ」

「あいつは悪いやつじゃねえ。昼間、一緒に仔象のために水を汲んだじゃねえか」

「朝鮮人にいいも悪いもねえ！」

ひょうたん池のたもとまで逃げ延びた浮浪者は池の中に飛び込んだ。

それ以上、誰も追いかけなかった。

やがて銃声が三、四発、轟いた。

ひょうたん池が血で染まるのが闇の中でもはっきりとわかった。

「誰じゃ？　誰が撃ったんじゃ！」

恭蔵は叫んだ。誰も答えなかった。

「なんてことをするんじゃ！　朝鮮人じゃからって、なんで殺すんじゃ！」

「おまえ、なんで朝鮮人を庇《かば》うんだ」

闇の中から声がした。

「おまえも朝鮮人か。そういや、ちょっとおまえの言葉もおかしいな。君が代を歌ってみろ」

その時、不意にあの感覚が襲ってきた。話そうとしても、喉に何かがつっかえて、声が出ない。

あの感覚だ。

「何を真っ青になって突っ立てるんだ。歌えねえのか。おい！　こいつも朝鮮人だっ！　殺っちまえ！」

男たちが襲ってきた。

恭蔵は逃げた。一目散に逃げた。瓦礫となった劇場街を西に逃げた。

やがて追っ手の姿は見えなくなった。

脳裏に浮かんだのはりょうのことだった。りょうを置き去りにしてしまった。

しかし引き戻ることはできなかった。

朝鮮人と疑われている自分が戻ると、あの子の命まで危ない。まさか子供にまでとも思ったが、今の狂った日本人なら、たとえ子供にだって容赦なく手をかけるだろう。

恭蔵は、どうか無事でいてくれと祈りながら西に駆けた。

気がつくと、上野公園にたどり着いていた。

恭蔵は西郷隆盛の銅像の下で泥のように眠った。

7

悪夢のような一夜が明けた、九月三日の朝だった。

上野公園は浅草公園よりもずっと大勢の避難民であふれていた。

そこは美術学校と図書館との角だった。三つ角になっていて、図書館の前は木立、美術学校側は草の生えた石垣、そしてもう一方は針金の垣根を張り巡らせた、やはり草の生えた広場だった。広場の中には大勢の避難民たちが木の枝や戸板やトタンで屋根を張って野宿していた。

恭蔵はポンと肩を叩かれた。

浅草からの追っ手か。恭蔵はぎょっとして振り返った。

「俺だよ。こんなとこでまた会うとはな」

男は白い歯を見せて笑った。

「政次さん！」

恭蔵は政次の肩を摑んだ。

言葉が出ない。ただ涙だけが溢れ、政次の肩を濡らした。

草の生えた広場の片隅に、樹木の間に筵《むしろ》をかけた場所があった。

「俺が即席で作った粗末なもんだが、ここに居りゃあ、雨露はしのげるさ」

恭蔵はそこで震災の日に起こったことを政次に語った。

「そいつは大変だったな。俺が妙なこと言ったばかりに、えらい迷惑かけちまったなあ」

「迷惑？　どういうことですか」

「だってそうじゃねえか。俺の居所の手がかりがなきゃあ、あんたはまっすぐ夢二先生のとこに向かってたんだ。もしそうしてたら、こんな災難には巻き込まれなかった」

「じゃけんど、震災には遭うてました。夢二先生にも会えたかどうかわからん。死んどったかもしれません」

「たしかに、ものは考えようだ。そうかもしれねえ。そう考えようじゃねえか」

「で、政次さんは、地震のあったあの日は……」

「俺か」政次は空を見上げた。

「あいにく、あの日は、十二階下の女のところには行かなかったんだ。昼前から、上客を狙って十二階に上がってたよ」

「えっ！　十二階は、上の階が完全に折れて……」

「そうよ。俺も、あの十二階の展望台から、振り落とされてよ。もう万事休すと思ったさ。それがよ。気がついたら、凌雲閣に架かっているあの福助の看板に半纏が引っかかってよ。必死でまだ崩れずにいた凌雲閣の下の階に取り付いて、助かったんだ」

「そんなことが……」

「で、一目散に十二階下に駆けつけたさ。けど、もう火の手が上がって、惚れた女の店には近づけなかった」

政次は地面を見つめ、口を閉じた。

「で、どうにもやるせなくなっちゃってよ。折れた凌雲閣が見えるのも辛くてよ。浅草を離れて上野公園に逃げてきたってわけさ」

「そうじゃったんですね」

「で、あんちゃんは、結局、夢二先生には会えずに、昨日まで浅草観音の境内にいたってわけだな。で、なんで上野公園に？」

恭蔵は昨夜の朝鮮人の一件を話した。

「わしは、人間というものが信じられんようになりました」

恭蔵は嘆息した。

「昨日まで、一緒になってバケツをリレーして観音堂が燃えるのを防いだ人たちです。花屋敷から助けられた仔象のことを思うて水をやった人たちです。そんな彼らが朝鮮人を虫けらのように殺すんですよ。同じ人間がです」

政次が眉を寄せた。

「実は、ここ上野公園でも、似たようなことがあった。昨日の朝まで燃えてなかった上野広小路《ひろこうじ》の松坂屋が、午後になって不意に燃えだしたんだ。黒い煙がこの公園からもはっきりと見えたよ。そうすると『あれは朝鮮人が放火したんだ』と噂になった。そのうち『朝鮮人が大挙して上野公園を襲ってくる』と誰かが言い出した。夜になるとまた誰かがやってきて『男子という男子は皆警戒のために出動すべし！』なんて号令をかけられたよ。出なければ袋叩きにあいそうなんで俺も出たけど、みんな棍棒や鉄棒なんかをガランガランと引きずって歩いてよ。腰の曲がった老人までな。中には白刃を持ってる者もいた。気味の悪い光景だったよ」

政次は眉間にいっそう深い皺《しわ》を寄せた。

「もちろん朝鮮人は襲ってなんかこなかった。真夜中、方々で、君が代の歌声が聞こえるんだ。朝鮮人じゃないかと疑われた人間に日本人であることを証明させるために歌わせてるんだ。あと、アイウエオの五十音を言わせたり、教育勅語を言わせたり、歴代天皇の名前を言わせたりな。ちょっとでも詰まる奴がいたら、自警団がどこかに連れて行くんだ」

恭蔵は驚いた。昨日、自分もまったく同じ目に遭わされた。浅草公園と上野公園で、ほぼ同じ時間に同じことが行われていた。これはいったいどういうことだと訝《いぶか》った。

政次はため息をついた。

「恐ろしいよ。俺は朝鮮人には、何の恨みも無《ね》ぇ。博物館の井戸の水を飲んでたが何ともなかった。あの日に地震が来ることなんか誰にもわかりゃしなかったんだ。どうしてすぐに東京じゅうの井戸に毒を入れるなんて芸当ができるんだ。松坂屋に爆弾を仕掛けて燃やしたなんてのも信じられねえ。松坂屋は佐竹の方から燃えてきた火で焼けたんだ。ハナから信じちゃいねえ。けど俺はよ、あの夜、捕まってどこかに連れて行かれた朝鮮人を、助けることができなかった。あんちゃんみたいに、こいつを殺すなと声をあげることができなかった。俺は、心底自分が情け無え。臆病者だ」

政次はまたうなだれ、石のように口をつぐんだ。

「政次さん、お願いがあるんじゃが、聞いてもらえませんか」

政次が顔を上げた。

「なんでえ。なんでも言ってみな」

恭蔵はりょうのことを話した。十二階下で出会い、自分のせいで足を怪我し、震災で天涯孤独になったりょうを浅草の五重塔の袂に置き去りにしてきた、と。

「りょうが浅草の境内で元気にしとるか、見に行ってほしいんです。無事ならそれでええ。ただ、無事かどうかだけを、見に行ってほしいんです」

「そうか。わかった。けどよ、子供一人じゃあ、これから大変じゃねえか。浅草の観音堂には、仏教徒会館てえのがあるはずだ。孤児を引きとったりしてると聞いたことがある。もしかしたら、その、りょうってえ女の子も、天涯孤独ならそこで引き取ってくれるかもしれねえ。もし無事でいたら、俺がそこに掛け合ってきてやらあ」

「ありがとうございます。そうしてもらえると助かります。何から何まで……」

「任せとけって。俺は、足袋屋には借りがあるんだ。命の恩人だからよ」

政次は笑った。

「さっそく今から行ってくらあ」

政次は腰を上げて駆け出した。


しかし、政次は翌日になっても、戻ってこなかった。

りょうの身に何かあったのだろうか。

恭蔵は案じた。

政次が飛び出して行ってから三日が過ぎた九月六日だった。

朝鮮人騒ぎは警察が自戒するよう、あちこちに張り紙を出していた。


有りもせぬ事を言い触らすと、処罰されます　警視庁

恭蔵はその張り紙を見るたびに白々しい気持ちになった。先導したのは警察じゃないか。恭蔵は警官が朝鮮人を見つけ次第殺していいと触れ回っているのをはっきりと目撃している。しかしたとえ声がけしたのは警官だとしても、それを鵜呑《うの》みにしたのは一般の市民だ。市民の中に朝鮮人を蔑み恐れる昏い心がなければ、この狂った妄言にここまで火がつくことはなかったはずだ。

今朝も公園で避難民の子供たちが自警団ごっこと言って遊んでいるのを恭蔵は見かけた。子供の一人を朝鮮人に見立てて尋問ごっこをしているのだ。恭蔵は暗澹《あんたん》たる気分になった。そして、り

ょうのことを思った。りょうは、無事でいるだろうか。

不安な夜を過ごした翌日の午後である。

「あんちゃん、待たせたな」

政次の声だった。

「政次さん！　りょうは？」

「自分の目で確かめな」

政次が背中を見せた。そこに、りょうがいた。

「りょう！」

「参ったぜ。りょうは、ちゃんと無事だった。だからよ、仏教徒会館にも面倒見てくれるよう二日かけて掛け合ったんだ。会館の人も請け負ってくれたよ。そしたらさ、今朝になって、この子が、嫌だっていうんだ」

「嫌？」

「ああ。あのおじちゃんのとこに行くって聞かねえんだ」

恭蔵はりょうに訊いた。

「りょう、ハナコのそばにおりたかったんじゃねえんか」

りょうは目を伏せた。

「ハナコは、どうなった？」

りょうは首を振った。

政次が代わりに答える。

「仔象はよ、昨日まではいたんだが、今日の朝になって、どこかに連れて行かれたよ。寺の人に、どこに連れて行くんですかって訊いたけど、答えちゃくれなかった。それで、この子が……」

恭蔵は腰を落としてりょうの目を見つめた。

「りょう、帰れ。わしと一緒におったって、苦労するだけじゃ。浅草に、帰れ」

「やだ。おじさんといる」

「なんでじゃ」

「おじさんと、いる」

何度諭しても、りょうは同じ言葉を繰り返した。

「……本当に、ええのか？」

りょうはこくりと頷いた。

政次が明るい声で言った。

「よし！　そういうこったな！　こんな世の中じゃ俺も、しばらくは倖引きはできねえし、俺とあんちゃんと、この子の三人で、とりあえずはなんとか生き延びようじゃねえか」

「どこで？」

「この東京でさ。東京は必ず復興する。それまでは、ここ上野で、じっと辛抱だ」

不安げな顔の恭蔵の背中を政次はポンと叩いた。

「しょげた顔、すんなって。お天道さまは、ついて回らぁな」

8

目覚めると、りょうが筵を垂らした地面の片隅に土を盛っていた。

傍らには色とりどりの雑草の花が置かれていた。

「なんじゃ、それ」

「お墓」

「お墓?」

「おっかさんと、あの裸のおじちゃんの」

知っていたのか。

りょうは盛り土に手を合わせた。恭蔵もひざまずいて手を合わせた。

「俺は、働きに行ってくるぜ」

その日の朝、政次が恭蔵に言った。

「働きに?」

「ああ。働かないでどうする? いつまでも救援の食料に頼ってたって仕方ねえ。これからの生活を立て直すためにも、銭は要る」

「仕事なんかあるのか?」

「ああ。見つけたんだ。五円の日当だ。うまい話じゃねえか」

「五円も!」

「ああ、普段の日雇い労働ならせいぜい二円三十銭がいいとこだ。倍以上の破格の日当だ。これ、見ろよ。電柱に貼ってあった」

政次は恭蔵にくしゃくしゃになったビラを見せた。

ビラには、墨でこう書かれていた。

「死体取片付人夫募集
日当五円、日払ひにして三食弁当を給す」

「死体の取片付人？」

「そうさ。怪しい業者じゃねえ。区が募集してるんだ。取りっぱぐれはねえ」

「どんな作業するんじゃ」

「大方、道端に転がってる身元不明の死体をトラックか何かに積み込むんだろう。わけねえさ」

「けど……」

「心配すんなって。三食の弁当まで出るんだぜ。あんちゃんとりょうの分までもらってきてやらあ」

「いや。なら、わしも行く」

「あんちゃんは、りょうの面倒をみといてくれよ。あんちゃんの分まで俺が働くからさ」

翌朝、夜明け前に政次は出て行った。作業の現場は浅草だという。

その日の夜遅く、政次は戻ってきた。別人のようにやつれていた。

「弁当、もらってきたよ」

「大丈夫か？」

「ああ。ただ、食欲は、ねえんだ。この弁当は、俺の分だ。二人で食べてくれ」

そう言ったきり、政次はひと言も口をきかなかった。

政次の身体からは死臭が漂っていたが、そのことは言わなかった。

深夜、暗闇の中で政次が嘔吐《おうと》している音が聞こえた。

翌朝、行ってくるよ、と政次は出て行った。

「無理せん方がええ。辛いなら、行かんでもええじゃろう」

「大丈夫だ。今日は死体の運び込み作業じゃねえんだ。運び込むのは諦めて、死体をその場で燃やすことにするらしい。昨日の作業よりは、いくらかマシさ」

政次は笑って出て行った。その日も政次は弁当を持って帰ってきた。

次の日も政次は出て行った。相変わらず手付かずの弁当を政次は恭蔵に差し出した。

「大丈夫か。食べてねえんじゃろ。この弁当は、政次さんが食べてくれ」

政次は微笑みながら力なく首を横に振った。

「明日もあるから、もう寝るよ」

翌朝、政次は昼になっても寝床から出てこようとせず、一日中動こうとしなかった。

夕方近くになって、政次はようやく起き出した。

「一日寝たら、元気になったよ。心配かけたな」

「もう現場には行かんでええよ。いや、行かんでくれ」

政次は、恭蔵の前に手を差し出した。

掌には白灰色の二片の小さなカケラがあった。

「現場で拾った骨のカケラだ。誰のかわかんねえけど、あんまり、可哀想《かわいそう》なもんだからよ」

そのカケラをさっと奪った小さな手があった。

りょうの手だった。

「おっかさんだ。おっかさんと、あの裸のおじちゃんの骨だ。あのお墓に埋める」

9

「りょう、ようやく、歩けるようになったな」

「うん、あたい、もう大丈夫。駆けることだって」

「ダメじゃ。無理したらいけん。まだちょっと引きずってるじゃろう」

震災から二週間が過ぎていた。

上野公園に集まっていた避難民たちの多くは、交通機関が復旧するにつれて故郷に帰ったり縁故を頼って公園を離れて行った。しかし身寄りのない者は残って野宿せざるを得なかった。公園には震災数日後から、避難民が被災地から集めた戸板やトタンを使った粗末な小舎があちこちに見られるようになったが、三日ほど前からは、陸軍がやって来て天幕を二百ほど公園に張った。しかしそこに入れた者はごく一部で大半は野宿のままだった。警察はたびたびやって来て、避難地を出るように催促した。それでも避難民たちは公園を離れなかった。行き場がないこともある。しかしそれ以上に、たとえ夜露を凌《しの》げなくてもこの公園で同じ境遇の者たちが身を寄せ合うことで、怯えた心を慰めることができる。

ある夕暮れどきのことだった。

公園のどこからか、ハーモニカの音色が聞こえて来た。

聞き覚えのあるメロディだ。公園にちょっとしたざわめきが起こった。誰もが顔を上げた。そのメロディに合わせて、誰かが口ずさみ始めた。声は池に投げた小石の波紋のように次第に広がり、大きくなった。

おれは河原の枯れすすき
おなじおまえも枯れすすき
どうせふたりはこの世では
花の咲かない枯れすすき

恭蔵は思い出した。十二階前を彷徨《さまよ》っていた時にもこの唄を聞いた。哀《かな》しい唄だ。口ずさみながら涙している者もいる。ただその表情からは震災によって刻まれた強張《こわば》りが消えていた。哀しい唄が、いや哀しい唄だからこそ折れた心を癒すこともあるのだと恭蔵は知った。と同時に、感傷にふけって涙する、その同じ人間が、朝鮮人をいともたやすく殺そうとする、それが人間なのだということも知った。恭蔵の頬に涙は流れなかった。ただそのメロディに、じっと耳を傾けた。

そんな恭蔵のもとへ、政次が駆けつけてきた。

「おい！　見てみろよ！」

政次は新聞を差し出した。

都新聞と書いてある。

「新聞社は地震でほとんど壊滅したと聞いとったが、生き残ったところもあるんじゃな。新聞が、どうした？」

「読んでみろ」

新聞に目を通した恭蔵は目を見張った。

「夢二先生！」

「そうよ！　夢二先生が、記事を書いてるんだよ」

恭蔵はもう一度見出しを見た。

『東京災難画信』　竹久夢二文・画、とある。

恭蔵は食い入るように記事を読んだ。

浅草観音堂を私は見た。こんなに多くの人達が、こんなに心をこめて礼拝してゐる光景を、私ははじめて見た。

琴平様や、増上寺や、観音堂が焼残つたことには、科学的の理由もあらうが、人間がこんなに自然の惨虐に逢つて智識の外の大きな何かの力を信じるのを、誰が笑へるでせう。

神や仏にすがつてゐる人のあまりに多いのを私は見た。


夢二先生が観音堂のことを書いている。震災後、夢二先生は、浅草を訪れていたのだ。

恭蔵は興奮して、続きを読んだ。


観音堂の「おみくじ場」に群集して、一片の紙に運命を托《たく》さうとしてゐる幾百の人々を私は見た。それは必ずしも日頃神信心を怠らない老人や婦人ばかりではない、白セルの洋服のバンドにローマ字をつけた若い紳士や、パナマ帽を被つた三十男や、束髪を結つた年頃の娘をも、私は見た。

その隣で売つてゐる、「家内安全」「身代隆盛」加護の御符の方が売行が悪いのを、私は見た。この人達には、もはや家内も身代もないのであらう。今はたゞ御籤《おみくじ》によつて、明日の命を占つてゐるのを、私は見た。


そこには夢二が描いた「おみくじ場」のスケッチも載っていた。

恭蔵は、胸がいっぱいになった。

夢二先生は、震災の直後に、観音堂を訪れていたんだ。そして、自分もあの日に引いたおみくじ場に思いを馳《は》せているのだ。政次が言った。

「夢二先生は、この震災の様子を描き残そうと、震災に遭った東京じゅうを歩いて描き留めてんだ」

美人画の夢二が、震災の絵を……。

恭蔵の脳裏に、夢二がスケッチ帳を携えて震災の現場を歩く姿が浮かんだ。

スケッチにこそ、画家の命が宿るんだ。描くということの心の震えが筆に乗るんだ。

あの日に聞いた夢二の言葉が蘇《よみがえ》った。

震災が、描くということの心の震えを夢二の中に蘇らせた。恭蔵はそう思った。

そのとき、ハッと気づいた。

自分のスケッチブックをどこかになくしたことを。それを、今まで思い起こさなかったことを。

恭蔵はそれを恥じた。

「政次さん、ありがとうございます。わしは、ずっと、夢二先生に会いてえと思っとりました。震災の前の日に、幸運にも会うことができましたが、あの震災で、もう二度と会うことはねえじゃろうと思うてました。でも、今日、政次さんが見せてくれたこの記事で、わしは夢二先生にまた会えた気がしました」

「本当だなあ。けどあんちゃん、今からでも遅くねえぜ。夢二先生を頼って渋谷を訪ねてみたらどうだい」

恭蔵は首を横に振った。

「こんな大変な時に、そんな図々《ずうずう》しいことはできません。わしは、夢二先生の足手まといになりとうない。それに何より、この記事で、わしには、はっきりとわかったんじゃ。先生とわしとでは、絵と向き合う覚悟が、まるで違う。恥ずかしゅうて、よう会わんです。そんなことより、この記事は、毎日、載るんじゃろうか？」

「ここを見てみねえ。冒頭に、二、と記してあるだろう。二があるってこたぁ、一があって、三や四や五があるんだ。どうやらこの記事は連載されてるらしい。毎日載るんだろうよ」

「ほんじゃあ、わしは、明日から、この夢二先生の記事を読むのを楽しみに生きていきます。きっとこの東京には、わしみたいな人間が、いっぱいおるんじゃと思います。夢二先生とともに、この東京の空の下に生きている。そう思うだけで、腹の底から生きる力が湧いてきょうります」

「よし。これから毎日、この都新聞を持ってきてやらあ」

「ありがとうございます」

「ところで、それはいいけどよ」

政次が顔を近づけた。

「あんちゃん、いつまで東京にいるつもりだ」

「いつまでって……」

「俺が心配してるのは、りょうのことだ。もう何日、風呂に入ってねえんだ。こんな、風呂も入れねえようなひでえ環境の中でいつまでも暮らしていちゃあ、身体に良くねえ」

たしかにその通りだった。

公園ではバラックの建設が始まっていた。

しかしその設備は劣悪なもので、トタンぶきの屋根はあったが床は低くジメジメして電灯はなく、ヨシズの間仕切りの四畳半に六人が詰め込まれた。恭蔵とりょうと政次も一旦はバラックに入ろうとしたが、結局は政次が作った筵の小屋に戻った。他人と一緒に一つの部屋にいることをりょうが極度に怖がったのだ。

こんな生活がいったいいつまで続くのか。

夜になると不安が頭をよぎる。しかし、先のことを考える余裕はなかった。

ただ朝が来るのを待ち、配給の食料で食いつないで、夜をやり過ごす。それ以外にできることはなかった。

恭蔵は返事ができなかった。政次が言った。

「まあ、ゆっくりと考えろ」

「なんだか、ヤな世の中になっちまったな」

震災から三週間が過ぎようとしていた。政次があたりを見回しながらつぶやいた。

夕闇が迫って西の空だけがまだ残照を残していた。いつもと変わりない風景に見えた。どこかで誰かが何かを奪い合って喧嘩《けんか》している声が聞こえた。

「震災で、みんな気が荒《すさ》んでるんじゃろ」

「いや、俺の言ってるのはそんなことじゃねえ。見てみろよ。あいつらの服装をよ」

政次はアゴで前を歩く者たちを指した。

「やけに、軍服を着てる連中が増えたと思わねえか」

恭蔵は目を凝らした。言われてみればその通りだった。国防色の軍服を着た者が何人も公園を闊歩している。

「軍服ったって、奴らは戦に行く兵隊じゃねえ。たとえばあいつらは橋を架けたり半壊した建物を爆破したりする工兵だ。そう言ゃあ俺たちが出会ったあの凌雲閣も、八階から上が折れちまって今は下半身だけ残ってるが、近々爆破するらしいぜ」

「そうなんか」

「あの凌雲閣が木っ端微塵になって瓦礫になるって、なんだか信じがてえな。まあ、東京も、変わっていくってことよ。それより、俺が気になるのは、軍服を着た連中だ。あっちを見てみろ」

アゴで指した先にも、国防色の男たちが何人もいた。

「警備の現役軍人だ。それから救護団の中にいるあいつらは在郷軍人だ」

「在郷軍人?」

「現役を離れてる軍人だな。普段は一般人として暮らしてるんだが、いざ戦となりゃあ戦地に赴く連中さ。けどよ、在郷軍人は、普段は軍服を着る必要はねえんだ。それが、今は当たり前のように軍服を着て街を闊歩してる。上に指示されてるのか、自分でそうしてるのかは分からねえがな」

「軍服を着てた方が、なんとのう頼りになりそうな感じがして、こっちも安心できるからじゃねえかのう」

「けど俺はな、ちょっと空恐ろしいんだよ。これから十年先、二十年先、日本人の誰もが軍服を着る世の中になっちまいそうな気がしてな」

そんな時代が来るのだろうか。

訝る恭蔵に政次が何かを差し出した。

それは子供用の、水色で染められた格子柄のワンピースだ。

「救援物資だ。不忍池《しのばずのいけ》のほとりで配給されてる中にあった。聞いたら、一週間ほど前から品川沖や横浜沖に救援物資を積んだアメリカの軍艦がじゃんじゃん到着してるらしいぜ。アメリカさんは気前がいいね。荷物の中身はほとんどが食料と医薬品らしいが、衣服もいくらか交じってるらしい。服の類は救援物資なのか、割れ物を守るために箱の中に詰めたものなのかよくわからんが、まあそんなこたぁどっちでもいいやな。大人用の服もあったが、アメリカさんは日頃からいいもんたらふく食ってんだねえ。日本人にはでかすぎてどうにも着れねえんだ。けど子供用なら、問題ねえだろう」

「りょう、着てみるか」

りょうはその場で服を脱ぎ捨て、あっという間に着替えた。

「おお！　似合うじゃねえか」

政次が手を叩いて喜んだ。

りょうの顔がさっと輝いた。ワンピースの裾を指でつまんでくるりと回った。

水色のワンピースが舞った。月明かりがりょうの細い手足を照らす。

恭蔵と政次が手拍子を打った。りょうはいつまでもくるくると舞った。

それは震災が起こってから、一番華やかな夜だった。

10

竹久夢二の新聞連載『東京災難画信』は十月四日で最終回を迎えた。

震災の中で日にちの感覚を保つのは難しかったが、恭蔵にとっては、毎日政次がどこからか調達してくる夢二の新聞連載こそが一日一日を区切る節目だった。

夢二は今日まできっかり三週間の間、震災の東京を歩いていた。

焦土と化した銀座を歩き、死体の海の被服廠跡で呆然と立ち尽くし、無宿の旅人たちの群れがうずくまる日比谷公園を訪ね、不忍池近くをさまよいながら暗い心を引きずっている。恭蔵もまた紙面にクギ付けになりながら、夢二とともに震災の東京を歩いていた。

この三週間、新聞を手にした多くの東京市民も同じだろう。

夢二が描く震災の東京はどれも悲惨な風景だった。それは同時に今東京にいる誰もが目にした風景で、自分もまた日々目にしている風景のはずだった。しかし夢二のスケッチと文章には、読者の心をとらえて離さない何かがあった。単なる感傷ではない。恭蔵はそれに打ちのめされた。それこそが芸術の力だろう。

そうして今日、記事は最終回を迎えたのだ。

最終回の最後の一文は、こんな言葉で締められていた。


東京は、バビロンの昔に還《かえ》つた。


「バビロンって、なんじゃろうか」

「知らねえよ。大方、昔に外国のどっかにあった街だろう」

政次は首をすくめた。

「まあとにかく」と政次は新聞を畳みながら言った。

「ちょうどいい、キリじゃねえか」

「ちょうどいい、キリ?」

「ああ。夢二先生の連載が終わった。それが、ちょうどいいキリだってことよ。俺は決めた。今日、俺はここを出る」

政次が言った。

「見ろよ。この上野公園を。今じゃまるで田舎町のお祭りじゃねえか。救援物資で食いつないで、みんな働かなくなって、あちらこちらで博打《ばくち》を打ってる奴らもいるじゃねえか。盗みは震災が起こったハナから横行してたが、今じゃ博打の金欲しさに盗みを働く奴らもいる。間の抜けたウワバミみてえに酒だ、女だ、喧嘩だと騒いでる。ひでえもんだが、そんなダレきった空気を、ちったぁ心地いいって感じてる自分がどっかにいるんだ。俺はそれが怖《こえ》んだ。これ以上ここにいると、俺はダメになる。だから俺はここから出て行く。幸い、死体処理で稼いだ金が、まだちったぁ残ってる。これをタネ銭にしてなんとかしのいで、食える仕事をなんでも見つけて、いずれ元の俥夫に戻る。あの日のことを思やあ、なんだってできるさ。そうだ、今ある銭はあんちゃんにも半分やろう」

「いや、政次さん、その金は自分のために使《つこ》うてください。身体を張って稼いだ大切な金です」

「じゃあ、あんたはどうする？」

あんたは、どうする。そう問われて、恭蔵は空を見上げた。

ちょうどいい、キリ。

そうかもしれない。

夢二が、背中を押してくれたような気がした。

二週間ばかり前には出なかった答えが、すっと口から出た。

「岡山に帰ります。東海道線はまだ復旧しとらんようじゃけど、中央本線を経由して帰る方法があるらしいけん。乗客がすし詰め状態で大変じゃと聞きましたが、なんとか辛抱して帰ります」

そして、りょうに向き直った。

「りょうは？　おじちゃんと、一緒に来るか？」

りょうはこくんと頷いた。

「ゾウさんと、一緒に行く」

「ゾウさん？」

「恭蔵さんのゾウさん」

「ちげえねえや。恭蔵さんのゾウさんだ」

政次が笑った。

別れの日がやってきた。

「りょう、元気でな。ゾウさんの言うこと、しっかり聞いて、達者に暮らすんだぞ」

りょうは答えた。

「おじちゃん、お洋服を、ありがとう」

「大切にするんだぞ。おお、それで思い出した。恭蔵、あんたにも、餞別《せんべつ》があるんだ」

「餞別？」

「ああ。不忍池の配給品で、見つけた」

それは、見慣れぬ衣類だった。

「アメリカさんのズボンよ。見たことねえだろう？　こんな青いズボンをよ。あんた、青が好きだって言ってただろ。だからよ。寸法も、まあちょっと大きめだがなんとか日本人にも合いそうなやつだったからよ。穿《は》いてみるかい？」

恭蔵はそれを手に取った。

青いズボン。それは青というより藍の色だった。しかし日本の「藍染め」とはどこか違う。綾《あや》織《おり》の布地だが、初めて見る種類の衣類だ。なんだろうかこれは。初めて見るのに、ひどく懐かしい感じがした。ところどころ擦り切れて色落ちすらしている穿き古したような藍の布地を、恭蔵は美しいと思った。そっと指で撫ぜた。

「いや。寸法が合おうが合わなかろうが、関係ねえ。これは、わしの一生の宝物です。ずっと大切にします」

そうかい、と政次は笑った。

「夢二先生に、お別れの挨拶はいいのかい？」

「いや、やめときます。前にも言ょうたけど、会うだけで迷惑をかけるような気がしますけん。それに、またいつか」

「またいつか？」

「会えるような気がするんです」

「そんな日が来るといいな」

＊

中央本線の列車の中は混雑を極めていた。

篠ノ井《しののい》駅を過ぎたあたりでなんとか確保した一席で、りょうは寝息を立てている。口から垂れた涎《よだれ》を拭いてやろうと、恭蔵は尻のポケットに突っ込んだ手ぬぐいを引っ張り出した。手ぬぐいと一緒に、紙切れが出てきた。

あの日、浅草の観音堂で引いたみくじだった。

恭蔵は、悪い文言ばかりが並ぶみくじを眺め、ある一点に目を据えた。

走人　つれあるべし

恭蔵はみくじを元のポケットにしまい、車窓に目を移した。

すでに晩秋の風がすすきの平野を駆け抜けるのを、恭蔵は目を細めて追いかけた。

第三章　中空の白

一九二四年（大正十三年）
十月十九日

1

「恭蔵さん、さっきから、何を熱心に読んどるんじゃ？」

ごま塩頭の店主はハサミを手際よく動かしながら待合の椅子に腰掛ける恭蔵に話しかけた。理容椅子にちょこんと座っているのは、おかっぱ頭のりょうだ。店主が覗き込む鏡に映る恭蔵は、読んでいる雑誌から顔を上げた。

「いやあ。ここに置いてあったアサヒグラフじゃが」

「なんか面白《おもしれ》え記事でも載っとるんか」

「面白え、てこともないんじゃけどよ、朝日新聞の記者が飛行機を飛ばして『世界一周』してきたらしいんじゃ」

「あの震災からまだ一年しか経っとらんのに、東京の新聞社は豪勢じゃのう」

「どうもまだ印刷は大阪でしとるらしいがの」

「で、世界一周って、どこ回っとるんじゃ」

「詳しくはわからんがの。ここに載っとるんは、アメリカじゃ。でっけえ写真と記事が載っとるよ」

「アメリカか。そういやあ、この前、アメリカの活動写真、観たけどな。映画の中に出てきよった街が、ぼっけぇ都会でのう、あれ、摩天楼、ちゅうんか？　天に届くほどの高《た》っけえビルが、ずらあっと並んでよ」

「それがよ、ここに載っとるアメリカは、岩山しかない大平原じゃ」

「ほう。それじゃったら、西部劇のアメリカじゃな」

「ワイオミング、ちゅうとこらしい。知っとるか？」

「知っとるわけねえじゃろう。児島のしがねえ散髪屋の親父が」

「ロッキー山脈ちゅうとこで、『清流いでては断崖をめぐる』ちゅうて書きょうる。まあ、こんなとこに人間が住んどるんじゃろかと思うような土地じゃ」

「そんな殺風景な場所、なんでさっきから熱心に見とるんじゃ」

「これと、よう似た風景を、わしゃ、見たことがあるんじゃ」

「活動写真でか」

「いや。違う。ポケットの中に入っとったんじゃ」

店主のハサミを持つ手が止まった。

「ポケット？」

「ズボンの中の尻ポケットじゃ」

「話が、よう飲み込めんのじゃがの」

「去年のあの震災の時に、東京で知り合うた恩人がおっての。わしが岡山、帰るちゅう時に、餞別にくれよったズボンがあるんじゃ」

「餞別に、ズボン？　そらだいぶ変わっとるな。そんな珍しいズボンか」

「アメリカさんの救援物資の中に入っとったズボン、ちゅうことじゃ」

「ほう」

「こっちじゃ、まるで見たことのねえ変わったズボンなんじゃ」

「アメリカのズボンか」

「おそらくそうじゃろう。厚手で、丈夫そうなズボンじゃ。こっちに帰ってからも、わしゃ、ずっとそのズボンのことが気になっとってな。わしも実家が足袋屋じゃけえ、繊維にゃあ、ちったぁ知識がねえこともねえもんじゃから、これ、どういうふうにできとるんじゃろうかとあれこれ触っとったらな、そのズボンの尻ポケットにな、絵が入っとったんじゃ」

「絵？」

「スケッチ、ちゅうんかのう。ペンで描いた絵じゃ。ちょうど葉書ぐらいの大きさでの。いや、あれは、葉書なんかもしれん。切手は貼ってなかったけんどな。なんやら、絵の傍に字が書いとった。読めんかったけど」

「そんなもんが」

「多分じゃけどよ、このズボンをアメリカで穿いとったアメリカ人が、自分の住んどる場所か、旅行した場所を描いたもんじゃなかろうかと思うとるんじゃ。その絵がな、この写真の風景に、どことのう似とったもんじゃから。ほれ、こんなんじゃ」

　恭蔵は立ち上がってアサヒグラフのページを店主の顔に近づけた。

「ほう。こんな、殺風景な場所の絵がねえ」

「わしにゃあ、なんかそのズボンとポケットに入っとった絵が、ズボンの持ち主の、形見みたいに思えてのう。いや、形見ちゅうても、そのズボンの持ち主が死んだと決まっとるわけでもねえんじゃが」

「救援物資に入っとったぐらいじゃから、そんな大切なもんでもなかろう」

「それでもな、はるばる海を渡って、わしの手元に、このズボンが届いた、っちゅうのは、なんか不思議な気がして、妙に愛着が湧いてきてよ」

「ズボンの持ち主じゃったアメリカ人、まさか、太平洋のはるか彼方《かなた》の散髪屋で、自分のズボンと絵の話をしとるとは夢にも思わんじゃろうな」

「生きとったら、今ごろアメリカの平原ででけえクシャミしとるじゃろう」

恭蔵の言葉に店主は大声で笑った。

「あたいも好き」

理容椅子の上のりょうが声をあげた。店主が鏡の中のりょうを覗き込む。

「りょうちゃん、何が好きなんじゃ」

「アメリカの青いズボン」

「青いズボン？　そのズボンは、青いんか」

うん、とりょうはうなずいた。

「あたいも、そのズボンくれた人から、服、もらったんだ。かわいい、水色の服。日本にない服。今も、大事に持ってるよ」

「ほうか。その人、優しい人じゃったんじゃな」

うん、とりょうはさっきよりずっと大きくうなずいた。

「恭蔵さん、今度いっぺん、そのズボン、見せてくれんか」

「ああ。見てくれ見てくれ。そのアメリカのズボンはな。青、ちゅうか、ほんまに綺麗な藍色をしとるんじゃ。いや、綺麗、ちゅうのとは、ちょっと違うな。もうずいぶん穿き古して、色落ちしとる。かというて、くすんどる、ちゅうのとも違う。その色落ちの仕方が、うめえこと言葉では言えんのじゃが、独特でなあ」

　恭蔵は夢中で話し続けた。

「藍の色に、ムラがあるんじゃ。日本の、普通の糸の染め方じゃあ、ああはならんのじゃ。ズボンを穿き古したらシワになるじゃろう。そのシワそのものが、白うなって、ヒゲみたいに横に走っとる。それに、尻や腿《もも》のあたりも擦《こす》れて白うなっとる。あれはなんじゃろうなあ。穿いた人間の動きが、そのまま刻まれとる、ちゅうかのう。あの藍は、人間と一緒に生きとる色じゃ。穿いた人間の生きたまんまをそのまま映しとったような藍じゃ」

「ほう。ますます見とうなった」

「わしにはな、ひとつ、夢があるんじゃ」

「夢？」

「そうじゃ。あの、アメリカのズボンをな、自分の手で作ってみたいんじゃ」

「この日本でか？」

「そうよ。わしはな、あの、アメリカの藍の色に惚れ込んだんじゃ。おまけに、生地はぼっけぇ厚手でのう、日本のどんな作業ズボンよりもはるかに丈夫じゃ。あれを作ることができたら、きっと日本人も喜ぶはずじゃ」

「また恭蔵さんの夢物語が始まったのう。竹久夢二の書生になる、ちゅうたあとは、アメリカのズボン作りか」

　店主の言葉に、恭蔵は宙を見上げた。

「あの日に震災さえなけりゃあ、わしは夢二先生の書生になれとったんじゃ」

「もうその話は耳にタコができるほど聞いとるが」

「いや、わしは、書生になれんかったことが悔しゅうて言うとるんじゃねえ。反対じゃ。夢二先生が、うちへ来《こ》んかと誘うてくれたのは、ほんまなんじゃ。あの日に、夢みたいなことが起こったんじゃ。夢、ちゅうのは、本気で願うたら、いつか叶うもんなんじゃということを言いたいんじゃ」

「そうか。で、恭蔵さん、本家には、今の話は掛け合うたんか」

「ああ、掛け合うた」

「本家はどう言いよった？」

「話を半分も聞かんうちに、何、寝ぼけたこと言うとんじゃ。おめえはこれ以上、家業の足を引っ張るな、言われて、仕舞いじゃ」

恭蔵は力なくうなだれた。

そしてきっと顔を上げた。

「けどな、わしは諦めとらん。たとえうちではできんでも、児島は、日本で一番の繊維王国じゃ。紡績の工場もありゃあ、染めや織布や縫製の工場もある。アメリカにできて、この児島でできんはずはなかろう」

「えらい鼻息じゃのう」

店主がりょうの両肩をぽんと叩いた。

「よおし、りょうちゃん、できよったで。綺麗なオカッパ頭じゃ。ベッピンになったぞ」

「おじちゃん、ありがとう」

りょうは理髪台から降りて丁寧にお辞儀した。

「恭蔵さん、あんたの番じゃ」

「いや、今日は、りょうの頭だけでええんじゃ」

「そうか。ほなまた、いつでも来りゃええ」

恭蔵は代金を払い、りょうの手を取って理髪店を出た。

目の前に浜が広がっている。吹く風は秋の匂いを帯びていた。江戸時代からそこにあるという木造の灯台が見える。その向こうは見渡す限り白い世界だ。

「ゾウさん、あの白いのは、雪？」

「りょう、雪が降るのは、まだだいぶ先じゃ。あれはな、雪じゃねえ。塩田じゃ」

「えんでん？」

「塩じゃ。塩の田んぼじゃ」

「塩の田んぼ。真っ白だね」

「ああ。覚えとけ。この児島には、三つの白があるんじゃ。ひとつは、今、目の前にある、塩じゃ。もうひとつは、春になったらこの海でいっぱい獲れる、いかなご。腹が真っ白な魚じゃ」

「食べたことある。美味しいね」

「そうじゃろう。わしも大好きじゃ。ほんで、もうひとつはな、綿じゃ」

「わた？」

「そうじゃ。児島はな、もともと海じゃったのを埋め立ててできた土地じゃから、コメが穫れんのじゃ。じゃけえ、コメの代わりに、綿を作った。綿っちゅうのはな、服を作る大もとじゃ」

「服のおコメ？」

「おお、りょう。そうじゃ。その通りじゃ。綿は、服のおコメじゃ。じゃけえ、児島の人間は、その綿でぎょうさん服を作って、みんなおまんまを食いよるんじゃ」

恭蔵は散髪したてのりょうの頭を撫ぜる。

「よう。恭蔵さんじゃねえか」

その声に恭蔵は振り向いた。近づいてきたのは恭蔵より一回りほど年かさの男だった。日に焼けて柔らかな赤みを帯びた顔は午後の斜光を受けて逞《たくま》しく光っていた。

「おお、光玄《こうげん》さん」

恭蔵は片手を上げて会釈した。

「ちょうど散髪した帰りに、りょうと散歩しとったところじゃ。りょうにな、児島の三つの白を教えようたんよ」

「そうか」

「そしたらな、りょうが、面白《おもしれ》えこと、言ょうた。児島で穫れる綿は、服のおコメじゃと」

光玄の皺だらけの目尻が垂れた。

「なるほどなあ。違《ちげ》えねえなあ」

「おじちゃんも、服のおコメ、作ってるの？」

りょうが男に訊く。光玄が歯の欠けた口を開けて大笑いした。

「りょうちゃん、わしはなあ。カマボコを作っとるんじゃ」

「カマボコ？　お魚で？」

「ははは、綿でカマボコを作っちょるのよ」

「綿で？」

「そうじゃ。りょうちゃん。わしなは。屑屋《くずや》じゃ。みんながもう着んようになった古い服や使わんようになった布の糸くずを集めてな。それを、もう一回、撚《よ》り合わせて布にするんじゃ。そうしたら、捨てられた糸くずも、また使い道ができるんじゃ。カマボコかって、そうじゃろう。捨てられた魚の身をすりつぶして、カマボコにしょうるんじゃ。じゃけえ、わしがやっとるのは、捨服のカマボコじゃ」

「面白いね」

「そうか。面白えか。嬉しいな。みんなはわしらのことを、ボロ屋じゃちゅうて、バカにしょうるがのう」

「あたい、ここが好き。服のおコメや、服のカマボコがある、児島が好き」

「りょうちゃん、嬉しいこと、言うてくれるのう」

「りょうちゃん、うちの屑屋はな、児島の海沿いにあるけえ、いつでも遊びに来なせえ。もっと面白い話は、いっぺえあるけえ」

うん、とうなずくりょうの頭を撫ぜて、男は去っていった。

「ゾウさん」

「なんじゃ?」

「権現さんに登りたい」

「権現さん?」

「うん。この前、学校で、みんなで登ったんだ。また、登りとうなったんじゃ」

「りょうは、高いとこが好きじゃのう」

「うん。あたい、浅草の十二階にも、一回だけ登ったことあるんだ。おっかさんが連れてってくれたんだ。海が見えたよ。権現さんに登ったら、海が見えるでしょ。海が見とうなった」

「海じゃったら、こっからでも見えるじゃろう」

りょうは首を振った。

「高いとこから見るのがいい。海が広うく見えるから。島もいっぱい見えるから」

「そうか。りょう、山に登れるほど足もすっかり良うなってよかったな。恭蔵おじちゃんはな、あんまり体力がねえから、ゆっくりしか登れんけど、それでもええか」

「うん。ええよ。ゆっくり歩こ。ゾウさん、あたいが大きくなったらね、ゾウさんをおんぶして、権現さんまで連れてってあげるね」

「ありがとうな。りょうは優しいのう」

恭蔵とりょうは権現の本宮へと続く石の鳥居をくぐり、参道を登った。

海からの潮風が、綺麗に刈ったばかりのりょうの白いうなじを撫ぜた。

2

話がある、と恭蔵が父親の鶴来源蔵《げんぞう》の隠居部屋に呼び出されたのはその日の夕刻だった。

今は隠居の身でいるものの、まだ五十代の源蔵の目には精気がみなぎっている。恭蔵は人を射るようなその鋭い目が苦手だった。

「恭蔵、ちゃんとこっちを見ろ。そねぇじゃけえ、おめえは人から舐《な》められるんじゃ」

「へえ、すみません」

頭を下げる恭蔵を一瞥し、源蔵は苛立たしげにキセルの胴をポンと叩いて煙草の燃え殻を火鉢に落とした。

「蚊の鳴くような声で謝りなんな。男じゃったら、もっとでけえ声、張り上げろ」

「へえ、すみません」

「その声がちいせえ、ちゅうとるんじゃ！」

罵声が隠居部屋の障子を揺らす。恭蔵が身を縮めた。

「呼び出したなぁ、ほかでもねえ。おめえの今後の身の振り方じゃ」

恭蔵はさらに身を縮めた。

「家督を継ぐ気も無《の》うて、ふらふらした挙句に東京へ出て、尻尾巻いて逃げ帰ってきて、もう一年じゃ」

「父さま。尻尾巻いて逃げ帰ってきた、ちゅう言い方は、やめてくだせえ」

「何が間違うとるんじゃ。鶴来家の跡目は、りくの夫の利一《りいち》に譲ってある。もうおめえにゃあ、ここでやることたぁ何もねえんじゃ。そうじゃけえ、東京に出ることも許したんじゃ。それを、のこのこ帰ってきて、おまけに、何処《どこ》の馬の骨ともわからん娘っ子を連れてきてよ。街じゃあ、あの娘は鶴来んとこの息子が東京から誘拐して連れてきた、ちゅうて噂しとるんぞ。おめえも知っとるじゃろ」

「それは根も葉もねえ噂じゃ」

「根も葉もねえとこに噂は立たん。仕事もせんでふらふらしとるおめえの素行が、そんな噂を生んどるんじゃ。口に出すのもはばかるほどのことを言う奴も」

「やめてくだせえ！」

「ふん、そねぇな時だけ、でけえ声が出るんじゃのう」

源蔵が吐き出した煙草の煙が立ち上る。

「おめえのこと、街の衆がなんて呼んどるか知っとるか」

恭蔵はうつむいて膝の上で両拳を握った。

「鶴来んとこの、穀潰《ごくつぶ》し、コメ食い虫。クソ袋と言われとるんじゃ。けどな、食うだけじゃったら、なんちゅうことはねえ。わしに言わせりゃ、おめえは、川に流れる蘆《あし》じゃ」

「川に流れるアシ？」

「杭《くい》（食い）にかかって、流れを止める。恭蔵、うちも商売をやっとる身じゃ。わかろうが。正直、おめえとあの娘に、この児島の街をうろうろされるのは、鶴来家としては迷惑なんじゃ。おめえがあの児と離れん、ちゅうんなら、それでもええ。勝手にしたらええ。その代わり、この児島からは、出て行け。金は用意したるから、あの娘と一緒に、この児島から出てどこへでも行ってくれ」

恭蔵はまたうなだれた。

「父さま、わかりました。ただ、ちぃとの間だけ、こらえてくだせえ」

「ちぃとの間？　なんでじゃ」

「りょうは、今、小学校に通うとります。りょうを小学校に通わせてもろうて、その点は、父さまに心から感謝しとります」

「恭蔵、勘違いすんなよ。学校にも入れんとうちに置いとったんじゃ余計に変な噂が流れよるから、一時的に通わせとるだけじゃ」

「りょうは東京におった頃、ほんまは学校に通う年齢じゃったけど、学校には通わせてもらえんかった。じゃけんど児島に来てから学校に通わせてもろうて、毎日、学校へ行くのが、楽しみじゃ、言うて喜んどります。勉強も好きみたいじゃ。言葉がおかしいけえ、最初はいじめられもしたみてえじゃけんど、あの子は、わしと違《ちご》うて、心が強えし、おまけに、どこか人を惹きつける才覚があるようじゃ。友達もぎょうさんできとるようじゃ。今、あの子をこの土地から引き離すなぁ、かわいそうじゃけん」

「勉強やら友達やらは、よそへ行ったってできるじゃろう。よそへ行って学校に入り直しゃあ、それで済むことじゃ。そじゃけえ、わしは言うとるんじゃ」

「じゃけんど、わしは、この児島の街が好きになってくれたりょうのことが、愛《いと》しいんじゃ。そじゃけぇ、上の高等女子学校までとは言わんけえ、せめて、りょうが小学校を卒業するまでは、ここにいさせてくだせえ。卒業したら、どこへでも行きますけえ、それまでちょっくら、こらえてくんなせえ」

恭蔵は額を畳に押し付けた。

そのとき、すっと襖《ふすま》が開いた。

「ちょっと、ごめんなせえ」

襖の向こうに座っていたのは、姉の、りくだった。

「父さま。突然、話に割り込んで申し訳ねえです。ちぃと前を通りかかったら、二人の話が聞こえてきたもんじゃけん」

「なんじゃ、りく」

「恭蔵とりょうちゃんのことです」

「どうした、いうんじゃ」

「幸い、家業は、利一さんがえろう頑張ってくれて、去年から足袋の縫製とは別に新しゅう始めた学生服の縫製の仕事も、どうにかこうにか軌道に乗りょうります」

「おお、それはわしもえろう感謝しとる。もうこれからは、みんな靴を履きょうる時代じゃ。いつまでもわしがやっとった足袋の時代でもなかろうからの。ほんまに、ええ婿養子をもろうたもんじゃ」

「父さま。そこなんじゃけどの。学生服に鞍替《くらが》えした方がええんと違うかと利一さんと私に口添えしたなあ、実は、恭蔵なんじゃ」

「なんじゃと？　そんな話は聞いとらん」

「恭蔵がな、東京へ行った時に、浅草で学生服を着た子供たちをたくさん見たんじゃ。それで、これからは学生服の時代が来るんじゃなかろうか、足袋の縫製の技術で、学生服が作れるんじゃなかろうかって、東京から帰ってきた後に、私たちに入れ知恵してくれたんじゃよ」

「ふん、りく。恭蔵がそんなこと言いよろうはずがねえ。そんな才覚があるもんか。よしんば言うたとしてもじゃ。この児島で学生服の先鞭《せんべん》をつけたのは、ゲートルをやっとった角南《すなみ》さんじゃ。震災前からもう学生服を作っとった。そんなことはおまえも知っとろうが。そのあとで恭蔵が何をごちゃごちゃ言いよろうが、そんなもんは後付けじゃ」

「けど、父さま。そうじゃったとしても、利一さんが学生服を手掛けようと決断したのは、東京に行った恭蔵の一言があったからじゃよ」

「何を言うとるんじゃ。恭蔵が東京に行って見つけてきたんは、学生服じゃのうて、ひょんなげなアメリカのズボンじゃ。あのアメリカのズボンを、なんとかならんかと言うてきたことはたしかにある。どうしょうもねえボロボロのズボンを見せられてよ。あんなもんがどうにかなるわけがねえ。りく、見え透いた嘘をつくんでねえ。おめえは何を言いたいんじゃ」

　りくは源蔵の目を見据えた。

「父さま。恭蔵は、わしの可愛い弟じゃ。それに恭蔵は恭蔵なりに、鶴来のこれからのことを考えてくれとるんじゃ。どうじゃろうかのう、ここは、うちの顔に免じて、恭蔵の言う通り、もうちぃと、りょうちゃんと恭蔵を、ここに置いてはくれんかのう」

「ならん。おめえも知っとるじゃろうが、街でおかしな噂が立っとるのは」

「知っとります。けど、父さま。ここまで言うても聞いてくれんなら、もうひとつ、言わせてくだせえ。うちの光太郎がな、りょうちゃんに、ずいぶんとなついとるんじゃ。光太郎はりょうちゃんより二つ年下じゃろう。きょうだいのおらん光太郎にしたら、まるで姉さんのように思えるんじゃろ。今、りょうちゃんがここからおらんようになったら、光太郎がかわいそうじゃ。光太郎ももっと大きくなりゃあ、りょうがおらんでも友達もぎょうさんできるじゃろう。せめてそれまで、りょうちゃんをここに置いてやってくれんか。光太郎のために」

未来の鶴来家の跡取り息子の名前を出され、源蔵はしばし考え込んだ。

そして顔を上げた。

「りく。おめえがそこまで言うんじゃったら、今回はおめえに免じて堪《こら》えたるわ。ただ、恭蔵」

名を呼ばれて恭蔵は弾けるように顔を上げた。

「おめえはその間、なんでもええけえ、定職につけ。今までみたいに定職につかんでふらふらしょうるんを見つけたら、そん時こそは児島から追放じゃ。りょうと一緒に出て行け。これ以上、鶴来家の名前に泥を塗るようなことだけは絶対にするな。それでのうてもおめえは、徴兵検査も色盲で丙種合格。丙種、ちゅうのは、兵士としては役立たん、ちゅうことじゃ。お国の役に立たんちゅう烙印《らくいん》を押されて皆から後ろ指を指されとるんじゃ」

「父さま、それは恭蔵が悪いわけじゃねえじゃろ」

「姉さま、ええんじゃ。なんとか仕事も見つけて。鶴来家の名に恥じないように過ごしますけえ」

恭蔵は、額を畳にこすりつけた。

自分とりょうを助けてくれた、りくに心の中で手を合わせた。

新調したばかりの畳のい草の匂いが恭蔵の鼻の奥をツンと突き刺し、恭蔵の目から涙がこぼれた。

3

機関車が蒸気を吐きながらひなびた駅の乗降場に滑り込んだ。

倉敷駅から山陽鉄道で笠岡《かさおか》駅まで出て、そこから十年ほど前に開通した井笠《いかさ》鉄道に乗り換える。長いトンネルをいくつか抜けると、列車は急激に左にカーブする。右手に大きな川を眺めながら三駅過ぎると、そこが井原《いばら》駅だ。降り立つとひんやりとした空気の中に山の匂いがした。もうすぐ冬なのだと恭蔵は外套《がいとう》の襟を立てた。

駅に比して街は賑《にぎ》やかだった。衣料品店が立ち並ぶ商店街を抜けたところに恭蔵が目指す織物工場があった。

「こんにちは。児島のツルギから来ました」

恭蔵は門をくぐった。

「あんた、また来たんかえ」

黒縁眼鏡の工場長が覗き込むように恭蔵の顔を見て顔をしかめた。

「忙しいとこ、申し訳ねえです。ちぃと、見てほしいんじゃ」

「また、あの、アメリカから来たちゅうズボンのことかえ。何遍来ても、同じことじゃよ」

「もう一度、よう見てくだせえ」

恭蔵は風呂敷包みの結びを解いた。

「このズボン生地は、井原で作っとる、裏白の紺小倉《こんこくら》と、よう似とる思うんじゃ」

工場長は恭蔵が取り出した藍色のズボンを一瞥する。

「そりゃ前にも聞いとるよ。じゃけえ、前にも説明したじゃろう。もういっぺん、同じこと言わせる気か」

「もういっぺん、お願えします」

工場長はうんざりした顔でため息をついた。

「うちの備中小倉はな、表面に出とる縦糸が藍で染めた紺で、裏地に隠れとる横糸が白で綾織した綿織物じゃ。わしんとこだけじゃねえ。井原で作っとる小倉は明治からこっち、ずっとこの作り方じゃ」

「そうじゃ。じゃけえ、このズボン、もう一度よう見てくだせえ。表が藍で、裏地が白じゃ。似とるじゃろう」

「似とるちゃあ、似とる。あんたが持ってきたズボンも、見たところ、おそらくそうじゃろう。表が藍で、裏が白地の綾織になっとる。そこは確かにおんなじじゃ」

「そう、そこはおんなじなんじゃ。けど、大きく違うとこがある。まずは、生地の厚さじゃ。備中小倉も相当に分厚い生地じゃが、これはもっと分厚い。そんで、これが大事なとこじゃが、このアメリカのズボンは、ところどころ、藍が剝がれて、白うなっとる。おそらく人間が穿いとるうちに、擦れて白うなったんじゃ。これが不思議なんじゃ。わしも、これまで手に入るいろんな生地の表面を、ヤスリや軽石で擦ってみた。もちろん、一番よう似とる紺の備中小倉でも。けど、絶対に、こうはならんのじゃ」

「当たりめえじゃろう。表に出とる縦糸は芯まで藍に染まっちょる。なんぼ擦っても、藍は藍のままじゃ」

「そこなんじゃ。それが、どうして、白うなりよるんか。わしは糸に秘密があるんじゃねえかと思うて、このズボンの端をちょこっとハサミで切って、断面をよう見てみた。そうしたら、糸が、芯まで藍に染めきれとらんのじゃ。じゃけえ、穿いとるうちに表面が擦れて、芯の白が浮いてきよるんじゃろうと思うんじゃ」

「それはおそらく、そうじゃろう」

「さあ、聞きたいのは、そこなんじゃ。どねぇしたら、そねぇな糸ができる？　糸を藍の甕に漬けりゃあ、全部藍に染まるんがあたりめえじゃろう？　表面だけ藍に染めて、芯は白いまま、染めきれとらん糸が、どねぇしたらできるんじゃ。その秘密がわかりゃあ、日本でも、このズボンが作れるはずなんじゃ。それが知りとうて、また来たんじゃ。児島にも染めの工場はあるが、井原はこのあたりじゃあ、昔から一番の染めの本場じゃ。その中で、あんたんとこは染めも織りも両方手がけとるじゃろう。そうじゃからこうして」

　工場長は恭蔵の言葉を遮るように手を振った。

「わからんよ。たしかにうちは明治の頃からずっと染めもやっとるけえ、染めに関しちゃあどこよりも知識がある。あんたがあんまり熱心に聞くもんじゃから、現場の職人にも聞いてみたよ。けど、みんな首をひねるばかりじゃ。うちの染め職人がわからんのじゃ。どけえ聞いたって、わからんよ」

「あんたんとこでわからんかったら、あんたんとこか、あんたの知り合いで、アメリカと商売の取引してる会社はないかのう。そこを通じて、なんとかこのズボンの作り方を教えてもらうわけにゃあ」

「何を寝ぼけたことを言うとるんじゃ」

　工場長が目を剥いた。

「恭蔵さん。世間知らずもええ加減にせえよ。他所さんが、ましてやアメリカさんが、自分とこの製品の作り方を、海の向こうの日本の業者に、はい、そうですか、と教えるわけがねえじゃろう。それにな」

「それに？」

「こんなふうに色落ちして白が浮いてくる、ちゅうのは、わしらの常識から言やあ、不良品じゃろう。あんたんとこも、足袋を作っとるんじゃったら、わかろうが。足袋ちゅうのは、どうしても、鼻緒で擦れる部分が剝げてきよる。そこをできるだけ剝げんように、染色も縫製も苦労しとるんじゃねえか。じゃのに、なんでわざわざ不良品になるようなもんを作らんならんのじゃ」

「いや、これは不良品なんかじゃねえ。この、色落ちを見て、美しいとは思わんか」

「思わんよ。色落ちが、なんで美しいんじゃ」

工場長は手首を顔の前で振った。

「鶴来さん」

工場長は一段声を落として恭蔵の目を見据えた。

「あんたんとこも、縫製の工場じゃあねえか。そねぇに作りたきゃあ、なんで自分のとこでやらん？」

恭蔵は唇をかんだ。

「うちにそねぇな話を持ってこられたって、はっきり言うて、迷惑なんじゃ。悪いがのう、もう二度と来んでくれ」

工場長はそう言って背中を向けた。

恭蔵はうなだれて工場の門を出た。

藍色のズボンを抱えて、井原の別の工場の門をくぐった。

答えはどこも同じだった。帰り際に塩を撒《ま》かれたところもあった。

恭蔵は井原の街を彷徨《さまよ》った。

気がつくと河川敷を歩いていた。蒸気機関車の窓から見えていた、高梁《たかはし》川の支流の小田川だ。

恭蔵は河川敷の草むらの斜面に寝転んだ。そうして川の流れをぼんやりと見つめた。

川の流れは豊かだ。

井原の街に染色業や織物業が栄えたのはこの川のおかげだと聞いたことがある。

豊富な水と良質な水のおかげで、糸染めと原反加工が栄えたのだという。

山間《やまあい》で米が作れず、綿花の栽培が盛んになったのは、恭蔵のいる児島と似ていた。児島はもともと瀬戸内の浅瀬の海だったところを江戸時代に干拓してできた土地だ。そのため土地が痩せており稲作ができず、藩が綿花栽培を奨励した。そこから繊維業が盛んになった。児島の港は瀬戸内の物流の要所でもあったので、情報も集まった。それが繊維業の隆盛に拍車をかけた。鶴来被服会社も、その流れに乗って明治期に恭蔵の祖父が興し、足袋の縫製で会社を大きくした。

一方、井原では藍が伝わってからは染料を作り、綿糸を染色して藍染の織物が発達した。厚地の「備中木綿」は丈夫で滑らかな生地で、武士の帯や袴《はかま》の生地として使われた。石見《いわみ》銀山の御用引き継ぎ駅の宿場町でもあったので、往来する人々の土産物として人気を博し、井原の特産品として全国に流通した。明治から大正時代になると小倉地方で始まった布地を改良した「備中小倉」として大量に生産されるようになった。

恭蔵が東京で政次からもらったアメリカのズボンを初めて見たとき、日本にはどこにもないズボンだと思った。生地の手触りや糸、ポケットの縁についている金具などは初めて目にするものだった。ただ、藍で染めているということはわかった。このような藍染で厚手の生地を織っているもの。それは「井原」の「備中小倉」だった。

日本でこのズボンを作るなら、手がかりは「井原」にある。そう踏んで、今日を含めて三度やってきたが、何の手がかりも摑めなかった。

河川敷を十ぐらいの子供たちがトンボを追いかけて駆け抜けていった。

恭蔵は、りょうのことを思った。

りょうは今年で、十になる。

父に児島を出て行けと言われた二年前は、姉のりくが取りなしてくれたおかげで父は怒りの矛を収めてくれた。しかし、今後も、ずっと児島に居られる保証はない。

定職につけと言われ、なんとか小学校の代用教員の口を見つけた。人前で話すことは苦手だが、子供の前では不思議と自然に話せた。ただこの仕事も、臨時雇いの不安定な職だ。何年続けられるかわからない。かといって児島を出ても、行くあてはどこにもない。それよりも、恭蔵の心が痛むのは、りょうが児島の街を愛していることだ。もちろん成長してどこかに嫁に行くことになれば、りょうもいずれは児島を離れることになるだろう。しかし、恭蔵には、りょうが児島に来てからの笑顔が忘れられなかった。りょうを児島に連れてきてよかったと心底思った。同時に、この子を、もう二度と苦界に落としてはならないと思った。嫁ぎ先を見つけて幸せを摑むまで、りょうを児島の街にいさせてやりたかった。

そのために自分ができること。それは「穀潰し」と言われている自分が、この街で何事かを成し遂げることだった。それが、このアメリカからやってきた藍染のズボンを、自分の手で作ることだった。

恭蔵には、妙な確信があった。このズボンは、必ずや、日本でも、誰もが穿くようなものになる。それほど、恭蔵は、このズボンの、剝げ落ちたような、どこか懐かしいような藍の色合いに惚れ込んでいたのだった。この良さが、きっと日本人にもわかる日が来る。

ズボン作りに奔走するのは、りょうのためでもあったが、自分のためでもあった。

夢二のもとで働くという夢が破れた後に、恭蔵が手に入れた夢だった。

夢二が言った「アメリカの『あお』」を、自分の手で、手に入れたかった。

恭蔵は空を見上げた。どこからか鳥の鳴き声がする。寂しげなその鳴き声は越冬のために南へと旅立つ前に別れを惜しむ渡り鳥の声だろうか。

恭蔵は草むらの上でその声を聞くうちに眠りに落ちた。

恭蔵は紺碧《こんぺき》の海を漂っている。

海だと思ったそこは、藍染の甕の中だった。

恭蔵は白装束を纏っている。甕の中央で必死に泳いでいる自分の白装束は、なぜだか藍色に染まらず、白いままだ。恭蔵はそれを不思議に思いながらも必死で泳いだ。ようやく甕の縁までたどり着くと、りょうと姉のりくが甕の縁に腰掛けて笑っていた。りょう、りく、今からそっちに行くけえな。恭蔵は両手を伸ばして藍の海を掻《か》いた。右手が甕の縁に届く寸前に、突然、父が現れて恭蔵が甕にかけた右の手の甲を踏みつけた。ぎゃっと悲鳴をあげたところで目が覚めた。

鮮やかなペンキで塗ったような青空に、白い筋雲が流れていた。

「どねぇしたら、あんな糸が、できるんじゃ」

恭蔵は草むらから起き上がり、駅に向かった。

4

「美味しそうな柿、穫ってきたよ」

「おお、りょうちゃん、また遊びに来たんか」

両腕にいっぱいの柿を抱えて藍小屋に飛び込んできたりょうの顔を見るなり、半次郎は作業の手を止めて相好を崩した。

「そねぇにぎょうさんの柿、どねぇして穫ったんじゃ」

「柿の木に登ってだよ」

「木に登って？　りょうちゃんは、お転婆じゃのう」

「うん。木登りだったら、学校の男の子にも負けないよ。駆けっこだって」

「学校は楽しいか」

「うん」

りょうは腰を落とし、手に持った柿を床に並べて、ぺたんと床に尻をつけた。

「半次郎のおじちゃん。また、藍を染めるとこ、見て行っていい？」

「ああ、なんぼでも見て行ったらええよ」

りょうは半次郎が作業する藍甕の前に擦り寄った。

「りょうちゃんは、何でそねぇに、藍染するとこを見るのが好きなんじゃ」

「だって、真っ白な糸に、色がついていくのを見るの、楽しいんだもん。それに、この甕の中、覗くのも好き。なんだか、深い深い海の中に吸い込まれそうな気持ちになるの」

「そうか」

半次郎はうなずいた。

「ほれ、ちょうど、今じゃ、見てみい。甕の真ん中の表面に、泡がボコボコと盛り上がっとるじゃろう。藍の華が咲いとるんじゃ」

「華が咲いてるの？」

「そうじゃ。藍の華じゃ。わしもな、この仕事を五十年近うやっとるが、こねぇして藍の華が咲くのを見るたびに、りょうちゃんと同じで、甕の中に吸い込まれそうな気持ちになる。まったく飽きんどころか、ますますのめり込んでしまうんじゃ。それぐらい、藍染ちゅうのは、奥深いもんじゃ。それが、十ばかりのりょうちゃんに、わかるとはのう」

「藍の華は、いつ咲くの？」

「それはのう、仕込んだ次の日かもしれんし、一ヶ月後かもしれん。藍の機嫌次第じゃ。時が満ちるのをじっと待つ。それも面白えとこじゃ。甕の中で藍の華が咲いたらの、毎日毎日かき回して、一回染めたら『ありがとう』ちゅうて、また混ぜて、その繰り返しじゃ」

「何回も、何回も、漬けては揚げるんだね」

「藍染はな、糸に藍を漬けただけじゃあ、染まらんのじゃ。ほれ、見てみい、藍甕から揚げたばかりの糸は、黄色か黄緑色じゃ。これが、空気に触れて初めて、少しずつ藍色に染まるんじゃ。不思議じゃろう。じゃから、何回も何回も、糸を甕に漬けては揚げにゃあいけん」

「半次郎のおじちゃん、あたいも、染めるの、手伝ってもいい？」

半次郎が白い歯を見せたあと、口元をキュッと結んだ。

「りょうちゃん、染めの仕事はな、誰にでもできるもんじゃねえぞ。藍甕に糸を浸けるんは、身体がタコみてえに柔《やわら》こうないとできん。ほれ、こうして、足を床に伸ばしたまんまで、床に埋まっとる藍甕に手を突っ込まんといけんからの」

「あたい、できるよ」

りょうは床に足を伸ばし、上半身を折り曲げた。りょうの額が足にぴったりとくっついた。

「おお、りょうちゃん、身体が柔らかいのう！」

「あたいね、玉乗り娘になりたかったんだ」

「玉乗り娘？」

「あたいがいた浅草に、いたんだよ。玉乗りの小屋に。女の人がね、玉の上に乗ったり、足の上で樽を回したりするの。おっかさんに連れてってもらったことがあるんだ。あたいも大きくなったら、あんなふうになりたいって、おっかさんに言ったらね、あの仕事は、身体が鞠のように柔らかくなきゃできないのよって言われたの。それで、おっかさんにねだって、鞠を買ってもらったの。あたいも鞠みたいに、身体、柔らかくなりたかったから。鞠つき、いっぱい練習したよ。鞠をつくだけじゃないよ。ほら、こんなふうに、放り投げることだって」

そう言うとりょうは床の上の柿をひとつ摑んで空中に高く放り投げ、くるっと身体を一回転させてから立ち上がり、落下する柿を右手で受けた。

「ほう、りょうちゃん、すごいな」

りょうはまるで踊り子が舞台の上でするように、柿を摑んだ手を身体の前で交差させ、右足を後ろに引いてうやうやしくお辞儀した。

「だから、藍染だって」

りょうは甕の中で泡立つ藍の華のような表情で笑った。

「玉乗り娘には、今もなりてえんか？」

りょうは首を横に振った。

「ううん。あたし、児島にいるんだもん。ずっと、ここにいたい。児島には、玉乗りの小屋はないもん。半次郎のおじちゃん、あたいが小学校卒業したら、ここで働かせてよ」

「りょうちゃん、嬉しいこと言うてくれるのう。じゃけんどな、染色の仕事は、おなごは、できんのじゃ」

「なんで？」

「なんでって、昔から、そう決まっとるんじゃ。それにのう、染色の仕事は辛えぞ。朝は四時半に起きて、夜は暗《くろ》うなるまで仕事じゃ。手も、こんなになるんじゃぞ」

半次郎は爪の先から手首まで藍色に染まった両掌をりょうに開いて見せた。

「綺麗」

「綺麗か？　この手が？」

「うん。恭蔵のおじちゃんもね、ときどき、そんな手の色で、家に帰ってくるよ」

「おお、恭蔵さんなあ」

半次郎は笑った。

「最近、よう来《き》ょうるよ。なんか、アメリカのズボンたらちゅうのに、えらいハマっとるみたいでなあ。それで、いろいろ染色の方法を試したい、言うんじゃ」

「なんて言うてたの？」

「糸をな、芯まで染め切らんように染めるにゃあ、どうすりゃあええか、ちゅうてな。それで、ここへ来て、実際にやらせてくれちゅうんじゃ。糸をそうっと浅く漬けたり、漬ける回数を変えてみたり、いろいろやりょうるんじゃが、いつも肩を落として帰りょうらぁ」

「あたいが染色の仕事できたら、ゾウさんが知りたいことのお手伝い、できるのに」

哀しそうなりょうの横顔を半次郎は目を細めて見つめた。

「りょうちゃん、今、何年生じゃ」

「六年生じゃ」

「そうか。もう、六年になったか。来年は、卒業じゃな。上の学校には行かんのか」

りょうは首を振った。

「あたいは、働きたい。服を作る仕事がしたい。染色の仕事が無理じゃったら、織りでも、縫製でもええ。自分の手で、服を作りたい」

「そうか。そんなに服が好きなんか」

りょうはうなずいた。

「おっかさんがね、綺麗な服を、たくさん持ってたんだ。それでね、あたいがちっちゃな頃、誰かがクレヨンをくれたんだ。サクラのクレヨン。それで、新聞に、いっぱい、おっかさんの服の絵を描いてたよ」

「けどな。上の学校に行っても、服を作る仕事には就けるんでねえか。角南さんとこじゃあ、近々、洋服の裁縫学校を作るっちゅう話もあるぞ」

「縫製の学校？　それ、ほんと？」

「ああ。上の学校には、行きたくはねえのか」

「ツルギのお義父《とう》さんが行かせてはくれんし。諦めとるよ。ただ」

「ただ？」

「あたい、いっぺんでええから、セーラー服、ちゅうのを着てみたかった」

「おお、セーラー服か。まだこの辺じゃ珍しいが、夏に倉敷へ出かけた時に、女学生が着とるのを、見かけたな」

「うん。私も見たことあるよ。とってもかっこいいんだ。色も好き。そう、紺色。濃い、藍の色だよ。濃い、藍の色の襟と胸にね、白い二本線が入ってるんだ。それが、とっても、かっこいいんだ。あたいね、あんなセーラー服を、自分の手で作ってみたい」

「ほう、セーラー服を、自分の手でね」

「うん。あたいね、この前、思いついたんだ。倉敷の女学生のお姉さんたちが着ているセーラー服より、もっとかっこいいセーラー服」

「ほう。りょうちゃんが思いついたんかえ？」

「うん。夢の中に出てきたんだ」

「ほう。よかったら、どんなんか、教えてくれんか」

5

「りょうを、角南の洋服裁縫実習所で働かせてえ、じゃと?」

恭蔵の言葉に源蔵は目を剝いた。

「りょうが、どねぇしても、働きてえ、言いよるんだ」

「恭蔵、それは約束が違うでねえか。四年前、おめえ、どう言うた? りょうが小学校を卒業するまで、児島に置いてくれちゅうて、頼んだんと違うんか? 卒業したら、どけぇでも出て行く、言うたんじゃねえんか」

「ああ、言うた。言うたんじゃが……」

「それにな。恭蔵、おめえ、この四年間、何しとったんじゃ? ちぃたあ心入れ替えて、ましなこと始めるか思うて、見よったが、相も変わらんと、ひょんなげなアメリカのズボンをどうたら、ちゅうていろんなとこ駆け回って。なんしとるんじゃ。みんな、おめえのことなんちゅうとるか、知っとるんか? 鶴来の道楽息子は、あんごう(バカ)じゃ、アメリカの囚人が穿くような色のズボンにトチ狂うとる、ほんにあんごうじゃ、ちゅうて、陰で噂しとるんぞ。この恥さらしが」

「父さま。あれは、囚人の穿くズボンじゃねえ」

「どっちでも同じじゃ。ええ加減にせえ!」

殴らんばかりに立ち上がる源蔵を、りくが制止した。

「父さま。恭蔵も、何も悪気があってやっとるわけじゃあねえんじゃけえ。鶴来の、将来のことを思やあこそ」

「りく。今度ばかりは、いくらおめえが言うたって、聞きゃせんぞ。りょうは、今年で十三じゃ。恭蔵、約束どおり、りょうを連れて、児島を出て行け」

「父さま、その話じゃけどよ」

「なんじゃ、利一。まさか、おめえまで、恭蔵とりょうの肩を持つわけじゃねえじゃろうな」

「父さま。ちぃとしばらく、わしの話を聞いてくだせえ。実は、鶴来でも、これからは、男子の制服だけじゃのうて、セーラー服を作ろうと思うとるんじゃが」

「おう、おめえに成算があるんじゃったら、好きにやったらええ。わしゃ反対せんぞ」

「成算はあります」

利一は勢いこんで言った。

「岡山県下では昭和に入ってから、新設の高等女学校ではセーラー服を採用するところが増えとります。前からある女学校でもショールカラーの上着からセーラー服に替えるところが出てきとる。制服が指定されとらん小学校でも、セーラー服を着てくる児童が増えとる。それぐらい、いま、女学生や児童の間でセーラー服は人気なんじゃ。この流れは止まらん。これからもっともっと増えるじゃろう。ただ、セーラー服の製造と販売は、角南さんが先行しとる。鶴来でセーラー服を作るとしたら、どこか角南さんのとこにはない特長が必要じゃ。それで、デザインを、ちぃと新しいもんにしようと思うとります。今、角南の作っちょるセーラー服は、襟や胸当てに入っとる白線が二本じゃが、これを、うちのは、三本にしようと思うとります。なんで三本かちゅうと、この三本の白は、児島の三つの白、つまり、塩と、いかなごと、綿の、三つの白を象徴しとるんです」

「ほお、児島の三つの白か。それはええ案じゃ。よう思いついたな」

「ありがとうございます。じゃけえ、父さま。ここからの話を、よう聞いてほしいんじゃ。今、言うたアイディアなんじゃが、これを考えたのは、実は、りょうなんじゃ」

「りょうが？」

驚く源蔵に利一がたたみかける。

「そうなんじゃ。うちの取引先の染色職人の半次郎さんが、ある時、紙を持ってきて、わしに見せよったんじゃ。『これは、あんたんとこの、りょうちゃんが描いたもんじゃ』ちゅうて。そこに、襟に三本の白線の入ったセーラー服の絵が描いてあったんじゃ。それと、襟だけじゃのうて、左の胸ポケットにも、三本の白線が入っとった。わしは、りょうを呼んで訊いてみた。これ、なんで三本線じゃ、と。そしたら、りょうは、児島の三つの白じゃ、と答えよった。児島の三つの白の話を、まだ小学校に入ったばかりの頃に、恭蔵から聞いたことがあるちゅうんじゃ。その時、りょうは、わしに、角南の洋服裁縫実習所で働きたいちゅう話もしよりました。なんでじゃと理由を尋ねたら、自分の手で、セーラー服を裁縫してたくさんの人に届けたい、と、こう言いよるじゃ」

利一はそこで一呼吸おき、ゆっくりと噛みしめるように言った。

「わしは、それを聞いて、感心も得心もしてのう。そこで父さま。相談じゃが、りょうには、才能がある。それに何より、この児島を愛しとる。この三本線のアイディアが、何よりの証拠じゃ。じゃけえ、りょうをこのまま児島において、裁縫を学ばせてやったらどうじゃろうか。将来、きっと児島のためになる、と、わしは思うんじゃがのう」

しばらく沈黙が続いた。

目をつむり、口をつぐんでいた源蔵が、ようやく口を開いた。

「三つの白、か」

「どうじゃろうか、父さま」

源蔵は腕組みして目をつぶったままだ。

源蔵が目を見開いた。

誰もが固唾《かたず》を呑んだ。

「りょうを角南の洋服裁縫実習所で働かせることは、ならん。認めるわけにはいかん」

「父さま。どうして」

「角南はうちのライバル会社じゃ。そんなとこに通わせるわけにはいかん」

「けど、縫製実習所は、角南さんのとこにしかありゃせんで。それやったら、うちで縫い子として働かせますか」

「それも、ならん。りょうを、これ以上児島に置いとくことは許さん」

恭蔵は唇を噛んだ。

「恭蔵」

と源蔵は恭蔵の方を向いた。

「りょうを、ここへ呼んでこい」

6

「ゾウさん、見て」

鶴来家の離れの玄関でりょうがくるりと回った。

「おう、りょう。よう似合うとるのう」

恭蔵は歓声をあげた。

目の前にいるのはセーラー服を着たりょうだった。

「しかし、父さまの決断には、驚いたのう。りょうを、倉敷の女学校に通わせる、ちゅうんじゃから。わしゃ、今でも、あん時の父さまの言葉が、耳にこびりついとるよ。わしは、りょうのためにそうするんじゃねえ。利一の言葉で、そうすることに決めたんじゃ。感謝するんなら、利一に感謝せえ」

「利一さんには、感謝しとるよ。感謝しても感謝しきれんくらい。ほんとはね、あたい、ずっと女学校に上がりたかったんだ。けど、ここに置いてもらっとるだけでありがたいのに、そんなこと、とても言い出せんで」

「りょう、縫製実習所に通うて、セーラー服、作りたい、いう夢は、ええんか」

「あのね、恭蔵さん。女学校には、縫製の授業もあるの。だから、そこで学べるわ」

「そうか。そりゃあ、よかったのう。それにしても、児島にも女学校はあるのに、わざわざ倉敷の女学校に通わせる、ちゅうのは、父さま、どういう了見かのう。そんなに、りょうをここに置いとくのが嫌なんかのう」

「ううん。それもいいの、児島の女学校は、セーラー服じゃのうて、ショールの制服じゃ。あたいは、遠くだって、このセーラー服を着られる方が、ずっと嬉しい」

「ほうか。けど、そのセーラー服は角南さんとこで作っとるやつじゃけえ。それが、りょうの考えた白の三本線じゃったら、もっと良かったのう」

「ううん、あたいの考えた三本線が、あたいにこのセーラー服を着せてくれたんだもの。それで十分。夢のようじゃ。ゾウさん、ありがとう」

「なんで、わしに礼を言うんじゃ」

「だって、あたいに、児島の三つの白の話を教えてくれたんは、ゾウさんだもん」

りょうはそう言って、またくるくると回った。恭蔵は、目頭が熱くなった。

「ゾウさん、覚えとる？」

「何がじゃ？」

「今みたいに、私が、ゾウさんの前で、くるくる回ったことがあったこと」

「え？　なんのことじゃ？」

「東京におった頃。震災のあった頃」

「おお、震災か。あれから、もう、五年になるんじゃのう。ちゅうことは、りょうと出会うてから、五年、ちゅうことか。りょうは、大きゅうなるはずじゃのう」

「そうじゃのう」

「そうじゃのう、か。りょうも、すっかり児島弁が身についたのう」

りょうの口元から白い歯がこぼれた。りょうは上がり框《かまち》に腰掛ける恭蔵の横に座った。

「ほら、覚えとらん？　上野の公園で。月が出とった夜じゃったよ。政次っていうおじさんがおったでしょ」

「おお、政次さん。懐かしいのう。わしらの恩人じゃ。今頃、どないしとるんかのう」

「政次のおじさんが、あたいに、水色のワンピース、くれたんよ。水色の、格子の柄のワンピース。あたい、あんな可愛い服、初めて人にもろうたもんじゃから、嬉しゅうて、嬉しゅうて。それで、そのワンピース着て、上野公園で、くるくるくるくる回って踊ったんじゃ」

「ああ、そんなことが、たしかに、あったのう。りょう、ようそんなことを覚えとるのう」

「あたい、あの夜のことは、絶対、忘れんよ。あの日から、あたいは、変わったんじゃ。まるで、魔法をかけられたみたいに、ぱあっと、目の前が明るくなったんじゃ。おっかさんと浅草の家にいた時から、あたいは、いっつも一人で、真っ暗な穴の中におるみたいじゃった。地震があった後は、もっと目の前が暗《くろ》うなった。あちこちに死んだ人が転がっとったし、夜中に泣き叫ぶ人がいっぱいおったし。知っとる人は誰もおらんし。心細うて心細うて……。けど、あたいは、あのワンピースで、救われたんじゃ。暗い暗い穴の中から救われたんじゃ。今も簞笥の中に、大事に仕舞うとるよ。あの日が、あたいが今までで、二番目に嬉しい日じゃった」

「二番目？」

「そうじゃ」

「一番は？」

「一番は、今日じゃ」

「今日か」

「そうじゃ。ずっと憧れてたセーラー服を初めて着た、今日じゃ」

りょうはそう言ってまた立ち上がり、くるくると回った。

藍色のスカートの細かな襞《ひだ》が、風を含んで翻った。

7

海辺の散髪屋で恭蔵は新聞を読みふけっていた。

「恭蔵さん。また熱心に新聞を読んでるねえ」

「えれえことじゃよ。支那の奉天《ほうてん》で、南満州鉄道の線路が爆破されたそうじゃ。関東軍は満州の日本人を守るために、支那軍と武力衝突したらしい」

「満州は、どうなるんじゃろうかのう」

「関東軍が一気に占領する勢いじゃそうじゃ」

「このところ、支那とは、緊迫してたからのう」

「支那と、大きな戦争になるんかのう」

恭蔵は大きなため息をつき、椅子の上のりょうに話しかけた。

「りょう、倉敷の下宿は、どうじゃ？　もう慣れたか？　女学校は楽しいか？」

「うん。毎日楽しいよ」

「寂しゅうはねえか」

「寂しゅうなんかないよ。休みの日は、こうしてゾウさんとこに帰って来れるもん。寂しい、なんちゅうたら、バチが当たる」

「バチが当たる？」

「倉敷じゃ、あたいぐらいの年齢の子は、みんな紡績工場で住み込みで働いとるよ。九州や四国から、家を離れて出てきとるんじゃ。家に帰りとうても、どうしたって盆と正月にしかお家に帰れんのよ。こんなんで寂しい、言うてたら、バチが当たる」

「学校で、いじめてくるやつはおらんか」

「おるよ。いっぱい。体操の授業のあとで着替えた服を隠したり。教科書、破ったり。机にとっても嫌な言葉、落書きされたり。そんなん、しょっちゅう。でもへっちゃら。気にしとらんよ」

「ほうか。なんでそんないじめよるんじゃ」

「あたいね、裁縫の授業が一番好きなんじゃけど、裁縫を熱心にする生徒は、嫌われるの」

「なんでじゃ」

「裁縫なんか、自分らがやるもんじゃないって考えがあるみたいなんじゃ。裁縫より、文学や音楽なんかの方が、高等じゃ、いう意識があるんじゃ。裁縫の時間は、みんなサボって、靴箱に入っとる手紙をこっそり読んだり、返事を書いたりしとるよ。和裁の宿題が出た時なんかは、みんな家で母親にやってもらって提出しょうる」

「ほう。女学校ちゅうのは、良妻賢母を育てるとこじゃと思うてたけどのう」

「良妻賢母、なんて言うと、みんな、顔、しかめるよ。でもね。あたいは、裁縫も、文学も、両方好き。ある時ね、裁縫の授業で先生が、あたいが作った裁縫をものすごく褒めてくれたことがあったの。そうしたら、その日から、いじめが始まってね。でも、いじめてくる子なんかには、負けないよ」

「そうか。そんだけ馬力がありゃあ、大丈夫じゃ。で、下宿の伊佐人《いさと》おじさん夫婦は、ようしてくれるか」

「うん。毎日、お弁当作ってくりょうる。それが、美味しいんじゃ。あたいね、休みの日は、伊佐人おじさん家の古本屋さんを手伝っとるんよ」

「そうか」

「本がいっぱい読めるから、それも楽しい」

「よかったのう」

理髪店の主人が口を挟んだ。

「それにしても、りょうちゃんは、大したもんじゃな。倉敷じゃ、ちゅうても、生まれた東京から遠く離れたこの岡山で、自分の居場所を作ったんじゃからのう」

「ほんまじゃ。それにひきかえ、わしはいまだに、うだつの上がらん代用教員のままじゃ」

恭蔵は頭を掻いた。

理髪店の主人は恭蔵に話を向ける。

「そういやあ、恭蔵さん、アメリカのズボンは、どうなったんじゃ？」

「ああ。あれか」

恭蔵は新聞を閉じた。

「自分で作る、ちゅうとったが、ちぃたぁ、目処《めど》がついたんか」

「いや」

恭蔵は目を伏せた。

「けど、わしゃ、諦めとらんよ。今度の休みにな、福山に行こうと思うとるんじゃ」

「福山？　広島の？」

「ああ。福山じゃ。わしゃ今まで、岡山の繊維ばっかりに目を向けとったが、それが間違いじゃった。福山にゃあ、昔から備後《びんご》絣《かすり》ちゅうのがあるじゃろう」

「備後絣。おお、福山といやあ、備後絣じゃ」

「あのアメリカのズボンに、かすんだような青が出るのは、縦糸が芯まで染めきらんからじゃ、ちゅうとこまではわかったんじゃが、どねぇしたらそんなふうな染めきらん糸ができるんかが、ずっとわからんかった。けどな、備後絣にゃあ、かすんだような模様が入っとるもんがあるんに気ぃついたんじゃ。もしかしたら、あの、アメリカのズボンのかすんだ青を作る、糸口がそこにあるんじゃねえかと思うての」

「ゾウさん」

口を開いたのはりょうだった。

「あたいも、福山に連れてって。今度の休みって、いつ？」

「なんでじゃ。福山は遠いぞ。せっかくの休みなんじゃ。りょうはゆっくりしとったらええ」

「あたいも連れてって。福山に行きたい。福山は、倉敷を少うし、西に行ったとこじゃろう。いっぺん、行きたいと思うとったんじゃ」

8

「広島県芦品《あしな》郡、常金丸《つねかねまる》村……ここか」

恭蔵が住所を頼りにたどり着いたのは両備鉄道の新市《しんいち》という駅から北へ四キロも歩いた川沿いの村だった。

「あのう、すみません。丸正《まるしょう》、ちゅう機屋《はたや》を探しとるんじゃが」

「ああ、丸正じゃったら、ここから見えとる。あの建物じゃ」

「ほう、ずいぶんと古い建物じゃなあ」

「そりゃそうじゃ。このへんじゃ一番昔からやっとる手織藍染の備後絣の機屋じゃ」

大きな正門をくぐって名乗ると、奥から主人が出てきた。

「当代の主人の清二郎です。今日は児島からわざわざおいでになったそうで、ご苦労さんです」

恭蔵はあらかじめ手紙で知らせておいた用件をあらためて述べた。

「さあ、それなんじゃが。果たして、お役に立てるかどうか」

と主人は顎に手を当てて首をひねった。

「まあ、とにかく、これを、見てくだせえ」

恭蔵は、風呂敷包みから青いズボンを取り出した。

「ほう、これが、手紙にあったアメリカのズボンですか」

「そうです。縦糸が藍で、横糸が白の綾織です」

「見たところ、そのようですな」

「この藍の色がかすんで白うなっとるとこ、よう見てくだせえ。これは、縦糸が芯まで藍色に染めきらんからじゃと」

主人は無言でうなずいた。

恭蔵がここぞとたたみかける。

「藍染備後絣の、あの白いかすれた模様も、縦糸を芯まで染めきらんで出しとるのと違いますか」

「その通りです」

恭蔵は思わず身を乗り出した。

「教えてくだせえ！　それが知りたいんじゃ。それは、どねぇなふうにして」

「まあまあ、落ち着きんせえ。今、説明しますけえ」

主人は笑顔で答えた。

「備後絣の場合はですな、江戸時代は藍に染める原糸の一部分を竹の皮で巻きよったそうです。そうすると、巻いた部分だけは、白うに染め残るんです。その理屈は、わかりますな？」

恭蔵はうなずいた。

「そうして井桁の模様をつけたのが最初じゃそうです。今は、竹の皮やのうて、束ねた糸を紐《ひも》でくくって、やっとります」

「紐でくくる……そういうことか。けど、そういうやり方じゃったら、紐でくくったところしか、白うは、ならんのじゃないかのう」

「ええ。備後絣は、表現する文様に応じて糸に部分的に防染処理をしとるからこそ、思い通りの模様になるけえ、それでええんです」

「とすると、その絣の模様は、最初に染め上げた時から付いとることになりますのう」

「ええ。いろいろと工程はありますが、基本的には染めた後に紐を解《ほど》いて、糸をばらしたら、模様は付いとります」

「このズボンの場合は、違うと思うんじゃ。この、青が色落ちして浮き上がっとる白は、染める時に人間の手で思うような模様を付けたんじゃのうて、織り上げてから、穿いとるうちに擦れて自然に浮き出てきとるように思うんじゃ」

「うん、それはそうでしょうなあ」

「つまりは、糸の芯の部分が染めきらんで白い、ちゅうことじゃが、いってえ、どねぇしたら、そねぇなふうな糸が……備後絣の糸は、どうやって染めとるんでしょうか」

「それは、綛染《かせぞめ》、ちゅうやつでしてな」

「『かせぞめ』？」

「糸をぐるぐると束ねて、輪っかに巻いたもんを、『かせ』いうんです。その『かせ』を藍の染料の入った壺《つぼ》の中に、綿糸を浸しては取り出して絞ってゆくんです。藍の染料自体は水に溶けんですから、空気に晒《さら》して酸化させるちゅうことを、何回も何回も繰り返して染めて行きよるんです」

「そうしたら、糸の芯は？」

「しっかりと、染まりよります」

「色落ちは、せん、ちゅうことですね」

「芯までしっかり染めとるから、むしろ着込めば着込むほど、藍は濃うなっていきよる。それが『綛染』の特徴です。つまり、あなたが持ち込んだズボンとは、全く逆、ということになりますな」

「染めの回数を、少のうしたら、どうですかの」

主人は大きくかぶりを振った。

「そんな単純なもんやねえですな。染めの回数を少のうしたら、糸の表面自体が藍に染まりきらん。そんなもんは藍染でもなんでもねえです」

「そんじゃあ、どねぇしたら……」

主人はうーん、と口をつぐんでしまった。

恭蔵は深々と一礼した。

「忙しいのに、お時間頂戴して、ありがとうございました」

「お役に立てんで、申し訳ねえじゃったです」

主人はやれやれといった表情で立ち去ろうとする。

「ご主人さん」

呼び止めたのは、一緒に付いてきたりょうだった。主人が振り返って足を止める。

「なんじゃ？　お嬢ちゃん」

「ご主人さん、あの棚には、焼き物が、ええたくさん並んどりますね」

「ああ。備前焼じゃ。焼き物が好きで、集めとるんじゃ」

「素朴な感じの焼き物が多いですね」

「ああ、わしは、高級感のあるもんより、素朴な焼き物に惹かれるんじゃよ」

趣味である焼き物の好みを指摘され、主人は思わず顔をほころばせる。

「それじゃったら、わかってもらえると思うんじゃがの、あたいは、このアメリカのズボンは、一種の民芸品じゃねえかと思っとるんです」

「民芸品？」

「ええ。民芸品ちゅうても、土産物とか、そういうことじゃのうて、生活の中にある道具です。

日本の民芸品には、真新しいものよりも、使い古したものに美を感じる、ちゅう精神があるじゃろ。『用の美』ちゅうやつです」

主人が目を見開いた。

「嬢ちゃん、若え《わけ》のに、なんでそねぇなこと、知っとるんじゃ」

「この前、女学校の授業で習《なろ》うたんです」

「そうか。今は学校で、そねぇなこと教えとるんか。お嬢ちゃんの通うとる女学校は、ええ学校じゃの。その通りじゃ。しかしな、それはな、今までの日本人にはなかった感覚じゃ。いや、感覚はあったんじゃが、はっきりと意識することはなかった。それを意識させたのは、柳宗悦《やなぎむねよし》先生の日本民芸運動以来で、まだ十年ほどのことじゃよ。それを学校で習うとるとはな。その通りじゃ。『用の美』ちゅうやつじゃ」

恭蔵は瞬時に主人の懐に飛び込んだりょうの顔を見つめた。ほんの一瞬、二人の目が合った。

りょうは主人に向き直った。

「恭蔵のおじさんはね、いつもいろんな人にこのズボンは美しい、言ょうるんじゃけど、それをわかってくれる人は、今まで誰もおらんかった。けど、日本の民芸品の『用の美』ちゅう感覚で見ると、このズボンの良さが、ご主人さんにも、なんとのう、わかってもらえるんじゃねえか、と、私は思うたんです」

主人はズボンに視線を落として呟いた。

「アメリカの、用の美、ちゅうやつか」

りょうはうなずいた。

「このズボンなんですけど、染色の方法に秘密がある、ちゅうことは間違いねえですか？」

「それは間違いねえ。糸の染め方に、何かの工夫があるんじゃろうよ」

「工夫がある、ちゅうことは、アメリカの染色職人が、劣っとるからそうなっとるんじゃのうて、わかっとって、それをやっとるちゅうことですよね」

「そういうことじゃの」

「そうじゃったら、アメリカの藍染職人にできて、備後の藍染職人はできねえ、ちゅう道理はねえんでねえでしょうか」

主人がまたりょうの顔を見直した。

「嬢ちゃん、あんたは若えのに、大したもんじゃな。人の心を動かすコツを知っとるな」

そして言った。

「よっしゃ、わかった。もうちぃと、考えてみよう。わかるかどうかは、請け負えんけどよ」

9

竹久夢二の目の前にはカリフォルニアの風景が広がっていた。

中古のT型フォードに乗り込んでロサンゼルスを出発したのは六月三十日だ。

夢二を乗せた龍田丸がサンフランシスコの港に着いたのは昭和六年六月三日のことだった。アメリカへやってきてから、もう一年近くが経っていた。

運転席でハンドルを握っているのは平田露草《ろそう》だ。

ロスのリトル・トーキョーで知り合った詩人であり、根っからのバガボンドである。

旅に出ないか、と誘ったのは露草だった。

「あんたの絵を売りに行く旅さ。道中には、絵になる景色もたくさんあるぜ。スペイン統治時代の教会なんかがな。なに、売れなかったら、昼寝でもして帰ればいいさ」

ロサンゼルスから北を目指して、サンタバーバラへ。そこからさらに海岸沿いの道をひた走り、目指すはガダループという街だ。

「ガダループには大きな農園を経営している移民の日本人が多いんだ。経済大恐慌のこのご時世でも、農業は生きて行くために不可欠だからな。景気には左右されにくい。あいつらなら、あんたの絵の一枚や二枚は買ってくれるさ」

露草は気持ちよさそうに口笛を吹きながら言った。

しかし夢二が旅に出ることを決めたのには、もうひとつ別の理由があった。

アメリカに来てからこの一年、完全に煮詰まっていた。

半月前にリトル・トーキョーで小さなホテルを経営する日系の女主人の援助でアトリエを構えた。自分の作品を展示し、希望者には絵も教える教室を開いた。しかし、絵は一枚も売れず、教室に生徒は来なかった。そんな折の、露草からの旅への誘いである。

夢二はT型フォードの助手席で揺られながら、船からアメリカの街を初めて見た日のことを思い出していた。


「これがアメリカか」

夢二は憧れていたアメリカの地を初めて見たのに、何の感興も湧かなかったことを意外に思った。老境に入ったせいか。この時、かぞえで四十八歳。老境という歳でもないが、その日の朝、洗面所の鏡で見た己の顔は、随分老け込んで見えた。

現地の日本人記者たちがどっと駆け寄ってきた。

取材攻勢か、やれやれ、と夢二は身構えた。

しかし記者たちが駆け寄ったのは夢二ではなかった。同じ船に乗っていた早川雪洲だった。日本人でただ一人、チャップリンに次ぐアメリカ映画界のトップスターとなっていた雪洲には、久しぶりのハリウッド出演が待っていた。記者たちが彼に群がるのは無理もない。

一人の日本人記者が夢二に話しかけた。

「やあ、ムジさん、遠路はるばる、ようこそサンフランシスコへ。私は『桑港《サンフランシスコ》日米新聞』主幹の安孫子久太郎《あびこきゅうたろう》です」

「私は、ムジではなくて、ユメジです」

夢二はムッとした顔で答えた。険悪な空気が流れた。

「まあまあまあ」

後から船を降りた翁久允《おきなきゅういん》が二人のやりとりに気づいてとりなした。

「ああ、翁さん、随分ご無沙汰しております」

アメリカの日本人記者で翁を知らぬ者はいない。

翁は夢二をアメリカに連れ出した張本人である。

十九歳で渡米し、移民労働者の苦労を舐めながら記者として西海岸の日本語新聞社を渡り歩いた後、サンフランシスコの新聞社の支局主任にまで上り詰め、関東大震災の翌年に帰国。朝日新聞に入社して、『アサヒグラフ』のグラフ部に所属、その後『週刊朝日』の編集長時代に竹久夢二と知己を得た。

夢二は日本で翁に言われた言葉が忘れられない。

「夢二さん。正直に言うが、今のあなたの人気には、翳《かげ》りが見えている。いや、もっとはっきり言おう。夢二はもう終わった、と、誰もが思っている。私がアメリカから帰国して、一番悲しかったのが、そのことだ。しかし、私は、あなたの絵が好きだ。私はもう一度、あなたの名声を復活させたいんだ。どうですか。いっそ、アメリカに渡って、もう一旗揚げる気はないですか。なに、心配いりません。私も朝日新聞を辞めて、アメリカに渡るつもりです。一緒に行きましょう。渡航費用は、私の朝日新聞の退職金を充てればなんとかなります。向こうには移民で成功した日本人がたくさんいます。私はそんな人間をたくさん知っています。彼らを相手にあなたの絵を売れば、二万ドルは稼げますよ」

夢二は女衒《ぜげん》のような翁の言葉に乗った。

夢二の名声が関東大震災を境に急激に衰えたのは事実である。夢二は格闘した。しかし震災が壊したのは帝都の建物だけではなかった。時代の空気はもう夢二を必要としていなかった。あの震災から八年が過ぎていた。

もとよりアメリカには行きたいと思っていた。

海外で絵を学びたいという思いは有名無名に関わらず、画家ならば誰もが持つ夢だった。夢二には大正元年に京都で初めて作品展を開いた際に、ボストン博物館の館長からぜひアメリカで個展をやるように勧められたにもかかわらず、大戦の勃発や愛人の彦乃《ひこの》の病気で思いとどまったという後悔もあった。

あれから十九年。翁の誘いに夢二の心は動いた。

いっそ日本の風物から一度、一切離れたい。そうすることで、画風の新境地を拓《ひら》きたい、という思いもあった。画風の新境地。具体的には、油絵への挑戦である。

そして夢二のアメリカの向こうにはヨーロッパがあった。絵を売ればアメリカで稼げる。二万ドル。その言葉に夢二が乗ったのは、それだけの金があればヨーロッパへの渡航資金に充てられると考えたからだ。

様々な打算があった。翁の側にもそれがあることを夢二は承知していた。しかし今回の「挑戦」に対して、何よりも夢二の背中を強く押したもの。それは「ここではないどこかへ行きたい」という、幼い頃から彼の中に宿っていた、放浪者としての魂だった。

ほうぼうで歓迎会が開かれた。しかしどこへ行っても、主役は翁の方だった。

翁は移民の日本人としてアメリカで成功したばかりか、帰国して日本でも成功を収めた、いわば日本人移民社会の出世頭なのだ。そんな彼が再びアメリカの地を踏んだのだから、歓迎ぶりは半端ではなかった。それに比べて夢二の名は知られていなかった。「新聞や雑誌の挿絵でポピュラーな画家」。新聞記者でさえその程度の認識だった。ましてや市井の日本人移民にその名は知られていなかった。やってくる者は誰もが翁目当てだった。

「私は、どうもここでは、古いフォードほどの値打ちもないようだね」

面白くない日々が続いていた。加えて日本にいた頃から崩していた体調も思わしくない。

夢二は元来、高い音が苦手だった。それがアメリカに渡ってから拍車をかけた。アスファルトの上を歩く革靴やハイヒールの音でさえ耳を塞ぎたくなる。アメリカの文明の音は夢二の神経を苛んだ。すべてセメントで固められた住宅もブリキ製の家具調度も、土のない広場も息が詰まりそうだった。腰にたくさんの鍵をつけたアメリカ人たちとは理解し合えそうにない。異国の床で見る夢は悪夢ばかりだった。

何よりも絵が売れない。注文が入らない。たまに注文が入っても、描く気が起こらない。

翁との決別の日は遠くはなかった。

翁の伝手《つて》を頼った日本人移民相手ではなく、芸術家の街と言われるカーメルという街で白人相手に日本から持参した絵を中心に展覧会を開いたが、一枚も売れなかった。値段は五十ドル、中には二十五ドル。それでも売れない。渡米する前年から作り出した紙粘土細工の人形も置いたが、やはり売れなかった。アメリカは二年前に吹き荒れた恐慌の嵐がまだ過ぎ去らず、不景気の最中《さなか》にあった。無名の夢二の絵に財布の紐を緩めるアメリカ人はいなかった。西海岸には秋が訪れようとしていた。季節の移ろいに乏しいカリフォルニアの風土は夢二をいっそう憂鬱にした。

そんなとき、居候していた家に画家だという男がやってきた。南からやってきたという。

男は言った。

「カリフォルニアの南には、『天使の街』があるんですよ」

夢二は新しい旅に出たかった。再びあてどない旅へ。天使の街、ロサンゼルスへ。

冬が近づいていた。男が運転する車に乗る夢二の目の前を、絡まった草の塊が風に吹かれながら転がっていった。

「まるで自分を見るようだな」

夢二は自嘲した。

夢二は転がり続けていた。

昭和六年。一九三一年が終わろうとしていた。

平田露草と出会ったのは、ロサンゼルスのリトル・トーキョーで開かれた「芸術同好者新年宴会」の席だった。天使の街は夢二に温かかった。この地には夢二のことを知る文人墨客も多く、その席に夢二も招かれたのだった。

「私はルンペンの親分で、リトル・トーキョーの詩人です」

と自己紹介の時に挨拶した露草に夢二は興味を持った。蝶《ちょう》ネクタイが印象的な男だった。

同じ岡山県人、ということがわかり、二人の距離は縮まった。

「夢二さんが描く女の絵とか、あれこれ伝え聞くゴシップから、俺は夢二さんのことを色の白い美男子だと勝手に想像していたんだけど、こうして実際に会ってみると、随分と色が黒いなあ。カリフォルニアの太陽で焼けたんかな」

「いいや。日本にいる時に皆にヤキモチを焼かれて、黒くなったんだよ」

露草は愉快そうに笑った。夢二も笑った。夢二が声を出して笑ったのは、アメリカの土を踏んで初めてだった。露草は夢二よりも随分若い。打ち解けたとみると夢二に対してタメロで話す露草に悪い感情は抱かなかった。

夢二は露草の家に転がり込んだ。露草は詩では食えず、生活のために日本語新聞の購読料の集金の仕事をしていた。方々の集金先で食事をご馳走《ちそう》になるような人好きのする男だった。女にはもて、露草の家には得体の知れない白人の女が入れかわり立ちかわり出入りした。露草は夢二を毎晩のようにダウンタウンに誘い出した。たまに絵が売れて懐に入ってくるわずかばかりの金は二人の胃袋に消えた。アトリエの経営は、うまく行かない。金はない。腹は減る。しかし餓えていたのは、夢二の心だった。


ガダループに着いたのは七月四日。アメリカの独立記念日だった。

夢二は露草に連れられて荒谷という農園経営者を訪ねた。明治時代に熊本から移民でやってきて、なんでもレタス栽培で大成功したらしい。

露草は荒谷とは面識があるようで、二人は玄関先でアメリカ式に大仰に抱き合った。

「ちょうどいい時に来よったのう。今から、うちの日本人青年会の野球チームが、フレズノから遠征に来とるアメリカ人のチームと試合をやるんじゃ。観戦していけや」

野球の試合を観るなんて、いつぐらいぶりだろう。夢二は芝生の上で白球の行方を目で追いながら考えた。

「夢二さん、ずいぶんと熱心に観てるねえ。野球が好きなのかい？」

「ああ。僕は、学校が早稲田実業だったからね。入学した翌年から早慶戦が始まったんだ。ずいぶん観に行ったよ。画家になってからも、若い頃は、久米正雄らと一緒に野球チームを作ってたこともあったね」

「へえ。夢二さんが野球をやってるとこは、想像つかねえなあ。どうだい、荒谷さんに頼んで、ピンチヒッターで打席に立ったら」

「冗談言うなよ。もう四十八歳だ。あっという間に空振り三振だ」

のどかで幸せな時間だった。

試合は荒谷のチームのワンサイドゲームで、三回を終えてすでに九点もの差がついた。四回以降さらに点差を広げて、十三対一で日本チームが勝った。

「まあ、後半はだいぶ手加減してやったがの」

試合後、大勝して鼻の穴をふくらます荒谷に露草は擦り寄って懐にすかさず入った。

「大したもんだなあ。去年、アメリカの大リーグの選抜チームが日本に行ったそうじゃが、日本はオールスターで臨んでも、十七戦全敗で、まるで大人と赤子の試合じゃったと聞いてるよ」

荒谷の鼻の穴がさらに広がった。

「内地の人間くさ、アメリカの野球チームに勝てるわけがなかろう。内地から来よった日本人はな、どいつもこいつも、わしら在米同胞は三十年内地に遅れちょるとバカにしよるがな、これがわしらの実力よ」

「ほんとにその通りですよ。それでね、荒谷さん、ちょっと買ってほしいものがあるんだが」

「なんじゃ。満州国の地図なら、前におまんさんが来た時にもう買《こ》うたがのう。あれはもう街の在米同胞に全部配ったぞ。それか、また春画か」

「そんなんじゃないんだ。この人は竹久夢二といって、日本じゃ大した人気の画家なんだ。美人画で有名でね」

「ほう。美人画か」

「どうだろうか。この街にゃあ、荒谷さんみたいな芸術を理解する同胞も多いじゃろう。これから何日か滞在するんで、ここで彼の展覧会を開いてはくれないだろうか」

いろいろ考えておくから、また出直して来てくれ、と荒谷はあまり気乗りしない顔で答えた。

五日後にまた来る、と約束し、野球観戦の礼を言ってさらに北へ旅を続けた。

夢二にとってはこの街で絵が売れるかどうかはもうどうでもいい気分になっていた。

T型フォードの窓から見える風景だけが夢二の心を慰めた。旅の途中で散々スケッチをした。それだけでよかった。こんなにたくさんスケッチをしたのは久しぶりだった。

七月七日。その日も朝から車を走らせる。

露草はいつものように上機嫌だった。ハンドルを握りながら英語の鼻歌を歌う。

フォスターの歌だ。

「夢二さんも、なんか歌ってよ」

夢二は露草に誘われるまま歌った。

もしも地球が金平糖《コンペイトー》で
海がインキで山の木が
パンとチーズであったなら
何を飲んだら好いだろう

露草が大笑いした。

「なんだよ、その歌」

「マザーグースだよ。フォスターよりもずっと古い英米のわらべ歌だ」

夢二はまだ二十代の頃、絵本で知ったマザーグースを自由気ままに日本語に訳したことがある。これもその一つだ。金平糖は原詩ではアップルパイだ。随分懐かしい思い出だ。

海岸沿いの丘を登りきると目の前に明るい青緑色の海が広がった。

ピズモという海辺の街だった。二人は車を降りた。

広くて平らな砂浜がどこまでも続いている。

夢二は海が好きだった。故郷の海であれ、旅先の港であれ、静かな海を見ると心が落ち着くのだった。しかしカリフォルニアの海はこれまで日本で見てきた海とはまったく違っていた。降り注ぐ太陽の光のせいだろうか。明るすぎると感じるのだ。

ピズモは観光地らしく、海辺には様々なアミューズメントの絵看板が立ち並んでいた。

「馬に乗るか」

露草が言った。

「馬？」

「ほら、この看板。馬の絵が描いてあるじゃないか」

看板にはホース・ライディング・ランチ・ピクニックと書いてある。馬に乗った者たちが列を作って浜辺の向こうの丘を登っている絵だ。丘を越えたところにある牧場かどこかまで行って、ランチを食べるツアーのようだ。

「それとも、釣りにするか？」

「いや、馬に乗ろう」

カウボーイハットを被りスカーフを首に巻いた白人男が近づいてきた。ガイドのようだ。

夢二は英語で言った。

「馬に乗りたい」

「今からなら帰ってくるのは夕方ぐらいになるがいいか」

「かまわない」

「オーケー。ただ、そんなズボンじゃだめだ。これに穿き替えろ」

男が差し出したのは腿のあたりと股から外側にかけて擦れて色落ちした藍色のズボンだった。日本では見たことのないズボンだ。

「なんだこれは」

男はなんでそんなことを聞くんだという顔で夢二に答えた。

「カウボーイが穿くワークパンツだよ。丈夫なんだ。ヤワなズボンだと、馬に乗ってる時に、尻と股が擦れてどうしょうもない」

よく見ればガイドの男も同じズボンを穿いている。

ズボンに興味を持つ東洋人が珍しいのか、ガイドはさらに英語で説明を加える。

「古くはゴールドラッシュの時代に、金《きん》を手に入れようとカリフォルニアにやってきた鉱夫たちがみんな穿いていたそうだ」

「みんな？」

「そうだ。みんなだ。みんなどこからかここへやってきて、どこかへ去った。このズボンだけを残してな」

「そうか。で、彼らは、金を手にできたのか」

「夢破れて一文無しのまま人生を終えたさ」

男は肩をすくめた。

夢二は思った。

自分もまた、金持ちの農夫たちのポケットの中の「金」を目当てに、このカリフォルニアまでやってきた。どうやら金は手にできそうにない。

「私には、似合いのズボンだな」

夢二は男が差し出したズボンを手に取った。

ずっしりと重い。

「イッツ・スモールサイズ。ユー・ジャスト・フィット」

ガイドは赤い頬をいっそう赤くして微笑んだ。

「薄汚ないな」

露草は顔をしかめた。

「もっとましなのはないのか」

「いや、これでいい」

足を通して、前ボタンを留める。

ごわごわと硬く、穿き心地はさほど良くない。

しかし夢二は、そのズボンの妙にくたびれたような青に心惹かれた。カリフォルニアの明るすぎる海の青よりも、今の自分の心象に近かった。

草の匂いがした。風の匂いがした。泥の匂いがした。なぜか故郷を思い出した。故郷を出てからの三十年の時を想った。それは流れた時を刻印するかのような青だ。

夢二はガイドに訊いた。

「この青は、どうやって染めてるんだ？」

ガイドはそんなこと俺に聞くな、という顔で首をすくめて答えた。

「リーバイスに聞いてくれ。あるいは、リーに」

「リーバイス？　リー？」

ガイドが答えた。

「どっちもこのズボンのメーカーだよ。カリフォルニアじゃ有名だ。今じゃこの野暮ったいズボンを大量生産して大儲けさ」

「日本でも、売れるんじゃないのか」

夢二の言葉に、露草が口を挟んだ。

「売れるわけねえよ。こんな穿き古したような薄汚えズボン。アメリカでも田舎のカウボーイと綿花畑の黒人労働者と鉄道員ぐらいしか穿いてねえ。まともなアメリカ人は穿かないんだ」

「そうか。これが、アメリカの『あお』なんだな」

「え？　なんだって？」

露草が訊き返した。

「なんでもないよ」

「おい、チャイニーズ」

ガイドの呼びかけに露草が憤慨して答えた。

「俺たちは日本人だ。間違うな」

「そろそろ出発しないと、帰りはとっぷりと日が暮れちまうぜ」

夢二は鞍にまたがり、右足で軽く馬の脇腹を蹴った。

馬がゆっくりと歩みだした。

夢二の目の前で、アメリカの風景が揺れた。

第四章　戦禍の群青

一九三七年（昭和十二年）
七月八日

1

照りつける真夏の太陽が好きだ。

滴る額の汗を手ぬぐいで拭い、りょうは午前九時の日差しを顔いっぱいに受けながらそう思う。

空には一片の雲もない。見渡すかぎりの青だ。

店内の床拭きと雑巾がけと本棚のハタキがけを終えた後、柄杓と桶を持って外に出る。街道筋の路面にさっと箒《ほうき》をかけて打ち水をする。水は瞬く間に地面に染み入る。土ぼこりの匂いがする。両手を伸ばして大きく深呼吸をひとつした後、木箱につめた特売の本を店の前に並べていく。いつもの朝だ。

「りょうちゃん、ぼちぼちで、ええけえ」

声をかけたのは古本屋『俊徳堂』の主人、伊佐人の妻、あずみである。

「もう少しで出し終わるけえ、やってしまいます」

「ほんに、りょうちゃんは、よう働くのう」

「なんてこたねえけえ」

「女学校を出たような女子に、こねぇな古うてちっぽけな古本屋で働いてもらうなぁ、ほんまに、申し訳ねえなあ」

「何、言いよんの。あたいがそう頼んだんじゃけえ。本が好きなんじゃけえ」

「そう言うてもれえると、気が楽じゃがなあ」

二階につながる階段から伊佐人が顔を出した。

「わしも、神経痛が出んかったら、もうちぃとは働けるんじゃが、最近は、りょうちゃんに甘えてばっかりで」

「じゃけえ、気にせんでええて」

「朝から暑いじゃろ。一段落したら、麦茶があるけえ」

「ありがとうございます。ほな、これ、出したら、いただきます」

木箱を全部出し終えたりょうは帳場の縁に置かれた丸椅子に腰を下ろした。

あずみが麦茶の入ったやかんを傾ける。傍の伊佐人が訊いた。

「ところで、りょうちゃん、幾つになった？」

「今年で、二十一です」

「もうそげな歳か。ここへ来たときは、まだかわええ、三つ編みの女の子じゃったけどの。りょうちゃん、それやったら、そろそろ、ええ人見つけて、所帯を持ったらどうじゃ」

「ほんまじゃ。りょうちゃんじゃったら、ええ嫁さんになることは、間違えねえわよ」

あずみが相槌《あいづち》を打つ。

「これは、ちゅう、好いた人は、おらんのかえ？」

りょうは首を横に振った。

「あたいは、こうして仕事しとるんが、楽しいけえ」

帳場もあたいがやるけえ、というりょうの声で、伊佐人は奥へ引っ込んだ。ほな、頼むね、と言い残してあずみも買い出しに出かけた。りょうはいつものようにひとり帳場に座った。

店にはまだ客はいない。りょうはこの時間が好きだ。最初の客がやってくるまでの、たった一人の時間。今日はどんな客と出会えるのか。どんな本が売れるのか。さあ、来い、と心が身構える、そのなんとも言えない緊張感。

開け放した引き戸の向こうに人の影が見えた。影はいったん立ち止まり、やがて敷居をまたいだ。

若い女性である。

りょうよりは幾分年下だろう。顔の真ん中に小さな丸い鼻が載り、表情は幼く見える。しかし女学生ではないことは質素な身なりでわかった。社会に出て働いているに違いない。商家の手伝いか、紡績工場の女工か、あるいは、電話交換士か。そんなところだろう。地味な印象のなかで、彼女のかぶる帽子だけがりょうの目を引いた。黄色と白の一センチ四角くらいの格子柄のギンガム地に、海の色のような濃い青のリボンを結んでいる。彼女なりの精一杯のお洒落なのだろう。

「あのう、この本、売りたいんじゃけど」

女はおずおずと大きな鞄《かばん》から一冊の本を差し出した。

りょうは表紙を見た。見覚えがある。花に囲まれた、可憐《かれん》な少女。中原淳一の絵だ。

吉屋信子の『花物語』上中下の三巻だった。

りょうも女学生の頃、夢中になって読んだ。当時の女学生にとってのバイブルのような存在だった。出版されたのは十五年以上も前だが、今も人気は衰えることがなく、今年からは雑誌『少女の友』の増刊号にも再録されている。

りょうは三冊の表紙と中身をざっと検品した。

「綺麗にしとりますねえ。『花物語』は今でも人気じゃけえ、高うで買い取らしてもらいますよ。洛陽堂の初版じゃし、上中下、三冊揃っとるけえ、奮発させてもらいます」

りょうはそろばんを弾いて、盤面を女に見せた。

「そんなに」

女は目を見開いてりょうの顔を見た。りょうは微笑んだ。

「それから……この『少女の友』も、買うてもらえんじゃろうか」

女は鞄を台の上に置いて口を広げ、雑誌の束をつかみだした。『少女の友』の過去号だ。十冊ほどあるだろうか。表紙はやはり中原淳一だ。

「もちろん『少女の友』も高うで買い取らせてもらいますよ。ここには倉敷の高女があるけえ、『花物語』や『少女の友』は、置いたら、すぐに売れますけえね。けど、本当に、売ってええんですか？」

差し出がましい質問だった。しかし、聞かずにはおれなかった。

自分も女学生時代、『少女の友』に夢中になった。発売日になると、わずかな小遣いの中の五十銭を握りしめ、学校の近くの新刊書店に買いに走った。まだそこに入ってないとわかると、ずっと遠い書店まで足を延ばして手に入れた。

りょうが『少女の友』の虜《とりこ》となったのは、なんといっても『花物語』の表紙も描いている画家、中原淳一の存在だった。あれはたしか女学生の三年の時だった。買ったばかりの『少女の友』のページを開くと、可憐な挿絵が目次を縁取っていた。洋服を着た少女がこちらに顔を向けている。しかし目線はどこか遠くを見つめている。大きな眼と、長い手足を持った、美しい少女の絵。今まで見たことのないタッチで、一目でその魅力にとりつかれた。それが中原淳一だった。

中原淳一はやがて『少女の友』の表紙を担当するようになり、りょうはそれが楽しみで女学校を卒業してからも購読を続け、今でも毎月愛読している。二十歳を越えた自分にも十分読み応えのある内容だった。時々付録でつく、中原淳一デザインの「スタイルブック」は毎号、穴が開くほど読み返している。カラーのスタイル画一点一点に、作り方や着る場面のアドバイスがついていた。婦人服や子供服の作り方を載せた雑誌はあるが、若い女性の服を対象にしたものはどこにもなかった。気に入った服はそれを元に作ってみた。絵で見ると、まるで夢の中の服のように見えるものが、やってみるとちゃんと現実の服として作れることにりょうは心から感動した。

そして、あれは二年前の、五月号だ。その号で中原淳一が描いた巻頭の口絵を見たときの喜びを、りょうは今も忘れることができない。中原淳一は、柳の葉が揺れ、青空にツバメが飛ぶ春の風景に、女学生を描いていた。その描かれた女学生が来ているセーラー服は、なんと前襟に白の三本線が入ったセーラー服だったのだ。

子供の頃、ほんの遊び心で、三本線の入ったセーラー服の絵を描いた。それまで岡山の女学生が着ていたセーラー服はどこもみんな二本線だったので、その絵はりょうの頭の中の想像の産物だった。しかしそれがきっかけで鶴来では三本線のセーラー服を作るようになった。岡山だけでなく、全国から注文が来たという。今では雑誌の写真などで、三本線のセーラー服はよく見かけるようになった。中原淳一が、自分が考えたのと同じ三本線のセーラー服を描いている。その夜、その絵が載っている『少女の友』の五月号を、りょうは抱いて寝た。

中原淳一は今年から「女学生服装帖」というファッション・ページを新たに担当し、絵とエッセイを載せていた。連載初回がセーラー服特集で、セーラー服の着こなし方について書かれていた。真っ先に目に飛び込んできたのは、中原淳一の描く、紺地に白の三本線のセーラー服姿の女学生だった。

『少女の友』は、密《ひそ》かな自分の宝物として、今もずっと大切にしまっている。それを手放す、というとき、どういう気持ちになるか、りょうには想像できた。彼女が差し出した『少女の友』の中には、りょうがあの夜に抱いて寝た五月号も入っていた。

本当に、売ってええんですか、というりょうの問いに、女は黙ってうなずいた。

りょうから代金を受け取ると、女は深く一礼をして帰っていった。

女が帰ったあと、りょうは彼女が置いていった『花物語』の表紙と中身をあらためて検品した。ハトロン紙で大切にカバーしている。本体もスレや折れや汚れなどまったくなかったが、未読のまま置いていたというものではない。読んだ形跡はたしかにある。きっと大切に愛読していたのだろう。『少女の友』も各号を検品した。こちらも大切に読んでいることがわかった。その時、りょうがパラパラとめくったあるページに目が留まった。それは「夏の帽子の作り方」という特集だった。そこに、格子柄のギンガム地の帽子の作り方が図解で載っていたのだ。

幼く見える彼女にはどこか不釣り合いな感じで頭の上に載っていた帽子。彼女が雑誌を睨みながら、一所懸命に型紙を切っている姿が目に浮かんだ。

そして思った。

なぜ、彼女は、きっと大切にしていたはずの『花物語』と『少女の友』を売ろうと思ったのだろう。そこにはどんな理由があったのだろう。古書店の帳場に座っていると、そう思う時が時々ある。大切にしていたと一目でわかる本を、なぜ客は、金に換えるのだろうと。しかし、それは店として、客に決して訊いてはならぬことだった。

りょうは再び『花物語』を手にとって、最初の章「鈴蘭」の冒頭を読んだ。

初夏《はつなつ》のゆうべ。
七人《にん》の美《うつ》くしい同《おな》じ年頃《としごろ》の少女《せうぢょ》が或《あ》る邸《やしき》の洋館《やうくわん》の一室《しつ》に集《つど》いて、なつかしい物語《ものがたり》にふけりました。

それから、りょうは、夢中になって読みふけった。途中でやめることができなかった。帳場にやってくる客の応対をさばきながら、誰もいなくなるとまた本を手にとって文章を目で追った。

あれはいつだったか。恭蔵に、女学校でいじめられてはいないか、と訊かれたことがある。その時、りょうは、裁縫の授業を真面目に受けるからいじめられる、と答えた。それは嘘ではなかった。しかし、もうひとつの、本当の理由があった。

ある時、自分の机に、落書きがあるのを見つけた。

「淫売の娘」

りょうの顔から、さっと血の気が引いた。誰かが、どこかで、りょうの出自を耳にしたのだ。幼い頃、児島の街でそんな噂が流れたことがあるのをりょうは知っていた。

なぜそんな噂が立ったのか。りょうは詮索する気もなかった。

なんも気にせんでええ。胸張って生きりゃあ、ええ。恭蔵の言葉を心の盾にして生きてきた。児島の人々もりょうに対しておおっぴらに口さがないことを口にすることはなかった。しかし、女学校の世界では別だった。

良家の子女が集まるべき高等女学校で、りょうは「異物」だった。

女学校の四年間、りょうは一人も友達ができなかった。

あからさまで陰湿ないじめの後に待っていたのは、徹底した無視だった。誰もがりょうを遠ざけていた。誰からも姿が見えない幽霊になったような気持ちで四年間を過ごした。深い霧の中を彷徨《さまよ》っていた。そんなとき、唯一逃げ込めたのは、吉屋信子のこの小説であったことを思い出した。色と香りが立ち上るような文章のひとつひとつに、りょうは救われた。そこには当時のりょうの気持ちが染み込んでいた。

そして第四章の「野菊」の章にたどり着いたとき、そのページに栞《しおり》が挟まれているのに気づいた。りょうは栞を手に取ると、本を置き、目を閉じた。

「野菊」の章は、読まなくても、全部頭に入っている。

天涯孤独の身の上である語り手、つゆ子が、幼児期と女学校時代に一度ずつ、実母らしい女性と偶然出会った経緯が語られるのだ。なぜこの母と子が生き別れになったのか。母と思しき女性は、なぜ名乗らぬまま去っていくのか。小説の中では何も書かれていない。

しかしりょうは、自分のことが書かれていると思った。初めて読んだとき、微かながらに記憶する母のことを思い出した。そして、作中で少年たちに意味もなくいじめられる兎《うさぎ》に、そしてその兎を必死になってかばう主人公のつゆ子に自分の姿を重ね合わせて、密かに涙を流した。『花物語』は、女学校で、誰もが読んでいたベストセラーだった。しかしりょうは、私以上にこの本を理解している者はいないと思っていた。これは、私のための本だ。

とりわけ、この「野菊」の章はそうだった。

りょうは想像した。さっき、この本を売りに来た若い女性も、きっとこの「野菊」の章を読んだはずだ。そこに栞が挟んでいたのは、何か意味があるのだろうか。もしかしたら彼女もまた、りょうと同じように、つゆ子の心情に自分を重ね合わせたのだろうか。話してみたい、と思った。もし彼女がもう一度店に来たら、その時は話してみよう。今まで、誰とも話したことのない、「野菊」の章の話を。そう思うと、無性に愛しくなり、りょうは右手の人差指で彼女が置いていった『花物語』の表紙をそっと撫ぜた。


　そのとき、外で新聞売りの声が聞こえた。

「号外じゃ！　号外じゃ！」

　りょうは何事かと、本を置いて外へ飛び出した。

　新聞売りが配っている新聞を手に取った。

　紙面の大きな文字がりょうの目に飛び込んできた。

　　北平郊外で日支両軍衝突
　　不法射撃に我軍反撃
　　廿九軍を武装解除
　　疾風の如く龍王廟占拠

「これは、どういうことじゃの？」

「日本に楯突《たてつ》く生意気な支那に、我が皇軍が鉄槌《てっつい》を食らわしたってことよ」

　号外をつかんだりょうに新聞売りが答えた。

「戦争が、始まるの？」

「さあ、それはどうかわからんが、よしんば始まったとしても、腰抜けの支那なんか一撃でくたばってすぐに終わるじゃろうよ」

　号外じゃ！　号外じゃ！

　新聞売りの甲高い叫び声だけが、ぎらつく太陽の日差しを受けて白く光る路上に響いていた。

2

それから夏が二回巡った。

その日も暑い朝だった。

風鈴の音しかしない俊徳堂の帳場でりょうが読んでいたのは川端康成の『雪国』だった。

昨日、客が売りに来て買い取ったものを、こっそり読んでいるのだ。

りょうにはこの小説がよくわからなかった。登場人物はさほど多くないのだが、人間関係がうまくつかめない。どこか思わせぶりの会話も、含みがあるといえばそうなのだろうが、りょうにとっては苛立ちが先に立った。第一、主人公の島村という男が気に入らない。優柔不断でふわふわとしている。ただ、この小説は、美しいと思った。

その一点の魅力だけで、しんしんと降り積もる雪の中を一歩ずつ歩くようにりょうは頁を繰った。

開け放した入り口の引き戸から風が走った。ふっと人が入ってきた気配がした。

りょうは読んでいた本から顔を上げた。差し溢れる真夏の光に一瞬目を細めた。

そこに立っていたのは白の開襟シャツに黒ズボンを穿いた大学生だった。

「光太郎さん」

「おお、りょうちゃん、元気にしとるか」

「光太郎さんこそ。京都の帝大に行っとるんやなかったの」

「夏休みで帰って来とるんじゃ。倉敷も、京都に負けんぐらい暑いのう」

そう言って、手に持っていた扇子を仰いだ。

「おお、そうじゃ。これ、りょうちゃんに、土産じゃ」

「何？」

「開けて見てみい」

包装紙を丁寧にはがし、中から出てきた細長い木箱を開けた。

「扇子？」

「京都にはな、新京極ちゅう繁華街があっての、その近くに白竹堂ちゅう老舗の扇子屋があるんじゃ。そこで買うたんじゃ。わしが持っとるこれと、柄違いのお揃いじゃ」

「そんな、気ぃ遣わんでええのに。でもありがとうね。京都の学生生活は、楽しい？」

「ああ、仲間と馬鹿騒ぎするのはぼっけぇ楽しいで。さっき言うた新京極に繰り出したりしてな。けど、ひでえ世の中になったもんじゃ。新京極には映画館がそれこそ十の指で足らんほどあるんじゃけど、外国映画の上映が禁止になったじゃろう。最近は日本の映画しか観られん。しかもその日本映画も、時局に合わせて脚本の事前検閲があるちゅうやないか。いささか欲求不満気味よ」

光太郎は自嘲した。

「ところでりょうちゃん、ちょっと会わんうちに、ずいぶんと大人っぽうなったのう」

「年上の女性をからかわんとって。もう二十三じゃもの。それから、ちゃんづけも、もうおかしいけえ」

「ずっとこまい頃から、りょうちゃんって呼びよったからのう。ほんなら、なに言うて呼んだらええんじゃ」

「呼び捨てで、ええよ」

「りょう、か。なんか、気恥ずかしいのう」

「かまわんよ」

「りょうちゃ……、いや、りょう」

「何？」

「それ、パーマか？」

「うん。倉敷の美容室で、当ててくれるとこがあるけえ」

「パーマネントは、西洋かぶれじゃ、贅沢《ぜいたく》じゃ、ちゅうて、禁止令が出とるじゃろう」

「平気じゃよ」

「けど、禁止令は、事変からこっち、何回も何回も出とるぞ」

「なんで、何回も何回も出とると思う？」

「なんでじゃ？」

「みんな、守らんからよ」

「守らんと、不都合なことも起こるじゃろう？」

「うん。道歩いてたらね、たまに罵声を浴びせてくる男の人がおったり、唾吐きかけてくる人もおるよ」

「それやのに、なんでじゃ？」

「もっと守らんならん、大切なことがあるんよ。男に守らんならんもんがあるんと同じように、女にも、守らんならんもんがあるんよ」

りょうは微笑んだ。

「いつかね、誰もがパーマを当てて街を歩く時代が来るよ」

光太郎は曖昧な笑みを浮かべた。

「その藍色の花柄のワンピースも、よう似合うとるのう。その柄は、何の花じゃ？」

「これは、蘭の花じゃよ。浴衣の生地を洋服にしつらえたんよ。夏じゃけえね」

ほう、と光太郎は感心した表情を見せた。

「最近、児島の方には帰っとるんか」

「ずっとここで住み込みで働いとるよ。伊佐人のおじさん夫婦がようしてくれるんで、居心地がええんじゃ」

「俺は、てっきり、りょうは女学校を卒業したら、児島に戻って鶴来の仕事を手伝《てつど》うとると思うとったぞ」

「そんな。あたいになんか」

「いや、りょうには、なんちゅうか、服飾の才能がある。今からでも、遅うはねえぞ。なんじゃったら、俺が、父さまと祖父《じい》さまに話つけたるけえ」

「ええよ。あたいは、ここが似合うとるから」

りょうは話を逸らした。

「鶴来の父さまと祖父さまは元気にしとるの？」

「ああ。ここんところ、学生服の売り上げがええみたいじゃからのう、二人ともすこぶる機嫌がええわ。今じゃ、台湾や朝鮮、満州にも出荷しとるからの」

「それは景気がええのう」

「おととしに、陸軍の松井大将が支那で南京入城を果たしよったじゃろう。それにちなんで、『入城印』ちゅう新しい商標の学生服を作ったり、児島の学生服も、えれえ鼻息が荒えわ」

「『入城印？』」

「最近の児島の学生服の商標は、そんなんばっかりじゃ。『征服印』、『武勇印』、『国威学生服』、そんな名前つけんと売れんのじゃ」

「セーラー服は？」

「セーラー服か」

光太郎は声を落とした。

「嫌な噂を聞いたよ」

「どんな噂？」

「岡山県が、これからは標準服を制定する、言うんじゃ」

「標準服？」

「ああ。支那との戦争が長期化しとるじゃろう。資源を節約せにゃおえん、ちゅうて、生地をようけ使わんならんセーラー襟と襞《ひだ》の多いスカートを禁止する、言うんじゃ。で、新しい標準服は、女子生徒の制服の上着は無駄な生地を使わんでええオープンカラーに統一するらしい」

「統一って……どこも、全部おんなじ制服になるってこと？」

「ああ。おんなじ規格にすりゃあ、生地の節約にもなるじゃろう。全国の学生服を、国防色に統一せえ、ちゅう動きもあるぐらいじゃ」

「国防色？」

「ああ。最近よう見るじゃろ。カーキ色の、あれじゃ」

「そんな。女学生の制服は、紺色じゃからええんよ。あの、キラキラ輝く紺色じゃから、ええんよ。あの色に憧れて、女学生になるんよ。あたいもそうじゃった。みんな、そうじゃよ。国防色なんて」

「去年発令された国家総動員法の一環じゃ。全てはお国のため、ちゅうことじゃ。これからは、繊維製品は軍需品に優先的に使用せんならん時代になる。悲しいことじゃが、鶴来では、もうセーラー服は作らんことになったそうじゃ。鶴来だけじゃねえ。角南さんとこも、どこも全部じゃ」

「児島の三つの白のセーラー服は……」

「りょう、今は、そういう時代なんじゃ」

りょうはきっと光太郎を睨みつける。声は怒りで震えていた。

「戦争なんか、やめたらええ。なんでもかんでも統一、倹約。お国のため。時局を考えろ。うんざりじゃ。着とうもない服を全員が着んならんような世の中って、いったいなんじゃ。そんなとせんと守れんような国なら、その国が間違《まちご》うとるんじゃねえか」

「りょうちゃん、誰が聞いとるかわからんぞ。特高も目を光らせとる。今や引っ張られるんは共産党員だけじゃねえぞ。滅多なことを、言うもんじゃねえ」

光太郎が声をひそめた。

「誰に聞かれたってええよ。光太郎さん、帝大に行って勉強しとるんじゃろう。どねぇしたら、戦争せんでええ世の中になるか、みんなが自由で自然に暮らせる世の中になるのか、大学では教えてくれんのか。勉強ちゅうのは、そのためのもんじゃねえのか」

話すりょうの目が滲んだ。

「りょう」

光太郎は、店に二人以外誰もいないことを確認してから、口を開いた。

「りょうの言う通りじゃ。わしは、大学卒業したら、鶴来の家業を継がにゃあおえん。それで親の勧めもあって経済学を勉強しとる。最初は経済学ちゅうと、しちめんどくそうて辛気臭さそうで、おえんかった。けどな、勉強するうちに、わかったことがある。経済学ちゅうのも、煎じ詰めれば、人の心の学問じゃ。結局、経済ちゅうのは、人の心で動いとる、ちゅうことじゃ。人の心を知らにゃあいけん、ちゅうことじゃ。さっき、りょうが勇気を出してそこまで言うたんじゃから、わしも言おう。日本は今、随分と勇ましいが、必ずどこかで頭を打つ。人の自然な心に逆ろうとるからじゃ。衣服はな、世の中の鏡なんじゃ。りょう、なんで日本に、これだけセーラー服が流行したかわかるか。お上が、これを着ろ、ちゅうて強制したからじゃねえ」

　それはな、と、光太郎は言葉を継いだ。

「女学生たちが、これを着たい、ちゅうて憧れたからじゃ。それぐらいセーラー服のデザインにゃあ、人を惹きつける力があったちゅうことじゃ。それが学校を動かしたんじゃ。産業を動かしたんじゃ。これこそが経済の真髄じゃ。わしはその真髄を知りたい。わしは、そのために、今、勉強しとるつもりじゃ」

　うつむいているりょうに、光太郎はさらに言葉を重ねた。

「りょう、いつかわしはな、この岡山に、いや、日本に、またセーラー服を復活させたる。倉敷の街を、児島の街を、日本中を女学生たちが喜んで歩きとうなるセーラー服を作ったる。人の心に、『憧れる』ちゅう気持ちがある限り、それは夢物語でもなんでも」

　外から人の声がして、光太郎は、口をつぐんだ。

見よ東海の空明けて
旭日《きよくじつ》高く輝けば
天地の正気潑剌《はつらつ》と
希望は躍る大八洲《おおやしま》

誰かが大声で「愛国行進曲」を高唱しながら表を通り過ぎて行ったのだ。

「今日は、いろいろ話ができて、よかったよ。そろそろ行くでぇ。また来るわ」

「光太郎さん、扇子、ありがとうね」

「りょう」

店を出る前に、光太郎は振り返った。

「何？」

「そのパーマ、似合うとるよ」

3

「軍部の見込みは、甘かったな」

今年もあと幾日と押し詰まった昭和十四年の年の瀬である。

小学校の職員室の片隅で教員たちの慰労会が開かれていた。時局柄、ささやかなものである。

校長と教頭は立場上、宴に長居はまずいからと、早々に帰宅した。

残ったのはヒラの教員ばかり、六人だった。恭蔵が代用教員として働いているのは児島でも僻《へき》地《ち》の小さな小学校で、教員は一人一学年を受け持っていた。話題はどうしても時局のことに及ぶ。

「南京が陥落しても支那との戦争が一向に終わらんじゃねえか。三ヶ月もありゃあ解決可能、と杉山陸相が言うてから、もう二年じゃ」

「児島の若い者も、大勢徴兵に取られとる」

「ワシが初めて赴任してきた時の教え子たちも、戦地に赴く年頃になったんじゃ」

「何を嘆くことがあるんですか。お国のためになっとるんじゃ。ええことじゃねえですか。喜ぶべきことじゃねえですか」

一段高い声が響いた。瀬戸島という教師だった。昨年、師範学校を卒業して赴任してきたばかりの若い教師だ。おかしな空気が流れたが、誰も異論を挟まない。

「いや、喜べんよ」

沈黙を破ったのは恭蔵だった。

瀬戸島がきっと恭蔵の方を向いた。

「喜べん、ですか」

短い沈黙があった。

「戦争をせん世の中が、一番ええ世の中じゃ」

「ほう」

瀬戸島は挑むような目で言った。

「役場の人が召集令状を持ってくるとき、なんと言ょうるか、知っとりますじゃろう。『おめでとうございます』言うて持ってきょうるんじゃぞ」

「あんなもんは嘘じゃ」

「嘘？」

「本心からは言うとらん」

しばらくの沈黙の後、瀬戸島は冷ややかな笑みを浮かべ、恭蔵の目をうかがった。そして静かな口調で言った。

「鶴来先生は、今年で幾つになったんですか？」

「三十四になりました」

「三十四ですか。じゃったら、これまで、兵役には、何回召集されなさった？」

「いや、一回も」

「本来なら、もう、何回か召集されとっても、おかしゅうない年齢ですがのう」

「それは、申し訳のう、思うとるよ」

「なんで、召集されんのですか。徴兵検査は受けたんでしょう」

「丙種合格、じゃったんで……」

「ほう。丙種合格、ちゅうのは、まあ実質、不合格、ちゅうことですのう」

恭蔵はうつむいた。

「何が、引っかかったんですか」

「瀬戸島君、もうそのへんでええじゃろう」

別の教師がとりなした。

「ほうじゃ。先輩の教員に向かって、失礼じゃろ」

「先輩？　代用教員じゃろう。わしは師範学校を出とるんじゃ」

「瀬戸島君！」

「いや、ええんじゃ」

恭蔵が制した。

「ちゃんと、答えよう。色盲で引っかかったんじゃ」

「色盲？」

「そうじゃ。わしはそれで兵隊に行けんのは申し訳のうて、軍部に掛け合うたよ。志願しても、いけんのかって。じゃったら、やっぱり色がわからん、ちゅうのは兵隊の世界じゃ致命的らしい」

「色がわからんちゅうのが、そんなに戦するのに不都合かね。色がわからんかっても、敵兵は殺せるじゃろう」

「兵科色がわからんのが不都合らしい」

「兵科色？」

「つまりは、軍服の色が見分けられん。軍隊ちゅうとこは、位によって、軍服や徽章《きしょう》の色がみんな違うんじゃ。それがわからんじゃったら、誰が自分より位が上で、誰が下か見分けがつかん。それでは規律が守れん、軍隊として成立せん、ちゅう理屈じゃ」

「ほう」

瀬戸島が大げさにうなずいた。

「軍隊で兵隊が務まらん人間が、小学校で教員が務まるんか。授業には、絵の時間もあるじゃろう。色のわからん人間が、絵の授業でちゃんと教えられんのか」

「支障がねえように、最大限、努力しとるよ。授業でどうしても絵の具で描いた子供の絵を見んならん時は、他の学年の先生にも、手を借りとるよ」

「そうよ」

女性教員の加藤が言った。

「恭蔵さんは、色がわからん。けど、それは、私たちが援助すりゃあなんとかなることよ。それにね、恭蔵さんは、子供からも、ええ好かれとるのよ。絵の授業でもね。私はそれ見て思うたんじゃけど、恭蔵さんのように、自分に何かが足らん教師の方が、子供の気持ちがよう分かって、教師には向いとる、思うよ」

「ふん。何かが足らん、か」

瀬戸島が恭蔵に向き直って言った。

「鶴来先生。さっき言ょうたじゃろう。兵役にとられるのは、喜べん、と。わしは、あんたみたいなのが、一番、戦争に行くべきじゃと思うがのう。あんたにゃあ、養うとる家族もおらんじゃないか」

「もうやめなさい！」

加藤が怒鳴った。

瀬戸島は悪びれた様子もなく肩をすくめた。

恭蔵は返す言葉がなく、うつむくしかなかった。


「もうすぐ、年が変わるんじゃねえ」

大晦日《おおみそか》、恭蔵が寄宿している家の二階で、りょうは柱に雑巾を当てながら言った。

「ゾウさん、なんか、今日は元気ないんと違う？　なんか、あったの？」

「いや、なんも。それより、りょう、いつもいつも、大晦日のたびに大掃除に来てくれて、申し訳ないのう」

「何、言ょんの。私ら、家族やないの」

りょうは汚れた雑巾をバケツに突っ込み、ぎゅっと絞った。ぼたぼたと水滴がしたたり落ちる。

「ねえ、ゾウさん」

「なんじゃ？」

「今年も、物干し台に、あのアメリカのズボン、干しとるんじゃね」

「ああ。穿くことはねえけえ、汚れるわけじゃねえんじゃけどな。年に一回だけは洗濯してやって、新しい年を迎えよう、思うてな。もう、何年になるじゃろうなあ」

恭蔵は物干し台を眺めて目を細めた。

「ああして、陽に当ててやると、ズボンも気分よさげじゃね」

「そうなんじゃ。ズボンちゅうたって、元々は植物じゃからな。太陽が好きに決まっとるよ」

りょうはそのとき、ふと気づいた。

「ゾウさん、あのズボンと一緒に、もう何本か干しとるね。あねぇにぎょうさん、紺色の作業ズボン、持っとったの？」

「おう、あれか」

恭蔵は相好を崩した。

「りょう、覚えとるか。おめえと一緒に、福山に行ったことがあったじゃろう」

「覚えとるよ。福山に行ったことが、どうしたん？」

「この前、久しぶりに福山に行ってきたんじゃ。わしのやっとることはみんなバカにしよるんじゃが、あの福山のオヤジだけは、あれからあとも、いろいろと考えてくれてのう。あのアメリカのズボン、糸の染め方はようわからんが、もしかしたらあの色合いは、織った後に長い時間、日に晒《さら》しとることで、染料が分解して変色や退色が起きとるんじゃねえかって言ょうたんじゃ」

「晒し？」

「そうじゃ。知っとるか」

りょうの頭の中に、ひとつの風景が浮かんだ。

「知っとるよ。川端康成の『雪国』に出てきよったよ。雪の中に、縮緬《ちりめん》を晒す場面が」

「そうか。縮緬を晒すんは漂白するためじゃから、理屈としては、同じかのう。じゃけん、わしも試しに、あのアメリカのズボンに生地がよう似とる、小倉織の作業ズボンを、天日に晒しとるのよ。日が経ったら、あのアメリカのズボンみてえな感じに色が変わるんか、思うての」

「陽に晒してから、どれぐらいになるんじゃ？」

「月を置いて、段階的に分けてやっとる。長いもんは、もう半年ぐらいになるかのう」

「半年も？　晒しっぱなし？」

「ああ。太陽の光ちゅうのは、ええもんじゃなあ。藍がだいぶ色落ちしてきょうた。じゃけんど、それでも、陽が当たったとこは均等に色落ちしょるんで、どうしても、日本の小倉織の作業ズボンじゃあ、あのアメリカのズボンみたいな色落ちにはならんのじゃ。ああは、ならん。いったい、何が違うんかのう」

「なんじゃろうねえ」

恭蔵は、ふっと思い出したように顎に手を当て、首を傾げた。

「そういうたら、あの福山のオヤジ、こんなことも言うてたな。あの福山でやっとる備後絣の綛《かせ》染《ぞめ》ちゅうのは、藍の染料の壺の中に綿糸を浸しては取り出して絞ってゆくじゃろう。そうして空気に晒して酸化させて初めてあの藍の色になる。けど、オヤジが言うには、綛を絞って空気に触れさせる過程で、綛の束の中で空気に触れにくい部分ができて、藍の発色が弱い部分ができょうることがあるそうんじゃ。いわゆる『色ムラ』じゃな。そうなると、織った時にその縦糸がところどころタテ筋となって薄くなっちょる部分ができる。もしかしたら、この理屈に通じる部分があるんかもしれんなあ、言ょうるんじゃ。どねぇしたらそんな色ムラをわざと作ることができるんじゃ、と訊いたら、さあ、そこまでは、と首をひねりよって、それまでじゃ」

干し台から入る陽の光が、風に揺れる藍の繊維の動きに合わせて影を作り、チラチラと畳の上に揺れた。

「雑巾」

りょうがつぶやいた。

「雑巾？　雑巾がどうしたんじゃ」

「雑巾じゃよ、恭蔵さん」

りょうは立ち上がり、さっきまで部屋の掃除で使っていたバケツと真新しい二枚の雑巾を台所から持ってきた。そうして、一枚の雑巾をバケツの水の中に漬けた。

「普通は、こうやって雑巾を広げて水の中に漬けて、水から取り出した後に絞るじゃろう」

続けてりょうはもう一枚の雑巾を手に取った。

「けど、こうやって、先に雑巾を絞ってから、そのまま水に漬けてみたら、どうじゃろう。揚げてから広げたら、ほら、表面には水がついとるけど、中には水がつかん部分が残りょうる。こんなふうに」

汚れた水で色のついた雑巾のところどころに、真っ白な部分が残っていた。

「藍染で言うと、そこは空気に触れても藍には染まらん、白いままじゃ、いうことじゃ」

恭蔵は雑巾を広げるりょうの手元をじっと見つめている。そしてつぶやいた。

「なるほど。そういう理屈か」

りょうは恭蔵の腕を摑んだ。

「恭蔵さん、今から半次郎さんの藍小屋に行こうよ。今のこと言うたら、何か教えてくれるかも」

「今日は大晦日じゃぞ。こんな時に」

りょうが立ち上がった。

「半次郎さん、前に言うとったよ。藍染には盆も正月もないって。今から行こう」

半次郎は腕を組んで天井を仰いだ。

「うーん。たしかに、理屈としては、そうじゃな。藍染は色ムラができんように、何度も何度も甕に漬けて、揚げてから絞っていくんじゃが、絞ったまま甕に漬けて揚げたら、中は染め切らん糸が出てきょうるじゃろう」

「そのやり方を工夫したら、芯まで染まらん糸を作れるんじゃねえか」

「理屈としてはそうじゃが……」

半次郎は首を傾《かし》げ、横に振った。

「なんでじゃ」

「そのやり方じゃあ、芯が白いままの糸はできるじゃろうが、やっぱり色ムラはなくならんじゃろう。糸一本一本の芯がムラなく中白になることはねえんじゃねえかのう」

半次郎は宙を仰いだ。

「恭蔵さん、あんたには、前にも言うたと思うけどのう。あんたが言うとるのは、すべてが、わしらがやっとるのと逆の考え方なんじゃ。そもそも、中が白い糸ちゅうのは、不良品なんじゃ。そういう糸を作らんために、藍染ちゅうのは何回も何回も丁寧に染めの作業を繰り返す。今日、あんたとりょうちゃんが言うたように、絞って漬けることで、藍の染料が付かん部分ができるちゅうのはわかる。じゃが、そもそも、わしらが糸を絞るのは、揚げてから糸を空気に触れさせるために絞るんじゃよ。最初に絞って、後から絞らん、ちゅうのでは、中だけじゃのうて、表面も中途半端にしか染めきらんもんしかできんよ」

「どねぇしたら、表面はしっかり藍に染まって、一本一本の糸が、ムラなく綺麗に中白《なかじろ》になるんじゃろうのう」

藍小屋に無言の時が流れた。答えは出てこなかった。

りょうが甕床から立ち上がった。

「半次郎さん、こんな大晦日にお邪魔して、申し訳なかったね」

「いやあ、気にせんでええよ。久しぶりに、りょうちゃんの顔も見れたしなあ」

「あたいも。半次郎さん、元気そうでよかった」

「また、いつでも来なせえ。大して力になれんで申し訳ねえが、わしゃ、信じとるよ。恭蔵さん、あんたがいつかあのアメリカのズボンの秘密を知って、この児島で、作れる日が来ることをね」

4

昭和十五年、夏。特売の箱を店前に出し終えたりょうは、店横の町内会の掲示板に目を留めた。

「奉祝」と染め抜かれた提灯《ちょうちん》の絵の横に文字が躍る。

『悠久二千六百年　よくぞ日本に生まれたる　祝へ！　元気に　朗らかに　大政翼賛会』

なんでも今年は神武天皇即位から二千六百年に当たる年でこの秋には大々的な祝賀会が予定されているという。街は祝賀ムードで盛り上がっていた。「紀元二千六百年」の幟があちこちではためいていた。

「新体制」「人心刷新」そんな言葉が新聞の紙面から、ラジオから、街ゆく人々の口の端から頻繁に聞こえるようになった。

朝の準備を終えてりょうが俊徳堂の帳場に座っていると、一人の女がやってきた。

りょうはその女に見覚えがあった。

「あんた、もしかして、三年前に、こちらのお店に来た方じゃ……」

女の顔が、パッと明るくなった。

「覚えてて、くださったんですね」

「忘れるもんですか。吉屋信子の『花物語』を売りに来てくださった方ですよね」

「そうです。そうです」

「私、あなたがまたお店に来たら、ぜひ話したいと思うてたんよ」

「話？　なんですか？」

「あの『花物語』。あの本に、栞が挟んであったでしょう？」

「え？」

「『野菊』の章のところに」

ああ、と女は声を上げた。「私、あの章が大好きで」

「やっぱり！」

それから二人は、時間が経つのも忘れて語り合った。「野菊」の章が、いかに素晴らしいか、について。

女は、自分の身の上をごく簡単に語った。熊本で生まれ、小学校を卒業してすぐに倉敷に出てきて紡績工場で女工として働いているという。

りょうも、女に自分の出自を語った。浅草にいたとき、関東大震災で母を失い、その時に出会った児島出身の恭蔵に連れられ、岡山に来たこと。幸運にも女学校に通わせてもらえ、卒業してからは恭蔵の親戚筋の倉敷の古書店で働いていること。

りょうが出自を自分から他人に語ったのは、その女が初めてだった。

「恭蔵さん、でしたっけ？　その児島のおじさんと出会ってなければ……」

「そうなんよ。で、その恭蔵さんが、なんで児島から東京に出てきたかっていうとね。あの竹久夢二に会いとうて、東京まで行ったんじゃよ」

「竹久夢二に？」

「知っとる？」

「ええ。『少女の友』で特集を組まれた号を見たことあります。郷里のお母さんが、よう、好きじゃ、言うとりましたし」

その号はりょうも見たことがあった。

「夢二の絵は、好き？」

「正直、言うてもええですか？　私は……淳一さんの描く女の人の方が、好き。夢二の描く女の人もええんじゃけど、なんか、大人の女の人、ちゅうか、表情も哀しげじゃし。服装も、着物じゃから、ちょっと、古臭い、ちゅうか」

りょうは思い出した。『少女の友』が夢二を特集した次の号の読者欄だ。普通なら読者欄は前号の特集の感想で埋められる。評判がいいにしろ悪いにしろだ。しかし、夢二特集の次号の読者欄には、夢二の特集についての反響がほとんどなかった。

「それで、おじさんは、夢二さんに会えたんですか」

「会えたそうなんじゃけど、次の日に、あの大きな震災があってね。それっきりじゃったって」

「そうじゃったんじゃね。夢二さんって、たしか、もう亡くなったんじゃね」

りょうはうなずいた。

「昭和九年じゃから、もう六年経つんじゃね。たしか、アメリカに渡った、次の年かその翌年ぐらい、日本に帰国してすぐに亡くなったんじゃって。震災前までは、ええ人気やったらしゅうて、画集も飛ぶように売れたみたいじゃけど、今じゃ、誰も手を伸ばさん画家になってしもうたね」

りょうは店の書棚を見上げた。一番上の棚。脚立《きゃたつ》を使わなければ手の届かぬ高さに、夢二の画集が数冊並んでいた。

りょうは再び女に顔を向けた。

「それで、今日は、どんなご用で？」

女の目に縋《すが》るような表情が浮かんだ。

「あのう、実は、三年前に売った、『少女の友』じゃけど、あの、私が売った『少女の友』、まだ売れんと残っとったら、買い戻したい、思うて……」

「どうして？」

「中原淳一が、『少女の友』から、消えたじゃろう」

そのことはりょうも知っていた。

大きな眼と、長い手足を持った、甘い美しい少女の絵。

そんな中原淳一の絵が、軍部に睨まれたのだ。

戦時下の軍国日本にふさわしくない、退廃的で不健康だ、という理由で軍部は中原淳一を『少女の友』から降板させるよう、圧力をかけた。聞き入れない場合は廃刊だという軍部の恫喝《どうかつ》に編集部は要求を呑むしかなかった。連載していた「女学生服装帖」は今年の五月号で突然打ち切られ、六月号で降板が発表された。降板を読者に告げるために主筆の内山基《うちやまもとい》が綴《つづ》った文章を、りょうは今でもはっきり覚えている。


中原さんの畫が暫く少女の友にのらなくなります。どうぞ我慢なすつて下さい。今はあらゆることに忍ばなければならないのです。國家がその忍耐を要求してゐるのです。父を兄を、夫を、子を失ふことさへも國の爲《ため》に忍ばなければならない時です、今は僕達の一つの喜びを、國家に捧げませう。

淳一が『少女の友』に最後に書いた六月号の表紙画は、セーラー服を着た少女の絵だった。しかし紺地に白の三本線のセーラー服ではなく、赤地に白の三本線のセーラー服という、かなり特異な意匠だった。今までのような夢みるような少女ではなく、毅然《きぜん》と前を見つめるその瞳には強い意志を感じさせる力があった。淳一がこの表紙に込めた思いはなんだったのか。時局への迎合か。そうではない。むしろ逆だ、とりょうは感じ取った。

「私、本当にがっかりして。『少女の友』は、本当に私の楽しみじゃったから。吉屋信子先生や川端康成先生の小説の連載も好きじゃったけど、やっぱり中原淳一さんの表紙や口絵や、付録の『スタイルブック』そして、『女学生服装帖』、私は女学生やなかったけど、心から楽しみにしてたの。淳一さんの絵や文を読んでる時は、別の世界に遊べたから。読み終わって雑誌を閉じたらスッキリして、また辛い仕事にも戻れたから。じゃから淳一さんが『少女の友』からいなくなる、いうのを知って、心の底から、がっかりして、そして腹が立ちました。淳一さんの絵が退廃的で不健康って、どういうことって。淳一さんが教えてくれたのは、辛い時代でも前向きに美しく生きて行こうってことじゃなかったの。そのために小さな工夫を楽しみましょうってことじゃ」

「あたいも、そう思うよ」

りょうはうなずいた。彼の絵はいろんなことを私たちに教えてくれた。この世は現実ばかりで成り立っているんじゃない、ということ。それが暗い時代にこそ力になるということ。

「それで、私……三年前のことじゃけど……あの時、どうしても、お金が要ったんです。じゃから、あれを泣く泣く売ったんじゃけど……淳一さんがおらんようになった後に出た『少女の友』を見て、その時、初めてはっきりわかったんじゃ。淳一さんがおった『少女の友』が、どれほど輝いてたか。どれほど私の生活そのものじゃったか。じゃけど、もう、『少女の友』で淳一さんの絵に出会えんのじゃ思うたら、悲しゅうて悲しゅうて。それで、一冊でも残っとったら、買い戻したいんじゃ。それで今度はずっと手元に置いておきたいんじゃ。あの雑誌と、あの本を。そう思うたんじゃ」

女の目はうっすらと滲んでいる。その視線から、りょうはふっと目を逸らした。

そしてまた店の中の、書棚の一番上の棚に視線を移した。

「知っとる？」

りょうが女に尋ねた。

「あんたがそんなに好きで好きで仕方ない、そして、あたいも大好きな中原淳一が、どうして画家になろうと思うたんか」

女が首を横に振った。

「どうして？」

「中原淳一はね、岡山の向かいの、香川県の出身よ」

「それは知ってました」

「それでね、香川の田舎におった頃から、ずっと竹久夢二に憧れとったんじゃよ。自分もあんな絵を描きたい思うて、それで中原淳一は東京に出て、画家になったんじゃよ」

「竹久夢二に憧れて……二人は、会うたことはあるんですか」

りょうは首を横に振った。

「淳一がデビューしたとき、夢二はもう、日本にはおらんかったけえね」

女の視線が書棚の一番上を追う。

「あの日、あんたが持ってきよったあの『花物語』と、『少女の友』じゃけど」

女がハッとした表情でりょうの顔を見つめた。

「全部、売れてしもうたよ」

「やっぱり」

女はうなだれた。

「じゃけんど。ちょっと待っときんせい」

りょうは帳場から二階へ駆け上がった。

降りてきたりょうの手には、『少女の友』の束があった。

「これね、あたいが持ってる『少女の友』。あんたが手放した十冊ほどの同じ号と、それからあと少し。あんたに全部あげる」

「そんな！　大切なものでしょ」

「ううん。あんたにあげる。あんたにもらってほしいの」

「そんな……せめて、買わせてください」

「代金もいいの」

「なんで？」

「あたい、あんたが、好きじゃから」

5

口につけたカップを傾け、女はゴクリと飲み込んだ。

「美味しい。これが、ココア言うんじゃね。私、初めて飲んだ」

二人は、俊徳堂の近くの喫茶店で向かい合っていた。

ラジオからは大本営がいつもの調子で何やら勇ましいことを発表していた。

「あんた、名前はなんて言うの」

「りつ」

「りつさんか」

女はこくりとうなずいた。長い睫毛だ、とりょうは思った。上目遣いの目に以前会った時とは違う大人の表情が一瞬浮かんだような気がした。

「あたいは、りょう」

「りょうさん」

「もしよかったら、教えてくれんかな。三年前、なんで中原淳一の本を、うちに売りに来たんか」

りつはしばらくうつむいていたが、やがて意を決したように顔を上げた。

「私、逃げてきたんじゃ」

「逃げてきた？」

「うん。私、倉敷の紡績工場で女工をしとったって、さっき言うたじゃろう」

「その、紡績工場から？」

りつはうなずいた。

「何があったの？」

りつはりょうに訥々《とつとつ》と身の上を語った。


自分が働いていた工場の労働環境が劣悪なこと。辛くて辛くて仕方なかったが、辛い夜は寄宿舎の煎餅《せんべい》布団の中で吉屋信子と中原淳一の挿絵と連載が載っている『少女の友』を読んで頑張ったこと。それでも辛い仕事に耐えられなくて、ある日、逃亡を決意した。その時手元にあった所持金では、郷里の熊本まで帰る汽車賃が足りないことに気づいて、汽車賃の足しにするために、泣く泣く大事にしていた本を売りにきたのだ、と。

「で、郷里の熊本まで帰れたの？」

りつは首を横に振った。

「倉敷の駅に行ったら、改札に、飯場の番人が立っとって……」

りょうはため息をついた。

「それで、工場に、連れ戻されてしもうて……」

「それは、運が悪かったんじゃなあ」

「けど」

「けど？」

「解せんのじゃ。あとから、考えるとのう」

「どういうこと？」

「私が、工場を脱走できたのはの、仕事が終わったある夜に、仕事があんまり辛うて辛うて、飯場の隅で泣いとる時に、飯場頭がわしを見つけて近づいてきたんじゃ。私は、叱られる思うたから、慌てて逃げようとした。そうしたらの、飯場頭は、辺りに人が誰もおらんのを確めた後で、私にこう言うたんじゃ。辛いんか。辛いんじゃろうのう。そんなに辛けりゃ、逃げたらええ、って。私はあんまりびっくりして、返事もできんで突っ立っとった。そうしたら、飯場頭が、声を潜めてこう言うんじゃ。明日の深夜零時に、門衛にこっそり裏門を開けとくように言うとくけえ、そこで逃げろ、誰にも言わんから、おまえも誰にも言わんと一人で逃げろ、ちゅうんじゃ。一旦部屋に戻っても、半信半疑じゃったけど、やっぱり逃げたい一心で、その時間に寄宿舎を抜け出して裏門に行ったら、言うた通りに、門が開いとった。それで、一目散に駆けて、橋の下で夜が明けるのを待っとったら、いつの間にか寝てしもうた。あかるうなって目が覚めて、持ってきた本を金に換えようと、あの店に行ったんじゃ。それで……」

「それで?」

りょうは身を乗り出した。

「それで……駅に行ったら、改札の前に、飯場頭の手下がおったんじゃ」

りょうはまたため息をついた。

「解せんと言うのは、そこじゃ。飯場頭って、そもそもは私らを監視する立場の人間じゃ。なんであの夜、私に逃げろと言うたんか」

りょうはうなずいた。

「あとからわかったことじゃが、逃亡した女工を捕まえたもんは、手柄として会社から十円もらえるそうじゃ。それで、飯場頭と門衛が、手柄を稼ぐために……」

「ひどい」

りょうは憤慨した。

りつは結局、紡績工場の寄宿舎に連れ戻され、今もそこで働いているという。

「仕事は、今も辛い?」

りつは首を横に振った。

「だいぶ慣れました。それに……」

「それに?」

りつは、うつむいた。

「言いとうなかったら、言わんでもええよ」

りつはきっと顔を上げた。

「私、りょうさんのこと、信頼できるけえ……まだ誰にも言うとらんことじゃけど、思い切って、言います。私、工場で、好きな人ができたけえ」

「好きな人？　思い合うとるの？」

りつはうなずいた。

「そらあ、よかったね！」

りつの頰がぽっと赤らんだ。

「会社の人？　職人さん？」

「……私と同じ人じゃ」

「同じ人？　って……」

りつは声を潜めた。

「女工さんじゃ」

「女工さん⁉」

りょうは目を見開いた。

「同じ寄宿舎にいる……」

りょうは、りつの顔をじっと見つめた。

「Sっていうやつ？」

S。シスターの略だ。女性同士が特別に「姉妹の契り」を結んで親しく付き合う友愛の絆《きずな》のことを言う。二人が今まで読んできた『少女の友』に掲載されている小説には、毎号のように出てくる題材だ。有名なところでは川端康成の『少女の港』がそうだ。そして、二人が大好きな吉屋信子の『花物語』も、後半は、Sの物語であふれている。もちろん、りょうも夢中になって読んだ。その心理もよくわかる。

「私も、気持ちはわかるけえ」

りつは首を強く横に振った。

「小説に出てくるSとは、違うんじゃ」

「どういうこと？」

「あれは、プラトニックな関係でしょう？　私たちは……」

「……そうなん？」

「ほんとうに、こっそりなんです。見つかったら、大変なことになりますから」

私も、気持ちはわかる。そう言ったことをりょうは恥じた。りょうには、わからなかった。小説や絵という「幻想」の中に救いを求めている自分と彼女とは、同類だと思っていた。だからこそ彼女は『花物語』と『少女の友』を買い戻しに来たのだろうと思っていた。

しかし、決定的に違うのだ。知りたいと思った。彼女のことを。

「もしよかったら、その話、ゆっくり聞かせて」

6

ずいぶんと日の長くなった春の斜光が恭蔵の部屋の窓からこぼれていた。

昭和十六年の春である。

窓を叩く音がして、恭蔵は顔を上げた。

りょうの顔がそこにあった。引き戸を開ける。

「ゾウさん、元気にしとるの？」

「おう、りょうじゃねえか。ちょうど今、学校の宿直から帰ってきたところじゃ。おめえこそ元気にしとるんか」

「元気にしとるよ」

「今日は、仕事はええんか？」

「うん。今日は昼までで、明日は休みじゃ。久しぶりに、ゾウさんの顔を見とうなって」

「嬉しい事、言うてくれるのう」

「ゾウさん、あの、物干し台の、小倉織の作業ズボン、今もずっと陽に晒しとるんやね」

「そうじゃ。色落ちも、だいぶ進んできとるじゃろう。けどなあ。色落ちが進めば進むほど、あのズボンとは程遠いもんになりよる」

恭蔵は、ため息をついた。

「やっぱり、あのズボンは、縫製する前の糸の染め方に、秘密がある。そうとしか思えんのじゃ」

「今も、諦めとりゃせんのじゃね」

「ああ」

恭蔵は箪笥の一番上の引き出しを開けて、藍色のズボンを取り出した。

「わしゃ生きとる間に、このアメリカのズボンの秘密をどうしても知りたいんじゃ」

アメリカの、ズボン。

あの震災の年から、もう十八年経つ。恭蔵も、りょうも、それだけの歳を重ねた。藍色のズボンだけが、変わらず二人の目の前にあった。

「そういうたら、今、アメリカと日本は、えらい揉《も》めとるみたいね」

「そうじゃ。去年の九月に日本はドイツと軍事同盟結びよったからの、これは実質アメリカに喧嘩売っとるもんじゃからのう」

「どうなるんじゃろうか。アメリカと日本は」

恭蔵は深いため息をもうひとつついた。

「わしゃなあ、あのズボンと出会うてから、今でも、時々思うんじゃ。あのズボンを穿いとったアメリカ人は、どんな人じゃったんじゃろう。どこで、何して暮らしてたんじゃろう。家族はおったんかなあ。ほら、ここに、茶色いシミがぽつぽつとついとるじゃろう。このシミは、なんのシミじゃろうなあ。年に一回、洗うても、取れんのじゃ。食べ物をこぼしてついたんか、仕事してるときに、油かなんかこぼしてついたんか」

「ゾウさん、この、シミの色」

「うん？　シミの色が、どうした？」

「これ、茶色じゃのうて、赤じゃよ」

「え？　そうか……、赤いシミか……。そんなことに、わしは、十八年も気づかんかったとはのう。いったい、何の赤じゃろうかのう。もしかして、血かのう。血じゃとしたら、なんで流した血かわからんが、余計に、愛しい気持ちが湧いてくるのう」

そう言って恭蔵はシミの跡を指で撫ぜた。

「それから、あのポケットに入っとった絵。そうじゃ。この簞笥の上に飾っとる絵じゃ。これは、住んどるとこを描いたんかなあ。思い出の場所を描いたんかなあ。とか、そんなことを思うとなあ、遠いアメリカ、ちゅう国が、まるで自分が住んどった国、みてえに思えてきてなあ」

「そういうたら、夢二さんがアメリカに渡ったのも、もう十年も前のことになるんじゃね」

「そんなに経つんかのう」

恭蔵は窓の外を見つめて目を細めた。

「りょう、覚えとるか。おまえがまだ子供の頃、一緒に、福山の染色工場に行ったことがあったじゃろう」

「ああ、覚えとるよ」

「あん時、おまえは、工場長に『用の美』、ちゅうことを話しよった。工場長は、えらい感心しとったのう。わしはあん時なあ、夢二先生のことを思い出しとったんじゃ。夢二先生は、あの震災に遭わなんだら、新しい図案会社を作るつもりじゃった」

「図案会社？」

「ああ。気取りのない、庶民の生活感情に根ざした美術の砦を作る、ちゅうてな。それこそが、用の美、ちゅうやつじゃねえか。最近は、このアメリカのズボンを見るたびにな、わしは夢二先生のやろうとしたことを思い出すんじゃ。面映《おもは》ゆい言い方をすればな、わしがやろうとしとることは、夢二先生がやろうとしてたことと、似とるんじゃねえか、とな」

「うん。きっと、そうじゃよ。あたいもそう思う」

りょうが言った。

「ありがとうな」

恭蔵は続けた。

「夢二さんが見た、アメリカの風景は、どんな風景じゃったんかのう。わしも、一度は見てみたいが、叶いそうにはないのう」

そうして、もう一度、簞笥の上のアメリカの絵を見つめた。

「夢二さんは、ええ時にアメリカに渡ったんかもしれん。あの頃は、まだそれほどでもなかったんじゃが、今、向こうじゃあ、えらいきつい日本人移民の排斥運動が起こっとるそうじゃ」

「アメリカにも、日本人がいっぱいおるんか？」

「ああ。明治時代に、仕事を求めて海を渡った日本人がようけおったからのう。この岡山や、隣の広島からもなあ」

人が、海を、渡る。日本から、アメリカへ。

りょうは、ハッとして顔を上げた。

だとしたら。

そうだ、なんで、今まで、それに気づかなかったんだろう。もっと早く気づくべきだった。りょうの胸に後悔の波が押し寄せる。しかし、まだ遅くないかもしれない。間に合うかもしれない。

「ゾウさん！」

「なんじゃ？　どうしたんじゃ？」

「今度、休みの日に、そのズボン持って、倉敷に来て」

「倉敷に？」

「あたい、いいこと思いついたんじゃ」

恭蔵が倉敷の俊徳堂にやってきたのは次の日曜日だった。

運河沿いを省線の倉敷駅に向かってしばらく歩くと、りょうが立ち止まった。

「ゾウさん、ここじゃよ」

「りょう、ここは？」

「教会じゃ」

「教会？」

「そうじゃ。この教会にはね、アメリカ人の牧師がおるんじゃ」

「アメリカ人の？」

「そうじゃ。アメリカ人じゃったら、このズボンのことを、知っとるはずじゃ。このズボンの秘密も、もしかしたらわかるかもしれんじゃろう」

りょうは恭蔵の手を引いて開け放たれた教会の扉から中に入った。ちょうど礼拝が終わった後のようで、バラバラと人が出口に向かって歩いてくる。祭壇近くにいた牧師さんに近づいて、りょうは声をかけた。

「こんにちは。私、倉敷の俊徳堂の」

「アア、古本屋サンノ、ムスメサンデスネ。コンニチハ」

「紹介します。こちら、私の……父です」

父、と言われて、恭蔵はどぎまぎしたが、動揺をごまかすようにぺこりと頭を下げた。

「恭蔵、言います」

「ドウモ、コンニチハ。ワタシ、クラシキヘイワキョウカイ、牧師ノ、バレンタイン、トモウシマス」

「バレンタインさんはね、時々、俊徳堂に来てくれるんよ」

「デ、キョウハ、ドンナ、ゴヨウデスカ？」

「牧師さんに、見てもらいたいもんがあるんです」

りょうに促され、恭蔵は包みからズボンを取り出した。

「このズボン、知っとりますか？」

「ハイ、オーバーオール、デスネ」

「おーばーおーる？」

「モトモトハ、ズボント、ウエガ、イッショニナッテ、ショルダーベルトデツッテハイテイタノデ、オーバーオール、トイウナマエナンデス。コレハ、ムネノブブンハ、アリマセンガ」

「ああ、ツナギのズボンですね」

「ハイ、アメリカデハ、ウェスタンエリアノ、レイルワーカーヤ、カウボーイタチガハイテイルパンツデスネ。アト、コットンフィールドノ、ファーマータチネ」

「アメリカでは、よくあるズボンですか」

「エエ。ソレハ、モウ。ワーカータチハ、フツウニハイテマスヨ」

「ワーカータチ？」

「ロウドウシャ、デス」

「それでね、バレンタインさん、日本には、こういうズボンはないの」

りょうが言った。

「ソウナンデスカ」

「ええ。たとえばね、いろんなところに丸い鋲《びょう》みたいなのが付いてるでしょ」

「アア、キット、ヤブレニクク、スルタメデショウネ。ワークパンツデスカラネ」

「それから後ろの腰のところに、小さなベルトみたいなのが付いてる」

「ウエスト、ノ、サイズヲ、チョウセツ、スルタメノモノデショウ」

「前には、ポケットが三つも付いてる」

「サア、コレハ、ナンデショウカ。コインヲ、イレル、ポケットカナ」

「で、うちの父はね、このアメリカのパンツを、なんとか日本でも作れないかと考えてるの」

「ニホンデ？」

「そう。でもね、どう考えても、作り方がわからないの。いや、ズボンの作り方はわかるんじゃけど、この、青い生地の作り方が。アメリカ人のバレンタインさんなら、何か知ってるかな、と思うて」

バレンタイン牧師は肩をすくめた。

「ワタシハ、イチドモ、ハイタコト、アリマセンガ……ソレニ、ゴメンナサイ、ファブリックニモ、クワシクアリマセン」

恭蔵は視線を落とした。

「デモ、ワタシノ、コキョウノ、カリフォルニアニハ、コノ、オーバーオールノコウジョウガアリマス。シリアイニテガミヲダシテ、キイテモライマショウカ」

「ほんまですか！　お願いします！　知りたいことはいっぱいあるんじゃが、一番は、この縦糸の染め方です」

「タテイト？」

「表地です。よう見てくだせえ。ここです。ところどころで、白うなっとるでしょう？　けどもともとは、藍で染めた糸のはずじゃ」

「アイ？　アア、インディゴ、デスネ」

「アメリカじゃ、いんでぃご、って言うんですかのう。で、この縦糸が、こうして、白うなっとるのは、おそらくこの糸が、芯まで藍に染めきれとらんけえ、穿いとるうちに芯の白が浮いてきよるんじゃろうと考えてます。知りたいのは、そこなんじゃ。どうして、芯まで染めきらん糸の染め方ができるのか。それが、一番知りたいんじゃ」

恭蔵は、夢中になって説明した。

「ハイ、アナタノシリタイコトハ、ダイタイワカリマシタ。イマノコトヲ、テガミヲダシテ、キイテミマショウ。デモ、キイテモ、オシエテクレルカドウカハ、ワカリマセンヨ。アト、ジキョクガラネ。ワタシモ、イツマデ、ニホンニイラレルカ」

「ええ。聞いてもらえるだけでも、有り難《がて》えことです。ぜひお願いします！」

「ソレト、ヒトツダケ、オシエテクダサイ」

「なんですか？」

「ニホンニモ、ワークパンツハアルデショウ。アナタハ、ドウシテ、ソコマデシテ、コノ、アメリカノワークパンツヲ、ツクリタイノデスカ？」

恭蔵は手元のズボンに目を落とした。そして考えた。

どうしてなんだろう？

「うまく言えんのじゃけど……」

恭蔵は顔を上げ、バレンタイン牧師の青い目を見つめて答えた。

「この藍、ええっと、いん……」

「インディゴ」

「そう、いんでぃごの色に、惚れてしもうたんです」

「オオ、ソレハ、ツマリ」

牧師は、天を仰いで十字を切って微笑んだ。

「アイ、デスネ」

7

「今年の夏は、よう蟬が鳴きょうるのぅ」

タオルで首筋の汗を拭きながら、利一は社長室の窓から外を眺めた。

昭和十六年七月。光太郎は国民服の帽子を手に持って、入り口に立っていた。

「まあ、座れ」

光太郎は背中を向けたままの利一に一礼して腰掛ける。

「どうじゃ。仕事は、ちぃとは覚えたか」

「はい。みんな、ビシビシと、一から厳しゅう教えてくりょうります」

「社員の皆には、あくまで特別扱いせんと一般の傭員《よういん》と同じように扱えちゅうてあるからのう」

「そのほうがわしも助かります」

「で、呼び出したんは、他でもねえんじゃがな」

利一はそこでようやく窓の外から視線を外して光太郎に向き直った。

「おまえには、せっかく、仕事をいろいろと覚えてもろうとるところじゃけど」

「はい」

利一は光太郎の向かいに座り、タバコに火をつけた。

「今日、陸軍から会社の方に通達が来よった」

「陸軍から？」

「ああ。来月から、うちを陸軍の管理工場に指定する、ちゅうことじゃ」

利一は天井に向けて大きく煙を吐いた。

「……まあ、大方予想はしとったけどの。とうとう、来よった。これからうちは、陸軍の軍需服だけを作っていくことになる」

「学生服の生産は、全くやらんのですか……」

「仕方なかろう」

利一はため息をついた。

「うちだけじゃねえ。児島の繊維会社は、遠からず全て、陸軍か海軍かの管理工場になる。挙国一致、ちゅうやつじゃ」

「……相当、逼迫《ひっぱく》しとるようですね」

「とうとうコメも配給制となったしな。酒、木炭、食料、魚。全部、配給じゃ。それに、これからもっと心配なんは、石油じゃ」

「アメリカですか」

「そうじゃ。日本が仏印に進駐したことで、相当、神経を尖《とが》らしとる。日本に対して石油を禁輸するちゅうとるらしいが、アメリカはどうも本気のようじゃ。光太郎、大変な時期にうちへ帰ってきたのう」

「時局じゃから、しょうがねえです。今は辛抱して乗り越える時じゃと思うとります」

利一は頼もしげにうなずいた。

「うん。おめえは、うちの跡取り息子じゃ。鶴来の未来は、おめえの肩にかかっちょる。今は傭員ちゅう形で働いてもろうとるが、ゆくゆくは経営者じゃ。これからしっかり頼むぞ」

「わかっとります。父さまも、身体のことがあるけえ、気ぃつけてくだせえよ」

「それじゃ。持病の狭心症も、最近は症状が出んが、いつ再発するとも限らん。それもあるけえな、あと二年ほどしたら、家督をおめえに譲ろうと思うとる」

「はい。一日でも早う会社の力になれるよう、頑張ります」

「それでじゃ、光太郎」

利一が膝を詰めた。

「おまえに家督を譲るのはええとして、先の話も、今から考えとかんといけん」

「先のこと?」

「鶴来家の、次の跡取りのことも考えとかにゃあいかんちゅうことじゃ。それでな、ここからが肝心な話じゃで、よう肚《はら》、据えて聞いてくれ」

光太郎は背筋を伸ばし、利一の言葉を待った。

「井原にな、代々庄屋をやっとった、山根ちゅう旧家があるんじゃが。そこの三女でな、今年十八ちゅう、ええ娘がおるそうじゃ。娘の父さまは岡山県の議会議員で、議会議長になったこともあるちゅうほどの実力者じゃ。先方から、うちとの縁談の話が持ち上がっとる」

「父さま。その話、申し訳ねえです。断ってはもらえませんか」

「なんじゃ？　光太郎、これは悪い話じゃなかろう。はっきり言うてみい。なんでじゃ」

「わしには、心に、思う人がおるんじゃ」

利一は目を見開いた。

「誰じゃ」

「りょう、じゃ」

「りょう？　倉敷におる、りょうか？」

「そうじゃ。わしは、あの娘と一緒に、鶴来の家を守っていきてえ、思うとります」

利一がガラス製の灰皿にタバコを強く押し付けた。

「光太郎。おまえの気持ちは、ようわかる。こまい頃から、りょうとはずっと仲が良かったからのう。それは、わしも、よう知っとる。しかし、結婚となると、話は別じゃ。帝大まで出たおめえと、りょうとじゃあ、あまりにも釣り合わん」

「釣り合わんちゅうのは、どういうことですか」

「あの娘にゃあ、鶴来の家を任せられん、ちゅうことよ」

「出自のことを言うとるのですか。父さま。りょうは、頭のええ娘じゃ。将来、必ず、鶴来のためになる。あの、セーラー服の一件では、父さまもえれえ感心したんじゃなかったか」

利一は目をつぶり、ゆっくりと首を横に振った。

「光太郎。目え覚ませ。ここは頭を冷やして、よう考えろ」

目を開けた利一の顔は石膏《せっこう》像のように冷たかった。

「あの時のことは、よう覚えとるよ。昭和の金融恐慌から繊維不況の苦しい時を鶴来がなんとか乗り切れたのは、学生服への転換がうまいこと、いったけえじゃ。あん時、セーラー服の生産と販売に弾みをつけてくれたんは、りょうのアイディアのおかげよ。それは、感謝しとる。感謝しとるが、おまえの結婚相手となると、話は別じゃと言うとるんじゃ。鶴来もこれからは、いろんなところと手を組んでいかにゃあ、おえん。岡山で繊維をやっていくにゃあ、政治家とも繋《つな》がっとかんといかん。そういう意味でも、わしに、政略結婚しろと」

「ちぃと待ってくだせえ。わしに、政略結婚しろと」

利一は声を荒らげた。

「光太郎。甘えこと言うな。情で会社は動かんぞ。自分のことだけじゃのうて、ちぃたあ、鶴来で働く従業員たちのことも考えろ。わしら経営者には、彼らを食わしていく使命があるんじゃ。好いた惚れたのおめえの気持ちと、大勢の従業員たちの未来と、天秤《てんびん》にかけた時に、会社人じゃったらどっちが重いか、よう考えてみい。会社のこと、それから、家庭のことをいろんな面で太う支えてくれる嫁をもらわにゃあいけんのじゃ」

「父さま。そこじゃ。わしはりょうに、家庭を守ってもらおうと思っとらん。一緒になって、知恵を出しおうて、鶴来の会社を大きゅうして行きたい。その一心なんじゃ。りょうは、それにふさわしい人じゃ」

「なんでおめえにそんなことがわかる？」

光太郎は口をつぐんだ。そして、きっと利一の目を見つめて言った。

「あの娘は、未来を見とる。わし以上に未来を見る力がある。現実に拘泥《こうでい》せんと、先を見る力がある。ものを売るためには、何が必要かもわかっとる。それは商売する者にとって、一番必要なもんじゃねえですか」

「光太郎。買いかぶりすぎじゃ。商売は、おめえが専念したらええ」

「そんなことはねえ。困難に遭うた時、必ずあの娘、いや、あの人は、鶴来のためになる。どうか父さま。鶴来の未来のことを思うんじゃったら、わしを、そして、りょうを、信じてくだせえ。この通りじゃ」

8

お手紙有り難う。

お手紙の中の美しい折り紙も有り難う。

貴方《あなた》のお便り、いつも心待ちにしています。


ついに、日本と米英との戦争が始まりましたね。

今朝、いつものようにお店の準備をしていましたら、ラジオから、大本営の発表が聞こえて来ました。日本は愚かな戦争を始めてしまったのですね。貴方は、どこで、どんな気持ちで、あのラジオを聞いたかしら。きっと、私と同じ思いだったに違いありません。私たちが大好きなあの中原淳一の絵を退廃的と決めつけて潰した軍部に、正義などあるものですか。中原淳一が去ってから、もう『少女の友』は買わなくなったのですが、それでも時々、俊徳堂に売りに来る人がいますから、今でもパラパラと中身をのぞいてみることがあります。編集部からの要望という頁が目について、読んでみたらこんなことが書いてありました。「非時局的なペンネーム、たとえばナンセンスなもの、センチメンタルのものは自粛願いたい」ですって。目を疑ったわ。私には、どうしても理解できません。センチメンタルが、なんで非時局的なものなのでしょうか。「不健全」なのでしょうか。

哀しみと寂しさと涙が、そんなに悪いものでしょうか。私は私の中から湧き出るすべての感情を愛しています。

最近の記事も、海軍大佐が「アメリカは日本に何をしようとするか」という題名で書いていたり、あの私たちの大好きな吉屋信子が「聖戦五年！」と銘打って、どこかの新聞社の報道部長と対談したり。吉屋信子もきっと好き好んでやってるのじゃないと思えるのが余計に悲しくなります。付録は「隣組かるた」なんかに変わってしまった挙句、今はもう、贅沢だ、という理由で付録自体がなくなってしまいました。もう私たちが愛し、心をときめかせた『少女の友』は、どこにもなくなってしまったのですね。


実は、今日は、貴方に、とても大切なご報告があるのです。


本当は、貴方にお会いした時に、直接お話ししようと思っていたのですけれど、いろいろと考えた末に、このお便りでお伝えすることにいたしました。その方が私の気持ちが貴方に伝わると思ったのです。お手紙でお伝えすること、どうか、お許しください。

私は、嫁ぐことになりました。

鶴来の家です。

いつか、貴方にもお話ししたことがあったわね。相手は鶴来の家の長男の光太郎さんです。光太郎さんが私を嫁にもらいたいと言ったことで、鶴来家は随分と紛糾したそうです。でも、最後の最後は、光太郎さんが押し切ったそうです。

私自身も、ずいぶんと悩みました。でも決断しました。その理由を貴方にお伝えする前に、まだ貴方にも言っていない、私のことを少しお話しさせてください。

私はこれまで、世間の女性から見れば、ずいぶん特殊な生き方をしてきました。

女学校を卒業した女は、お茶やお華や裁縫なんかを習いながら、どこかに嫁ぐのを待つ、というのが普通ですものね。

私は、女学校時代から裁縫は大好きで、もちろん今も大好きですが、それは、誰かのところに嫁ぐための、嫁入り道具としてではありませんでした。自分が自分らしく生きていくための、糧でした。女学校を卒業した後は東京か大阪の洋裁学校に通って、服飾関係で働く、という道もありました。でも私はその道を選びませんでした。女学校の裁縫の授業に人一倍身を入れて基本的なことはひと通り身につけたということもありましたし、女学校に通わせてもらった上に洋裁学校の学費などをこれ以上鶴来家に援助してもらうのは気が引ける、という思いもありました。でもそれ以上に、私にとって、服飾は、仕事ではないのです。食べていくために身につける技術ではないのです。

仕事とした途端に、そこには義務が生まれたり、妥協が生まれたりします。私はそんなものから自由に、ただ心の赴くままに、大好きな服飾に接したかったのです。もちろん私のこんな願望は、誰も手にできるものではない、ものすごく贅沢なものだということはわかっています。世の中には、生きるために、仕事なんか選べない女性がたくさんいるのですから。それでも私は、自分の意志を貫きたかったのです。

幸い、古書店の仕事は、私の分に、とても合っていました。

古い本に囲まれていると、とても幸せな気持ちになるのです。

本は、私に、たくさんの世界に出会わせてくれます。

『雪国』『友情』『風立ちぬ』『夜明け前』『春琴抄』『若い人』『暗夜行路』『春のめざめ』『富嶽百景』『いのちの初夜』『クオレ』『三太郎の日記』『つゆのあとさき』『牛肉と馬鈴薯《じゃがいも》』『智恵子抄』みんな、みんな、この店で出会いました。お客さまから買い取った本を、帳場で誰もいないときに、こっそり読んだのです。

つい先日、『雪国』を読み返していたら、ある箇所に目が留まりました。雪国にやって来た島村が、実際には見たことのない西洋舞踊の評論めいたことを仕事にしている自分のことを、こんなふうに言っているのです。

見ない舞踊などこの世ならぬ話である。これほど机上の空論はなく、天国の詩である。（中略）勝手気儘《きまま》な想像で、舞踊家の生きた肉体が踊る芸術を鑑賞するのではなく、西洋の言葉や写真から浮ぶ彼自身の空想が踊る幻影を鑑賞しているのだった。見ぬ恋にあこがれるようなものである。

見ない舞踊などこの世ならぬ話で、机上の空論だと書いてありました。そして同時に、それは天国の詩だと書いてありました。島村は自嘲してそう言っているのですが、私は、この言葉にハッとしました。四年ほど前に初めて読んだときはなんとも思わなかったのに、今の私に、この言葉は刺さりました。そうなのです。『花物語』も『少女の友』も、帳場でこっそり読んだ数え切れないほどの小説も、私が読んで心をときめかせてきたものは、突き詰めればすべて「この世ならぬ話」で「机上の空論」なのです。でも、少なくとも私が生きていくためにはそれが必要だったのです。それが本です。天国の詩なんです。軍服や銃や剣より、よほど大切なものです。でなければ、川端康成が、こんなよくわからない物語を、書き残すわけはないと思いました。きっと、りつさん、貴方なら、この気持ち、わかってくれるわよね。

本を売ることだって仕事となったら辛いことがあるじゃないか。そう言う人がいるかもしれません。もちろんです。いろんな苦労はあります。でも、服飾を作ることと本を売ることは、違うのです。

みんな、いろんな本をここに売りに来ます。そして買っていきます。こんな本はないですか、と尋ねてくる人もいます。その本を通じて、いろいろな話ができるのです。それが私にとっての大きな喜びなのです。だから私は、本を売るのが好きなのです。

ええ、貴方が『花物語』と『少女の友』を売りに来た時、私は、その理由を尋ねませんでしたね。それまでずっと、そんなことを尋ねるのは、失礼だと思ってきました。でも、今は、売りに来た人にも、尋ねるようにしてるんです。尋ねることで、その本とその人に、より愛情が湧く、ということを、教えてくれたのは、貴方です。

私は、婚期を失う恐れなど、これっぽっちも感じずに生きてきました。自分の生活を生きる。それこそが大切だと思っていました。誰に何を言われようとも、おしゃれのためにパーマを当てて、モンペを穿かずにスカートを穿く。私はその生活を絶対に手放したくありません。中原淳一が私に教えてくれた大切な世界を、決して手放したくありません。

アメリカの匂いを感じさせるものを敵視した風潮が、この頃ますます強くなってきました。倉敷でも、私が密かにパーマを当てている美容院の窓に、先日、卵が投げつけられたそうです。これからは、もっともっと攻撃されることでしょう。それでも、そのお店にパーマを当てに行く女性は、私だけじゃないのです。たくさんいるのです。美しいものが、アメリカの匂いがするというだけで排撃される世の中なんて、狂っています。私は、狂っている世の中に合わせるつもりはありません。

今月の初めに、光太郎さんから求婚された時も、私は、そのことをはっきりと言いました。そして、そんな女が鶴来家に入ることは、鶴来家にとっていいことではないだろう、ということも。それを守るために、一生独身でいなければならないなら、私は、一生独身でいることに、何の恐れもありません、と。

そのとき、光太郎さんは、こう言ったのです。

「誰もがりょうのように、のびのびと生きていけるような世の中になるために、その助けとなるような服を作ることで、自分は鶴来の会社を守っていきたい。たとえ今は軍の命令で、軍服を作っていかんならんとしても」

そして、こうも言ったのです。

「わしにはりょうの力が必要だ、なんて言うつもりはねえ。ましてやりょうにはわしが必要だ、なんてことも言うつもりもねえ。りょうはりょうで、わしは、わしじゃ。じゃけえど、りょうとわしが思い描いとる、こうなったらええな、と思う未来は、きっと、よう似とると思うんじゃ。もし、おめえもそういうふうに思うんじゃったとしたら、一緒にならんか」

その時もし光太郎さんが、こうなったらええなと思う未来が、「わしと同じじゃ」と言っていたら、私は、はい、と返事をしなかったと思います。「同じ」じゃなくて、「よう似とる」と言ったところに、私は、彼の誠実さを感じたのです。

祝言は来年の四月です。私の側には親族は誰もいませんので、寂しいものになると思います。どうか心の中で私たちのことを祝ってください。

それから、貴方にひとつお願いがあります。

私が鶴来家に嫁ぐと俊徳堂のご夫妻にご報告したところ、とても喜んでくださったのです。それは心から嬉しかったのですが、これを機会に、俊徳堂を畳むとおっしゃったのです。たしかに私がいなくなると伊佐人さんご夫婦だけではやはり難しいところがあります。

でもそれで大好きな俊徳堂がなくなってしまうのは悲しいことです。

そこでお願いなのですが、貴方に、あの俊徳堂を引き継いでもらえないかしら。

もちろん、貴方さえ良ければ、ということなのですけど。伊佐人さんご夫妻にはすでに伺いを立て、それならぜひというお返事も頂戴しています。仕事は祝言の日までに私が教えますからその点はご心配なく。一度考えてもらえないかしら。

年が明けましたら、またお会いしましょう。お返事はそのときで構いません。

この手紙は読んだらすぐに破り捨てるか、燃やしてしまってくださいね。

特高の目に触れたら、貴方も私も、大変なことになりますから。

昭和十六年十二月九日

日米開戦の日に。

愛するりつへ

りょう

9

昭和十九年一月。

恭蔵が久しぶりに鶴来の家を訪ねたのは、りょうが無事出産を終えたと聞いたからだった。

「おお、かわいい子じゃのう。男の子か。名前はなんとつけたんじゃ」

恭蔵が生まれたばかりの赤ん坊を覗き込む。

「俊蔵《しゅんぞう》にしました。祖父さまの源蔵と、ゾウさんの、一字をもらいました」

「そうか。そうか。俊蔵か。ええ名前じゃ」

恭蔵の目に涙が滲んだ。

「恭蔵さん、可愛い子じゃろう」

襖を開けて入ってきたのは光太郎だった。

「おお、光太郎さん。男の子は女親に似るちゅうが、あれはほんまじゃのう。目元がちょっと垂れとるところが、りょうにそっくりじゃ」

「わしもりょうに似てくれてよかったと思うとるよ」

「鼻は、光太郎さんにそっくりじゃよ」

りょうが赤ん坊の頭を撫ぜて言った。

「それにしても光太郎さん、良かったのう！　これで跡取りが出来たんじゃから」

光太郎は曖昧な笑顔を浮かべた。

「どうしたんじゃ？　浮かん顔しとるように見えるんじゃが」

「実はな、恭蔵さん。今朝の話なんじゃが」

「今朝？　どうしたんじゃ」

「役場の職員が、うちにやってきよった」

「役場の職員が？」

「召集令状が、届いたんじゃ」

「え？」

恭蔵は思わずりょうの顔を見た。

りょうは静かに頷いた。

「あんたは鶴来家の長男じゃろう？　ましてや一人息子じゃねえか。せえじゃのに、なんで？」

りょうが答えた。

「戦況が悪化しとるけえね。もう、そんなこと、言うとれんのよ」

「そんな……赤ん坊ができた途端に、赤紙を持ってきて。あまりに酷《ひど》かろう。酷過ぎらあ。りょうが、りょうが、あまりにかわいそうじゃ」

「恭蔵さん……」

光太郎が声をかけた。

「大丈夫じゃ。わしは、必ず、生きて帰ってくるから」

光太郎はりょうの布団に跪《ひざまず》き、赤ん坊の頭を撫ぜた。

りょうはその上に自分の手を重ねた。

そのとき、また襖が開いて、源蔵が入ってきた。その後ろにりくがいた。

「父さま、ひ孫さんの誕生、おめでとうございます」

恭蔵が挨拶した。

「それから、光太郎さんのこの度の御出征、誠に……」

そこで恭蔵は言い淀《よど》んだ。源蔵はその言葉を待たずに、吐き捨てるように言った。

「全く、なんで恭蔵に来んと、光太郎に赤紙が来るんじゃ」

「父さま、弟に、なんてこと言うの」

たしなめたのは、りくだった。

「いいんじゃ。父さまの言う通りじゃけえ」

恭蔵は唇を噛んでうつむいた。

りょうの傍で俊蔵がおぎゃあ、と泣いた。

光太郎は顔を近づけ、俊蔵の小さな指を握りながら、おどけた顔を見せた。

「泣かんでもええぞ。きっと帰ってくるけえ」


それからひと月ほど後のことだった。

恭蔵が再びりょうのもとにやってきた。

りょうは縁側に俊蔵を寝かせて傍で洗濯物を畳んでいた。

「りょう、ご隠居さんはいるか」

「源蔵さん？　奥の隠居部屋じゃと思うけど、何か、祖父さまに、用？」

「見せにきたんじゃ」

「何を？」

恭蔵は国民服の内ポケットに手を入れた。

「わしにも、来たんじゃ。これが」

恭蔵が差し出した赤い紙を受け取って、りょうの顔からさっと血の気が引いた。

「そんな……ゾウさんまで……。光太郎さんと一緒に、ゾウさんまで」

握りしめた赤い紙にりょうの涙が落ちた。

「とうとう、来たんじゃ。四十になろうかちゅう、丙種合格のわしのとこにも。親父は、これで喜ぶじゃろうな。息子と、孫が、同時に、名誉のお召しをいただいたんじゃからな」

「ゾウさん、そんな心にもないこと、言わんとって」

恭蔵は表情を変えず、縁側にぬっと突っ立っている。

「ゾウさん、絶対に生きて帰って」

恭蔵は目を伏せた。

「ゾウさんには、やらにゃあいけんことがあるじゃろう」

「なんじゃ？」

「忘れたんか。忘れるはずがなかろう。あの、アメリカの」

「りょう」

恭蔵はりょうの言葉を遮った。

「これはな、やせ我慢で言ょんじゃねえぞ。今まで、どんだけ、徴兵されんかったことで、肩身の狭い思いをしてきたか。色がわからん、ちゅう、たった、それだけのことでな。そんなわしに、やっと赤紙がきたんじゃ。わしはな、どこかで、ホッとしとるんじゃ」

「嘘や。ゾウさん、なんでそんな嘘つくの。ゾウさん、私にだけは、口先だけでも、そんな嘘、つかんといて！」

りょうは赤紙を恭蔵に投げつけた。

縁側の地面に落ちたそれを恭蔵が拾い上げる。

「りょう。ひとつ、教えたろうか」

「何?」

「わしにはな、この紙が、赤には見えんのじゃ」

「何色に見えるの?」

「汚れた茶色い色にしか見えんのじゃ」

りょうは、はっとして、顔を上げた。

「そうじゃ。ゾウさんに届いたその紙は、赤紙やないんよ。赤紙の赤は血の色じゃ。けどゾウさんがもろうたんは、赤紙やない。ただの茶色い紙じゃ。赤い血は流さんでええんじゃ。じゃけえ、じゃけえ……死んだら嫌じゃ。光太郎さんも、ゾウさんも、絶対、絶対に、生きて帰ってきて」

細かに揺れるりょうの肩を恭蔵は静かに抱いた。

10

皆さん。今日は、大事なご報告があります。このたび先生は、天皇陛下から、名誉のお召しをいただきました。皆さんのお父さまやお兄さま、ご親戚の方の中にも、今、戦地に赴いている方々が、たくさんおられますね。中にはお国のために尊い命を捧《ささ》げた方々もおられるでしょう。先生も、ようやくその一員になれたのです。先生はそのことを、心から嬉しく思います。

そして、この授業が、先生の最後の授業になります。皆さんとこうしてお話しするのも、今日が最後です。

皆さんとお別れするのは名残惜しいですが、これもお国のためです。先生がおらんようになってもこの学校には立派な先生がたくさんおられますから、どうか安心してこれからもしっかり勤労奉仕と勉強に励んでくださいね。

さあ、それでは、最後の授業を始めましょう。最後の授業は、音楽の時間ですね。

今日はその前に、先生の話を、少し聞いてください。

皆さんが今、生きとる街、児島の話です。戦地に赴く前に、どうしても、先生はこの児島の話を皆さんにしておきたいのです。


児島は、繊維の街です。皆さん、それはよう知ってますね。服を作る街ですね。

児島の三つの白、という話を聞いたことがあるでしょう。そう、塩の白、いかなごの白、そしてもうひとつが、綿の白です。魚を獲るのも、塩を作るのも、もうずっと昔からこのあたりで行われていたことがわかってます。三つ目の白、綿だけが、江戸時代に新しく生まれた白です。ではなんで、児島で綿が作られるようになったか、皆さん、知ってますか。

ずっとずっと昔、児島は、海に浮かんだ島でした。千三百年も前の古事記にも載っています。太宰府《だざいふ》に流された菅原道真《みちざね》も、途中、この島に立ち寄っています。島と陸の間の海がぼっけぇ浅かったけえ、江戸時代になって、そこを埋め立てて街を作ったのです。

それが児島という街です。

けど、もともと海じゃったところを埋め立てて作ったけえ、土地に塩分が多うて、お米が作れんかったんです。お米が作れんと多くの人は生きていけません。それで児島の人々は考えました。お米が育たん土地でもちゃんと育つもんを作ろう、と。それで思いついたのが、綿じゃったんです。どうして、そんなことを思いついたんでしょうね。

皆さんも、児島の、見渡す限りの綿畑を見たことがあるでしょう？　その景色は、まるで、海のように見えませんでしたか？

大昔の日本人は、海のことを、「わた」って言うとったんです。
わたつみ、ちゅう言葉を聞いたことがありませんか？
こんな漢字で書きます。

綿津見

わたつみ、ちゅうのは、古事記に出てくる、海の神様の名前です。海の神様の名前にも、ちゃんと綿が入っとるって、面白いですね。大昔の人には、海の白波が「綿」のように見えたんかもしれんね。それはきっと、幻のようなもんじゃったに違いありません。けど児島の人は、その幻を信じて、海があった場所に、ほんまに綿を作ってしもうた。そう考えると、私たちの児島のご先祖様たちは、ぼっけぇ想像力あふれる人たちじゃと思えませんか？

では皆さん、児島の人たちは、この綿で、最初に何を作ったと思いますか？服？足袋？違います。答えはね、ヒモです。真田紐《さなだひも》です。見たことあるじゃろう。伸ばしても簡単には伸びん、丈夫な紐ですね。武士が刀を提げる時に結んだり、商人が大事な荷物を縛ったりするのに使いました。これを作ったのが、大坂城落城で児島まで逃げ延びてきた真田幸村の残党で、じゃけえ真田紐の名前がある、言う人もいます。サナダムシちゅうギョウ虫がおるでしょう。あれは、この真田紐のように長いけえ、サナダムシ、言うんじゃそうです。それはともかく、じゃあなんで児島の人々は、最初にこの真田紐を作ったんでしょう？

答えはね、由加山《ゆがさん》の権現さんの土産物として売ったんです。由加山の権現さん、いつかみんなで遠足で登ったじゃろう？江戸時代はね、あの権現さんに、大勢の人が参拝にやってきよったんです。港が近くにあるけえ、みんな、船に乗ってね。四国はもちろん、瀬戸内や関西からもね。ほら、真田紐は、いろんな綺麗な色がついとるじゃろう？　平たく織ってあるんで畳んだらかさばらんし、土産には、ちょうどええかったんじゃなあ。飛ぶような勢いで売れたそうです。

それから真田紐は、明治になってから、ランプの芯としても使われるようになりました。今も児島では、ランプの紐を作っとる工場がありますね。おお、常吉の家は、そうじゃったなあ。文明開化の世の中で日本じゅうの街に火を灯したのも、児島の綿じゃった。

真田紐は最初、由加山の周りに住んどった人々が細々と作っとりました。あの辺には、四方に小さな川が流れとるじゃろう。その水を、水車に利用したんじゃな。それで糸車を回して、綿を糸に紡ぐんじゃね。そのうちに真田紐の評判が全国に広まってくると、それだけじゃったら追いつけんようになって、どこの農家にも、糸車や織り機があるようになりました。こうして、児島の繊維王国の下地ができたんじゃな。

そういえば、布を作る織り機のことを、機《はた》というじゃろう。織物の技術を日本に伝えたのは、朝鮮からやってきた、秦《はた》氏じゃと言われとります。

さっき、先生は、大昔の日本人は、海のことは、「わた」と言うとったと言いました。「はた」と「わた」。似とると思いませんか。「わた」を「渡って」、「はた」がやってきた。みんな海に関係しとるんです。いろんな想像が、膨らみはせんですか？

江戸時代から明治の世になって、由加山の権現さんの参拝客が激減してしまいました。理由は、児島の港の衰退です。ついこの前まで歩いたり駕籠《かご》に乗ったり船に乗ったりして移動しとった世の中が、鉄道が走るようになって、人の流れがガラッと変わったんじゃな。真田紐はさっぱり売れんようになりました。

児島に足袋を作る会社が現れたのは、この頃です。真田紐で培われた、厚い綿地を作る細かな技術を、足袋作りに活《い》かすことができたからです。これが大当たりしよりました。それこそ作った先から羽が生えたように売れていった。皆さんもよう知っとるように、明治と大正時代、岡山県の足袋の生産は、日本一でした。そのほとんどが、児島で作られた足袋じゃったんです。

しかし、次にまた大きな荒波が押し寄せてきました。大正の終わりころからの、「洋風化」ちゅう大波です。みんな洋装で靴を履くようになって、足袋やのうて靴下を履きます。誰も足袋を履かんようになりました。さあ、児島の足袋業者は、また窮地に陥りました。

そこで目をつけたのが、学生服じゃったんです。学生服を着る学生はまだ少ない時代に、児島の人たちは、いち早く学生服に目をつけたんじゃなあ。

今では児島で作られとる学生服は、全国の学生服の九割じゃ。

皆さん、不思議に思わんでしょうか。

いろんな苦難があったのに、なんで児島は、こんなにうまく時流に乗れたんか？

ひとつには、児島が綿の産地として、早うから繊維に関するいろんな産業が生まれとったからです。紡績。染色。織布。裁断。裁縫。それらの技術が、学生服でもそのまま活かせたんじゃな。設備があって、技術を持つ人たちがおった。

けど一番は、児島の人々の知恵と想像力と、新しいことに挑戦する精神です。先生は、そう思うとります。

皆さんのお父様、お母様、お兄様お姉様、叔父様叔母様、ご親戚の方々も、ここ児島で、紡績や染色や、織物や、裁縫の仕事に携わっている方がたくさんおりますね。

先生の実家も、明治の時代から足袋を作っとりました。そして昭和の初め頃に、学生服を作るようになりました。じゃけんど今はお国のために、学生服の代わりに陸軍の管理工場として軍服を作っとります。先生の実家だけじゃのうて、児島の繊維会社は、どっこも、陸軍と海軍の管理工場になって、軍服や毛布や、国民服を作っとります。

今はみんな国民服を着とるでしょう。それから、お母さんやお姉さんたちは、モンペですね。中学校の男子は国民服に戦闘帽になりました。女学校の制服も、セーラー服は廃止して、日本全国、全部統一されています。お姉さんのを見たことがある人もいるでしょう。上はヘチマ襟の制服。大事な繊維を兵隊さんたちに優先的に回すために、なるべく布地が節約できて安くできる制服になっとるんじゃね。そして下は、襞のないスカートか、モンペ。モンペは、女性の決戦服ですね。

つまり、今は、お国のために、日本人みんなが、おんなじ服を着ています。

日本がこの戦争に勝って、国難を乗り切ったとしても、まだまだ日本には、いろんな荒波が押し寄せてくるでしょう。

でもそんな時は、皆さん、今日の先生の話を思い出してください。

苦難が訪れるたびに、それを知恵と勇気と先を見る目で乗り越えてきた、児島の人々の話を思い出してください。

戦争が終わって平和な世の中になったら、またきっとみんなが、思い思いの好きな服を着て生活するような世の中になると先生は思います。そうして、児島のいろんな会社も、また、その時代に応じた服を作るようになる時代が、きっと来ます。皆さん、それをぜひ覚えておいてください。

それから最後にもうひとつ、先生の若い頃の話を少しだけさせてください。

授業で、こんな自分のことを話すのは、初めてです。でも、今日は、最後の授業です。先生の、一番話したい話を、もう少しだけすることを、どうか許してください。

皆さんが生まれる前のことです。東京で、ぼっけぇ大きな地震がありました。関東大震災です。先生は、そのとき、十九歳で、東京におりました。

この時、本当にいろんなことがあったのですが、それを話すには、もう先生には残された時間が、そんなにありません。そこで、皆さんに、たったひとつ、ぜひ知ってほしいことを話します。

この関東大震災の時に、多くの外国の人たちが、日本を助けてくれました。

救援物資が、たくさん届いたんです。

今、日本と戦争している、アメリカからもたくさん救援物資が届きました。

なんでアメリカからたくさん救援物資が届いたと思いますか。

関東大震災が起こる十七年前に、サンフランシスコで大きな地震があったんです。たくさんのアメリカの人が死に、路頭に迷いました。その時、日本人は、たくさんの救援物資をアメリカに送りました。アメリカ人はそのことをよう覚えていて、東京で地震があった時に、あの時のお礼の気持ちで、いろんなものを送ってくれたんです。食料や衣料品、毛布なんかです。みんな、市民たちが、自分たちの家にあるものを送ってくれたんです。

震災から一ヶ月して、先生は岡山に帰りました。

岡山に帰るときに、先生は、東京で知り合うた友人から、餞別をもらいました。

それは、日本では見たことのない、青いズボンでした。

日本一の繊維の街、児島でも、見たことのない、青いズボンです。

多分、どこかのアメリカ人が、普段の生活で穿いていたズボンを、日本人を救う救援物資の中に入れてくれよったんです。その青い色は、藍染なんじゃけど、ぼっけぇ丈夫な生地でできとってな、ちょっと日本の藍染にはない、独特の風合いがあります。

今日は、そのズボンを持ってきました。

どうじゃ？　不思議なズボンじゃろう？

先生には、夢がありました。このズボンを、なんとか児島で作ることはできんか、ちゅう夢です。一所懸命に考えました。井原や福山にまで足を延ばして、なんとか糸口はないもんかと探りましたが、叶えることはできんじゃった。

じゃけんど、先生は思うとります。

児島の祖先たちが、「わたつみ」の海に「綿」の幻を見て、実際にそれを手にしたように、いつか、このズボンを作ってくれる人がこの土地に現れるじゃろう、と。

そんな日がいつか来ることを、先生は楽しみにしとります。


さあ、先生の話が、長くなってしまいました。すっかり忘れるところでした。最後の授業は、音楽の時間でしたね。では、みんなで歌を歌いましょう。

けど今日は、いつも歌う「君が代」や「紀元節」や「天長節」じゃねぇ歌を歌いたいと思います。今日一日、最後の授業ぐらいは、ええでしょう。

今から、みんなと一緒に歌いたい、その歌詞を、黒板に書きます。

青葉

雨がやむ　雲が散る
雲のあとに　うねうねと
青葉若葉の　山々が
遠く近く　残る

風が吹く　木が揺れる
木々の影は　ゆらゆらと
水の面に　地の上に
青く黒く　映る

どうですか、皆さん。雨の後の景色や、風が吹いた後の情景が、目に見えるようじゃありませんか。明治時代に作られた歌ですが、誰が作詞したのか、作曲したのかもわかっとりません。でも先生は、この歌が大好きです。

先生は信じとります。

いつかきっと、そう、君たちが大人になる頃には、この歌のように、雨がやんで、雲が散って、青い青い山が鮮やかに見える日が来るはずです。皆さんも、どうか顔を上げて、想像の翼を思い切り広げて、頭に思い浮かべてください。風が揺らした木々の影が、地の上に、水の上に、青く映る光景を。

さあ、先生がオルガンを弾きましょう。

しっかりと顔を上げて、できる限りの、大きな声で、歌いましょう。

「青葉」の歌を。

第五章　青の虜囚

一九四五年（昭和二十年）
八月十五日

1

その日の青空にたなびいた黒い煙を、りょうは一生忘れなかった。

正午だった。鶴来の会社の中庭に社員全員が集められ、一緒にラジオの放送を聞いた。

天皇陛下自らが重大な発表をするという。ひどい雑音と難解な言葉のせいで、りょうにはラジオから聞こえる声が何を言っているのか理解できなかった。しばらくすると周りが頭《こうべ》を垂れて次第に涙を流し出した。日本が戦争に敗《ま》けたのだと悟った。

放送はどれぐらい続いたのだろうか。時間の感覚が麻痺《まひ》していた。ラジオの音声が突然プツリと途絶えてからも、誰もがその場を立ち去ろうとせず、無言でうつむいていた。いくつもの嗚咽《おえつ》が聞こえた。

「たんぽぽ。たんぽぽ」

りょうの袖を引いたのは息子の俊蔵だ。手には黄色い花が一輪握られている。

「うん。たんぽぽじゃねえ。綺麗《きれい》じゃねえ」

「キレイ。キレイ」

俊蔵は最近新しい言葉を聞くと、口の中で飴玉《あめだま》を転がすように何度も繰り返す。

キレイ。キレイ。りょうの心の中の張り詰めていた何かが破れ、涙があふれた。

俊蔵が怪訝《けげん》な表情で見上げる。

「大丈夫。なんでもねえけえね」

俊蔵の頭を撫《な》ぜて優しく言った。

「ばあばあにも、そのお花、見せてやりぃ」

俊蔵は祖母のりくのもとに駆けて行った。

「ばあばあ、ばあばあ」

りくは両手を広げて俊蔵を受け止め抱き上げた。俊蔵の身体が浮いた。俊蔵は足をばたつかせながら宙を見上げてけらけらと笑った。

「皆。よう聞いてくれ」

利一が朝礼台の上に立ち、立ち尽くしている社員たちに話しかけた。

「今、天皇陛下が御自ら仰せられた通りじゃ。日本は、戦争に敗けた。戦争は、今日で終わったんじゃ。本日は、これをもって解散とする。各自、自宅にて待機してくれ。明日は休養日とする。今後のことについては、改めて皆に連絡をする」

社員たちは、立ち去りがたいのか、じっとその場に突っ立っている。

りょうは中庭に隣接する倉庫に向かって走り、閂《かんぬき》を外して飛び込んだ。

倉庫の中には鶴来が陸軍指定の管理工場になって以来、広島の陸軍被服廠《ひふくしょう》から委託されて作っていたカーキ色の軍服の生地が眠っていた。南方戦線に向かう兵士用の半袖の開襟の上着とズボンだ。りょうはそれを両腕で抱えられるだけ引っ張り出し、中庭に投げ出した。

「りょう、何をするんじゃ！」

社員たちはただ唖然《あぜん》として立ち尽くしている。

りょうは倉庫の横の納屋に駆け込み、灯油の缶を手に取った。蓋を開け、うず高く積まれたカーキ色の山に灯油をぶっかけ、そこに火をつけたマッチを放り投げた。

炎が一気に上がり、カーキ色の生地は炎の中でみるみるうちに黒く縮れていった。

青空に黒煙がたなびいた。

「みんな、燃やすんじゃ！　みんな、燃やしてしもうたらええんじゃ！」

利一が怒鳴った。

「りょう、おまえ、正気か！」

「正気じゃ！　戦争が終わったんじゃ。狂った戦争がやっと終わったんじゃ。ようやく日本が正気に戻ったんじゃ。バカな戦争を仕掛けて、大勢の人間を戦地に送って、広島と長崎に新型爆弾落とされて、岡山も、日本じゅうの街も焼けてしもうた。全部、灰になって燃えてしもうた。この、忌まわしい軍服も、全部、全部、灰になって燃えてしもうたら、ええんじゃ！」

りょうは大声で笑いだした。

利一が平手でりょうの頬を打った。

りょうは地べたにしゃがみこみ、笑い声は嗚咽に変わった。

社員たちは一人、また一人と倉庫の中に入った。そしてカーキ色の生地を火の中に投げ入れた。

利一はもう何も言わなかった。

二本の手が、りょうの肩を抱いた。りくだった。

目から涙が溢《あふ》れて仕方なかった。煙が目に沁《し》みるせいなのか、戦争が終わったという喜びのせいなのか、それとも怒りのせいなのか、りょうにはわからなかった。

りょうは顔を上げた。

そして空の彼方《かなた》に消える黒煙をいつまでも見つめていた。

「りょう。さっきは、ついカッとしてしもうて、すまんかった」

利一だった。

「おめえのいう通りじゃ。全部、灰になってしもうて、またここから、一から出直しじゃ。これから鶴来には、どんな運命が待っとるか、わからん。鶴来の会社のために、俊蔵のために、りょう、よろしゅう、頼むぞ。光太郎が帰ってきたら、またみんなで頑張ろう」

俊蔵の手を握るりくが、か細い声で言った。

「光太郎は、帰ってくるんじゃろうか」

りょうは言った。

「お義母《かあ》さん、帰ってくるに決まっとるよ。帰ってくる、と、約束したんじゃもの」

「けど、恭蔵は、帰って来んかった。恭蔵も、私らに、帰ってくる、と約束したんじゃぞ」

利一が泣きじゃくるりくの肩を抱いた。

「りょうの言う通りじゃ。恭蔵と違うて、まだ光太郎の戦死の通知は、届いとらんのじゃ。死んだと決まったわけやない」

「けど、光太郎の行ったのは、南方じゃろう。南方に行く前に、内地からいっぺん葉書が届いたきりで、それきり……」

「希望を捨てるな」

俊蔵がりょうに駆け寄った。りょうは俊蔵を抱きしめた。

そして両腕で俊蔵の身体を高く上げ、空を見上げて言った。

「俊蔵、ほら、お空を見てみ。青いねえ。青いねえ。あれがね、青。青だよ」

「あお。あお。あお」

俊蔵は、何度も繰り返した。

2

十月の空に白い筋雲がのびていた。
岡山駅に到着した列車からボロボロの服を着た男たちが吐き出された。乗降口だけでなく、列車の窓から停車場に這《は》い出てくる復員兵の群れにりょうは光太郎の面影を探した。
終戦から、毎日のようにやってきては、もう二ヶ月になる。しかし光太郎の姿を見つけることはできなかった。光太郎が出征した呉《くれ》の旧海兵団の本部にも何度も足を運んだが消息を知ることはできなかった。
光太郎の『戦死公報』が鶴来家に届いたのは、それから一ヶ月後だった。
謹啓
海軍上等水兵　鶴来光太郎殿には硫黄島《いおうとう》に於《おい》て作戦に従事中昭和二拾年参月拾七日戦死致されました。茲《ここ》に謹んでお知らせすると共に衷心よりお悔やみ申上げます
遺骨箱には石ころが二つ入っていた。

りょうは戦死公報を破り捨て、遺骨箱を庭に投げつけた。

「バカにするな！」

恭蔵の写真と位牌《いはい》の横に光太郎の写真だけを並べ、泣き続けた。

「りょう、悲しいのは痛《いて》えほどわかる。じゃけど、そういつまでも泣いとったら、光太郎も喜ばんぞ。明日からは新しい年じゃ。年明けには、街で合同の葬式もある。それをけじめに、前を向いて生きていかんと。それに、おまえの今後の身の振り方も、そろそろ考えんと……」

りょうは涙を拭いて、顔をあげた。

「お父さま。私は、お父さまの言う通りにしますけえ。鶴来の家から出ていけ、言われたら、出て行きますけえ。もう、恭蔵さんも光太郎さんも、ここにおらんのじゃけえ」

利一は鼻白んだ。

「いや、そこまでは言うておらんが……。どこにも身寄りのねえおめえを……」

言い淀《よど》む利一の言葉を待たず、りょうが重ねた。

「俊蔵を、置いて出て行け、言うんじゃったら、そうしますけえ」

「りょう、おめえ、俊蔵が、可愛いないんか」

りょうは静かに答えた。

「お父さま、何を聞くんじゃ。可愛いに決まっとります。けど、俊蔵は、鶴来の大事な跡取りです。鶴来のために、俊蔵を置いて行け、言うんじゃったら、そうします。それが、鶴来を愛した光太郎さんの望みでもあるんじゃったら……」

利一は口を固く結んで腕を組んだ。

たまらなくなってりょうは白木の位牌の前から離れ、台所に入った。蛇口をひねって水を出し、無造作に濡《ぬ》れた顔を洗った。

年が明けて、十日が過ぎた夕刻前だった。

街の合同の葬式は明日だ。りょうは眠れぬ夜を過ごしたまま家事をこなしたせいか、昼過ぎに眠気が襲い、仮眠を取って起きたところだった。

玄関の引き戸の硝子《ガラス》がわずかに揺れる音がした。

風だろうか。

怪訝に思って引き戸を開ける。

光太郎が、そこに立っていた。

まだ眠りから覚めていないのだ。夢を見ているのだ。

だが、夢なら醒《さ》めるなと思った。たとえ夢でもいい。光太郎と話がしたい。

「光太郎さん」

光太郎は無言のまま突っ立っている。

りょうはもう一度声をかけた。

「光太郎さん。死んでるのかえ？　死んで戻ってきてくれたのかえ？　なんでもええから、話してくれんか。なんでもええ。あんたの声が、聞きたいんじゃ」

りょうの後ろでがちゃんと何かが割れる音がした。

りくが湯のみ茶碗《ちゃわん》を乗せた盆を落としたのだった。

「光太郎！　帰ってきたんか！　光太郎！」

りくが光太郎の肩を強くゆする。そうして叫んだ。

「利一さん！　光太郎が帰ってきたよ！　光太郎が帰ってきたんじゃゃ！」

りょうはそこで気づいた。

夢ではない。

りょうは寝間に駆け込んで、寝ていた俊蔵を抱き起こした。

「俊蔵、お父さんじゃ！　お父さんが帰ってきたんじゃ！」

そして俊蔵を抱いて玄関に戻った。

「光太郎さん、俊蔵じゃ。あんたと私の子供じゃ。あん時、赤ん坊だった子が、こんなに大きゅうなったんよ！」

光太郎は、まるで何か奇怪な生き物を見るような目で俊蔵を一瞥《いちべつ》した。

軍服を脱がせ、ゲートルを解いて、熱いお風呂に入れた後も、光太郎の口が開くことはなかった。

3

蟬《せみ》の鳴き声が滝の音のように降り注ぐ。

赤茶けた工場のノコギリ屋根が遅い朝の陽《ひ》を受け、鼈甲飴《べっこうあめ》のように光っている。

袖なしの白いメリヤスを着た光太郎が縁側に座って、光る屋根をじっと見つめている。

「光太郎さん、麦茶、入れましたけえ」

りょうは縁側に盆を置く。光太郎は黙っている。

「戦争が終わって、今日で、ちょうど一年になるんじゃね」

光太郎は静かに視線を上げる。それからずっと空を見上げている。

「何か、空に見えますか」

光太郎の返事はない。

「恭蔵さんにも、お茶を入れんとね」

＊

恭蔵さん。

光太郎さんは、まるで別人のように人が変わって帰ってきました。

表情もなく、抜け殻のようになって、一言も口をききません。感情というものを、すっかりどこかに置き忘れてきたようです。

帰ってきたあの日、光太郎さんが初めて俊蔵に一瞥をくれたときの表情を見て、私は、ぞっとしました。

戦地から帰ってきたばかりで呆然《ぼうぜん》とするのはまあ無理がない、出征疲れじゃろう、と、最初のころはそう受け取っていた周りも、それがそのあと何日も、何ヶ月もずっと続くのを見て、色を失いました。

かわいそうに鶴来の光太郎さんは、頭がおかしゅうなって、戦地から帰ってきなさった。そんな噂が近所にたちました。

お母さまは悲しんで、ある時、あたいにポツリと漏らしました。あんなふうになってしもうて、死んでしもうた恭蔵さんと、いったいどっちが幸せだったんじゃろうのう、と。

生きて帰ってきた光太郎さんの方が幸せに決まっています、とあたいは答えました。そうじゃのう、たしかに光太郎さんは抜け殻になって帰ってきた、けど、抜け殻でも、触れば温かい血が通うとる。戦地で何があったかわからんが、命だけは失《な》くさんで帰ってきたんじゃからのう。つまらんことを言うてしもうて。そう言ってお母さまは泣きました。

利一さんは、跡を継がせるつもりじゃった光太郎があんなふうになってしもうたんで、孫の俊蔵が成人になるまでは頑張るちゅうて、えらい鼻息です。

戦争と終戦で死んだように沈んでいた児島の街は、少しずつ戦争前の落ち着きと活気を取り戻し始めています。けど、世の中が元に戻れば戻るほど、光太郎さんの魂が抜けたような状態が目立つようになりました。

けど、どうしたわけか、何かの拍子に、ふっと、元の光太郎さんに戻ることがあるのです。この前も、こんなことがありました。

「おい、恭蔵さんは、どねぇした?」

突然、光太郎さんが、あたいに訊《き》くのです。

あたいは、ハッとして答えました。

「恭蔵さんは、戦死しましたよ。戦死の公報が、ちょうど終戦のひと月前ほどに届いて……」

光太郎さんは、しばらく黙っていましたが、やがてこう言いました。

「生きとるかもしれんじゃねえか。わしの戦死公報だって、届いたんじゃろう。政府が出す戦死公報なんて、ええ加減なもんじゃ。わしの戦死公報に、戦死した日は、いつと書いてあった」

「すぐに破り捨ててしもうたんでわからんけど、三月の十何日か、と書いてあった気が……」

「場所は」

「硫黄島、と」

「硫黄島は、間違いねえ。じゃけど、三月のその日は、おそらく総司令部が玉砕を命じた日じゃ。それを全員玉砕と勝手に判断して、戦死公報を送っとるんじゃ。軍部のやることは、ええ加減なもんじゃ」

そうして、理路整然と話すのです。あたいは聞きました。

「ほしたら、光太郎さん、三月からあと、鶴来の家に帰ってくるまで、どこで、どうしとったの？」

恭蔵さん。

光太郎さんはそこから、また貝のように口を閉ざしたのでした。

恭蔵さん。

光太郎さんの言うように、もし、恭蔵さんが、どこかでまだ生きていてくれたなら、そしてこの家に帰ってきてくれたなら、どんなに嬉しいでしょう。

もちろんあたいは、それを信じたいです。

光太郎さんの復員が、一度は諦めたあたいの心に、もう一度灯をともしたのです。

恭蔵さん、覚えとる？　あたいが大きゅうなったら、由加山の権現さんまで、恭蔵さんをおぶって連れてってあげるって約束したこと。まだあたいは、その約束を、果たしとらんよ。

ただ、心のどこかで、それは叶《かな》わぬことだというのも、わかっています。

どうか、恭蔵さん、生きていても、死んでいても、あたいたちのこれからを、ずっとどこかで、見守っていてください。

4

「にいちゃん、四月に干し柿たぁ、でえれえ珍しいのう。それ、なんぼじゃ」

多田清志郎《ただきよしろう》は闇市の戸板の上に並んでいる赤茶けた塊を見つけて地べたにしゃがんだ。

「現金で買うで」

「現金で買うてくれるんか。ありがてえ。五円じゃ」

「五円か。三円にしとけ」

「渋いなあ」

「渋いんか。渋いのを甘うにするのが干し柿じゃろう。三円にしとけ」

「堪忍してえな」

清志郎とさほど歳《とし》が変わらぬはずの若者は、あどけない表情にそぐわない商売人のような口調で顔をしかめた。

「津山までわざわざ汽車で買い出しに出て、ひと冬、寝かしとった干し柿じゃ。元手がかかっとるんよ。けど、あんたが言うように、こりゃ甘え甘え干し柿じゃけえな。よっしゃ。大甘で、三円にしときます」

「そうか。ほな二つくれ」

「おお、ありがとごぜえます。六円です」

「いいや。二つで五円にしとけ」

「あんた、商売上手じゃなあ」

岡山駅前の闇市は人の波で溢れていた。統制品である食糧と衣類の配給は滞り、人々は命をつなぐためにここへやってくる。生きていくために必要なありとあらゆるものがここでは売り買いされていた。焼け跡から拾ってきたトタンで屋根を作って筵《むしろ》で囲って壁としたバラック建ての店も幾らかはあるにはあったが、ほとんどは戸板やよしずの上に商品を置いているだけの露店だ。地面にそのまま置いている露店もある。誰もが腹を空《す》かしていた。食べ物を売る店が圧倒的に多かった。米。野菜。密造酒。塩。メリケン粉。得体のしれないものをグツグツ煮ている肉鍋。進駐軍から流れてきたコンデンスミルクなどはあっという間に売れていく。

それから衣服だ。背広やズボンなどは置いてるそばから売れていく。靴。地下足袋《じかたび》。軍服。靴下もある。ただしすべて中古だ。統制で新品を作ることは厳しく禁じられているからだ。嫁入り道具として仕立てたのであろう晴れ着が何点も吊《つ》るして置いてあった。現金がないため、生きるために必要な何かを手に入れるために、泣く泣く物々交換で手放したのだろう。

清志郎は駅前に出た。筵にくるまって寝ているのは浮浪者の群れだ。十分に甘い干し柿にかぶりつきながら、清志郎はこの季節に干し柿を売るあの若い男の才覚に感心していた。雑炊や肉汁などは作るのに手間がかかる上に材料を入手するのにもひと苦労だ。ただ干し柿なら田舎に行けばどこの農家でも普通に作っているから行く手間さえ惜しまなければ割と簡単に手に入るはずだし、仕入れ値もさほど高くはなかろう。それを仕入れた秋冬で売りきらずに、幾玉か春まで置いて寝かしておく。ひと冬冷暗所に置いておけば、春になれば希少価値が出て秋冬よりかなり高く売れる。二つ五円で買ったが、それでも十分に利が乗っているはずだ。今は誰もが甘さに飢えている。熟し切った干し柿の甘さは格別のご馳走《ちそう》だ。いい目のつけどころだ。今後、のし上がっていくのはあのような男だろう。もしかしたらあの男も自分と同じ、復員兵上がりかもしれない。

清志郎は戦地から引き揚げてきた日に見た、この街の風景を思い出した。

あの日の衝撃は忘れられない。呉から乗った列車の中から、原子爆弾にやられて焼け野原となった広島の街を見た。あの草木一本生えてない荒涼とした風景。死んだ街だ。

しかし岡山もあの広島の風景と変わりなかった。終戦前の六月二十九日にあったという岡山大空襲で市の中心部から東山の山すそまで完全に焼き払われ、街は瓦礫《がれき》の荒野と化していた。街のシンボルともいうべき百貨店の天満屋《てんまや》だけが全壊を免れて無残な姿を晒《さら》していた。ほかの建物は跡形もない。

今、我が物顔で街をのし歩くのは進駐軍とヤクザたちだ。進駐軍の兵士たちには派手な衣装の女たちがまとわりつく。その間を走り回る戦災孤児たち。喜捨を求める白服の傷痍《しょうい》軍人たち。そして浮浪者。この街はいつ復興するのだろうか。清志郎は昭和十八年春に出征して、終戦の年の十二月にビルマの戦地から帰ってきた。出征してから三年ぶりの日本の春。四月にしては冷たい風が清志郎の首筋を撫ぜた。懐は温かい。ただ心がどうしょうもなく寒かった。

「清志郎さん、ごめん遅なって」

「おお、チエミ。待っとったで。干し柿、食うか」

「わあ、干し柿なんか食べるの、何年ぶりじゃろうか。ありがとう」

チエミは清志郎の首に手を巻きつけて抱きついた。

「今日はデートに連れてったる、言うて、どこ連れて行ってくれんの？」

「仕入れじゃ、仕入れ」

「仕入れって、そねぇなん、デートと違うじゃろう」

チエミが頬をふくらませる。

「まあ、デートはまた今度じゃ。今夜、例のルートから生地が手に入ることになったんじゃ」

「大丈夫なん？　このところ警察の手入れが厳しゅうなっとると聞いとるよ」

「おう、じゃけん、おまえに来てもろうたんじゃ」

まあ、食え、と言って清志郎は干し柿を差し出す。チエミはそれを頬張りながら訊いた。

「どういうこと？」

「ワンさんとは打ち合わせして、すべて手はずは整うとる。いつもは軍用トラックから生地を旭《あさひ》川《がわ》の河川敷に落下させて、駅前にたむろしてる孤児たちに小遣い銭を握らせて回収する段取りや。じゃけんど今回は受け渡しの場所が違う。どういう事情かわからんが、東岡山駅近くの百間川《ひやっけんがわ》の河川敷に落とす、て言うてきたんじゃ。となると歩いて運ぶには遠すぎる。省線で運ぶしかないんじゃが、おめえも知っての通り、今は大阪や神戸から闇物資を運ぶ連中が横行して、電車の中の警察の取り締まりが厳しい。そこで、おまえの出番じゃ」

「じゃけん、どういうこと？」

「生地を、そのスカートの中の股ぐらに隠しとくんじゃ」

チエミの柿を食う手が止まる。

「股ぐら？」

「おう、そしたら手ぶらじゃ。取り締まりの警官も素通りじゃ」

「初めてのデートが、それ？　なんちゅうデートじゃ」

チエミは呆《あき》れて目を三角にした。

「この埋め合わせはちゃんとするけえ。そうじゃ。チエミ、新千日前の金馬館が復活したそうやないか。今度の休みは、映画観に行こか。それか、大福座に漫才観に行くか。ワカナ一郎が来とるらしいぞ」

「ふん」チエミはそっぽを向いた。

「そうむくれるなって。おまえには惚《ほ》れとるんじゃけえ」

「あんたが惚れとるんは、わたしじゃのうて、わたしのミシンの腕じゃろう」

清志郎は慌ててとりなした。

「あほなこと言うな。そりゃあ、おめえのミシンの腕はすごいで。兄貴の会社で縫い子として働いとる時からそれは知っとった。じゃからこそ、進駐軍が横流しした生地で縫製したおまえのズボンが、これだけ闇市で飛ぶように売れるんじゃ」

「中古でも飛ぶように売れるんじゃから、新品置いたら売れるんは当たり前じゃろう。今は政府の統制で新品は世の中に出回っとらんのじゃから」

「それはそうじゃ。じゃけえどな。わしも、いつまでもこんな闇商売で儲《もう》けるつもりはねえぞ。そのうち、政府の統制も解除される。そうなったら物資は流通して闇市はなくなる。そこからが勝負じゃ。おめえが縫うたズボンで儲けた金で、衣服会社を自分の力で立ちあげたいんじゃ。それでな、日本で誰もが知る、大きな会社にするつもりじゃ。そのために、チエミ、これからも、ずっとわしと一緒にいてくれ。おめえが必要なんじゃ。チエミ、これからも頼むで。頼りにしとるで」

清志郎はチエミの肩に手を置いた。

「それ、プロポーズかいな」

「そうじゃ」

「闇の資材を調達しに行く日に、プロポーズかいな。なんじゃ、色気ないなあ」

チエミはため息をついた。

「そう言うな」

「まあ、何があってもへこたれん、あんたのそねぇなとこに惚れたんじゃけど」

「嬉しいこと言うてくれるのう」

清志郎は相好を崩した。

「わしはなあ、へこたれそうになった時は、故郷の海を思い出すんじゃ」

「故郷？　香川の海？」

「そうじゃ。三豊《みとよ》の海じゃ。瀬戸内に突き出した半島の村の海じゃ。うちはなあ、そこで四代続く漁師の家じゃった。子供の頃はな、毎日、昼になると、何百もの小さな帆船が出てな。春は鯛《たい》網、夏は鰯《いわし》網、秋は海老《えび》網。年中賑《にぎ》おうとったわ。けどな、愛媛の東の端に、製紙会社ができてな。この会社が流す廃液が、海を汚してしもうた。魚は死んで獲れんようになった。親父は漁師の仕事を五十歳でやめた。親父の背中はさみしそうじゃった。いつか仇《かたき》をとったる。じゃけえ、わしは、へこたれそうになったとき、あの海を思い出すんや」

「けど、なんで衣服会社なん？」

「その話は、長《なご》うなるけえ、また今度ゆっくりな。話したら、なんか腹減ってきたな。まだ約束の時間は先じゃけえ、その前に、どこかでもうちぃと、腹ごしれえしよか。闇市に戻ったら、なんかあるじゃろう。焼き鳥にするか。鍋にするか。天ぷらもええのう」

チエミは顔の前で大げさに手を横に振った。

「天ぷらはおえん。工業用の油使《つこ》うとるらしいで。下痢して死んだ人が何人もおる」

「飯食うのも命がけじゃな。それじゃったら、奉還町《ほうかんちょう》の方に行こか。あこもでけえ闇市じゃけえ。食い物は、あっちの方がうめえらしい」

「それでもええわ。そこへ連れてって」


二人は駅裏に出た。赤紫色に染まった西の空がストンと落ちてあたりは闇に包まれた。

「暗いけえ、溝に落ちんように気ぃつけろよ。見てみい。街には電気が足らんで、街灯も蛍の光ぐらいの明るさしかねえのに、あの家には煌々《こうこう》と明かりがついとる。大方、進駐軍の将校が日本人の屋敷を接収して住んどるんじゃろう。敗戦国民の悲哀、ちゅうやつじゃのう」

暗い道を歩くと、やがてロウソクの火で営業する食い物の屋台が見えてきた。うまそうな匂いが漂う。腹がぐうと鳴る。二人は地べたに置かれたみかんの木箱に腰を下ろした。

「大将。これから仕事なんじゃ。精のつくもん、食わしてくれ」

「ええ鍋があるで」

「肉はなんじゃ、豚か、ネズミか、それとも」

「それ、聞くか」

清志郎は首をすくめてから言った。

「この辺は、進駐軍の宿舎が近いな。すぐ近くには、将校クラブもあるじゃろ。進駐軍の食堂から出た残飯でも出しょんのと違うか」

「にいちゃん、口が悪いな。嫌なら他所《よそ》へ行ってくれ」

「冗談じゃ。美味《うま》かったらなんでもええけえ」

腹ごしらえを終えて夜道を歩いていると、暗闇の中でまだゴザを敷いて物を売っている露店がいくつかある。

そのひとつに、清志郎は足をとめた。視線をゴザの上に落としたまま動かない。

「あんた、どねぇしたんじゃ。地蔵さんのように固まって」

「チエミ、これじゃ」

「これって?」

清志郎はチエミの問いには答えず、露店の男に聞いた。

「おっさん、このズボンじゃけど、どこで手に入れた?」

男は口を尖《とが》らせた。

「そんなこと、なんであんたに言わにゃあいけんのじゃ」

「ええ値段で売っとるのう。百円か」

「衣類はのう」

清志郎はポケットからしわくちゃの札を取り出した。

「二百円で買う。教えてくれ。どこで手に入れた」

男の手が伸びてゴザの上に置かれた札を摑《つか》んだ。

「進駐軍の宿舎のゴミ箱じゃ」

「進駐軍の？　ゴミ箱？　あんた、進駐軍の宿舎に入れるんか」

「清掃の臨時雇いで入っとったからのう」

「進駐軍の兵隊が、穿《は》いとったズボンか」

「そこまではわからん。他のボロ布と一緒に、木箱の中に入って捨てられとった。最初はわしもボロ布と思うたけど、よう見たらズボンで、あちこち破れとるけどまだ穿けそうなんで、これだけ持って帰ったんじゃ」

「進駐軍の残飯と同じじゃね」

チエミがそう言って笑った。

清志郎はそのズボンを手にとって、じっと眺めた。

「こんな汚らしいズボンでも、売り物になるんじゃねぇ」

チエミが横から覗《のぞ》き込んで口を挟む。

「まあ、見たところ、丈夫そうな生地じゃけど。でも、これ、なんでこんな青い色、しとるんじゃろうね」

清志郎は答えなかった。

ただじっと青いズボンを見つめたまま、あの男のことを思い出していた。

5

「すみません、鶴来恭蔵さんのお住まいは、こちらですか」

背中に俊蔵をおぶりながら洗濯物を干していたりょうに、男が話しかけてきた。見知らぬ男だ。手には風呂敷包みを持っている。

「ええ、そうですが……」

「失礼ですが、貴方《あなた》は、鶴来恭蔵さんの、娘さん、か、ご兄妹でしょうか」

「いいえ、違います」

りょうは訝《いぶか》りながら答えた。

「恭蔵さんは、私の育ての親です」

「そうですか。失礼しました。で、恭蔵さんは」

「戦争で、亡くなりました」

「……そうでしたか」

男が深くこうべを垂れた。

「あなたは……」

「ご挨拶が遅うなってすみません。私は、恭蔵さんとシンガポールの兵站《へいたん》病院で一緒でした、多田清志郎と申します」

「恭蔵さんと？　シンガポールで？　ほんまですか！　ちょっとそのまま待っとってください！」


鶴来被服の応接室に、多田清志郎と名乗る男が座っていた。

多田の前に座るのは、利一とりく、そしてりょうだった。

光太郎は、戦地の話は一切聞きたくないという理由で顔を出さなかった。

「もっと早うにご訪問して、ご挨拶すべきでした。どうか、お許しください。私も復員して以来、毎日を生きていくのに必死でして、恭蔵さんのことを……」

「誰もがそうですわ。そんなこと気になさらずに。こうして足を運んでくださっただけでも、どれほど嬉しいか。一瞬でも、恭蔵さんが帰ってきてくれたような気になりました」

そして、りょうは言った。

「ぜひ、聞かせてください。恭蔵さんのことを」

「はい。お話しします。じゃが、その前に、なぜ私が、今になって恭蔵さんのことを、思い出したかを、お話しせねばなりません。それは、これなんです」

男は、携えてきた風呂敷包みを解いた。

りょうは思わず声をあげた。

「これは……」

*

「でんでん虫の退治、ちゅうなぁ、いったい、どねぇな仕事じゃろうねえ」

兵站《へいたん》病院の簡素なベッドで、さっきまで背中を向けていた男がつぶやいた。

その声で、清志郎は振り向いた。

四十がらみの男だ。兵士にしてはもうかなりとうが立っている。しかし前線から下がったこの兵站病院のベッドで寝ているからには、兵士には違いないのだろう。昨日は小便に立つ時以外は一日、ずっと寝ていた。

清志郎がビルマの戦地でマラリアにかかり、治療のためにシンガポールのこの兵站病院にやってきたのは二日前だ。

それまでこの男とは口をきいたことがなかった。それが突然話しかけてきた。いや、単なる男の独り言だったかもしれないが、清志郎は返事をした。

「でんでん虫の退治？　ですか」

四十がらみの男は顔を向け、人懐こい笑顔を見せた。

「ええ。でんでん虫ですよ。さっき、厠《かわや》に行こ思うて廊下に出たら、壁に、貼り紙がね。


敷地内のパパイアの樹《き》がでんでん虫の被害で枯れそうです。入院中の兵士の方で体力に余裕のある方は、今日の昼食後、でんでん虫の採取にご協力ください。

可笑《おか》しな貼り紙じゃあねえですか」


たしかに可笑しな貼り紙だ。清志郎は応えた。

「病人に作業を手伝え、ちゅうぐらいじゃから、大した作業じゃねえんじゃろうと思います」

「手伝いに行きたいんじゃが、ちょっと、身体が、えろうて、のう」

「無理せんといてください。私は、行ってきますけえ」

「悪いねえ。ああ、今日の朝食は、私は食べんけえ、あんた、私の分も食べて行ってくだせえ」

「そんなことはできませんよ」

「ええんです。残した飯は、豚の残飯になるだけじゃけえ。あんたに食べてもろたほうが、ええ」

清志郎は返事に困って天井を見つめた。

「ところであんた、瀬戸内の訛《なま》りがあるねえ。生まれは、どちらですか」

「自分は、四国の香川です」

「そうかい。わしは、岡山です。岡山の児島です。あんたは香川のどこですか」

「三豊郡の詫間《たくま》です」

「おお、詫間か。じゃったら、瀬戸内の海を挟んで、児島とは向かい同士じゃねえか」

それで一気に打ち解けた。

「ええ。うちの上の兄貴は、倉敷の縫製会社に働きに出とりました」

「うちも、児島で縫製会社をやっとるんじゃ。鶴来、ちゅうてのう。鶴が来るで、鶴来、じゃ」

「そりゃあ、偶然ですのう」

清志郎は、自分の所属部隊を語った。そしてなぜこの兵站病院に運ばれることになったのかを語った。しかし、男は自分の部隊やこれまでのことを何も語らなかった。ただ、恭蔵、という名前と、自分もマラリアにかかってここに運ばれてきた、とだけ教えてくれた。

「飯は、ちゃんと食うてください」

清志郎の言葉に、男は静かにうなずいた。


「どうじゃったですか。でんでん虫の退治は」

「四時間ほどで済みましたよ。パパイアの樹が数えきれねえほどあって、でんでん虫の残骸で、直径五メートルほどの山ができましたよ」

「それは、おつかれじゃったなあ。晩飯は、わしの分まで食うてくれ」


清志郎の身体は急速に回復していった。それでも病院の食事は毎日決まった量しか出ない。いかにしても空腹だった。それでも清志郎は、隣の男が残したものには手をつけなかった。

入院して一ヶ月ほどした、ある日の夜。急に夜中に目が覚めて、そのまま寝付けずに病室の窓から溢れる月の光を見るともなく見ていた。

「綺麗な月ですなあ」

男が話しかけてきた。

「眠れんのですか」

「こういう夜は、いろいろ、思い出しますなあ」

自分のことをほとんど語らない男が、自分のことを語り出した。清志郎は身体を男の方に向けて耳をそばだてた。

「浅草の夜に見た、あの月を思い出します」

「浅草。東京ですか」

「ええ。若い頃、行ったことがありましてね。ちょうど、あなたぐらいの年頃でしたかなあ」

「浅草は、随分、楽しいんでしょう？」

「ええ。楽しいこともありました。それと、いろいろ、思い出しとうないこともね」

「思い出しとうない話は、せんでええですけえ、恭蔵さんが思い出す、一番楽しい話を聞かせてください」

＊

「そうして、恭蔵さんは、私に、倖夫の友達からもろうたアメリカの青いズボンの話を聞かせてくれたんです。それは、楽しい話でした。夢のある話でした。何より私は、恭蔵さんが生き生きと語る、その情熱に元気をもろうたんです。ただ、恭蔵さんがその話をしたのは、その夜のたった一度きりでした。

やがて私は、原隊がいるビルマに帰りました。最後の日だけ、恭蔵さんが残した食事を、きれいに全部いただきました。恭蔵さんのその後はわかりません。そもそも今まで、どこでどんなことがあって、マラリアにかかってシンガポールの兵站病院にやってきたのかも、ようわからんのです。どこの原隊におったのか、どこかの分隊に入ってから、そこにやってきたのか。そして、その後も……。あるいは、そのまま病院で……」

応接室には沈黙が流れた。利一が口を開いた。

「恭蔵の戦死通知には、南シナ海上にて敵艦砲撃により死亡、とありました。きっとその後、病院を出て、戦地に戻ってから、また船でどこかへ移動する途中で死んだのでしょう。いずれにしろ、清志郎さんとシンガポールの兵站病院で遇《あ》った後、死んだことになりますね」

「そうなりますね」

りくが言った。

「多田さん、わざわざ恭蔵の戦地での様子を知らせてくださって、ありがとうございます。本当に、心から感謝します。そして多田さん、あなたは無事に帰ってきて、本当に良かった」

清志郎は黙したまま一礼した。

「清志郎さん」

口を開いたのは、りょうだ。

「恭蔵のことを、思い出してくださって、ありがとうございます。そして、思い出してくださったきっかけが、このアメリカのズボンやったこと。それを恭蔵さんが知ったら、どんなに喜ぶか」

「いいえ。私こそ、恭蔵さんに感謝せんといけません。それは、兵站病院での食事のこともありますが、もう一つ、恭蔵さんに感謝してえことがあるんです」

「ぜひ聞かせてください」

清志郎は心の中を整理するようにひと呼吸し、ゆっくりと話し出した。

「私はビルマの原隊に戻った後、終戦を迎えました。終戦まで、何度も死線をさまよいましたが、私は通信兵でしたので、戦闘の一番激しい最前線には送られずに済んだのです。そして私たちは、百キロ歩いて、英印軍の捕虜収容所に入りました。収容所はジャングルの中の、急ごしらえのテント張りの簡素なものでした。日本兵といえば、もう上半身は裸で、ズボンは破れてぼろぼろ。靴をはいてねえ者も大勢おりました。英印軍が、そんな我々の姿を見て、なんでそんなみすぼらしい格好をしとるんだ、と、少し英語のわかる日本兵に訊いてきたのです。私は、その話を聞いて、あることを思いついたんです。ここで、自分たちのズボンを作ることはできねえかと」

「ズボンを作る？　ジャングルの中で？」

利一の問いに、清志郎はうなずいた。

「はい。私には、ズボン作りの心得がありました。長兄が、倉敷の衣服会社で働いとって、年に何回か訪問しとりました。長兄はズボンを作るボール紙の型を持っとって、作り方について教えてくれたことがあったんです。頭の中にはそれが入っとって、布地さえあれば作る自信がありました。私は上官である軍曹に相談しました。そしたら、軍曹は英軍に掛け合うてくれて、その結果、処分する予定のテントを七、八枚分けてくれたんです。一部はぼろぼろになっとりましたが、使える部分もあったんです。カットするのも縫製するのも手作業でできる布でした。ハサミはありませんでしたが、ナイフを借りて私がまず切って見本を見せて、兵士みんなで、何日もかけて手縫いで完成させました。戦地では、針と糸を持っとった兵士も多いんです。そうしてみんなに配りました。みんな大喜びです。なんで、私が、あの時、ズボンを作ることを思いついたと思いますか」

そこで清志郎はみんなの顔を見渡した。そして静かに語った。

「あの病院で、恭蔵さんが、私に、あの青いズボン作りの情熱を語ってくれたからですよ。あの恭蔵さんの話が、私の心の奥底にあった、戦争ですっかり忘れてしもうとった、モノつくりの情熱に火をつけてくれたんですよ」

「そうであったら、恭蔵さんもきっと喜んどると思います」

「そして、私は今、戦地から日本に帰ってきてからも、あの時の経験を生かして、進駐軍から横流しで手に入れた、ベッドの床生地でズボンを作っとります。ベッドの床生地は、丈夫ですけえね。それも、戦地でのあの経験が元になっとるんです。今、私が、こうして生きていけとるのも、恭蔵さんのおかげです。私は今になってやっと、そのことに気づいたんです。今日は、その、お礼を述べにやってまいりました」

そして清志郎はもう一度深く頭を下げた。

りょうとりくが頭を下げた時、応接室の引き戸がすっと開いた。光太郎が無言で立っていた。

「光太郎さん」

りょうの声に光太郎は反応しなかった。

「そのズボンは、持って帰りんせえ」

その言葉にも表情にも、感情は籠っていなかった。

清志郎が弾《はじ》かれたように立ち上がった。

「ご挨拶が遅れました。私は……」

「ええけえ、そのズボンは、持って帰りんせえ」

6

りょうと光太郎の間に次男が誕生したのは、昭和二十二年の夏の終わりだった。

久志《ひさし》と名付けた次男はすくすくと育った。三歳の俊蔵も久志を可愛がった。

「これで光太郎も、ちったあ、親らしゅうなってくれたらええんじゃけどな」

りょうの腕の中で笑う久志を覗き込みながら、利一が言う。

「お父さん、光太郎さんは大丈夫です。少うしずつじゃけど、良うなってますけえ。この前も、久志のおしめ替えてくれたし、時々は抱っこしてあやしてくれたりもしますけえ」

「それならええんじゃけど」

「商売の方も、前向きになっとります」

「そうか」

利一の顔がほころぶのを見て、りょうの心も和んだ。

「夏の間は、相変わらず寝られん日が多かったみたいんじゃけど。涼しゅうなってからは、夜中にも寝息が聞こえますけえ。それで、昨日は珍しく、夜もえらい遅うになってから寝床を抜け出して、どこへ行きょうんかと思うたら、工場の方に行きょうんです。何しとったの、て聞いたら、最近は、ミシン泥棒が増えとるみてえじゃから、見回りに行っとったんじゃ、気ぃつけんとな、と、言ょうたんです。この前も、衣料工場だけじゃのうて女学校や洋裁学校でミシンが大量に盗まれたみてえじゃからな、って」

「ほう。そりゃあ、心強えの。戦争から帰ってきてから、もう、一年と半年じゃからの。光太郎が商売に戻ってくれりゃあ、鶴来も立ち直らせることができるで。なんとか、俊蔵が跡を継いでくれるまでは、持ちこたえにゃあ、な。りょう、頼りにしとるぞ。けど、産後の肥立ちのこともあるけえ、しばらくはおとなしゅうしとれ」

「ありがとうございます。しゃあけど、大丈夫です」

ミシンの盗難は毎日のように新聞の記事になるほど激増していた。関西を股にかけたミシン専門の泥棒が繊維関係の多い岡山を根城に荒らし回っているという噂だった。それは裏を返せば、綿などの主要生地の統制がまだ敷かれているとはいえ、統制が解かれたスフなどの生地を使って新品の衣料が続々と作られて市中に出回っているということだ。世の中が大きく動き出している。それは衣服の動きを見ればわかった。「鶴来被服」も時代の波に乗ってなんとか生き延びなければならない。りょうの心ははやった。


秋祭りも終わり、海からの冷たい風が児島の街を走った。

久志を負ぶって児島の海岸通りを歩いていると、後ろから声をかけられた。

「おう、りょうちゃんじゃねえか」

「光玄さん！」

ボロ屋の光玄さんだった。

日に焼けて柔らかな赤みを帯びた顔。光玄さんは昔のままの笑顔で皺《しわ》だらけの目尻を垂らした。

「りょうちゃん、児島に来たばっかりのときはまだちんまかったのに、もう二人も子供ができたか。ええお母さんになったのう」

「ありがとう。そういうたら、光玄さんと初めて会うたのも、この海岸通りじゃったね」

「ほう。そうじゃったかのう」

「あたい、よう覚えとるよ。恭蔵さんと散髪に行った帰りじゃった。あん時、光玄さんはあたいに言うたんじゃ。わしはなあ、服のカマボコを作っとるんじゃって。みんながもう着んようになった古い服や使わんようになった布の糸くずを集めて、それを、もう一回、撚《よ》り合わせて布にするんじゃって。そうしたら、捨てられた糸くずも、また使い道ができるんじゃって。そやから、わしがやっとるのは、服のカマボコじゃって」

「そんなことを、言うたのう」

笑うと歯のない口も昔のままだった。

「わしも、覚えとるよ。その時な、りょうちゃんは、言うたんじゃ。面白いね、ってな。嬉しかったよ。みんなわしらのことを、ボロ屋じゃちゅうて、バカにしよるのに、りょうちゃんは、そう言うてくれてのう」

「光玄さん、今は、どうしとるの。戦争で、大変じゃったじゃろう」

「相変わらず、あの海岸べりの作業場で、かまぼこ、作っとるよ」

光玄さんが波の向こうの岬の先の小さな建物を指差した。

「今はのう、ようやく統制が外れたラシャの糸くずを拾うてきて毛糸にしてな、そこにスフの糸くずを混ぜてな、機械は使わんと手先でな、まあちょうど昔の人が家でやっとったような織り方で作っとるんよ。まだ、綿を混ぜれんのが残念じゃがな。それでもな、ええカマボコの生地ができよる」

「ラシャとスフか。そうか、混ぜるんか」

りょうの目が輝いた。

「光玄さん、その光玄さんが作ったカマボコの生地、うちで買うから分けてくれ」

「ええけど、どうするんじゃ」

「学生服を作るんじゃ。カマボコの学生服を作るんじゃ。今の、光玄さんの言葉で思いついたんじゃ」

りょうは声を弾ませる。

「光玄さん、ありがとう。光玄さんは、ほんまに、繊維を生き返らせる、繊維の神様じゃ。これから先、光玄さんみたいな考えを持っとる人が、もてはやされる時代が、きっと来よるよ」

「そんな大層なもんじゃねえで。わしゃ、ただ、捨てられたもんに、愛着があるだけじゃ」

りょうは、児島の海を見つめてつぶやいた。

「あたいも、捨てられて、ここにきたんじゃ。拾うてくれたんは、恭蔵さんじゃ。糸くずの人生にも、糸くずの生き方があるんじゃ」


昭和二十五年。終戦から五度目の夏がやってきた。

俊蔵は六歳に、久志は三歳になった。

「綿の衣料統制も、ようやく解除や。これからは、心置きなく純正の学生服を作れるで」

利一の鼻の穴が膨らんだ。

本格的な学生服の生産が再開されたのだ。

終戦直後に泣く泣く解雇した工員や縫い子たちも呼び戻し、会社にも活気が戻った。りょうにはそれが何より嬉しかった。りょうはそれまで鶴来の会社を支えてくれた、ラシャとスフ入りの学生服を抱きしめた。この服は、死ぬまで大事にとっておこう。上野でもらった、水色のワンピースと、女学校に入った時に初めて着たセーラー服と、恭蔵さんが持って帰った、あのアメリカの青いズボンと一緒に。

そんな折にあの男がまた訪ねてきた。

「ご無沙汰しております。多田です。多田清志郎です」

「ああ、清志郎さん！　お久しぶりです。元気にしとりましたか」

「覚えとってくれとりましたか」

「もちろんですよ。さあさ、中へ入って。今、すぐに、お茶を入れますけえ」

りょうは応接間に招いた。

「あの時は、光太郎が無礼な態度をとって、失礼しました」

「いえいえ、こっちこそ、ご主人さんに、なんか気の悪い事をしたんじゃねえかと気にしとりました」

「清志郎さんは、あれから、どうしとったんですか？」

「はい。いろいろとありましたが、あれから、もともと服をやってた兄たちと組んで、会社を作りました。最初は作業服なんかをやっとりましたが、今はうちも学生服で頑張っとります。工場も、児島に移しましてね。それで、今日は、そのご挨拶に」

「そうじゃったんですか。じゃったら、商売敵ちゅうことになるね」

りょうの言葉に清志郎は目尻を下げた。

「今じゃあ、児島だけでも、学生服を作る会社が、三十はあると聞いとります。うちはそんなかでも一番の後発の小さな会社ですけえ、頑張って食らいついていこうと思うとります。よろしゅうお願いいたします」

「こちらこそです」

清志郎が思い出したように言った。

「今日は、光太郎さんは？　もしよろしければ、ご挨拶を」

「それがねえ、今日は、ちょっと調子が悪いようで……」

昨年から光太郎もようやく商売を手伝うようになってきた。しかしそれも年が明けた春先あたりまでで、夏になると相変わらず塞ぎ込んだ。そして今でも汽車や市電、船などの乗り物には乗ることができなかった。営業はりょうが一手に引き受けた。

清志郎は光太郎には会わず、恭蔵の遺影に線香をあげ、手を合わせて帰っていった。

りょうが鶴来の会社の郵便受けの箱に一通のエアメールを見つけたのは、工場のノコギリ屋根がこれまでよりも長い影を落とす、九月の午後だった。

英語で書かれた宛先は恭蔵と、りょうになっている。差出人を見る。

JAMES VALENTINE

バレンタイン！　あの牧師さんだ！

りょうは思わず声を上げた。手紙をポケットに隠し、離れの自宅の居間に飛び込んだ。

封を切る手が震える。そして便箋三枚に綴《つづ》られた英語の文字を追った。


手紙はりょうでも読める易《やさ》しい英語で書いてあった。バレンタイン牧師が書いてきたのは、まずりょうたち家族の安否を尋ねる言葉だった。そして自分はアメリカで元気でいて今も牧師を続けていること。あの戦争の影が迫り来るまでは、日本での日々がいかに楽しいものであったかということ。帰国を余儀なくされたことの無念。そして、あの忌まわしい戦争に対して、今も深く心を痛めていること、返事が遅くなってしまったことへの詫《わ》びなどが、便箋二枚にわたって切々と綴られていた。

三枚目は、恭蔵があの日に尋ねたことの返事だった。

要約すると、こういうことだった。

残念ながら、やはりお力になれない。日本にいた時に一度知人に手紙を書いたが、あれからすぐにアメリカに帰国となった。アメリカからもう一度知人に手紙を書いた。今度は返事が来た。知人はカリフォルニアのリーバイス社に当たろうとしたが、そういうことは機密事項なので外部の人間に教えられることではないとの返事だった。ただし、その知人は、リーバイスがそのパンツを縫っているミシンのメーカー、ユニオンスペシャル社の関連会社の役員を知っていると書いていきたので、その点では、何かお力になれるかもしれない。

りょうは、まず、バレンタイン牧師が、あの日の約束を忘れずに覚えていてくれたことに感激した。返事を読んで、手がかりが途絶えて残念な気持ちよりも、あの恭蔵との日々への懐かしさがこみ上げてきて、ただそのことで胸がいっぱいになった。

りょうはその手紙を誰にも見せず、引き出しの中の、あの青いズボンと一緒に仕舞った。

「俊蔵、お母ちゃん、大阪まで、学生服の売り込みに行ってくるけえ、久志の面倒、見とってな。明日の朝には、帰ってくるけえな」

「うん」

久志を俊蔵に預けて、りょうは大阪行きの朝一番の列車に乗り込んだ。

列車の中は活気に満ちていた。向かいの席で隣同士で話す二人連れはどうやら関西の人間で、商用で出かけた岡山から大阪に帰るところらしい。二人の会話が聞こえてくる。

「朝鮮戦争で、ようやく経済も上向きになってきよったなあ」

「けど、隣の国の戦争で儲ける、ちゅうのは、あんまり心持ちのええもんやないなあ」

「何言うとんのや。こういう時にたんまり儲けるのが商売人やがな。千載一遇のチャンスやで」

りょうは窓の外に視線を移す。

子供の頃、恭蔵と一緒に列車に乗って、岡山にやってきた。今、列車の中から見える景色を、幼い自分も、たしかに見ていた。見知らぬ世界に小さな心を躍らせていた。

二十七年が過ぎた。

関東大震災で虐殺されていった朝鮮人のことを思い出した。

あれから、何が変わったのだろうか。変わらなかったのだろうか。


大阪の駅前にはまだMPがたくさんいた。

岡山では去年の夏頃に進駐軍は撤退し、その姿を見かけなくなっていた。焼け残った岡山郵便局の二階と三階に入っていたGHQも出て行った。進駐軍は途中でアメリカ軍から英印軍に入れ替わり、岡山市の道路も表八カ町の通りを「インパール・ストリート」、岡山駅から大元《おおもと》駅の通りを「チャーチル・ストリート」などと横文字に改称していたが、それも今は元の名前に戻っている。

しかし大阪ではまだそこここに、進駐軍用の英語の表記が溢れている。

大阪駅の建物には、正面の看板に大きくR・T・Oと書いてある。何の略かわからない。ただその三文字が、鉄道も駅も日本のものではないのだ、ということを教えていた。駅前にはギターや松葉杖《まつばづえ》を持って募金に立つ傷痍軍人もいた。哀愁を帯びたメロディは演歌調だが、日本ではない異国の匂いがした。ずっと聞いているとどこか遠くへ連れて行かれそうな気がして、りょうは師走の街を行き交う人々にまじって大きな交差点を大股で渡った。

そこは巨大な闇市跡だ。

今は「梅田繊維街」と呼ばれているらしい。衣料品を扱う店の看板がひしめき合っている。どの店にも店先に新品の衣料や生地が積み上げられている。その一角に書店があった。

木造の二階建てだ。旭屋書店という看板が出ていた。なんで繊維の問屋街に書店があるのか不思議だった。店員が店の前に木箱に入れた本を出している。

りょうは女学生時代に倉敷の古本屋で働いていた頃を思い出し、目を細めた。入ってみたい気持ちに駆られたが、踵《きびす》を返して問屋街に足を踏み込んだ。

狭い道の向こうから山ほどの荷物を積んだ自転車が猛スピードで突っ走ってきた。りょうはぶつかりそうになり思わず身体をかわした。刺すような甲高い声が飛んできた。

「気ぃつけんかい！　ボケ！　カス！」

それがりょうが大阪の街で初めて聞いた大阪弁だった。

りょうはどの店に入ろうか迷った。あてずっぽうに、間口の広い店に飛び込んだ。

「すみません。学生服です。岡山から来ました。置いてもらえませんか」

「うちは一見さんの仕入れはやってないんや。他所行って」

「堪忍な。今忙しいんや。相手してる暇あらへんねん」

冷たくあしらわれる。どこへ行っても同じだった。

「学生服？　うちはタイガー印と決まっとるんや」

タイガー印は大阪に戦前からある大手の繊維会社が作る学生服だ。

「鶴のマークの鶴来の学生服です」

「邪魔や邪魔や！　店先、うろうろせんといてくれ」

りょうは途方にくれた。

へこたれたら、おえん。顔を上げて歩みをすすめた。

「すみません。岡山から来ました。あの……」

「あんた、何しに来たんや？」

店先で荷を解いていた男がりょうに言った。

「あの、学生服の営業に……」

「あんた、商売、知らんなあ」

一瞬、何を言われているかわからず、りょうは戸惑った。

「ほら。ぼさっと、立っとらんと。ハサミはそこにあるやろ」

りょうはハッとして、とっさにハサミを手に取り梱包《こんぼう》の荷を解いた。

「解いたら奥まで運んでや」

綿の作業衣だった。そうして十包みほどもある荷を解いて奥まで運んだ。汗だくになった。

「おおきに。ごくろうはん」

男は初めて白い歯を見せた。

「汗、拭きいな」

さっと白いタオルを差し出した。

「ありがとうございます」

「おねえちゃん。ええか。覚えとき」

男もタオルで首筋の汗を拭いた。

「あんたみたいなんをな、ガキツカ、ちゅうんや」

「ガキ、ツカ?」

「商売ちゅうのはな。頼むだけやったら、あかんのや。そんなもんはガキの使いと一緒やで」

りょうはハッとした。

「忙しそうに働いてる人間捕まえて、もの買うてください、言う奴があるかいな。相手が何をしたら喜ぶか。話を聞く気になるか。そこをよう考えなあかんで」

街の喧騒《けんそう》がワッと押し寄せてきた。目の前の景色が違って見えた。

「それにしても、初めて見たわ。女の営業、なんちゅうの」

男に言われ、目をしばたたかせる。りょうはそんなことを意識したことがなかった。しかし言われてみれば、この街を行き交う商売人らしき人は、すべて男だった。

「女の営業じゃったら、あきませんか」

男は作業の手を止めて顔を上げた。

「そりゃ、男の方がええやろ」

「なんでですか」

「あんた、今日、仕事終わったら、どないすんねん」

「夜行列車で、岡山に帰ります」

「話に、ならんなあ」

「なんで、ですか」

「遠足やないねんで」

「そんなつもりは、ありません」

男はまた作業の手を動かして、言った。

「あんた、なんか、売りに来た、いうてたな」

「学生服です」

「ああ、学生服な」

「ここにあります。セーラー服も」

「いや、見せんでええよ。わしの言うてる意味がわからんかったら、もう帰ってんか」

男は奥に引っ込もうとした。りょうはその背中を追いかけた。

「ちょっと待ってください。今日は帰りません。明日も来ます。とにかく、今日、最後まで、お店、手伝わしてください」

「うちは問屋やけど、小売も兼ねてる店や。忙しいでえ」

「大丈夫です。一週間、ここで働かせてください」

りょうは男に頭を下げた。

「ご苦労はん。今日のとこは、これで仕舞おか。ところであんた、今晩泊まること、どないすんねん」

「考えてません」

「わしの知ってる商人宿が近くにあるけど、そこへ泊まるか。もちろん宿代は、あんた持ちやで」

「ありがとうございます。でも、あの、それは……」

「なんや？」

「私、一人で、泊まらしてもろて……」

「あたりまえやがな」

男が口を尖《とが》らせた。

「そやからな、こういうとこやねん、女が向かん、ちゅうのはな。なんか言うたら、下心、あるんちゃうか、と思われるやろ。ややこしいねん」

「いえ、そんなつもりは」

大仰にかぶりを振った。

「かめへんかめへん。まあ、そしたらこれからは遠慮無《の》う、男の営業と同様に扱わせてもらうで。とりあえず、一杯、付き合わんかい」

男は片目をつむった。

「ホンマの営業は、ここからやで」

男に連れられて行ったのは、大阪駅の東側のガード下だった。

低い天井の下の狭い通路に、ごちゃごちゃと十数軒の小さな食堂がひしめき合っている。焼き鳥。洋食。中華。お好み焼き。おでん。そば。うどん。モツ煮。

赤提灯に書かれた文字が目に飛び込んでくる。白い煙とともに立ち込めるのは炭を焼く匂いと食い物の匂いだ。りょうの胃袋がぐうと鳴った。

「大阪ちゅうとこは、なんでもごちゃごちゃと、ひしめき合うとるんですねえ」

「ホンマやなあ」

男は笑った。

「焼き鳥でええか」

男の後に続いて暖簾《のれん》をくぐった。男は焼き鳥をいくつか注文し、

「ねえちゃん、酒は飲めるんやろ」

「はい」と答える間もなく、

「バクダン二つ」と注文した。バクダンとは、ビールとウイスキーを混ぜたような酒だ。終戦後は飲んだら身体を壊すような怪しいものが入っていて、そこからこんな物騒な名前がついている。

「大丈夫ですか」

「心配すな。バクダン言うても、そんな怪しいもんは今は出てこん。名前だけが残ってる」

それを聞いてりょうは安心した。

「ここはなあ、『新梅田食道街』いうてなあ。今月に、出来たばっかりや。名前の通り、おニューな食堂街や」

「それで入り口の暖簾、真新しいんですね」

「この食堂街は、出来た経緯が、ちょっと、ワケありでな」

男は声をひそめた。

「ワケあり?」

「レッド・パージって言葉、わかるか」

「すみません。わかりません」

「まあ、日本語で言うたら、『赤狩り』やな」

「赤、狩り、ですか」

初めて聞く言葉だ。

「そうや。戦争が終わって、あれだけ民主化民主化、言うてたのに、朝鮮戦争が始まってからこっち、組合の活動がまた活発になってきたやろ。それを潰すんが、赤狩りや。国鉄でも、共産党員やった組合員がものすごい数、解雇された。そうやってクビを切られて行き場のなくなった国鉄職員の救済のために作られた食堂街なんや。つまり、ここらの店のオヤジどもは、みんな元共産党員、ちゅうわけやな」

「へえ。なんか、情けがないんか、あるんか、ようわかりませんね」

男が顔をくしゃくしゃにして笑う。

「大阪、ちゅうのは、そういうとこや。そういうわけから、ここで働いとるもんは、みんな、食いもん商売は素人ばっかりや。多少、至らんとこがあっても、大めに見たりや」

焼き鳥とバクダンが二人の前に運ばれてきた。

「お待ちどうさんです!」

威勢のいい声をあげるオヤジさんが昔国鉄で汽車を運転していたり切符を切っていたのかもしれないと考えると、りょうはなんだか愉快な気持ちになった。

「そういうたら、ねえちゃん、名前、聞いてなかったな」

「鶴来です。鶴が来るで鶴来。私の名前は、鶴来りょうです」

「そうか。それで学生服は、鶴のマークか」

「はい」

「わしは、亀田や。亀田幸介。鶴にカメとは、なんや因縁、感じるなあ」

「因縁て。ご縁て言うてください」

「おお、ちょっとは商売、上手になったがな」

二人は笑い、バクダンをもう一度注文した。

「ねえちゃん、いや、りょうさん、と呼んでええか」

「はい」

「岡山から来た、言うてたな」

「はい。岡山の児島、いうところです」

「あの繊維街に、旭屋書店、ちゅう本屋があったやろ」

「はい。気ぃつきました。私、本が好きなんで」

「そうか。あの旭屋書店の社長も、岡山出身や」

「えっ、そうなんですか」

「ああ、あそこの社長とはたまに飲みに行く仲や。飲んだ時に言うてたわ。あの屋号の旭屋の、旭、いうのは、故郷の岡山に流れる、旭川、いう、川の名前からとったって」

「そうなんですか！　旭川、わかります！」

旭川は岡山市の中心部を流れる一番大きな川だ。名所の後楽園も旭川沿いにある。りょうはあの書店により一層、親しみが湧いてきた。この一週間の間に、必ずのぞいて帰ろう。

亀田の話はとりとめなかったが、どの話も面白かった。しかし、商売の話は一切しなかった。どこからかラジオから流れる歌声が聞こえてきた。笠置シヅ子の『買い物ブギ』だ。

わてほんまによう言わんわ
わてほんまによう言わんわ

りょうにはその大阪弁が心地よかった。

お客さん　あんたいったい　何買いはりまんねん

笠置シヅ子の歌う歌詞は今のりょうの心境そのものだった。亀田は、うちの学生服を仕入れてくれるのだろうか。いや、必ず仕入れさせてみせる。りょうはそう固く心に誓って、バクダンをぐっと呷《あお》った。明日、電報局に行って、会社に「シバラクカエレヌ」と送らねばならないと思いながら。ラジオの歌声は二葉あき子の『水色のワルツ』に変わった。

「うわあ、わし、この歌、大好きやねん」

亀田が叫んだ。

甘ったるい歌声だった。

水色のハンカチに包んだ囁《ささや》きが
いつの間にか　夜霧に濡れて

「松屋町《まつやまち》筋に釣鐘町《つりがねちょう》ちゅうとこがあってな。そこに、ハンカチを専門に扱う店があるんや。うちの取引先やけど、俺、そこの奥さんに、密《ひそ》かに恋してんねん。けど、向こうには旦那がおるさかいなあ。叶わぬ恋、ちゅうのは、辛《つら》いもんやなあ。わしの涙拭く、水色のハンカチ、どこぞにないかなあ」

「よう言わんわ」

心の窓を閉じて　しのび泣くのよ

りょうは覚えたての大阪弁で突っ込んだ。


そうして五日が過ぎた。

「りょうさん、ご苦労はんやったな。よう手伝うてくれたな。けど、今日でしまいや。岡山に帰り」

「いえ。私、もっと手伝います。一週間の約束です」

「いいや。もう、ええ」

「そんな……」

ここで帰ってはなんにもならない。りょうは食い下がった。

「あと二日、おらしてください」

「あんたの心意気は、十分にわかった。鶴の印の鶴来の学生服、うちで、扱わせてもらうで。セーラー服もな。タイガー印に負けんぐらい、ぎょうさん売ったるわい。それとな、学生服やったら、本町の丼池《どぶいけ》筋に、うちよりもっと手広うやってる問屋がある。明日、そこへ一緒に行こか。それから帰り」

「ほんまですか！　ありがとうございます！」

りょうは深く頭を下げた。

「そしたらせめて今日の夕方まで、目一杯手伝わせてください」

「よっしゃ、ほな、もうちょっとキバってもらおか」

「はい！」

りょうは腕まくりをした。亀田はりょうの白い腕をまじまじと見て言った。

「しかしりょうさん、あんた、そんな細い腕して、ほんま、よう働くなあ」

りょうは目いっぱいの笑顔で答える。

「はい。腕と脚が細いのは、子どもの頃からです。鶴の印の学生服売ってるのに、太ってたらあかんでしょ」

亀田の顔がまたくしゃくしゃになった。


翌日、亀田に連れられて行った本町の丼池筋の問屋は、鶴来の学生服を取り扱うことを快諾してくれた。りょうにとっては夢のようなことだった。

「亀田さん、本当にありがとうございます。あの日、亀田さんの店に思い切って飛び込んでよかったです」

「こっちこそ、えらい手伝うてくれて、おおきにやで。鶴と亀で、これからも、よろしゅう頼むで」

「それから、これ。私からの心ばかりのお礼です」

りょうは小さな紙の包みを手渡した。

「何かいな？　開けてもええかな」

「はい」

紙の包みを解いた亀田は素っ頓狂な声をあげた。

「水色の、ハンカチかいな！」

「旭屋書店の向かいのお店に置いてました。昨日、本屋に寄った帰りに見つけたんです。ええ木綿、使うてますから、涙、よう拭けますよ」

「鶴の恩返し、有り難う頂戴しとくわ。おおきに、りょうさん。頑張りや」


それからりょうはこれから他に寄るところがあると言う亀田と別れ、夜の列車で岡山に帰る前に大阪の街を一人歩くことにした。本町からは大阪駅まで市電が走っていたが、りょうは大阪駅まで歩いて帰ることにした。歩いても一時間とはかからないだろう。

淀屋橋を渡って、国道二号線を横切る。この道をずっと西へ行けば、岡山だ。早く帰りたい気持ちが湧きあがる。気がつくと亀田の店があった梅田の繊維街の一角に出ていた。亀田の店は四つ橋筋の近くだったが、ここはその反対側の御堂《みどう》筋沿いだ。その角に、中古衣料を扱う小売店があった。

店先にオート三輪が停まっている。その荷台から運転手が次から次へ衣料を運び、店先の台に並べている。その衣料を見て、りょうの足が止まった。

台に並んでいるのは、あのアメリカの、青いズボンだった。

ざっと数えて二十本はあるだろう。りょうはその一本を手に取って店の奥で作業している店員に駆け寄った。

「すみません。これは?」

「ああ、これ。ジーパンやがな」

「これ、ジーパンっていうんですか?」

「そうや。GIの穿くパンツで、ジーパンや」

GIが穿くパンツ。それはりょうも知っていた。終戦直後、多田と名乗る男が、戦地での恭蔵の思い出と共に、このズボンを持ってきた。多田は、進駐軍の兵士の家から捨てられたものをヤミ市で手に入れた、と言っていた。いくらかは岡山のヤミ市でも出回ったようだが、進駐軍の米兵たちはそのすぐ後に英印軍と入れ替わり、岡山を去った。それから岡山のヤミ市でりょうはこのズボンを一度も見たことはなかった。

それが、大阪では、これほど大量に店先に積まれているのだ。

りょうは、恭蔵のことを思った。

恭蔵が、この風景を見たら、どう思うだろうか。関東大震災の時に一本、手に入れたきり、どこにも手に入らなかったズボン。自分の手で作ろうとして、その夢が叶わなかったズボン。それが、この店には、なぜこんなに大量にあるのか。どうしたら、手に入るのか。

「これ、どこからこんなにたくさん……」

「そんな、商売上の秘密を、見ず知らずの人に、ペラペラとしゃべれますかいな」

りょうは財布から聖徳太子の百円札を取り出して男に渡した。男はそれを無視して素知らぬ顔で作業を続ける。りょうは財布からもう一枚取り出した。同じ聖徳太子だが、今年発行されたばかりの、まっさらな千円札だ。かなりの大金だが、どうしても知りたかった。

男はニヤリと笑ってりょうに向き直った。

「おおきに。なんでも教えるで。これなあ。堺から運んできたんや」

「堺から？」

「ああ。堺とか泉州には、戦前から、絨毯《じゅうたん》を作っとる会社がいくつもあってな。日本の絨毯の発祥の地やからね。その中のひとつが、中古衣料の輸入が自由化になったんに目ぇつけて、アメリカから大量の古着の背広なんかを輸入しとるんですわ」

「絨毯を作るのに、古着の背広を？」

いったいどういうことだろうか。それとジーパンと、どういう関係があるのだろうか。

「ああ。背広は、ウールでできとりまっしゃろ。それを刻んで、より分けて糸にして、それでカーペットを作っとるんです。カーペットは、ウールでしか作れまへんからな。で、ウールの古着ばっかり輸入してたらしいんやが、そうしたら、アメリカ側が、ウールばっかりやったら綿が余ると思ったんかどうかわかりまへんけど、頼んでもおらんのに、中古の綿製品も大量に送ってくるようになった、ちゅうんです。けど、綿を送ってこられても、絨毯会社にしてみたら、使い道がおまへんでしょ。大量に余って、倉庫に山のように積み上げられてたそうです。その会社では、『なんや知らんけど、アメリカから囚人服みたいなんが送られてくるんやけど』みたいな感じで、ほっといたそうですわ」

囚人服……。かつて、児島の人々も、あの青いズボンを囚人服みたいだと言っていたことをりょうは思い出した。

「知らん人が見たら、そう見えまっしゃろなあ。うちの店は、その絨毯会社と取引があってね。うちの社長が、たまたま倉庫で山積みになってるんを見つけた。それが、ジーパンと呼ばれて、東京の上野あたりの中古衣料店で売られてるんを知ってた。それで、大阪でも売れると見込んで、安うに引き取って売ってる、と、こういうわけや」

りょうは驚いた。もっと話を聞きたい。

「全部、泉州から入って来るんですか」

「あとは、伊丹《いたみ》のベースキャンプからのルートやな」

「伊丹？　それは、どうやって？」

男は口にチャックを閉める仕草を見せ、口笛を吹きながら作業に戻った。

りょうは財布からもう一人、聖徳太子を取り出した。古いのではなく、今年生まれた聖徳太子を。

男は作業の手を止めて札をポケットの中にねじ込み、話を続けた。

「伊丹のベースキャンプ、行ったこと、おまっか？」

りょうは首を横に振った。

「行ったら、腰抜かしまっせ。もうあそこは、日本やおまへん。まるでアメリカ。終戦後に、すぐに進駐軍が空港と街ごと接収しよりましたからなあ。店の看板なんか、全部英語でっせ。そんな街を、アメ公ちゃんらが、若い日本の女性を引き連れて、闊歩《かっぽ》しとるんですわ」

りょうもそんな光景を見たことがある。終戦後すぐの岡山の街で。しかしあの頃から、五年経つ。もう進駐軍は岡山にいない。伊丹というところでは、まだあの終戦の風景が続いているということか。

「伊丹に行ったら、その、ジーパンが、手に入るんですか」

男は首を横に振った。

「あいつらかて、足元、みよるさかいなあ。アメリカにいてるアメリカ人と違て、こっちにおるアメリカ人は、わしら日本人が、あのジーパンを欲しがっとるのを、今ではよう知っとるんや。そやから、直にあいつらと交渉したら、高い値段で売りつけようとしよる。中古のジーパン、一本で、千円とか吐《ぬ》かしよる。新入社員の月給が三千円ぐらいやで。そんなんで仕入れてたら、商売にならんがな」

「どうするんですか」

「コレやがな」

男が小指を立てた。

「アメ公ちゃんのオンリーを抱き込むわけや」

「オンリー？　愛人のこと？」

「まあ、きれいに言うたら、そういうことや。で、オンリーにいくらか渡して、協力してもらうわけや。ピロウトークで、私、ジーパン欲しいねんって、囁《ささや》いてもらう、と」

男はそこで目尻を下げた。

「ねえちゃん、ピロウトークって、意味、わかるか」

「だいたい、想像つきます」

「そうかいな」

「母親が、そういう仕事じゃったけえ」

男がばつの悪そうな顔をした。

「いや、まあ、とにかく、そうして、安うで仕入れてきたのが、この山や」

その値札を見て驚いた。

「こんな高いんですか」

「中古やいうても、日本の安もんのズボンとは、モノが違うからなあ。生地がええんや。まあ、今は、もの好きしか買うていかんけど、それでも売れていくからね。けどなあ、無駄も多いんや」

「無駄？」

「言うても、アメリカ人のズボンやからね。ウエストのサイズがでかい。26インチから32インチぐらいのはすぐに売れるんやが、それ以上になるとなかなか売れん。中には42インチぐらいまであってな。大きいサイズのは在庫としてそのまま残るんや。それにな、コレ、見てみ。前がボタンやろ。これは全然売れんのやわ。日本人にはボタン留めのズボンは馴染《なじ》みがないからね。チャックのやつばっかり売れて、ボタンのは売れ残る。それから、中古のジーパンなんで、破れたやつがほとんどで、これもあんまりひどいのは売れ残る。修繕すりゃあ、ええてなもんやけど、このジーパンちゅうやつの生地は、分厚うてねえ。普通のミシンじゃ、歯が立たんのよ」

男は眉をひそめた。

「いろいろ教えてくれてありがとうございます。何本か、買うていきます」

「そうか。けど、言うとくけど、さっきもろたんとは、別料金やで」

「もちろんです」

「えらいおおきに、ありがとさん。一番ええのん、選んで持っていき」

「いいえ。ずっと売れ残ってるやつをください。この、サイズの大きいやつと、ボタンのやつと、それから、この破れたやつと」

男が怪訝な顔をした。

「え？　ええんかいな？」

「はい」

「ひとつだけ教えてくれ。あんた、なんでそないに、このジーパンにこだわるんや」

ゾウさんなら、即座にこう答えるだろう。りょうはその言葉を口にした。

「惚れたんです。この、青い色に」

7

りょうは光太郎の前に大阪で買ったジーパンを並べて、言った。

「これ、大阪で売られてたアメリカのズボン。ジーパンっていうそうです」

光太郎はただりょうの顔だけを見て何も喋《しゃべ》らない。

「恭蔵さんが、生きてた頃、あんなにこだわっとったズボンと一緒です。恭蔵さんと戦地の病院で一緒じゃった、多田さんがうちに持ってきたのと一緒です」

光太郎は何も言わない。

「利一さんに言う前に、どうしても光太郎さんに言うときたいんじゃ。光太郎さん。何も言わんでええ。あたいの話を聞いて。それだけでええから」

光太郎は、うなずいた。

「あたいはね、このジーパンを大阪の店から仕入れて、そのまま売ろうというわけじゃあねえんじゃ。鶴来は、縫製会社じゃけえ。商品を作って、売る仕事じゃけえ。それはわかっとる。それはわかっとるから、よう聞いてくれ。ここにあるジーパンは、全部、売れ残りのジーパンじゃ」

光太郎は腕組みして目を閉じた。りょうはかまわず話し続けた。

「日本人にはサイズが大きかったり、破れたりしとるけえな。普通のミシンじゃ、この分厚い生地の修繕は、できんのじゃ。けど、うちは、もともと厚手の足袋を作っとった昔から、分厚い生地を縫うてきとる。それで学生服も軍服も作ってこれたんじゃ。じゃけえ、このアメリカの分厚いジーパンも、サイズの修繕やら、ボタンをチャックに替えたり、破れた部分の継ぎ当てぐらいのことじゃったら、今うちにあるミシンでできるんと違うかと思うんじゃ」

りょうはそこで膝を詰め、声に力を込めた。

「このジーパンの修繕、うちで手がけてみたら、どうじゃろうか。きっとええ商売になる。あたいは、そう思うんじゃ。それに、実はな、このジーパンを縫っとるアメリカのミシンメーカーもわかっとる。新品は輸入規制があるけえとても無理じゃろうけど、中古なら、なんとかなるかもしれん。その中古ミシンを一台でもうまく輸入できれば、もっと……」

「それは、ならん」

光太郎が初めて口を開いた。きっぱりとした口調だった。

「なんでですか」

りょうは問うた。

「私らは、学生服を作っとる会社で、他のもんには手を出しとうない、ちゅうことですか」

「そねぇなことじゃねぇ」

「じゃったら、なんで」

「うちで、そねぇなズボンを扱いとうない。それだけじゃ」

「光太郎さん。このジーパンちゅうのは、恭蔵さんがあんだけ惚れ込んだもんじゃ。恭蔵さんは、このジーパンを、日本人が普通に穿くようになることを夢見とった。そんな気持ちに、あたいは少しでも」

光太郎は急に立ち上がった。そして並べたジーパンを足で蹴散らかし、摑み取って庭に投げつけた。

「何するの、光太郎さん」

「二度と、これぇなもん、わしの目の前に持ってきて見せんな！」

顔を真っ赤にして大声で叫んだ。

部屋を飛び出した光太郎の背中を、りょうは呆然と見つめるしかなかった。

庭に散らかったジーパンを、泣きながら拾い上げた。


「りょう」

布団の中で、光太郎の声が聞こえた。

りょうは空耳だと思った。光太郎が戦争から帰ってきてから、布団の中で光太郎が話しかけてくることは一度もなかった。夜はいつも無言のまま、りょうに背中を向けて寝ていた。しかし、その夜、声はもう一度聞こえた。

「りょう。起きとるか」

りょうは思わず声の方を見た。寝ていると思っていた光太郎が、目を開けて天井を見つめている。

暗闇の中に、光太郎の横顔が浮かぶ。柱時計を見た。深夜の二時を回っていた。

「今日は、取り乱して、すまんかった」

りょうは光太郎の横顔を見つめた。

「あんたのせいじゃねえよ」

半身を布団から出して言った。

「みんな、戦争が。戦争が、光太郎さんを……」

「りょう」

喉から絞り出すような思いつめた声だった。

「何？」

「聞いてくれんかのう」

「何のこと？」

「わしは、わしはのう、苦しいんじゃ」

「戦争のこと？　硫黄島のこと？」

光太郎は激しく首を横に振った。りょうは再び半身を布団に沈めて、天井を見つめた。

「聞くつもりは、ねえよ。あんたが話しとうねえことを、話さんならんことなんか、何にもねえよ。ただ、あたいは、あんたを変えてしもうた、あの戦争が憎いんじゃ。ようやっと帰ってきたのに、まだこうやってあんたを苦しめる、戦争が憎いんじゃ。それだけじゃ。言うのが苦しいんじゃったら、何も、言わんでええよ」

「りょう、わしは……」

光太郎が、声を絞り出す。

「今日のことで、おめえに、どうしても、言うときてえことがある」

りょうはもう一度半身を起こして光太郎の顔を見つめた。

「言うて。それで楽になるんやったら、言うて」

「あの、アメリカのズボンのことじゃ」

「ジーパンのことじゃね。ジーパンが、どうかしたの？」

床についてからはこれまで石のように口を開かなかった光太郎が、今夜は別人のように口を開いている。いや、別人ではない。その刹那、光太郎は、これまでの光太郎に戻っていた。一言も、聞き漏らしたくはなかった。

「わしは、ほとんどの者が、玉砕した、あの硫黄島から、帰ってきた。それは、皆が自決する中、一人、壕《ごう》を出て、投降したからじゃ」

「投降？　降参したんやね」

光太郎はうなずいた。

「光太郎さん、それを苦に思うとるの。そうじゃとしたら、自分を責める必要なんか、何もねえよ。光太郎さんが生きて帰ってきてくれたことを、みんな、どんなに嬉しゅう思うとるか」

光太郎は目をつむった。

「りょう、長い話になりそうじゃ。それでもええか」

「ええよ。ずっと聞いとるよ。ゆっくり、ゆっくり、話したら、ええよ。疲れたら、やめて、また別の日に、話しとうなった時に、話したらええ。もう話すのが嫌になったらそれでもええ」

光太郎は、天井を見つめながら、ゆっくりと、噛《か》みしめるように話し出した。

闇の中に、光太郎の声が響いた。
すぐそばにいるのに、どこか、遠い遠いところから聞こえてくるような声だった。

＊

硫黄島、ちゅうとこは、水が、無《の》うてなあ。何ヶ月も、暗い壕の中で、水の無《ね》え毎日じゃった。爆撃の音とか、火炎放射とか、ひどい下痢や、食料や薬が無《ね》えちゅうのも、死ぬほど辛い。けど、水が無《ね》えのに比べたら……それで、わしらは……。陰惨なことが、壕の中で、あった。口には、出して、言えんことじゃ。あのときの音や、臭いや、感触。仲間の声。今でも、わしの身体に、まとわりついとる。洗うても洗うても、どんなに洗うても、取れんのじゃ。

　あのとき、暗い壕の中で、わしは、心の底から思うた。わしらは、捨てられた。日本軍に、この島に、捨てられた。それで、仲間を残して、壕を出た。死ぬつもりは、なかったのか。いや、死ぬつもりじゃったのか。ほんまのところは、もう、わからん。ただ、どうせ死ぬんじゃったら、もういっぺん、太陽を見て、死にたい。そう思うたんは、確かじゃ。壕から出たら、目の前が、真っ暗になった。二ヶ月ぶりに見た太陽が、まぶしすぎたんじゃ。だんだんと目が慣れてくると、アメリカ兵が銃を持って立っとった。目がおかしゅうなっとったんじゃろう、アメリカ兵の顔の色が、緑色に見えた。わしは、何より、水が欲しかった。

　両手をあげて、英語で言うた。「ワラー（水）、ワラー」。アメリカ兵は、ぎょっとしとった。わしが、英語を話したからじゃろう。銃をわしに向けたまま、ベルトから水筒を外して差し出した。トラックに乗せられて、収容所に入ったら、ＤＤＴたらいう、殺虫剤を振りかけられて、それから、日本軍があんなに欲しかった、欲しゅうて欲しゅうて、水、水、水、とうわごとを言うて死んでいった、真水をじゃぶじゃぶかけられて、身体を洗うた。顔にも、水をかけられてなあ。そのとき、水が欲しい、欲しい、ちゅうて死んでいった、仲間の顔が浮かんでなあ。

それから、上着とズボンを渡された。上着にも、ズボンにも、白いペンキでPOWとでかい文字で書かれとった。捕虜、いう意味じゃそうじゃ。その服は、生地が青い色、しとってなあ。恭蔵さんが、東京から持って帰ってきよった、あれじゃ。アメリカの軍隊は、あれを、捕虜の服に使うとった。ボロボロになった日本軍の軍服を捨てて、あの青い服に、袖と足を通した時の気持ち、あれは、うまいこと、言えんのじゃけど、今でも、よう、覚えとる。

収容所には、日本兵の捕虜が、ぎょうさんおった。

何日かして、わしはMPに連行された。英語ができるちゅうので、使えると思われたんじゃろう。まだ壕の中に潜んどる日本兵たちに、投降を呼びかけろ、ちゅう命令じゃ。わしは従うた。一人でも、あの地獄から助けたい。水を飲ませてやりたい。そんな気持ちじゃった。わしはあの青い上着とズボンで、ヤンキー帽とかいう、四角い帽子を被らされて、拡声器を持って、いくつもの壕の入り口に立った。MPに教えられた通りに、呼びかけた。

「もう戦争は終わりました。島の全部を米軍は占領しています。飛行場建設のためこの地区も平《へい》坦《たん》な滑走路になります。壕の中にいるのは知ってます。危害を加えることはありません。もちろん生命の保証はします。負傷者には手当をします。また明日来ます」

米軍が、わしの声の背後でジャズを流しょんじゃ。ジャズの音に負けんぐらい大声で叫んだ。

「私は、警備隊にいた鶴来というものです。壕内にいる皆さん、戦争は終わりました。早く出てきてください。アメリカ人は出てくる者に一切の危害を加えません。この通り自分が証明しております。一日も早く出てきてください。もうすぐ、工事にかかるから、覚悟を決めてください。もし出てこない場合は砲撃されるかもしれません。また来ますからよく考えて、一人でも多く出てきてください。また明日来ます」

反応はなかった。壕の入り口にはＭＰからもろうたチョコレートを置いて帰った。

そして次の日、また同じ壕をまわった。チョコレートは、無《の》うなってる。

わしはいっそうの力を入れて、穴に向かって叫んだ。そうして、何日も。何日も。

最初は米軍に指示されたまま言うておったが、そのうち、自分の言葉で言うようになった。

「わしは日本人じゃ。この壕にみんなと一緒にいた鶴来じゃ。米田さん、元気か。まだ生きとるなら、どうか出てきてくれ。話を聞いてくれ。水を飲んでくれ。空気を吸うてくれ。太陽を浴びてくれ。わしを信じてくれ。もう、この島の戦闘は終わったんじゃ。わしらは、もう十分に戦うたじゃねえか。愛する祖国を見捨てとうないのはわかる。けど、その祖国は、わしらを見捨てたんじゃ。援軍は、もう来ん」

そう言うた後に、壕の中で、手榴弾《しゅりゅうだん》が爆発した音が聞こえた。誰かが自決したんじゃ。

米田さんの顔が浮かんだ。

わしは、気がおかしゅうなりそうなんを必死でこらえて、泣きながら叫んだ。

「もう、味方同士で殺し合うのは、やめようじゃねぇか。そんなことのために、この戦場に来たんか。人間に、戻ろう。生きて、日本に帰って、家族に会おう。どんな辛いことが待っとるかはわからんが、ここで我々が経験した地獄よりは、ましなはずじゃ」

誰も、出てこんかった。

最後に米兵は、わしに向かって、こう言えと命令した。わしは、命令された通りに言うしかなかった。

「誰も出てこないなら、攻撃します。出る者は今のうちに声を出してください」

それでも声は聞こえてこんかった。

壕の穴に向かって、米兵たちは機関銃をぶっ放した。爆薬で壕を破壊した。

彼らを、説得できんかった。わしが説得できておったら、死なんでええ、命があった……。

それでも、穴から出てくる兵士たちも何人かはおった。

わしは言うた。

「よう、出てきてくれた。負傷してる者はおらんか。すぐに手当してもらおう。それから、水じゃ。水を飲め。タバコもあるぞ」

二週間で、説得に応じて穴から出てきた兵士が十数人、おった。

しかし、それ以上の、おびただしい数の兵士が、説得を聞かんと、壕の中で死んだ。

もう日本兵は、誰も出てこんかった。

米軍は、投降を呼びかけるわしを制止した。背後に流れていたジャズの音も止まった。

不気味な静けさじゃった。米軍は、ホースとポンプで、海水を壕に流し込んだ。そうして、ガソリンを流して、ダイナマイトを放り投げて火をつけた。それでみんな焼け死んだ。

わしは、自分の無力を呪うた。自分の、言葉の、無力を呪うた。


輸送船に乗せられたわしらは、硫黄島を後にした。

船の中では、いつもジャズが流れとった。わしは、ジャズが流れてくるたびに、耳を塞いだ。

仲間を説得できんかった、絶望に苛《さいな》まれるからじゃ。

わしは、硫黄島で、地獄を見た、と思うとった。じゃけんど、本当の地獄は、そこからじゃった。

三日ほどして着いたのは、グアム島じゃった。硫黄島と違うて、山には樹木が生い茂っとる。

川もあるやろう。水があるなら、きっとこのジャングルの中に、まだ多くの日本兵が潜んどるじゃろうと思うた。

そこの捕虜収容所には、他の島からの捕虜たちも集まってきよった。服は茶色やらカーキ色やらバラバラじゃったが、そのうち、みんなわしらが着とったのと同じ、青い作業服に着替えさせられた。

収容所の中には、わしらの青い服と違う、アメリカ兵と同じ薄いココア色の服を着とる日本人たちもおった。グアム島に住んどる日系人、ちゅうことじゃった。服の色は違うんじゃが、その服の背中にもPOWと書かれとった。彼らも捕虜と同じに拘束されて収容所に入れられとった。

そこでの作業はそれほどきつうはなかった。むしろ、それが終わった後が、わしにとっては、地獄じゃった。

ある時、わしは数人の捕虜たちに物陰に連れていかれた。

そこで、いきなり腹を蹴られて雑巾を口に押し込まれた。手を後ろに回して縄で縛られた。そうして、殴る、蹴るのリンチを受けた。その中には、わしが壕の外から呼びかけた時に、手を挙げて出てきた者たちもおった。

「この、国賊野郎！」「売国奴！」

「わしは、お国のために名誉の戦死を遂げたかったのに、貴様に、呼び出されたばかりに！」

そんなことを口々に叫びながら、わしを痛めつける。

「これは、俺がなぐってるんやない。死んでいった者たちが、俺の手足を借りて制裁を与えとると思え」

なんでじゃ。俺はみんなを助けたと思うてた。じゃけんど、彼らにとっては、壕の外から聞こえるわしの声は、「悪魔」の声じゃったんじゃ。「悪魔」にそそのかされたばっかりに、俺たちは、初志を貫徹することができんかった。そう言うんじゃ。

あいつらも心の底では、わかっとるはずじゃ。生きたかったはずじゃ。

けど、仲間が死んで、自分が生き延びたことが、辛い。その責任をわしになすりつけるために、彼らはわしを痛めつけるんじゃ。わしは、やつらの昏《くら》い心、そのものじゃった。

「生きよう」と言うた、わしの言葉によって、わしはあいつらに、毎晩、蹂躙《じゅうりん》された。

彼らはわしに言いよった。

「貴様は、悪魔や。鬼畜の青い服を着た、悪魔や」

わしには、毎晩毎晩、殴りかかって蹴り上げてくるあいつらが、悪魔に見えた。青い囚人服を着た、悪魔じゃった。

そのうち彼らの顔が、わしが助けられんかった、米田さんや、壕の中で死んでいった仲間たちの顔に見えてきた。わしの心は、そこで、壊れてしもうた。

リンチは、休むことなく二週間続いた。米軍は、知っとったが、黙認しとった。怒りを味方に向けて彼らの心が収まり、秩序が保たれるんじゃったら、それでええ、そういう考えじゃろう。他の捕虜たちも、見て見ぬ振りじゃった。変に口を出したりしたら、自分も痛い目に遭う。誰もわしを助けようとはせんかった。

リンチが二週間続いたあと、また移動命令が出た。

今度はハワイじゃと知らされた。そこにも南方戦線から集まった大勢の捕虜たちがおった。わしは、ハワイで初めて出会うた、見知らぬ日本兵たちからもリンチを受けた。

そいつらは、元将校や元下士官じゃった。彼らが、どんな状況で捕虜になったのかは、知らん。もうとっくに崩壊した古い肩書きにしがみついて、わしのように米軍に協力した人間を誰かから聞きつけて「けしからん」と痛めつける。殴られて満月のように膨らんだ顔で、わしは彼らに敬礼せんといけんかった。

少年兵たちも、餌食になった。なんの落ち度もない少年兵たちが、彼らの性的な欲望の標的になった。彼らの表情は日に日になくなり、正気を失っていった。あの狂った世界を生き抜いてきた者が、ようやく戦争が終わったのに、壊れていくんじゃ。地獄と思うた暗い壕の中の闇よりも、暗い闇が、あの収容所の中にはあったんじゃ。

わしへのリンチも続いた。鏡を見たとき、ゾッとした。あの少年兵たちと、同じ顔の、自分が、そこに、映っとった。

やがてわしらは大きな船に乗せられて、ハワイからさらに東を目指した。

季節は夏に変わっとったはずじゃ。

着いたところは、アメリカ本土じゃった。

ゴールデンゲート・ブリッジが見えた。その赤い橋は日本におった時、写真で見たことがあった。実際にその橋を見たとき、ハリボテのような風景に見えた。港で検疫を受けた後、サンフランシスコの沖のエンゼル島、ちゅう名前の島に向こうた。小さな島じゃが、島全体が収容所じゃった。そこはひどかった。これまで以上に、リンチがあった。殴られて蹴られて、気を失うと水をかけられて、また殴られた。わしはそこで、日本がポツダム宣言を受諾したことを伝える新聞を読んだ。わしは、なんの感情も湧かんかった。広島と長崎に原子爆弾というのを落とされた、ちゅうのも新聞で知った。それでもわしの心は、何も感じんようになっとった。ハリボテの世界の中のなかの出来事のようにしか思えんかった。

その収容所に十日ほどおった後、行き先のわからん列車に乗せられて、東を目指した。

見える景色はひたすら原野じゃった。途中、真っ白な塩の湖を通過した。一日走っても、白い湖は延々と続いて、やがてまた荒涼とした赤茶色の大地が続いた。

ふと見ると、映画で観たことのある、浅黒い肌のインディアンたちが、線路の補修工事をしとった。線路脇で、列車が走り去るのを、じっと観とった男がおった。わしは不思議な錯覚に陥った。その男を、硫黄島で、見たことがあるような気がしたんじゃ。そうして、思い出した。硫黄島で、太陽が沈んでから、闇の中を、アメリカ軍の陣地に、奇襲を仕掛けることがあった。白兵戦じゃ。そのとき一度、浅黒い肌のアメリカ兵と、二メートルほどの距離で、出会い頭に対峙《たいじ》したことがあった。奴は、俺のことをじっと見たまま立ち尽くしてた。そう、あの時も。

二人は、しばらく睨み合うた後、ほとんど同時に、弾かれたようにその場から退却した。線路の補修工事をしとった奴は、わしと同じ、青の作業着を着とった。

それを見たとき、あいつとわしは、一緒じゃと思うた。

わしは、オークランドからわしらを運ぶ列車に乗った時、カラード、と書かれた車両があったのを思い出した。青い服を身につけて働かされている彼らは、アメリカの社会のなかのPOWのようにわしには思えた。そう思うた時、わしは、初めて、アメリカという国が、そら恐ろしゅうなった。広島と長崎に、原子爆弾を落とした、アメリカという国が。

わしらを乗せた列車は山岳を越え、テキサスの収容所に着いた。

ハワイやエンゼル島でわしをリンチした元将校や元下士官たちは、途中で別の列車に乗り換えてどこか別の収容所に行った。もうわしにリンチを加える者はおらんかった。それでもわしの心は、壊れたままじゃった。

そこでの作業は、過酷なもんじゃった。毎日毎日、山に入って大きな木を切って、担いで運ばされた。それを収容所の製材所で薪にする。腰がおかしゅうなった。そこでも、わしはPOWと白いペンキで書かれた青い作業着を穿かされた。

わしは、知っとるよ。恭蔵さんが、あのアメリカの青いズボンを、美しい、と言うとったのをな。けど、わしは、どうしても、あの硫黄島で身につけた「青」を、それからずっとわしにまとわりついたあの「青」を、冷静な目で見ることができんのじゃ。見ると、心が、頭が、おかしゅうなってきよるんじゃ。

りょうはそこまで聞いて、言った。

「光太郎さん。よう、話してくれたね。ありがとう。もう十分じゃ。もう、ゆっくり、休んで。ただ、ひと言だけ、言わせて。あたいは、光太郎さんが、あの青い、アメリカのズボンを、なんの屈託もなく、笑って身につけられるような日が、いつか来たらええなと思う。その時が、光太郎さんの戦争が、終わった時じゃと思う」

「恭蔵さんには、悪いと思うとる」

「わかってくれるよ。恭蔵さんも」

そして、りょうは光太郎の肩にそっと手を置いた。

「あたいは、あんたが、こうして生き延びて帰ってきてくれたことだけが、嬉しいんじゃ。それ以上に、大事なことなんか、なんにもないよ」

光太郎は、目を閉じた。

そして、りょうに言った。

「水を。水をくれんか」

りょうは台所に立ち、炊事場の蛇口をひねってコップいっぱいに水を注いだ。光太郎は起き上がってそれを受け取り、一気に飲んだ。りょうは、光太郎の動く喉元を、ただ見つめていた。戦場にいた時、壕から這い上がって出てきた時の光太郎の顔が、一瞬、見えたような気がした。コップを枕元に置いた光太郎はそれから、黙って背中を向けて寝た。

次の日から、光太郎は、また寡黙な光太郎に戻った。

戦争に行く前の、あの光太郎に戻ることはなかった。

8

昭和二十七年、四月。

サンフランシスコ講和条約が発効し、日本はようやく独立を果たした。

そこからさらに四年が経った。

この頃、児島の学生服メーカー全体の全国シェアは七割を超えていた。児島の大手学生服メーカーは販路を次々と全国に拡大した。児島の中では規模の小さい鶴来被服の従業員も増え、営業担当も五人に増えた。地の利を生かした西日本がほとんどだが、中部地区、さらには新潟など北陸にも特約店契約を結ぶ問屋が、他の児島の大手学生服メーカーの間隙を縫って少しずつ増えてきた。りょうは営業課長として奮闘した。

ある日、新規特約店のリストの中に記載された住所に、りょうの目が止まった。

東京都台東区入谷《いりや》。

りょうは担当の営業を呼んだ。入社二年目の新入社員だ。

「初めての契約じゃね。よう頑張ったね」

「ありがとうございます！　ここは、何回も何回も通って、ようやく特約店の契約を結んでくれました。課長が教えてくださったアドバイスのおかげです」

「この、入谷、というのは、どんなところ？」

「あ、はい。駅でいうと、国鉄の上野と鶯谷《うぐいすだに》の間ぐらいで、東の方へ行くと浅草ですね」

浅草。

「課長。それが、何か？」

「いや。うちが東京で、初めて取れた契約じゃけえね。ちょっと、契約の御礼の挨拶に行ってこようかと思うて」


りょうは東京駅に降り立った。三十三年ぶりに踏む、東京の土だった。

なんという歳月だろうか。

ゾウさんと一緒に、この東京駅から列車に乗ったことを、かすかに覚えている。

水色のワンピースから出た手足が肌寒かった。もう冬の初め頃だった。

山手線に乗り換える。

岡山の目抜き通りにあるような大きなビルが、各駅ごとに立ち並んでいる風景にりょうは圧倒された。しかし車窓から目を凝らしてよく見ると、マッチ箱を寄せ集めたような町が地べたにへばりついている。

日暮里《にっぽり》の駅に降り立つ。りょうは大きく深呼吸した。東京の空気がりょうの肺を満たす。

特約店は日暮里の駅から東へ数分歩いた場所にあった。

担当の社員が応対した。蝶《ちょう》ネクタイで丸メガネをかけた、気の良さそうな男だった。

「学生服も、ここ数年で、ずいぶん様変わりしましたなあ。今は、もう綿の時代じゃなくて、完全に化繊の時代でしょう。ナイロンとか、ビニロンとか」

「はい。うちも、その波に乗り遅れないよう、頑張ってます。なんとか、大手の化繊メーカーの系列に入れましたから」

「学生服の製造や流通も、大きな化繊メーカーが入ってくることでずいぶん変わるでしょうな。これからは、大手の系列に入れんところは、厳しくなるでしょうなあ」

「はい。うちも頑張りますのでこれからも、末永いお付き合いを何卒よろしくお願いいたします」


りょうは挨拶を済ませて店を出た。

ここから浅草までは、二キロと離れていない。

りょうは言問《こととい》通りを東に進んだ。まっすぐ行けば、浅草寺の北側に出るはずだ。

浅草寺の北側。それは、りょうが生まれた場所だ。

三十三年ぶりに訪れる、浅草が、そこにある。


しばらく歩くと赤いジェットコースターが街を横切るのが見えた。あれはきっと花やしきだ。そうだ、覚えている。花やしきだ。あの、ハナコがいた、花やしきだ。りょうは駆けていた。水色のワンピースを着たりょうが街を駆けていた。

浅草十二階があったのは、このあたりだ。

りょうは顔を上げる。十二階は跡形もなく消え、青い空だけがりょうの瞳に映った。

今そこには、ホルモンの店がひしめいている。肉を焼く匂いが鼻をつく。その北が、りょうが母親と住んでいた場所。母が死んだ場所。

面影はなかった。空襲で焼け残った古い二階建ての長屋がいくつかあったが、これもりょうがこの街を去った後にできたものだろう。

浅草六区という表示がある。

このあたりには大きな池があったはずだ。

道行く人に聞いてみた。

「ああ、たしかにあったよ。ひょうたん池ね。五年前に埋め立てられたよ」

今、そこは競馬の場外勝ち馬投票券売り場になっている。タバコの匂いと汗の匂いが充満して、りょうは咳《せ》き込んだ。

そうだ。この辺には、演芸場や映画館がたくさん並んでいた。母親と一緒に、玉乗り芸を観に行ったのも、この辺りだ。

映画館は今も軒を並べていた。りょうは一軒の映画館の前で立ち止まった。看板を見上げる。


『理由なき反抗』主演　ジェームズ・ディーン

りょうはその名を聞いたことがある。まだ二十歳そこそこで彗星《すいせい》のように銀幕に現れたアメリカの若手俳優。去年、自動車事故で亡くなったと日本でもニュースになった。新作映画の公開直前に亡くなった、と新聞に書いてあった。きっとこれがその映画だ。

映画の看板に描かれた男は、ちょっと拗《す》ねたような上目遣いで、真っ赤なジャンパーに白いシャツを着ていた。りょうはその下半身に目を見張った。青いズボン。

ジーパンだ。

ジェームズ・ディーンが、ジーパンを穿いている。

りょうは切符を買って中に入った。

しかしスクリーンに登場したジェームズ・ディーン扮《ふん》するジムという名の主人公は、映画が始まってからずっとウールの茶色のジャケットと茶色のズボンでネクタイを締めている。役柄も、なんだかだらしなくてパッとしないまま物語が進む。いつジーパンを穿くんだろう。

不良たちとの喧嘩シーンになって、ようやく少しかっこよく見えてきた。そこでジムは度胸試しのチキンレースを持ちかけられる。家に帰って、そのことで父親と口論になる。

「今、おまえがやろうとしてるのが馬鹿なことだと、きっと十年後にわかるさ」

「十年後？　今、知りたいのさ！」

そんな捨て台詞《ぜりふ》を吐いて、ジムはここでようやくジャケットを脱ぎ捨て、赤いジャンパーをはおり、青いジーパンに穿き替えて決闘場所へ向かうのだ。映画が始まって、もう一時間近くは経っている。

しかし、ここからが圧巻だった。

ジェームズ・ディーンは、圧倒的にかっこよかった。チキン・レースで運転する車から飛び出して、彼のジーパンは泥で汚れる。しかし、その汚れたさまが、なんとも言えず、美しい。そう、美しいのだ。

りょうは恭蔵のことを思った。

このジーパンの「美しさ」に、あの頃、そう、今から三十年以上も前の、あの頃、恭蔵だけが気づいていた。

ゾウさんに、この映画を観せてやりたかった。

ゾウさん、ゾウさんが想像した、あの青いズボンを、アメリカの若者たちが穿いてるよ。作業着でも、囚人服でもなく、若者たち、それも、世界中のティーン・エイジャーの誰もが憧れる、トップ俳優のジェームズ・ディーンっていう若者が、「自由」と「反抗」の象徴として、あの青いズボンを穿いてるんだよ。とびきり、かっこいいよ。美しいよ。ゾウさんが、言った通りだったよ。

エンドマークが出て、りょうは映画館を出た。

夕闇が浅草の街を包んでいた。

浅草六区の角に中古の衣料品店があった。

ワゴンの中に他の古着と混ざって中古のジーパンが無造作に置いてあった。

りょうは、店の人に訊いた。

「これは、どこから仕入れたんですか」

「アメリカからだよ。専門の仕入れ業者がいてね」

「新品は、ないんですか」

「新品？　新品は、入らんよ。中古だけだよ。新品衣料の輸入は、まだ政府が統制を敷いて解禁になっとらんからね」

全て知っていた。知っていて、あえて訊いた。

「日本製は？」

「あるわけねぇだろ。生地だってまだ輸入できないんだから」

「日本でこの生地を作ってるところは」

「ねぇよ。お客さん、忙しんだ。仕事の邪魔するんなら、もう帰ってくんな」

春の風がりょうの頬をなぜた。

その時、初めて気づいた。

ジェームズ・ディーンは、もうこの世にいないんだ、と。

第六章　花はどこへ行った

一九六〇年(昭和三十五年)
四月八日

1

退屈な入学式が終わって黴臭《かびくさ》い講堂から校舎に入ると、窓からこぼれた四月の日差しがワックスを引いたばかりの廊下の床を照らしていた。懐かしい匂いがする。子供の頃、近所の電柱に塗られていた油の匂いと同じだと鶴来俊蔵は思った。

「新入生の皆さん、速やかに教室に移動してください。一年生の教室は、A組からD組までが校舎の二階、E組からH組までは、一階です」

ごま塩頭の中年教師が大声をはりあげる。

俊蔵はD組だ。

教室に知ってる顔は誰もいなかった。教室どころか、学年に知り合いは一人もいない。

担任の先生が入ってきて自己紹介を始めた。さっき大声を張り上げていたごま塩頭の教師だ。黒縁メガネの奥が光る。

「これから一年、皆さんの担任を務めさせていただきます、世界史の大越です。文武両道のこの高校で、皆さん、大いに知育、徳育、そして体育を高めてください、と先ほど校長先生は話しとりましたが、私は皆さんに、もっと正直に言いましょう。高校生活においてもっとも大切なのは知育です。この高校は、そのために存在してます」

教室の空気が一瞬変わった。うつむいていた生徒たちが顔を上げた。

「私は、まずは皆さんに、おめでとう、と言いたい。D組のクラスに入れたからです。一学年はA組かH組まで八クラスありますが、これは成績順に分けられてます。A組からD組までが成績上位の生徒たちで編成されとります。E組以下は残りの生徒たちです。上位の四クラスと下位のクラスでは授業の内容も違います。D組までの上位クラス、つまりこのクラスでは、徹底した大学受験指導を行います。この中から一人でも多くの東大合格者が出るよう、最低でも国公立大学合格者が多く出るよう、我々教師も頑張ります。とはいえ肝心なのは、何よりも皆さんの努力です。二年に上がるときには、もう一度クラス分けがあります。上位クラスは四学級から三学級に減ります。そして三年では二学級まで絞ります。皆さん、そこまでに振り落とされんよう、必死で食らいついてください。三年間を無駄にせんように」

俊蔵はここで、入学式の前日に全入学者を集めて行われた英語と数学のテストの意味を知った。入試が終わったのになんでわざわざこんなことをするのかと思ったが、あれは、このクラス分けのためだったのだ。

俊蔵は教壇から目をそらした。窓の向こうには空襲で焼けた岡山城の城跡と後楽園の緑、そして川沿いの桜並木が見えていた。

「では今から生徒手帳を配ります。名前を呼ばれた人は前まで取りに来てください。そこに記載されとる校則は明日までに熟読しとくように。言うまでもありませんが、皆さんがこの学校の規律を守ることは大切なことです」

それから二、三、の注意事項のあと、生徒たちはようやく解放されてぞろぞろと教室を出た。


「鶴来くん」

校門を出ると、突然背後から名前を呼ばれた。

振り向くと、女生徒が立っている。もちろん見知らぬ顔だ。

「はい？」

「私、栗原美智子《くりはらみちこ》。同じD組。よろしく」

「あ、よろしく。えっと……」

戸惑う俊蔵に、美智子と名乗る彼女は口角を上げた。上目遣いで俊蔵を見る瞳は好奇心に満ちていた。

「鶴来くんって、もしかして、あの、児島の、鶴来被服に関係ある、鶴来くん？」

「ああ、ええ。息子じゃけど」

「やっぱりね。鶴来って、珍しい苗字《みようじ》じゃから」

「はあ。でもなんで、僕の名前を？」

「担任が生徒手帳配るとき、名前呼んどったじゃろ。講堂の壁にも、クラス全員の名前、貼り出しとったし」

たしかにそうだった。に、しても、なぜ彼女は、自分の名前に興味を持ったのだろう？

「これから、児島まで帰るん？」

「うん、まあ」

「岡山駅までは、歩いて？」

「うん」

「私、路面電車で来たんじゃけど、一緒に歩いて帰ろかな。ええじゃろ?」

「いや、まあ、ええけど」

戸惑った。なんだ、この子は。

「えっと、何か、僕に、用件でも」

「用件って」

彼女は手提げカバンを腰の後ろに回して俊蔵と歩幅を合わせて歩き出した。

旭川が見えてきた。水辺でアオサギが魚をつついている。

「ねえ、これから、時間ある?」

「あるけど……」

「ちょっと遠回りになるんじゃけど、橋、渡った向こうに岡山神社があるでしょ。そう、後楽園の向こう岸」

俊蔵はうなずいた。行ったことはないが、名前ぐらいは知っていた。岡山県の名前の由来になった神社だ。なんでも、昔話の桃太郎のお姉さんが祀《まつ》られている神社だとかなんとか、聞いた覚えがある。桃太郎にお姉さんがいたなんて知らなかった。彼女はどこから生まれたのだろうか。

「あの神社の、もうちょっと行った川岸にね、コーヒーが美味しい喫茶店があるんよ」

「はあ」

「今から、一緒に行かん?」

「今から?」

「用事ないんじゃろ」

「制服で、喫茶店入っても大丈夫かな?」

「コソコソ入るから、良うないんじゃよ。堂々としとったら、ええんじゃよ」

なんだかよくわからない理屈だった。

「お店の奥さんがね、すんごい美人なんじゃよ。元タカラジェンヌなんじゃって」

「へえ」

「あ、興味持った顔じゃね！　行こ！」

うまく丸め込まれた気分だったが、元タカラジェンヌという美智子の仕掛けた釣り針にまんまとひっかかり、俊蔵は美智子と並んで橋を渡った。

橋の真ん中で、ちょっと待って、と美智子が立ち止まった。

自分のカバンの中に手を突っ込むと、何かを川に向けて放り投げた。

「何、放《ほう》ったん？」

「生徒手帳」

「生徒手帳？　そんなんしよったら」

「ええんじゃよ」

「じゃけど」

「じゃけど、何？」

「いろいろ、困るじゃろう」

「いろいろって？」

「うちの高校の生徒って、証明できんし」

「証明できんかったら、なんか都合悪いこと、ある？」

「えっと……あ、映画とか、学割で見られんし」

美智子は声を出して笑い、それから欄干に両肘をかけて川面を眺めた。

「私は、今日一日で、あの高校が嫌いになった」

俊蔵は察しがついた。あの世界史の大越が話したことだろう。

「じゃけど、仕方ないよね。岡山じゃ、公立高校は、自分で選べんのじゃもん。たまたまあの高校に振り分けられて。じゃけどね。たまたま振り分けられただけの高校で、なんで私らが受験戦争のレールに乗せられんといけんの」

「なんでかなあ。たしかに、あのクラス分け」

「受験校としての実績を上げるためじゃよ。それだけじゃよ」

美智子は吐き捨てた。

「噂には聞いとったけど、ここまでとはね」

「生徒手帳、捨てたんは……」

「抗議の気持ちのシルシよ。ささやかなね」

「生徒手帳、中身、読んだの？　校則とか」

「読んどらんよ」

美智子はあっけらかんと言った。

「校則なんか、全部嫌いじゃけえ」


喫茶店の名前は「ウッディ」といった。

幅広の板木に水色のペンキが塗られた外壁はどこか外国風だが、入り口は典型的な日本の商店の引き戸だった。そのアンバランスな感じにどこか近寄りがたい雰囲気を感じて俊蔵は一瞬ひるんだ。

美智子は臆《おく》する様子もなくガラガラと引き戸を開ける。

店の中はひんやりとしていた。広い土間があって、低い上がり框の上が板の間だ。天井が高い。昔の土蔵を改造して作ったような店だった。

土間にあるレジ台の横で、大きな犬が寝ていた。

「いらっしゃい」

若い女性が二人に声をかけた。目鼻だちのくっきりとした女性だ。元タカラジェンヌとはきっとこの人だろう。隣に立っている口ひげをはやした男の人がご主人だろうか、いらっしゃい、と続けて二人に声をかけながらカウンターの見慣れない器具をいじっている。

学校の理科室にあるような底の丸いガラス容器が木枠にくくりつけられ、細長いガラス容器ともうひとつフラスコのようなものと繋《つな》がっている。

「あら。この前来た女の子ね。たしか、美智子さんだったよね」

元タカラジェンヌは綺麗な標準語で話した。

「覚えててくれたんですか?」

「もちろん。美智子妃殿下と同じ名前でしょ。それでね。今日は、二人連れ?」

「高校の入学式じゃったの。同じクラスの鶴来くん」

「それで、制服なんだね。どこでも好きなとこ、座って」

店の中には奥にソファがけの大きなテーブルがひとつ。大学生風の若者が三、四人。雑誌を読みながらタバコをふかしている。窓際にも四人がけと二人がけのテーブルがあって、あとはカウンターだ。二人は窓際のテーブルに腰掛けた。

「私、コーヒー。サイフォンの水出しで。鶴来くんは何する?」

「えっと……」

「コーヒーやめて、ジャージー牛乳にしとく?」

美智子がいたずらっ子のように笑う。

「いや、僕も、コーヒー。同じやつで」

「ちょっと時間かかるよ。大丈夫？」

全然オーケー、と美智子は右手の親指を立てた。

マスターがいじっている器具の一番上のガラス容器から一番下のガラス容器に、茶色い液体がポタポタと落ちている。

「あれ、サイフォンっていうてね。日本じゃまだ珍しいんじゃよ」

「へえ」

「ねえ、なんでこの店、ウッディっていうか、わかる？」

「え？　さあ……」

「私、この前、ママから聞いたから知っとるの。当ててみてよ」

「えーっと……木でできた店じゃから」

美智子は赤ちゃんみたいに首を横に振った。

「そんなんじゃったらクイズにならんじゃろ。考えて」

考えて、と言われても。俊蔵が首をひねっても他の答えは出てこない。

「ママ、正解をどうぞ」

「うちの犬の名前がね、ウッディっていうの」

ウッディが寝そべったまま尻尾を振って応えた。

マスターがカウンターの上のラジオのスイッチをひねった。持ち運びができるように取っ手がついていて、大きなダイヤルと小さなダイヤルがふたつ。最近出たトランジスタラジオっていうやつだ。そこから聞こえてきたのは英語の声だ。続いて軽快な音楽。英語の曲だった。

「ママ、綺麗でしょ」

美智子が俊蔵に顔を寄せる。

「えっと、月組？　花組？　男役じゃったんやって」

「へえ、すごい」

「ねえ、ママ」

「後ろで踊ってただけよ。フロントで踊るにはね、身長が二センチ足りなくてね」

「たった二センチの差で？」

まあ、そういう世界なのよ、とママが応えた。美智子は窓辺に顔を向ける。

「私ね、この窓から見える、川の風景が好き。なんかゆうったりした気分になるじゃろ」

八重歯が可愛い。そう思った自分を誤魔化すように俊蔵も窓の向こうに顔を向けた。

「今日、高校の入学式だったんでしょ？　あんたたち、中学の同級生？」

ママの問いに美智子が違う、と答える。

「今日、学校で初めて会うたんじゃよ」

「急に声をかけられて」俊蔵が口を挟んだ。

美智子が笑う。あんた、やるねえ、とママも笑う。

「びっくりした？」

「うん。まあ。でも、なんで？」

そうだ。その答えをまだ聞いてなかった。

「セーラー服」

「セーラー服？」

目の前に座る美智子の着ているのはセーラー服ではない。二人の高校の女子の制服は、ブレザーだ。

「うちの母がね、女子高時代、鶴来のセーラー服じゃったの。母はね、そのセーラー服に憧れて、その女子高に入ったんじゃって。あの独特の、濃い藍色が好きじゃって」

「へえ。どこ？」

名前を聞くと、たしかにその高校の制服は鶴来が卸していた。

「お母さん、今も大切に、そのセーラー服を持っとるよ」

「それは嬉しいなあ。帰ったら、親父とおふくろに言うとくわ。すげえ喜びよるよ」

「今、その高校は、男女共学になっとるけど、セーラー服は今も続いとるじゃろう？　私もね、お母さんが着とったのと同じ制服、着たかったんじゃけど。こっちの高校に振り分けられてね。うちらの高校も、女子はしばらくは女子校時代のセーラー服のままじゃったけど、何年か前から、ブレザーの制服に変わってしもうたじゃろう。今、私が着とる、これね。私は、あのお母さんのセーラー服、着たかったなあ」

美智子は身を乗り出した。

「もしかして、うちらの、この、ブレザーの制服も、鶴来の制服？」

俊蔵はかぶりを振った。

「それは、よそのメーカーのもんじゃ。それに……栗原さんのお母さんが着とったセーラー服も、何年か前から、よそのメーカーのもんじゃ」

えっ、そうなんじゃ、と美智子が意外な顔をした時、

「はい。コーヒーできたよ」

ママがお盆にカップを載せて運んできた。

ひとくち、啜《すす》る。家で飲むコーヒーと全然違う味が俊蔵の喉を通った。

「美味《おい》しいじゃろ?」

俊蔵はうん、とコーヒーカップに口をつけたままうなずいた。美智子が話を継いだ。

「けど、今も、鶴来じゃ、学生服、ようけ、作っとるんじゃろう」

俊蔵はコーヒーカップをテーブルに置いた。

「作っとるよ。けど」

「けど?」

「今は、もう、いけん。うちの学生服は、青息吐息なんじゃ」

「え? なんで? 学生服って、今、ものすごい宣伝されとるやん。新聞でも、雑誌でも。ほら。ベビーブームっていうの? 子供の数がすごい増えとるし。売り上げ好調なんと違うん?」

「たしかに学生服は、産業としては絶好調じゃ。全国の学生服の七割が、児島の学生服なんじゃ」

「すごい! じゃったら、なんで? そんなようけ売れとったら」

「化学は得意? バケ学の方」

「一応、理系志望じゃけえ」

「というても、そんな難しい話じゃあないんじゃけど」

俊蔵はコーヒーをもう一口啜った。

「学生服は、戦後しばらくして、素材が綿からナイロンに替わったんじゃ」

「ナイロン。知っとるよ。化学繊維」

「そう。化学繊維。綿に比べて圧倒的に丈夫で、水にも強い。じゃけえ、うちだけやのうて、どこのメーカーも、綿から化学繊維に乗り換えた。それで学生服産業は飛躍的に伸びた。うちの会社でも、作った先から売れていったらしい。じゃけどそこに、黒船がやってきよったんじゃ」

「黒船？」

そう、と俊蔵はうなずく。

「僕が中学に上がった年。三年前じゃ。ポリエステルを使うた学生服が出てきよった」

「それも化学繊維じゃろう」

「そう。イギリスが特許を持っとる新製品でな。日本の大手の繊維メーカーが商社と組んで、『テトロン』の名前でライセンス生産を始めよった」

「ああ。テトロン」

「聞いたことあるじゃろう」

「うん。新聞の服の広告に、しょっちゅう出とるよ。テトロンのシャツとか、テトロンの着物とか。軽快なタッチ、とか、新しいデザイン、とか」

「そう。今、その大手の繊維メーカーは、莫大《ばくだい》なお金をかけてこのテトロンを宣伝しとるんじゃ」

「なんか、キャッチフレーズあったよね」

美智子は思い出そうと目を宙に浮かす。

「『鉄よりも強く、絹よりも細い』」

「それ！」

「光沢もきれいで軽くて、丈夫でシワになりにくい。日光に強くて、水に強い。すぐ乾くし洗濯で縮むこともないしな。風合いも、毛織物とほとんど変わらん。最強じゃ。これが、学生服の業界を、あっという間に席巻《せっけん》しよった」

「それじゃったら、鶴来くんとこも、ナイロンをテトロンに替えて作ったら」

「そうは問屋が卸さんのじゃ。例えで言うとるんじゃのうて、文字通り、問屋が卸さんのじゃ。

大手の繊維メーカーは、その新素材のテトロンの生地を、自社グループの学生服の縫製メーカーに回すわけじゃけど、そこで、選別をはじめよった」

「選別？」

「そう。グループの上位十社にだけ回して、それ以外の会社には、テトロンを一切回さんと切り捨てよったんじゃ」

「なんか、うちの高校みたいじゃね」

美智子がげんなりした顔で言う。

「ほんまじゃなあ。まあ、裏には、いろんな思惑があったみたいじゃけど、一言で言うと、上位の会社だけで、儲けを独占しよう、ちゅうわけじゃろうな。それで、うちの会社は、その十社から、外れた」

「イジワルなことするねぇ」

「これまでの得意先からも、ナイロンなんか要らん、テトロンの学生服を持ってこいって追い返されるんじゃって。そう言われても、生地を入手できんのじゃからどうしょうもない。うちの制服を採用してた学校も、テトロン製に鞍替《くらが》えするところが続出でなあ。それで、売り上げがどんどん落ちていって」

「鶴来君、会社の事情にすごく詳しんやね」

「うちの学生服の在庫が、倉庫に山のように溢れて、うんともすんとも動かんのじゃけえ、いやでもわかる」

俊蔵はため息をついた。

「ふうん」

「それでな。うちの会社は、おふくろが営業課長じゃけえな」

「へえ。お母さんが課長？　お母さん、やるね」

「まあ、小さな会社じゃけえ。けど、戦争が終わってから、うちの会社をここまで引っ張ってきたのは、母親じゃって、みんな言いよるよ」

「お父さんは？」

「親父は……戦争で、ちょっとおかしゅうなってな」

美智子は目を大きく見開いた。しばらく沈黙が流れた。ラジオからのアメリカの音楽とサイフォンの水滴が滴る音だけが聞こえる。

「で、戦争でおかしゅうなってしもうた親父じゃけどな、それでもおふくろは、何かする時、必ず親父に相談しとった。夜中にな。それを隣の部屋で聞いとったんで、今、会社がどんな状態にあるか、細けえところも僕にはようわかったんじゃ。それで、おふくろじゃけどな、会社をなんとかせにゃあおえん、ちゅうて、その大手繊維メーカの系列グループに入っとる学生服メーカーの十社を、一社ずつ回ったそうじゃ」

「なんで？」

「頭を下げに回ったんじゃ。うちでもテトロン、扱わせてください、ちゅうてな」

「大元の大手の繊維メーカーに行った方がええんと違うの」

「もちろん最初にそこに行った。そしたら、先方から、十社に頭下げて来い、て言われたらしい。その十社が反対しとるんじゃからって」

「お母さん、大変じゃったろうね」

「中には、うちに同情的なとこもあったらしい。けど、厳しいとこもあって、うちのおふくろは、女じゃけえな。相手の鼻息が荒うなって、ずいぶんひでえことも言われたらしい。それでもおふくろは、頭を下げたらしい。それで、ようやく、系列の第二グループ、という形で、テトロンを扱えるようになった。去年のことじゃ」

「よかったねぇ」

「ところがな、もうすでに先発の十社が先発して入り乱れとる中で、後発メーカーが売り上げを伸ばすんは難しいらしい。おふくろは、今もいろいろやってるよ。中古の映写機をどこからか手に入れてきてな、販売店のある学校の校庭やお寺に人を集めて、映画の野外上映会をやるんじゃ。そのフィルムの中に、鶴来印のコマーシャルを入れてな。映画は、わざわざ配給会社まで行って学生服やセーラー服が登場する日本映画を探してきよるんじゃ」

「お母さん、すごい行動力じゃね」

「けどそんな映画はそうはないけえ、チャンバラ映画や怪奇映画や喜劇なんかもかけてな。上映会には何回手伝いに行ったかわからんよ。うちの学生服を着て立ってるんが僕の役目じゃ。でもそうやって野外上映会の映画を観てるうちに、僕は映画が好きになったんじゃ」

それでも、テトロンに替えるのに何年か出遅れた分が大きかった、と俊蔵は美智子に説明した。品質自体は、有名な学生服のメーカーに劣っているわけではない。しかし客は、やはり有名メーカーの学生服を指名してくる。結局、そうなると、値段を下げるしかない。値引きで対抗して、なんとか倉庫の在庫ははけていったが、儲けは出ない状態なのだと。

「鶴来くんとこ、学生服以外は、やっとらんの」

「そこじゃ。他の会社みたいに、作業服じゃとか体操服じゃとか並行してやっとったらまだええんじゃけど、うちは、学生服一本で勝負してきた会社じゃけえ。高波をもろにかぶっとる」

美智子はうーん、と唸《うな》って天井を見上げた。

「会社って、タイヘンじゃね。けど、それだけええ素材を、自分らのグループだけで独占するやなんて、大企業の横暴やないの。イジメじゃやないの」

「ビジネスちゅうのは、そういう世界らしいんじゃ。うちはなんとか首の皮一枚生き残っとるけど、この波をかぶって潰れていった会社はいっぱいあるって。これからも増えるじゃろうなあ」

「断固粉砕したいね!」

美智子は大げさに拳を振り上げた。

「ごめんなあ。辛気臭い話で」

「ううん。私が聞いたんじゃけえ」

美智子はさっと笑顔を作った。

「けど、私、感動したわ。鶴来くんのお母さんが、他の会社に頭下げに行った話。野外上映会やって、自分とこの学生服の宣伝した話。お母さん、強いなあ」

「おふくろは、思いついたことは、すぐ行動に移すタイプじゃけえなあ」

「お母さん、なんていう名前?」

「りょう」

「りょうさん、か。私、りょうさんと気が合いそう。そうじゃ!　鶴来くん、映画好きじゃと言うたね?」

うなずく俊蔵に、

「今度の日曜日、一緒に映画、観に行かん?」

「え?　僕ら、今日初めて会うたばっかりじゃけど……積極的じゃなあ」

それまで寡黙だったマスターがポツリと言った。

「戦後に強くなったもの。それは、女とストッキング」

「ストッキングも、化学繊維だね。強いはずだよ」

ママの一言で、みんな笑った。

2

国鉄岡山駅前の大通りを渡って「パチンコ・ハリウッド」を横目で見ながら駅前商店街に入ると、食堂がずらりと並ぶ。二つ目の角を左に曲がると、そこは映画街だ。「松竹座」「歌舞伎座」「グランド劇場」と三つの映画館が軒を並べる。上映中の映画の看板を見ながら俊蔵と美智子が選んだのは『勝手にしやがれ』という洋画だった。なんとなく題名に惹《ひ》かれたのだ。主演の女優も男優も知らなかったが、映画看板の惹句《じやつく》によると、ゴダールという名の監督はまだ二十九歳の新鋭だという。フランス映画で、自動車泥棒の話らしい。

俊蔵は、学割で、美智子は大人料金で入った。

映画を観た後、駅前商店街にある喫茶「アトム」で、美智子が俊蔵に聞いた。

「映画、面白かった?」

「あ、うん」

「どこが?」

正直、俊蔵には、何が面白いのか、さっぱりわからなかった。九十分ほどの映画だったが、半分を過ぎたあたりからは、ほとんど寝ていた。俊蔵は必死で頭の中からかろうじて記憶に残っているシーンを引っ張り出した。

「えっと……ほら、映画の一番最後。ミシェルが、恋人のパトリシアに言うじゃろ。『君は本当に最低だ』。あのセリフ」

「うん。私もあそこが好き」

俊蔵はホッと胸をなでおろした。

美智子が続けて言った。

「ジャン＝ポール・ベルモンドって、素敵じゃね」

「うん。たしかに」

「でも、歳とったら、政治家とかになりそう」

「そうかな」

「去年フランスの大統領になったド・ゴールよりは、いい男の大統領になりそう」

俊蔵は、ド・ゴールの顔を知らなかった。どう返事していいかわからずクリームソーダのストローを啜った。

美智子が話題を変えた。

「ねえ。知ってる？　岸信介《のぶすけ》は、うちらの高校の出身なんじゃよ」

「え？　岸信介って、あの、今の総理大臣の？」

そう、と彼女もクリームソーダのストローを啜った。

「岸信介って、岡山？　山口じゃなかったかのう？」

「出身は山口じゃけど、岸の叔父さんが岡山の人でね。優秀な信介を見込んで、わざわざ岡山の学校に入れたんじゃよ。叔父さんが死んでしもうたけえ、途中で山口に戻ったけどね。鶴来くん、そんなことも知らんと、うちの高校、入ってきたの？」

俊蔵は頭を掻《か》いた。

「俺、中学から、サッカーのことしか、考えとらんかったけえ」

「サッカー？」

「ああ。俺、ほんまはサッカーの強い倉敷の私立の高校行きたかったんじゃ。じゃけど今の家のこと考えたら、学費の高い私立には行けんし。それで、公立の高校に行くことにしたんじゃけど、俺、家が児島じゃろ？　本当なら、学区でいうと倉敷の公立高校に行かにゃあいけんのじゃけど、岡山には、学区外の公立校にも行ける制度があるじゃろう？」

「うん、たしか、五パーセントかな。もちろん試験には受からんといけんけど」

「そう。それ利用して、こっちに来たんじゃ。うちの高校は公立じゃけど、これまで何回もサッカーの全国高校選手権に出とるけえな。今週にでも入部届、出しに行くつもりじゃ」

「そうなんじゃ。サッカーに打ち込むんじゃ、もう今から、落ちこぼれ、決定じゃね」

「まあ、なあ。大学には行きたいけどのう。岸信介は、何部やったんじゃろうのう」

「クラブ活動みたいな無駄なこと、してないんと違う？　もうその頃から、東大に行って総理大臣になることだけ考えとった、思うよ」

「そうかのう」

「岸信介って、野心家じゃからね。満州の官僚時代に裏でアヘン取引に手を染めて莫大な利益を上げて、その資金で閣僚までのし上がっていったって話があるくらいじゃからね。お金のため、選挙のためじゃったら誰とでも手を組むんよ。どんなに汚い相手でもね。私はそう思う。岸信介は嫌いじゃ」

「新安保条約を無理やり通そうとしとるから？」

「もちろんそう。けどそれよりもっと嫌いな理由がある。岸信介は、日本がアメリカに宣戦布告した時の、閣僚の一人じゃったんよ。あの戦争を引き起こした側の一人ゆうことやけえな。それが、今や、日本の首相って。私は、それ自体が絶対に許せん。あれだけたくさんの日本人を戦争に駆り出して、どんだけの日本人があの戦争で死んだと思う？　まだ戦争が終わって十五年しか経ってないんよ。この国で何百万人も死んだあの戦争から」

戦争が終わって、十五年。たしかに、信じられない。

俊蔵は、父のことを思った。あの戦争から生きて帰ってきて、いまだに戦争の忌まわしい記憶に囚《とら》われている父を。そして、戦争から帰ってこなかった、大叔父の恭蔵のことを思った。

「今、国会に大勢の人がデモで集まっとるでしょ。あの人たちは、何に怒っとるんじゃろ。私は、そこに戦争への思いが絶対あると思う。二度とあの戦争の時代に戻りたあない、ていう思い。それから、あんな戦争を経験した後も、そのことをなかったことみたいにして安穏とした生活をしとる、自分自身への怒りと。きっとそういうことなんじゃと思う」

俊蔵は驚いた。入学式の日に会った美智子とは、まるで違う美智子に。

「私は、岸信介という男が、怖い。あの男が、今の日本を、戦前の日本に戻す。民主主義を壊す。そんな気がする。じゃあけえ私は、あの男が怖い」

「栗原さん、政治に関心があるんじゃね」

そこで美智子は真剣な顔になった。

「鶴来くん、初めて会うたとき、お父さんが、戦争に行って頭がおかしゅうなったって言うたじゃろう?」

「ああ。時々はまともに戻るんじゃけど、今でも、なあ」

美智子は一度口を固く結び、それからゆっくりと話しだした。

「私の父親はね、学徒出陣で死んだの。帝大の二年生じゃったけど、年老いた祖父がね、出征する前に、結婚を勧めたの。それで、私の母と結婚して、私が生まれたの。じゃけえ、私は、父親の顔は、写真でしか知らんのよ」

「そうじゃったんか」

「それでね、私は、政治に興味を持った。戦争を起こしたのは、政治家じゃけんね」

俊蔵はどう言葉を返していいかわからなかった。ふと思いついたことを口に出した。

「あ、俺、岸信介の、似顔絵、描けるよ」

「へえ。描いて描いて」

俊蔵は喫茶店の伝票の裏に鉛筆を走らせた。

「わあ、似てる似てる！　そっくり！　鶴来くん、絵の才能もあるんじゃね」

「おふくろ似かなあ。それに、おばあちゃんの弟も、画家を目指してたって聞いたことある」

美智子はひとしきり笑った後に、大きく伸びをした。

「ああ、なんで岸信介の話になんか、なったんじゃろ。せっかく鶴来くんと初デートじゃのにね。なんかむしゃくしゃしてきたわ」

俊蔵はもう一度鉛筆を走らせた。

伝票の裏で、ジャン＝ポール・ベルモンドが岸信介の頭を拳骨で殴っている絵だ。

あはははは、と美智子が笑い飛ばした。

「そうじゃ。今から、『ウッディ』に行かん？」

「え？　今から？　日曜日やで。開いとらんじゃろ」


「いらっしゃい。また二人？」

ウッディは日曜日も開いていた。

「ママ、バナナジュースしてくれる？　喉渇いた」

「オッケー。えっと、それで、鶴来くんだっけ？　何する？」

「僕も同じで」

ちょうどそのとき、店に流れていた音楽が終わった。ご主人はカウンターの隅にある蓄音機の上のレコードをひっくり返した。男性の歌声が聞こえてきた。飾り気のない声だ。

「今日はラジオじゃのうて、レコードなんじゃね」

「日曜日だしねぇ。日曜日のＦＥＮは、なんだかちょっとうるさいの」

「フェン？」

「ファー・イースト・ネットワーク。極東放送。アメリカの米軍の兵士向けの放送よ。日曜日のＦＥＮが賑やかなのは、きっと兵士たちもホリデイだからね。どこか気持ちが浮わついてるのよね。それはそれでいいんだけどね。やかましい音楽より、のんびり過ごしたい時もあるでしょ。だからね、今日はレコード」

それで気づいた。カウンターの後ろには、レコードの棚があって、ＬＰレコードが挿してある。五十枚ぐらいはあるだろうか。

「レコードもたくさんあるんですね」

「ああこれ。うちの自慢よ。岩国で買ってくるの」

「岩国？　山口の？」

「そう。米軍の基地があるでしょ」

「わざわざ、岩国まで行って？」

「岩国には、ちょっと知り合いがいてね。イタリア人だけど」

「ママ、イタリア人に知り合いおるん？」

美智子が素っ頓狂な声を出した。

「まあね。そもそもはね、宝塚で知り合ったの。私が劇団にいるときにね。宝塚に、イタリア人がやってるレストランがあったのよ。リストランテ・アルモンデって名前だけどね」

「リストランテ……」

「アルモンデ。あるもんで作るから、アルモンデ。面白いでしょ。戦争中に水兵としてイタリアの軍艦だか潜水艦だかに乗って神戸にいるときに、イタリアが先に降伏しちゃって、その人、日本軍の捕虜になったんだけど、戦後に日本の奥さんと結婚してね。船の中で料理番だったから、それで夫婦で宝塚にイタリア料理の店を出してたのよ。ほんと、よく行ったよ。ミート・ボールのスパゲッティが美味しくてさ」

「へえ」

「で、その人が、岩国に二号店を出したのよ。ほら、やっぱり、イタリアの料理だから、外人さんに人気なのよ。そんな料理、なかなか日本じゃ食べられないからね」

「それで、基地のある岩国に」

「そういうこと。アメリカの兵士って、イタリア系の人が多いからね。で、その人、アリオッタさんっていうんだけど、しばらく二号店に移って、従業員たちにイタリア料理を教えに行ってたの。私はちょうど同じ頃に退団して、今の主人と結婚して岡山に来たんだけど、こっちに来てからそのこと思い出して、岩国の店に遊びに行ったのよ。ずいぶん喜んでくれてね」

俊蔵はママの話に夢中になった。美智子の目も輝いている。

「はい、バナナジュース、できたよ」

「ママ、話の続き、聞かせて」

「で、ね。そのリストランテ・アルモンデの岩国の店は、もちろん、ベースキャンプのすぐ近くにあるわけ。周りは、みんな兵士や将校向けの店ばっかりよ。バーとか、ビリヤード場とかね。それで、アルモンデの隣の店がね、中古のレコード店だったのよ。もちろんそこもアメリカ人相手の店よ。それでね、兵士や将校たちが、岩国を離れるときに、持っていたレコードをその店で処分するの。その中には、彼らがアメリカの家族から送ってもらったりしたレコードもあるのよ。

だから、日本じゃ手に入らないアメリカのレコードがいっぱいあってね。それが結構安いのよ。それで、私はもうその時、主人と岡山で喫茶店やることを決めてたからさ。ちょうどいいと思っていっぱい買ってきたわけ。今でも時々買いに行くのよ。カントリーだとかが多いんだけどね。他じゃないレコードがあるからね」

「今、かかってる、このレコードも？」

「そうよ」

「いい感じ」

そう言って美智子はバナナジュースのストローを啜った。

シンプルなギターの演奏に乗せて、男が歌っている。

「この前ね、あなたたち、この店の名前の由来を聞いたでしょ」

「はい。ウッディって、あの犬の名前なんですよね」

「うん。そう。それはそうなんだけど。実はね、もうひとつ、意味があるの」

「そうなんですか」

「ウッディっていうのはね、人の名前。アメリカ人の歌手の名前。ウッディ・ガスリーっていうの。今、この歌を歌っている人」

「ウッディ・ガスリー」

「そう。岩国から買ってきたレコードの山の中に交じってたんだけどね。主人も私も、とっても気に入って、お店で、よくかけてるの。彼が歌う音楽もいいけど、ウッディって、ほら、語感もいいじゃない？　それで、犬の名前にしたの。ついでに、お店の名前にもね」

「へえ。そんなゆかりがあったんですね」

床に寝そべっているウッディがまた尻尾を振った。

俊蔵はレコードから聞こえてくる声に耳を傾けた。鼻にかかる声だが、おおらかな感じがする。最初は単純に聞こえたが、語りかけるような歌い方に、どこか芯の強いものが感じられる。

「この人、きっと、心の温かい人じゃね」

美智子が言った。

「これって、カントリーっていうんですか？」

「これはカントリーとも、ちょっと違うねぇ」

「フォークっていうらしいです」マスターがポツリと口を挟んだ。

「フォーク？」

「フォークソングです。民衆の歌、っていう意味です」

「民謡みたいなもんかな。田端義夫とか春日八郎みたいな」

「そうかもね」ママが笑った。

「アメリカじゃ、有名なんですか」

「さあ」ママは首をひねった。

「ちょっと、昔の人なんじゃないかなあ。ほら、このレコードも、『1940』って書いてあるし。で、ちょっと不思議なのがね」

そこでママは、もったいぶった。

「この話、あんたたち、面白いの？」

「面白いです」

「ぜひ聞かせてください」

「オーケー。じゃあ、続けるね。この、ウッディ・ガスリーっていう人はね、アメリカ政府からは、ものすごく嫌われてたんだって」

「なんでですか」

「これはね、この前、岩国行ったときに、そのレコード店の主人から聞いたんだけどね。その人、日本人なんだけど、どこで覚えたのか英語がペラペラで、英語の音楽雑誌も読んでるの。お店に置いてあったしね。その彼が言うにはね、ウッディは、赤狩りにやられたの」

「赤狩り？」

「そう。いまから十年前ほど前、ちょうど朝鮮戦争の頃ね。アメリカで、共産主義のシンパって見られた人たちが、徹底的に追放されたの。その波が音楽業界にも及んでね。ウッディは、反戦歌を歌ったり、労働組合のイベントなんかにも参加して歌ってたらしいから共産主義者だって見られてね。FENでも彼の曲は聞いたことないものね。わざとかけないのかもね。でも、私が不思議に思うのはね」

ママがレコードジャケットに映るウッディの顔を見つめながら言った。

「岩国にいたアメリカの将校だか兵士だかわかんないけど、彼らが聞いていたお気楽なレコードの中に、反戦歌を歌うウッディが交じってたってことよ」

静かな店内に彼の声が流れた。

「不思議だと思わない？」

ウッディの歌声が途切れ、レコード針が溝を走る音が聞こえた。

そこへ別の客が入ってきた。

「あら！　いらっしゃい。久しぶり！　元気？」

どうやら常連らしく、ママはその客と話し出した。

「鶴来くんは、音楽、好きなん？」

ウッディを出た帰り道で、美智子が俊蔵に聞いた。

「俺？　俺は、普通かなあ」

「私、音楽、好きじゃわ」

「へえ。もしかして、楽器、弾けるとか？」

「ギターじゃったら、ちょっと弾けるよ」

「へえ。ギター弾けるんか」

「小学校六年の時にね、たまたま向かいの家のお兄ちゃんの部屋から、ギターの音が聞こえてきてね。それから、お兄ちゃんに教えてもらって、見よう見まねで弾いてたの。『アルハンブラの思い出』とか。『禁じられた遊び』とか」

「俺、ギター言うたら、田端義夫しか浮かばんわ」

「田端義夫もええよ」

美智子が笑った。

「田端義夫もええけどね。さっき、『ウッディ』で聞いたあのレコード、よかったね」

「ああ、ええっと、ウッディ……」

「ウッディ・ガスリー」

美智子は即座に答えた。

「私も、あんな歌、歌うてみたいなあ」

涼やかな声だった。

四月の風が二人の頬を撫ぜた。

3

俊蔵がサッカー部の練習を終え、路面電車の停留所前の大衆食堂でうどんを啜っていると、テレビがニュースを伝えていた。新安保条約に反対して、何千人ものデモ隊が国会議事堂の正門から突入した、というニュースだった。

「岸を倒せ！　岸を倒せ！」

デモ隊がひたすら叫んでいた。もうこのところ、テレビでは連日このニュースを放映している。俊蔵はまたか、という思いでそのニュースを観るともなく観ていた。

児島の家に戻るとすぐにベッドで横になる。ヘトヘトに疲れているのだ。すぐに寝ついてしまった。

翌日、学校へ行くと、教室に美智子の姿がなかった。

俊蔵がサッカー部に入部してからは、美智子とは一緒に帰ることもなく疎遠になっていた。サッカー部の練習は毎日夕方六時ごろまで続いていたし、美智子は部活に入っていなかった。「ウッディ」にも、入学式の一週間後の日曜日に美智子と映画を観た帰りに行ったきり、一度も行っていない。頭の中はサッカーでいっぱいだった。がんばれば秋の国体予選ではレギュラーになれるかもしれない。俊蔵の頭の中で、美智子の存在は日ごとに薄くなっていた。今では多くのクラスメートの一人に過ぎない。美智子も俊蔵に近づいてくることはなかった。

しかしそれでも、美智子の欠席は気になった。

「あら、鶴来くん、久しぶりじゃない」

ママがカウンターの中から迎えてくれた。

「二ヶ月ぶりぐらいかな」

「コーヒーにする?」

「いや、ジャージー牛乳で。背、伸ばさんと」

「そうそう。サッカー部、入ったんだって。美智子さんから聞いたよ」

「栗原さん、あれからもよくここに来るんですか」

「うん、来るよ。週に二、三回ぐらいかな」

ママは店の片隅の椅子の上を指差した。

「あれ、美智子さんの」

そこにはギターがあった。

「中古の楽器店で二千円で買ったんだって。いつもここで練習していくの」

「ああ、音楽、やりたいって、言うとったもんな。ここでかかってた、あの、ウッディ……」

「ウッディ・ガスリー」

「そうそう」

「女の子で、珍しいよね。アメリカのフォークソング歌いたいって。普通の高校生ならね、音楽部かなんかに入ってやるでしょ。あの高校にも音楽部、あるしね。でも、美智子さんは、一人でやりたいんだって」

「栗原さん、今日、来てないですか」

「うん、今日は来てないよ」

「学校、休んでたんです」

「美智子さんが？」

　ママの顔が曇った。

「今まで一回も学校休んだことないけえね。もちろん校則じゃあ休む時には欠席届出さにゃあいけんのじゃけど、あの人、そんなん出すわけねぇし。ママ、何か、心当たりないかな、と思うて」

「もしかしたら、だけど……、美智子さん、東京に、行ったのかも」

「東京に？」

「鶴来くん、今朝のニュース、見てない？」

　そう言ってママは新聞を差し出した。一面の見出しには、こうあった。


『国会乱入、ついに犠牲者　全学連、警察隊と激突　女子東大生死ぬ』


「えっ、人が死んだの」

「デモ隊の流れの下敷きになったんだって。警察官に殴り殺されたっていう人もいるよ。美智子さん、六月に入って国会前でデモが激しくなった頃からうちに来て、よく言ってたよ。これだけの人が国会の周辺に集まって、岸がやろうとしていることに抗議の声を上げてるのに、自分が何もできないのがもどかしいって。それでね、この東大生が死んだニュースを知って、彼女、矢も盾もたまらずに、東京に行ったんじゃないかなって」


　それから美智子は翌日の金曜日も翌々日の土曜日も学校を休んだ。

　突然、鶴来の家に美智子から電話があったのは、日曜日の午後だった。

「鶴来くん？　今、『ウッディ』に来てるの。鶴来くん、私のこと心配してくれて、ここに来てくれたんじゃって？」

　俊蔵は曖昧に返事をした。

「今から、来れん？　私、鶴来くんに会いたいんじゃ」

「ウッディ」に行くと美智子は疲れた顔で俊蔵を迎えた。

「東京、行っとったんか？」

　美智子はうなずいた。

「どうやって行ったんじゃ」

「鈍行電車、乗り継いで。夜にね、デモに参加してた東大の女子大学生が亡くなったって知って。水曜の、深夜の、二時ごろじゃった。ラジオのニュースでね。ラジオ、ずっと中継放送しとったからね。それで、亡くなったのは、カンバミチコさんって。私もう、居ても立ってもおられんようになって。もう、それで、気がついたら、岡山駅に向こうとった」

「鈍行で……」

「早朝に電車乗って、何回も何回も乗り換えて、東京駅に着いたんは、もう夜中じゃった。国会議事堂までは、東京駅から歩いて行ってね。議事堂前には夜中でも大勢の人が集まっとったよ。カンバミチコさんのミチコは、私と同じ字を書くんじゃと知ったんは、国会議事堂前でみんなが掲げてたプラカードじゃった。『樺美智子虐殺抗議』『樺美智子さんの死を無駄にするな』。私はプラカードの文字を見るたびに、心が張り裂けそうになった。そして怒りがこみ上げた。樺美智子さんは、岸信介に殺されたようなもんじゃ。私はそう思うたよ」

　それから美智子はその顚末《てんまつ》を俊蔵に語った。

　夜明けまで国会議事堂の前で過ごして、金曜日も朝から国会の周辺でウロウロしていたら、そこで東京の高校生の子らに声をかけられた。その子らは、学校の授業をボイコットして国会前に来たと言った。東京じゃ高校生も安保反対デモに何千人と参加しているのを、その時知った。美智子は初めて自分の仲間に出会った気がしたという。夜はその子の家に泊めてもらって、昨日の昼には東京大学で、亡くなった樺美智子さんの合同慰霊祭があるというからその高校生と一緒に行ってきた。もうそのまま、ずっと東京にいたかったが、その高校生に説得されて、帰ることにした。帰りは、高校生たちが美智子の電車賃を小遣いから少しずつカンパしてくれて、夜行列車に乗って今朝、帰ってきたのだという。

「岡山におったんではわからんことが、東京にはいっぱいあるよ」

美智子の声は昂《たかぶ》っていた。四月の土手で聞いた美智子の声とは全く違う声に、俊蔵は戸惑った。

「栗原さん、栗原さんは、なんでそこまでするんじゃ」

「私は、見ときたいの。今、私らの国が、私らに何をしようとしとるのか、それをこの目で、見ときたいの。それだけ」

二人で岡山駅まで歩いて帰ると、駅前で、人だかりがあった。

誰かが大声で演説していた。俊蔵たちとさほど歳の変わらない、まだ若い青年だ。

「安保自然承認の今日、六月十九日。ぜひ皆さんに聞いてほしい話がある」

「あの人、誰ですか?」

俊蔵は近くの人に聞いた。

「あの人ね、社会党の委員長の江田三郎の息子やって。東大の一回生。全学連の委員長じゃって。わざわざ郷里の岡山まで戻ってきて、演説しとるんじゃって」

それでも街は白けたムードだった。

「ねえ、世界って、変わるのかな」

美智子が言った。

「私らの力で、国って、変わるのかな。変えること、できるのかな。できるとしたら、私ら、何をしたら、変えられるんじゃろ」

俊蔵はその問いには答えられなかった。ただ美智子の真摯な横顔を見つめながら、六月の空に虚《むな》しく響く演説の声を聞いていた。

4

その後、美智子は三日間無断欠席したということで学校から呼び出されたらしい。

あの日から、美智子は、変わった。

夏休みが明日から始まるという一学期最後の日。俊蔵が高校の門を出ると、美智子が一人で立っていた。大きなプラカードを掲げている。

「八月六日　広島へ！　原爆十五周年慰霊式と平和式典に参加しよう！　午前六時　岡山駅前広場集合」

すぐに教員が飛んできた。

「栗原！　何をしとるんじゃ！　学校でそんな政治活動をすることは校則違反じゃ！」

美智子は反論した。

「平和式典に参加することが、なんで政治活動なんじゃ」

「学生の本分に反しとるじゃろう！」

「なんでいけんのん。自分らの未来を作る権利は、高校生にもあるじゃろ！」

「ええ加減にせんか！」

担任の大越がやってきて、プラカードを奪い取った。美智子は大越を追いかけて、プラカードを奪い返す。そして高く掲げて大声で叫んだ。

「みんな、八月六日、一緒に広島に行きませんか！　十五年前に亡くなった原爆の犠牲者に思いを馳《は》せて、一緒に未来を考えましょう！」

「栗原、後で教務室に来い！」


八月六日。午前六時。

岡山駅前広場にひとりで立っている美智子のもとにやってきたのは、俊蔵だけだった。

「サッカー部の練習は？　夏休みも練習あるんでしょ？」

「サボってきた」

広島行きの急行列車に、俊蔵と美智子は向かい合わせで座った。

「鶴来くん、ほんとにええの？」

「もう、乗ってしもうたじゃろう」

なんで自分は今、サッカー部の練習をサボって、広島行きの汽車に乗っているのだろう。俊蔵はぼんやりと考えた。答えは出なかった。目の前を車窓の景色だけが通り過ぎていった。

「私ね、去年の夏休みにも、広島に行ったんじゃ」

美智子がポツリと言った。

「へえ？　中三のとき？」

「そう。私のじいちゃんが、広島なんじゃ。田舎の方じゃけどね。それで、去年、夏休みに里帰りしたついでにね」

「八月六日？」

美智子は首を横に振った。

「日付、はっきり覚えとるよ。七月二十五日。その時にね、私、初めて、広島の平和記念公園に行ったんじゃ」

「ひとりで？」

「うん。ずっと前から一度、この目で見ておきたかったんじゃ。それで、あの原爆で亡くなった人たちのために、献花しようと思うてね。原爆記念日の二週間ほど前の午前中じゃったから、広場には、ほとんど人もおらんかってね。でもな、私が行った時、慰霊碑の前に、オリーブ色の軍服を着た外人が二人おったんじゃ。通訳みたいな日本人と、腕に新聞社の腕章を巻いた日本人と一緒にね」

「へえ」

「オリーブ色の軍服を着た二人の外人は、髭《ひげ》を生やしとってね。ちょっとおしゃれなベレー帽をかぶっとって。そのうちの一人の帽子のふちからは、長髪がのぞいとった」

長髪で髭面の、軍服を着たベレー帽の外国人。それだけで俊蔵は興味を持った。

美智子の話によると、彼らは原爆の慰霊碑に花を捧《ささ》げた後、原爆資料館へと歩いて行ったので、美智子も後を追いかけて、入場料を払って入ったという。

「中には見学者が何人かおったけど、やっぱりそこでも、誰もその外人さんらのことを気にせんの。それで、熱心に、写真を見てた。特に、水爆の被曝状況を展示してる場所でな、立ち止まって、真剣な顔で見とったよ。ビキニ環礁でアメリカの核実験に遭遇して被爆した第五福竜丸の写真パネルとかね。広島の原爆の資料の展示コーナーでも、ずっと長い間、足を止めて見とった。通訳に、いろいろ聞いてたわ。特に食い入るように見とったのはね、中学生や女学生が着とった、焼けただれた制服。セーラー服」

「セーラー服？」

「そう。みんな、口数は少なかった。表情も変えない。でも、その時、ベレー帽をかぶって髭を生やした人が、一言だけ、何かを外国語で言うたんよ。何を言うたかは、私には、わからんかった。ただ、『アメリカ』っていう一言だけは、はっきり聞き取れたけど」

「何を言うたんかなあ」

美智子は話を続けた。

「五人が原爆資料館を出たんで、私もあとを追いかけた。それで、一緒に歩いていた新聞社の腕章をつけてた人に、停まっとった車に乗り込もうとする前に駆け寄って聞いたんじゃ。あの、ベレー帽の人は誰ですかって。そうしたら、あの人は、キューバの、グウエーラ大佐だって」

「キューバの、グウエーラ？」

「そう。私は、びっくりした。キューバって、ついこの前に革命があった、あの、キューバ？って」

「キューバって、革命があったの？」

「去年の正月ごろやったかな、キューバで革命が起きたって記事を読んだことがあったんじゃ。それで知ったんじゃけど、その記事は、新聞の何面かのほんの片隅に小さく載っとっただけじゃから、鶴来くんだけじゃのうて、ほとんどの日本人は、キューバで革命があったこと、知らんと思うよ」

「けど、革命って、すごいことじゃろ。そんな人が、広島を訪問しとったんか」

「それでね。私は、その人の名前の綴りを教えてって、紙と鉛筆を出したんじゃ。そしたら、その新聞社の腕章つけた人が、手元の資料を見ながら、こう書いてくれたんじゃ」

美智子は、カバンから手帳を取り出し、そこに挟んであった紙片を俊蔵に見せた。

「それで、乗り込んだ車の中を見たら、そのベレー帽の人が通訳の日本人と何か話しとるのが見えてね。その時、ベレー帽の人が車の中から私の方を覗き込んで、ニコッと笑うてくれたんじゃ。車はそのまま走り去って行った。次の日に、駅の売店まで行って、名前を教えてくれた人の腕章に書いてあった新聞を買うて、記事を探したんじゃ、きっと記事になっとると思うてね。それで、見つけたんが、これじゃ」

美智子は手帳に挟んであった新聞の切り抜きを見せてくれた。

記事は、ほんの数行で、駐日キューバ大使と、訪日中のキューバ使節団長、グウエーラ大佐が八月六日を前に広島の原爆慰霊碑にぜひ花束を捧げたいとの希望で広島を訪れた、といったことが書かれていた。

「とにかく」

美智子は言った。

「私は、あの人が、とても革命を起こした人には見えんかった。原爆の資料館で展示を見とった時の、あの悲しい目と、私を見てニコッとした時の、きれいな瞳を、私は、今も忘れられん」

午前七時。列車が広島駅に着いた。二人は路面電車に乗って、平和記念公園に向かった。

献花台が飾られた会場は朝早くからたくさんの人が椅子に座っていた。二人はその会場には入れず、献花台の反対側にいた。振り返れば原爆ドームがすぐ後ろに見える。

八時十五分。鐘が鳴り、黙禱《もくとう》を捧げた。

蟬の鳴き声に混じって皇太子殿下があいさつした。なんだか不思議な声だと俊蔵は思った。それから広島市長や何人か偉い人があいさつし、こどもたちが平和への誓いを読み上げた。何百羽の鳩が一斉に空に羽ばたいて、式典は終わった。

それから二人は献花台に花を添えて、平和記念資料館に入った。

美智子が汽車の中で言っていた、被爆して死んだ人たちの服の展示があった。

黒い雨の跡がついたスリップ。流れた血が変色したワンピース。皮膚が付着した部分だけをハサミで切り取った服。もはや原形をとどめていない白いシャツ。あの日の午前八時十五分、たしかに誰かが袖を通し、足を通し、首を出して着ていた服たち。誰かがたしかにこの世に生きていた証《あかし》。普通に生活していた証。一瞬にして、あるいは何日も苦しみながら、命が奪われた証。学生服もたくさんあった。関岡とか村上とか河本とか、名札のついた学生服。あの原爆では、勤労奉仕に出かける途中の中学生たちが数多く被爆したという。被爆前の元気だった頃の彼らの写真も多く展示されている。みんな学生服やセーラー服を着て笑っている。その中には鶴来の学生服もあったかもしれない。俊蔵は胸が張り裂けそうになった。

キューバのグウエーラ大佐も一年前、この場所に立ってこの服たちを見たはずだ。

その時、彼が言った一言とは、なんだったのだろう？

「ねえ。これから、岩国に行かん？」

平和記念公園から広島駅に戻る市電の中で、美智子がようやく口を開いた。

「岩国に？　今から？」

「うん。広島駅からじゃったら、岩国は汽車に乗ったらすぐじゃよ」

「なんで？」

『ウッディ』のママが言うとったじゃろ。中古レコード屋があるって。私、そこに行ってみたいんじゃ」

5

米海兵隊の岩国航空基地は、国鉄の岩国駅から線路沿いに歩いて一キロほどのところにあった。潮風が匂った。海が近いんだと俊蔵は思った。基地の正面にはゲートがあって、その前に銃を持った米兵が立っていた。ゲートの向こうは、もう日本人は入れない。目の前には米兵相手のステーキ店やバーやビリヤード場などが立ち並ぶ大きな通りがあった。その一角に、「レストランテ・アルモンデ」の看板が見えた。中古レコード店は、ママが言った通り、その隣にあった。

「こんにちは」

店主がメガネをずらして上目遣いにじろっと睨《にら》んだ。口と顎に蓄えた豊かな髭が白い。

美智子は物怖《ものお》じせず、話し掛ける。

「うわあ、レコード、たくさんありますね」

店主がポツリと言った。

「歌謡曲のレコードが欲しいんじゃったら、ここじゃのうて、駅前に……」

「ウッディ・ガスリー」

美智子が言った。

「えっ？」

店主が聞き返した。

「私、ウッディ・ガスリーが好きなんです」

店主が細い目を大きく見開いた。

「あんた……、ウッディ・ガスリー、知っとるんかね」

「はい。『ダスト・ボウル・バラッズ』っていうアルバム、聞いたことあって」

美智子はその中の一曲を口ずさんだ。

店主はまるで新種の鳥を見つめるような目で美智子を見た。

「なんで？」

「ええっと……、あ、あの、隣の、イタリア料理のお店。そこの店主さんと、私が住んどる町の喫茶店のママが、知り合いで……」

「アリオッタさん？」

「え？　あ、はい。で、そこのママが、こちらのお店で、ウッディ・ガスリーのレコード買うたそうで、私、ママのお店で、そのレコード、聞いて」

店主は合点がいったようだった。

「で、あんたが住んでる町って？」

「あ、岡山です！」

「岡山から来たの？」

「はい」

「もの好きな人もいたもんじゃね」

店主のメガネの奥の目元が緩んだ。

「ウッディ・ガスリーなんて、今じゃ、アメリカ人だって、ほとんど知らんよ」

「そうなんですか」

「で、あんたたちは、何でわざわざ、岡山から？」

「わざわざっていうか……。今日、広島の平和記念式典に参加して……」

「ああ、今日は、八月六日じゃな」

「はい。それで、岩国が近いって、帰りに気づいて」

「そうか」店主のメガネが鼻から少しずり落ちた。「それは嬉しいのう」

「あの、何か、記念に、レコード、買うて帰りたいんです。一枚だけ……」

「それは、ありがとう。どんな、レコードがええかな？」

「フォークソングを」

「フォークソング？」

「はい、ウッディ・ガスリーのような」

店主はしばらく考えている様子だった。

「フォークソングは、ほとんど、ないんじゃが」

そう言って勘定場から立ち上がった。

「ウッディもそうじゃけど、フォークソングいうのはひと昔前の古臭い音楽ってイメージじゃけえなあ。それに、戦後は赤狩りで、根こそぎやられたし。あんたの知っとるママが買うたウッディのレコードにしたかて、かなり珍しいもんじゃよ。ここで手に入ったのが不思議なぐらいでな。けど……それで、思い出した。ちょっと待っとき」

店主は店の壁側に置かれた箱の中のレコードを片っ端から一枚一枚、ものすごい速さで指で繰り、一枚のレコードを引っ張り出した。

「これは、どうじゃろうかな」

「誰ですか？」

「ピート・シーガーっていうんじゃけどね」

「ピート・シーガー？」

「ウッディ・ガスリーと一緒に歌うてた人。ああ、彼の写真を載せたアメリカの雑誌もあったな」

店主は勘定台の脇の雑誌の山から一冊を取り出し、ページを開いた。

「この人じゃよ」

舞台の裏のような雑然としたところで男が木の壁にもたれてしゃがみこみ、何やら紙に鉛筆を走らせている。作詞か何かをしているのだろうか。額が広く、思慮深そうな貌《かお》の男の横にはギターが置いてある。

「ちょっと変わった人でな。アメリカのどっかの有名な大学生じゃったんじゃけどな、歌に夢中になるあまりドロップアウトして、それからウッディ・ガスリーに出会うて、一緒に放浪の旅をしながら歌うとったんじゃって。太平洋戦争では、サイパンに従軍したそうじゃ。戦後になってからも、一層反戦の歌とか労働者の歌とか歌うてたから、厳しい赤狩りにおうてな。徹底的に干されて、もうほとんど活動できてはおらんかったはずなんじゃが」

店主がレコードのジャケットを見せてくれた。

「ところがどういうわけか珍しく、彼のレコードが一枚、手に入ってな」

ジャケットは新聞記事の紙片を貼り絵にして、飛んでいる鳩をかたどったものだった。

「あんた、今日は広島の記念式典に参加した帰りに来たって言うとったな」

美智子がうなずいた。

「このアルバムの中に、奇妙な歌が入っとるよ」

「奇妙な歌？」

「広島のことを歌うた歌が入っとるんじゃよ。しかも、日本語でな」

「広島の歌を？　日本語で歌うとるの？　アメリカ人が？」

店主はジャケットの曲のクレジットの部分を指差した。

「ほら、ここ。『Fu-Ru-Sato』っていうタイトルがあるじゃろ」

「ふるさと？　へえ。タイトルも日本語なんじゃね」

「その後に、英語でサブタイトルがついとる」

美智子がアルバムを手にとって覗き込んだ。サブタイトルを指で追って、声に出して読む。

「……ネヴァー、アゲイン、シャル、ウィー、アロウ、アナザー、アトム、ボム、トゥ、フォール」

「どういう意味？」

俊蔵の問いに、店主が答えた。

「日本語で言うと、『原爆、許すまじ』。彼はそう歌うとるんじゃよ。聴いてみるか？」

「聴かせてください」

＊

「それが、この曲、ね」

「ウッディ」のカウンターの向こうで、ママが歌声に耳を傾けている。

ターンテーブルの上では、岩国で買ってきたLPレコードが回っている。A面の三曲目の、メドレーの中の一曲だ。ピート・シーガーは、日本語でこう歌っていた。

ふるさとの街やかれ
身よりの骨うめし焼土《やけつち》に
今は白い花咲く
ああ許すまじ原爆を　三度許すまじ原爆を
われらの街に

「アメリカの歌手が、原爆許すまじって、日本語で歌ってるって、この歌、すごいよね」

ママがつぶやく。

「うん」と美智子がうなずく。

「原爆投下から十五年経って、もう過去のことじゃと思うとる日本人もおるのに、アメリカで、こんな歌を歌うてる人がおるんじゃってことに、私は、ものすごい感動したんじゃ」

「でも、やっぱり、不思議よねえ」

ママが鳩をあしらったジャケットを見つめて言う。

「ウッディのレコードもそうだったけど、あの中古レコード店は、米軍の将兵や軍属や家族が出入りする店でしょ。基地の町だからね。そんなところで、こんな『反戦』のレコードを聴くアメリカ人がいたんだってことよ」

「私もね、それはなんでか、思うて」

美智子がカウンターに頬杖をつく。

「それで、もしかして、こういうことかなって考えた」

美智子が顔を上げた。

「人間には、両面があるんじゃってこと」

「どういうこと？」

「徴兵されてか、志願してかわからんけど、今、岩国の基地で働いてるアメリカ人の中にだって、心の中では戦争に反対しとる、あの原爆を許せないと思うとるアメリカ人も、きっとおるんじゃないかなってこと」

「矛盾してねぇかなあ」

「矛盾しとるんじゃって。でも、人間って、そういう矛盾した存在なんよ。私だって、そうじゃ」

俊蔵は思わず美智子の顔を見つめた。

「美智子さんも？」

「うん。私はね、学校の校則なんかは、大っ嫌いじゃ。そんなもんに縛られるんはまっぴらごめんじゃ。でもね、お母さんが着てたセーラー服に憧れる気持ちが、私の心の中には、確実にある。それって、矛盾しとるじゃろ？　学校の制服って、学校の規則の最たるもんじゃもの」

「そうか。言われてみりゃあ、うちの家の商売って、そういう学校の規則の上で成り立っとるんじゃなあ」

「矛盾することは、もっとあるよ。たとえば、日米新安保条約には、私は反対じゃ。それを押し付けてくるアメリカも、それに擦り寄る日本も嫌いじゃ。アメリカはね、広島と長崎に、あの原爆を落とした国じゃよ。たった、十五年前にね。前に鶴来くんに、私が去年の夏、広島の平和記念資料館に行った時の話をしたじゃろう？　その時、キューバの大佐が、外国語で、何か、つぶやいたって。これは、私の想像じゃけどね、彼はね、こう言うたんじゃないかと思うんじゃ。『こんなひどいことをアメリカにされて、日本人は腹が立たないのか』って。私が外国人じゃったら、そう思う。そんな国を、好きになれるわけなかろう。けどね、私は、このお店でママに教えてもろうたアメリカの音楽は、大好きなんじゃ。嫌いじゃけど、好き。好きじゃけど、嫌い。そんな、矛盾しとる、心の両面が、人間には、きっとあるんじゃないかなあって」

「なるほどなあ」

美智子は続けた。

「アメリカの若者にだって、戦争に反対しとる人は、いっぱいおるはずじゃろ。徴兵制があるし、戦争は日本よりずっと身近なはず。日本も、いつ徴兵制が復活するかわからんし。私はね、そんなアメリカの若者たちのことを知りたいし、それを伝えたいの」

「どうやって？」

「それはね、歌を通じてできるんじゃないかと思うの。ほんとに、夢みたいな話じゃけど」

「歌って、どんな？」

「フォークソングじゃ」

美智子はきっぱりと言った。

「ウッディやピートが歌うような歌。社会の中で、弱い人、苦しんどる人、蔑まされとる人たちの歌。抵抗の歌。戦争に抗《あらが》う歌。それをね、私は日本語で歌いたいの。ピートが、原爆の歌を日本語で歌うたけど、私は、彼らの歌を、日本語で歌いたいの」

「さっきの歌？」

美智子は首を横に振った。

「この原爆の歌も、初めて聞いたときは夜も寝れんぐらいびっくりしたよ。しゃあけど、私は、このレコードの中の、別の歌が、もっと心に残ったんじゃ」

「へえ。どの曲？」

「ママ、ちょっと前に、針を戻して。さっきの原爆の歌の、一曲、前」

「一曲、前ね」

ママがプレイヤーのアームを持って針を戻した。

語りかけるようなピートの歌声が聞こえる。楽器は、バンジョーだろうか。シンプルで控えめな演奏と歌だが、たしかにどこか心の奥深くに響くメロディだった。

「これ、なんて歌？」

俊蔵が聞いた。

『ウェア・ハブ・オール・ザ・フラワーズ・ゴーン』」

美智子が答える。

「日本語に訳すと、『花はどこへ行った？』って感じかな」

『花はどこへ行った？』か」

美智子はレコードの歌声に合わせて口ずさんだ。

「いいメロディだね」とママが言った。

「なんて、歌うとるんじゃ？」俊蔵が聞いた。

「花は、どこへいってしまったんだろう。少女たちがみんな摘んでいったよ。少女たちはどこへいってしまったんだろう。夫たちをみんな探しにいったよ。夫たちはどこにいってしまったんだろう。兵隊にみんないってしまったよ。いつになったらわかるんだろう。いつになったらわかるんだろう。そんな歌」

美智子の瞳に力が籠るのを俊蔵は見逃さなかった。

「私は、岩国から帰ってきてから、家で、この歌を何べんも何べんも聴いた。それで、この歌のすぐ後に、ピート・シーガーが、原爆のことを歌っとるっていうのは、きっと偶然やないって思うた。つまりね」

美智子は言った。

「この歌は、戦争に反対しとる歌じゃと思うんじゃ」

「うん。兵隊が出てくるしね」

「あからさまな反戦歌やないよ。でもね、『いつになったらわかるんだろう』。この言葉に、いつまでも戦争をし続ける人間の愚かさに対する嘆きが、込められとると思うんじゃ」

「きっと、そうだよ」

ママが言った。

「美智子さん、いつか歌って。美智子さんの『花はどこへ行った』を」

6

「あの曲の、日本語の歌詞、できたよ」

ある日、美智子が言った。夏休みが終わった、九月の初めだった。

夏休みが終わっても、俊蔵はサッカー部に戻らなかった。放課後はいつも美智子と一緒に帰った。二人で寄るのはいつも「ウッディ」だ。美智子は店のギターを手にとって、ときどきいろんな歌を歌った。誰かに聞かせる、というのでなく、呟《つぶや》きのような歌だった。

天気のいい日はギターを目の前の旭川の土手に持ち込んで歌うこともあった。聞いているのは俊蔵と川辺のアオサギだけだった。この日もそうだった。

「へえ。聞かせて」

美智子は歌った。

野に咲く花はどこへ行った
ずっと遠い　昔のはなし
恋を占う　少女たちが
そっと摘んで行ったのです

少女たちはどこへ行った
いつか歩いたあの丘の上
愛する人と　恋をしたの
そっと心を重ねあわせて

愛する人はどこへ行った
ずっと遠い　昔のはなし
花を抱いた　少女を残し
銃を担いで　戦いの地へ

いつになったらわかるんだろう
いつになったらわかるんだろう

俊蔵は美智子の歌声に聞き入った。

「いい歌詞じゃな」

「ほんまに？」

美智子は俊蔵の顔を覗き込む。

「うん、うまく言えんのじゃけど……。なんか、俺は、大叔父さんのことを思い出したなあ」

「大叔父さんのこと？」

美智子の瞳に興味の色が浮かぶ。

「うん。祖母の弟。恭蔵さんていうんじゃけど。戦争に行って戻ってこんかった、大叔父さんのこと。まだ。栗原さんには話してなかったかな？」

「聞かせて。その話」

美智子は土手にギターを置いた。俊蔵は川面を見つめながら、話し出した。

「恭蔵さんが戦争に行ったのは俺が生まれた年で、顔も写真でしか知らんのじゃけどね。これは母から聞いた話じゃ。関東大震災の時、東京におったんじゃって。で、その時にな、アメリカから来た救援物資に、アメリカの青いズボンが入っとったんじゃって。それで、恭蔵さんは、初めて見たそのアメリカの青いズボンに惚れ込んで、なんとか児島でそのズボンを作ろうとしたそうなんじゃ。アメリカからやってきた、一本のズボンが、大叔父の人生を変えたって、おふくろは言うとった。アメリカから入ってきた一枚のレコードに入っとった歌に、これだけ影響された美智子さんも、ちょっとあの大叔父さんに似とるなあ、って、そんなふうに思うて」

俊蔵は美智子の顔を見た。美智子は瞬《まばた》きもせず俊蔵の顔をじっと見つめている。

「アメリカの、青いズボンって……ジーパンのこと？」

「そう。今じゃ、アメリカの服の中古衣料品店に行きゃあ、いっぱい並んどるそうじゃ。新品は、輸入の規制があるけえ、日本には入ってこんけど」

「岩国にも、あったね。『アメリカ屋』って名前の中古衣料の店。そこにもジーパンが店先に並んどったよ」

「あれを大叔父さんは、戦前に、児島で作ろうとしたんじゃ」

「それで、大叔父さんの夢は叶ったん？」

「叶わんかったそうじゃ。叶わんまま、戦争に行って」

「今からでも鶴来で、作りゃあ、ええが。縫製会社じゃろう？　今じゃったら、できるんと違う？」

「どうなんかな。その辺の事情は、俺にはわからん」

俊蔵はため息をついた。

「今、思い出したけど」

美智子が抱いていたギターを土手の上に置き、空を見上げながら言った。

「岩国の中古レコード店で、店主さんが、ピート・シーガーの写真を見せてくれたじゃろ」

ああ、そういえば、と俊蔵は答えた。たしかにそんなことがあった。

「あの写真で、ピート・シーガーが穿いてたズボン、あれ、きっと、ジーパンじゃよ」

「へえ。そうやったかな」

俊蔵ははっきりと覚えていない。

「白黒写真じゃったから、色まではわからんかったけど、濃い色の、綿じゃった。表面にシワの跡がいっぱいついてて、作業ズボンみたいなんじゃった。なんか、インテリっぽい顔のピート・シーガーが、そんな作業ズボンみたいなん穿いとったから、印象に残っとるんじゃ」

俊蔵は美智子の観察力に驚いた。

それから美智子はまたギターを手に取って言った。

「私、この歌、どこかで歌いたいな」

「うん。俺とあのアオサギだけが聞いとるんじゃあ、もってえねえけえな」

アオサギが飛び立った。

「そうじゃ。栗原さん、ファイヤーストームの時に歌うのは、どうじゃろ？」

「ファイヤーストーム？」

「十月の体育祭の後にある、ファイヤーストームじゃ。五年か六年ぐらい前までは、体育祭が終わった夜に校庭でやっとったんじゃって。生徒会の企画でな。じゃが、そのあと、ずっと禁止になっとったらしい。学生は勉強だけやっとったらええ、ちゅう学校側の締め付けでな。夜中まで学生が騒ぐのも、いらん不祥事を起こす原因になるちゅう言い分らしい。それで、去年は生徒会も頑張って、やる、やらんでかなり学校側と紛糾したそうじゃが、結局生徒会側が引いて、できなんだ。じゃが、今年は学校側も多少軟化して久々に復活するそうじゃ。学校の掲示板にも貼り出されとったよ。そこで歌うたら、どうかのう」

美智子の瞳に光が灯《とも》った。

「うん、みんなの前で歌えたら、嬉しいな。この歌のこと、みんなに伝えたい。十月？」

「十月一日じゃ」

「あと一ヶ月もねぇんか。それまでに、しっかり練習せんといけんね」

「ぼっけぇ楽しみができたなあ」

「そうじゃ。鶴来くん、十月までに、もう一回、岩国に一緒に行かん？」

「なんでじゃ？」

「岩国にあった中古衣料店に行って、あの、ジーパンを買うんじゃ。ピート・シーガーみたいに、ジーパンを穿いて、みんなの前で歌いたいんじゃ」

「ええっ、女がジーパン穿いて歌うんか？」

「女がジーパン穿いて歌うて、何が悪いんじゃ」

美智子が口を尖らせる。

「いや、悪いちゅうことは、ねえがのう。あんまり見たことねえけえのう」

「そうじゃけえ、ええんじゃ。うわあ、楽しみじゃなあ」

美智子はもう一度九月の空を見上げて笑った。


学校ではファイヤーストームの準備が着々と進んでいるようだった。当日、アトラクションで参加を希望する者は申し出るように生徒会から通達があり、美智子も申し込んだ。

「栗原さん」

体育祭の三日前だった。美智子は生徒会の議長に呼び出された。林田という男だ。

「学校側から、ファイヤーストームのプログラムを事前に提出しろって言われてるんじゃ。それで、栗原さんがファイヤーストームで歌う件じゃけど」

そこで林田は頭を下げた。

「申し訳ない」

「どうしたん？」

「栗原さんの歌は、学校側から、許可が出んかった」

美智子の口からえっと小さな声が漏れた。

「なんで？　一曲歌うだけじゃが。その歌について、少しは説明しようと思うけど、そんなに長く喋らんよ。なんで？」

「いやあ、教頭が言うには、栗原さんにそんな場を与えたら、当日、何を言いだすか、わからん、と、職員会議で意見が出たらしゅうて……。栗原が歌うなら、学校としては、ファイヤーストームは、許可せんって」

「そう。じゃあ、プログラムには載せんでええけえ。最後の方で飛び入りで歌うからええじゃろ」

林田はかぶりを振る。

「いや、そういうわけにはいかん。提出した予定にないことをしたら、来年からの続行が難しゅうなって、後輩たちにも迷惑かけるけえ」

「ねえ。そんな、学校の顔色うかがいながらやるファイヤーストームって、何の意味があるの？」

「栗原さんの言いてえことはわかる。じゃけど、ここは、生徒会としても、あんまりことを荒だてとうないんじゃ。今年は、ずっと中止になっとった、六年ぶりのファイヤーストームじゃ。どうしても実現したい。すまんが、今回は、堪《こら》えてくれんかのう。その代わり、終わったら、こっそり一緒にタバコふかしたり、ウイスキー飲んだりしようや」

「そんなことが抵抗になると思うとるの」

美智子の声は震えている。

「もう、ええ。私、歌わん。それで、ええんじゃろ」


ファイヤーストームはプログラム通り、無事終了した。

午後七時に消火が始まり、生徒たちは午後七時半までに全員下校しなければならない。

決まった時間まで、あと五分ほどに迫った、その時だった。

校庭に、大音量で音楽が響き渡った。

ピート・シーガーの『花はどこへ行った』だ。

「誰かが放送室におるぞ！　レコードをかけとるぞ！」

先生たちと生徒会の役員たちが放送室のある三階に駆け上がった。事態を察した俊蔵もついて走った。

放送室は内から鍵がかけられていた。

「おい、栗原！　はよう開けんか。出てこい！　はよう出てこい！」

担任の大越が怒鳴った。

「おまえ、このままで済むと思うなよ」

美智子は、さらにボリュームのつまみを右に回した。


美智子に退学処分が下されたことで、生徒会は学校側に抗議した。

「栗原美智子さんの退学処分を取り消してください。彼女があのような行動に出たことは、学校側にも一定の責任があるはずじゃと思います。栗原さんの参加を認めていれば……」

大越がはねつける。

「何であろうと、午後七時半までに完全に終わらせて生徒は全員下校完了する、というＰＴＡとの約束を守るちゅうことで許可したファイヤーストームだ。君たちの同意書も取り付けてある。それを生徒側が破った。本校の面子《メンツ》は丸つぶれじゃ」

「学校側の面子で、栗原さんを退学にするんですか」

抗議に参加した俊蔵の声には怒りがにじんでいる。大越はその言葉を途中で遮った。

「今回のことだけじゃねえ。彼女にはこれまでも問題があった。このままじゃったら、他の生徒たちにも悪影響を及ぼす。職員会議で決まったことだ」

俊蔵は大越の目を見据えた。

「なら、俺も、この高校をやめます」

「おまえがやめてどうするんじゃ。大学受験は」

「そんなもん、もう、どうでもええです」

結局、この件は、美智子が退学に同意することで決着がついた。

「鶴来くん。あんたはやめる必要、ないじゃろう」

「ウッディ」で美智子は言った。

「栗原さん、うちの高校、やめて、どうするんじゃ」

「東京へ行く」

「東京へ？」

思いもよらない答えだった。

「夜間高校にね。働きながら通える高校があるんじゃ。寮のある職場も、紹介してくれるって」

「夜間高校なら、岡山にもあるじゃろう。何で東京なんじゃ」

美智子が、東京へ行ってしまう……。戸惑いを隠せない俊蔵に、美智子は冷静に答えた。

「私、六月に、東京行ったでしょ。樺美智子さんが亡くなった、次の日。その時知り合うた高校生と、私、文通、続けとって」

「えっ、そうなんじゃ。その高校生って、男の人？」

美智子はうなずいた。

「その人の、アドバイスもあって……でも、東京に行くって決めたのは、誰かに言われたからじゃのうて、私が決めたことじゃけえ」

俊蔵は口から鉛の棒を突っ込まれたような気持ちになった。

「大学は、どうするんじゃ？」

美智子は首をすくめる。

「行けたら行きてえけど……。私は、やっぱり、日本のことと、世界のことが気になる。日本は岸がやめて新しい首相になったし、アメリカも、来年は大統領が変わるじゃろ」

「うん。何か変わるのかな」

「私は、悪い方に変わるような気がするんじゃ」

美智子は、窓の外を見つめて、言った。

「アメリカは、ベトナムにどんどん介入してるし、ソ連かて、今は核実験をやめてるけど、いつ再開するかわからんし。大学に行けるかどうかはわからんけど、私は、東京に行ったら、そんな世界を少しでも良くする活動をしたい」

「歌で？」

「それは、わからん」

美智子は目を伏せて微笑《ほほえ》んだ。

その曖昧な微笑みが俊蔵の胸をえぐった。

「それは、東京に行かんと、できんことか。岡山におってもできることじゃねぇんか」

「岡山と、東京じゃ、全然違う」

「何が違う？」

「何もかもが」

二人の間に沈黙が流れた。長い沈黙だった。

「そうじゃ」

沈黙を破ったのは美智子だった。

「あんたに渡したいものがあるんじゃ。これ。開けてみて」

俊蔵は紙包みを開けた。

「ジーパン？　あの時、買うたやつじゃろ？」

「そう。あの日に穿こうと思うとったけど、穿けんまま終わってしもうたやつ。買うたのは、お店にあった、一番サイズの小せえやつじゃ。それでも私には、ちょっと大きめなんじゃけど。鶴来くんなら、ちょうどええぐらいじゃろ」

「いや、これは、栗原さんが持っとけよ」

俊蔵はジーパンと紙包みを押し返した。

「いや、私はええんじゃ。私はね、心に決めたことがあるんじゃ。私のやりたいことが本当に見つかったとき、その時、私は、私へのご褒美として、いつかどこかのまちで、またジーパンを買うて穿く。その日まで、ジーパンは、封印じゃ。じゃけえ、これは、鶴来くん、あんたが穿いて」

それが美智子との最後の会話になった。

美智子は「ウッディ」のママにも俊蔵にも別れの挨拶をせず、東京に行った。

7

二年のクラス替えで俊蔵はＨ組になった。

「ママ、コーヒーちょうだい」

「あんた、ちょっとは勉強もした方がいいんじゃないの？　Ｈ組ってさ、最底辺でしょ」

ウッディのママはコーヒーを入れながら俊蔵に言った。

「それに鶴来くん、もうサッカー部には、戻らないの？　今からでもやり直したら？　せっかくレギュラーになれる実力あるんだからさ」

「いやあ、もうええわ」

俊蔵は投げやりに言う。ママがコーヒーを入れる手を止めた。

「鶴来くん。あんたはね、今、とっても貴重な時間を過ごしてるのよ。もちろんその貴重な時間を勉強やスポーツだけに費やす必要はないけどさ、なんでもいいから、今しかできないことを、思いきりやれば」

そう言われても、俊蔵に思いつくものは何もなかった。

大学は、どうしよう。もう進学は諦めて、さっさと家業を継ごうか。長男だからいずれはそうしなければならない。俊蔵もそれはわかっていた。大学まで行って家業を継いだ父は、息子の決断をどう思うだろうか。そして母は、どうだろうか。喜ぶだろうか。悲しむだろうか。

そのうちに俊蔵は「ウッディ」にも足を運ばなくなった。美智子のことを思い出してしまう。それが辛かった。空虚な心を抱えたまま、ちぎれた風船のように俊蔵は毎日を送っていた。授業も遅刻や欠席が目立った。

「面倒だけは起こすなよ」

担任はそれ以上何も言わなかった。

夏休みに入った。

俊蔵は街角の電柱にあった和菓子屋の「夏季学生アルバイト募集」の貼り紙を見て、ほとんど衝動的に応募した。お金が欲しかった訳でもない。ただただ時間を持て余していた。

「高校生でもええですか」

「ああ。助かるわ。明日から来てくれ」

和菓子屋は春日町にあった。仕事はお中元用の氷菓子の詰め合わせなどを自転車に載せて配達する仕事だった。炎天下のうだるような暑さを除けば、さしてしんどい仕事でもない。俊蔵は働くのが苦ではなかった。自転車を漕《こ》ぎながら、ふと美智子のことを思った。今、美智子は、どうしているだろうか。東京の空の下のどこかで働いているのだろうか。

気がつくと、去年、美智子と一緒に過ごした八月六日が過ぎていた。

「あんた、高校生じゃのに、よう働くなあ。うちのボンとはえれえ違いじゃ」

ある日、和菓子屋の主人が話しかけてきた。どうやらその店にも高校生の息子がいるらしい。

「工業高校に通うとるんじゃが、学校にもいかんと、うちの店の倉庫に、ひょんなげなもん作りよってなあ。年じゅう、いろんな若い連中が方々から集まって、なんやら、溜まり場になっとるんじゃ」

俊蔵は興味を持った。そういえば、店に隣接する建物の一階が、元々は倉庫か駐車場だったのだろう、がらんとしたガレージのような空間になっている。戸はいつも開けっ放しで、覗いてみると、何やら中にいろんなものが置いてある。奥の方には、ソファやら、テーブルのようなものも見える。本棚があり、何を作るためのものなのか、ハンダゴテやかカナヅチやノコギリなんかが床に転がり、何匹かの猫がその横で昼寝していた。俊蔵はアルバイトの最終日、それは八月十五日だったが、店の主人と店員たちに挨拶を済ませたあと、思い切ってその空間の中に足を踏み入れた。

「こんにちは」

奥から声が聞こえた。ソファには口と顎にヒゲを生やした若い男が座っていた。男なのに長い髪を後ろで束ねている。真夏なのに白いシャツの上に皮のチョッキのようなものを着ていた。キリストみたいな風貌だ、と俊蔵は思った。

「やあ」と男は返事をした。「君は、高校生？」

「はい。あの、貴方は、隣の、和菓子屋の息子さんですか？」

キリストが笑った。

「違うよ。彼は、今はいない。僕はただの客人さ」

「客人？」

「ここはね、誰もが自由に出入りしていい場所なんだ。僕は、九州からやってきて、もう三日になるかな」

「三日も？」

いったい何なのだろう、この場所は？　俊蔵は皆目見当もつかなかった。

「あの、ここは、何なんですか？」

「なんでもない場所さ。違う言い方をすれば、どこへでも繋がる場所さ」

怪しすぎる。これ以上ここにいれば、どこかおかしな世界に連れて行かれそうだ。

「あの、また来ます」

「ああ、いつでもおいで」

二度と来ないだろう、と俊蔵は思った。

やがて二学期になった。俊蔵の一九六一年はあっという間に過ぎ去り、年が明け、高校三年の春を迎えた。クラスは二年と同じH組だった。

久しぶりに「ウッディ」を訪ねてみようと思ったのは、なぜだろうか。

相生橋《あいおい》を渡った時に見えたアオサギのせいだったかもしれない。

「あら、久しぶり。元気だった？」

ママと主人はいつものようにいつもの場所で、いつものように笑って迎えてくれた。

「どうした風の吹きまわし？」

「なんでかなあ。初めてこの店に来たのも、ちょうどこれぐらいの季節じゃったなあって、ふっと思い出して」

「そうそう。栗原さんとね」ママは無邪気だ。

その時、ラジオから聞き覚えのある曲が流れてきた。

俊蔵は飛び上がるほど驚いた。

「ママ！　この曲！」

ママは平然と答えた。

「知らないの？　キングストン・トリオよ」

「いや、歌ってる人じゃのうて、この曲！」

俊蔵は立ち上がってラジオを指差した。

「『ウェア・ハブ・オール・ザ・フラワーズ・ゴーン』ね」

「栗原さんが、歌うてた歌じゃろう！」

「そうよ。今、全米で大ヒットよ。ヒットチャート二十一位だって。ＦＥＮだけじゃなくて、日本のラジオでも、しょっちゅうかかってるよ」

「いつの間に」

美しい男声コーラスが俊蔵の胸を締めつける。

「これは男性だけどね、最近はピーター・ポール＆マリーっていうグループも、この曲、歌っててね。そのボーカルの人が、女性でさ。とっても綺麗で優しい声なの。私、彼女の歌、聞くたびに栗原さんのこと、思い出しちゃってさ」

全く知らなかった。あの曲が、こんなに流行《はや》っているなんて。美智子はそのことを知っているのだろうか。

「最近ねえ、フォークソングが、またアメリカで流行してるみたいなのよ」

「ひと頃は赤狩りで、潰されたって言うてたよね」

「そうだったんだけどね。やっぱり、キングストン・トリオの影響が大きいと思うよ、有名なグループが、あの歌を歌ったからね。あとは、時代だね」

「時代？」

「ケネディが大統領になって、ベトナム戦争にどんどん介入していってるでしょ。ついに正規軍をベトナムに投入したしさ。ソ連はソ連で、対抗して、ずっと停止してた超大型の水爆実験再開したし。ベトナムに、また核兵器が使われるんじゃないかって。そんな世界に対するプロテストの意味も、あると思うよ。『歌』って、時代を敏感に反映するしね。そんな歌がアメリカじゃトップのランキングに入ってきて、FENでもかけざるをえないぐらい、今、みんなに聞かれてるのよ」

あ、そうそう、と言って、ママはカウンターの引き出しを開けた。

「この前ね、栗原さんから、絵葉書、来てたよ。東京から」

「えっ、いつ？」

俊蔵の心が掻き乱れる。二年前の秋、彼女が東京へ行ってから、一度も連絡はなかった。

「今年の春先よ。ほら、これ。三月の消印ね。元気にしてますか？　私は東京で元気です。って、ただ、それだけ」

「それだけ？」

俊蔵は絵葉書を見つめた。なんの変哲もない、朝顔をあしらった絵葉書に、美智子の書いた文字が二行だけあった。

「東京で、どうしとんかなあ」

「手紙、書いてみたらいいじゃん」

「手紙？　栗原さんに？」

「そう。表に、住所、書いてあるから」

住所は定時制の高校の寮だった。


俊蔵が美智子に手紙を書こうと思い立ったのは、春が過ぎ、夏がめぐり、十月の風が吹いてからだった。テレビのニュースがキューバでアメリカとソ連が一触即発の状態になっていると伝えていた。俊蔵は二年前、美智子と一緒に広島に行った日のことを思い出した。その瞬間、蓋をしていた思いがとめどなく溢れ出て、一晩かけて、手紙を書いた。便箋五枚にもなった手紙を封筒に入れた。二時間ほど寝て、夜明け前に、封筒から便箋を抜き出してもう一度読み返した。

そうして俊蔵は便箋を破り、ゴミ箱に捨てた。

8

りょうは鷲羽山《わしゅうざん》の下電《しもでん》ホテルのレストランで、十月の海を見つめていた。

凪《な》いだ海の向こうには由加山が見える。

「最近、光太郎さんは、どうしとりますか？」

テーブルの向こうの多田清志郎が話しかけてきた。

「ずいぶんと良うなりました。会社のことも、一所懸命、やってくれますけえ。俊蔵は今年、東京の大学に行ったけど、弟の久志が高校に入って、それも張り合いになっとるようじゃ。けど、夜中になると、やっぱり、うなされて突然、飛び起きたり、今でも、水で顔は、よう洗わんけぇねぇ。ラジオからジャズが流れてきたら、切ってしまいよるし」

「そうか。光太郎さんの『戦争』は、まだ終わっとらんのじゃのう。終戦から、もう十八年じゃのに」

「もう、十八年じゃのうて、まだ、十八年じゃ」

りょうの言葉に気圧《けお》され、清志郎は話を変えた。

「来年は、いよいよ東京でオリンピックじゃのう。少しは景気がようなるんかのう」

「そうなりゃええですがのう」

「りょうさん、実はのう、今日は、話があるんじゃ」

「急に呼び出されたけえ、なんじゃろうと思うとったよ。どうしたんじゃ？」

「実は、この前な、うちの兄貴と、営業部長と、わしとの三人で、太宰府に行ってきた」

「太宰府？　博多の？」

「ああ。これまで兄貴と一緒に力を合わせて、児島で学生服を作ってきたけどな、知っての通り、テトロンが登場してからこっち、学生服はさっぱり売れんようになった」

「うちもそりゃあ、同じじゃ」

「りょうさんとこは、まだ大手の第二グループに入れたじゃろう。うちはな、それにさえ入れん弱小会社じゃ。出荷は、もう完全に止まってしもうとるんじゃ。このままじゃったら、もう倒産を待つしかない状態じゃ」

清志郎は大きなため息をついた。

「それでな、うちの兄貴が、突然、太宰府に行こう、ちゅうて言い出した。そこでこれからの作戦会議をやろう、ちゅうんじゃ」

「作戦会議？」

「そうじゃ。この前の金曜日の晩のことじゃ。それからすぐに三人で児島を出て、夜通し、車を運転してな。着いたのは土曜の朝方じゃった」

「なんで太宰府なんじゃ」

「それは、ようわからんのじゃが、兄貴には、何か閃《ひらめ》くもんがあったんじゃろう。児島は道真公が都から太宰府に流される途中で滞在したゆかりの地じゃから、何か共感するもんがあったんじゃろうか。とにかくそれで、とりあえず太宰府でお参りをして、そのあと二日市《ふつかいち》温泉の旅館に泊まって。そこで、夜、作戦会議が始まったんじゃ。もうこれからは、学生服はやれん。別のもんをやろうと思う。今、世の中じゃあ、何が売れとるんじゃ、て兄貴は、わしと、営業部長に訊くんじゃ」

清志郎の言葉は、熱を帯びていた。しばらく沈黙があった。りょうは清志郎の唇が動くのを待った。

「それでな、わしは、兄貴に言うたんじゃ。今、売れとるんは、ジーパンじゃって」

りょうはその言葉に打たれるように顔を上げた。

「りょうさん、覚えとるじゃろうか。あれは、終戦から、二年ほど経ったころじゃったかのう。わしは、闇市で見つけたズボンを持って、りょうさんの会社を訪ねたことがあったじゃろう」

「よう、覚えとるよ」

「それは、わしが戦地で出会うた、恭蔵さんが言うてたズボンじゃった。今から考えると、あれが、ジーパンじゃった。わしは、あの日、光太郎さんにズボンを持って帰れと追い返された。じゃあけど、あれからもずっと、あのズボンのことが頭から離れんかった。あの、青い色がな。じゃけえ、中古の衣料店で、あのジーパンが溢れ出したんを見て、驚れえたよ」

「それは、私も同じじゃ」

かつて大阪の衣料店でジーパンの山を見かけて、光太郎にジーパンの修繕を手掛けようと持ちかけたことは、黙っていた。

「それで、兄貴は、営業部長にも聞きよった。営業部長も、わしと同じ答えじゃった。実際、大阪や東京の小売店を回っとる。何が今、世の中で一番売れとるのかを肌で知っとるけえな。兄貴は腕を組んだまま、じっと天井を見つめとったよ。わしは、続けて言うた。今、出回っとるのは、アメリカの中古のジーパンじゃ。そうじゃから、まだ日本でどこも作っとらん、新品の国産のジーパンを作りましょう、て。兄貴は、『おめぇら、本気か』って、わしらの顔をまじまじと見つめよった。本気です、やらせてくだせえ、それから、こう言うた。『わしらの故郷の、あの子供の頃の三豊の海のような、ハッとするような青いジーパンを、自分らの手で作りましょうや』って。兄貴はうなずいた。それが、おとといのことじゃ。わしは、この話を、誰よりも先に、りょうさんに伝えたかったんじゃ」

「清志郎さん。そんな話じゃったら」

清志郎の眉が上がった。

「私より先に、伝えんといけん人がおるよ」

「えっ」

「恭蔵さんじゃよ」

恭蔵の墓は児島の海が見える丘の上にあった。恭蔵が働いていた小学校のすぐ近くだ。

りょうは清志郎とともに墓に手を合わせる。

「恭蔵さん」

りょうは墓に語りかけた。

「この人、覚えとるじゃろう。シンガポールの兵站病院で一緒じゃった、清志郎さんじゃ。恭蔵さんがやろうとしたことを、これから、清志郎さんがやろうとしとるんじゃよ。どうか、しっかり、見守ってやってくだせぇ」

清志郎は深く一礼した。

ヒグラシが鳴いていた。

「りょうさん、今日はありがとう。会社まで、車で送るけえ」

「ありがとう。けど、清志郎さん。もしよかったら、わがまま、聞いてくれるかの」

「なんじゃ？」

「帰る前に、連れてってほしいとこがあるんじゃ」


岡山の国立天文台は、倉敷市街から西へ十キロほど行った鴨方《かもがた》からさらに十キロほど北へ進んだ中国山地の山の中にあった。

「こげぇなとこに、国立の天文台があるんじゃねぇ。知らんかったわ」

清志郎が銀色に光るドーム型の建物を見上げながら言った。

「この辺りは、日本でも一番、星が綺麗に見えるとこなんじゃって」

「へえ、それでかぁ」

「私、三年前に、ここに天文台ができたって知った時から、ずっと来てみたかったんじゃ。そんなこと、長いこと忘れとったけど、今日、清志郎さんと話してて、不意に思い出したんじゃ」

「へえ。どうしてじゃ？」

りょうは、東の稜線《りょうせん》の向こうを見つめた。

「清志郎さん。私はね、生まれは東京なんじゃ」

「へえ。東京のどこ?」

「浅草じゃ。震災のときに、母が死んでね。それで、身寄りのなかった私は偶然出会うた恭蔵さんに連れられて、児島に来たんじゃ」

「そうじゃったんか」

「それでね。今から七年前、初めて、東京に帰った。三十三年ぶりにね。その時にね、浅草で、映画を観たんじゃ。『理由なき反抗』っていう映画」

「おお、知っとるぞ。ジェームズ・ディーンじゃろ。その映画は観とらんけどな」

清志郎は大げさにうなずいた。

「あの映画でね。ジェームズ・ディーンは、ジーパンを穿いとったんよ」

「それも知っとる。あれでまた、中古のジーパンがえらい売れたそうじゃな」

今度はりょうがうなずいた。

「映画の中にね、アメリカの若者がいっぱい、出てくるんじゃけど、もう、みんな、ジーパンを穿いとるんよ。ジェームズ・ディーンだけじゃなしに、不良の連中もね。それが、カッコようてね。今のアメリカじゃ、ジーパンは、若者なら誰もが穿く当たり前のファッションなんじゃ、と、私はあの映画を観て思うた」

清志郎が怪訝な顔をした。

「それはわかったが、りょうさん、それと、この天文台と、どういう関係があるんじゃ?」

「その映画の中でね、みんなジーパンを穿いとるのに、ジェームズ・ディーンのクラスメートで、一人だけジーパンを穿いとらん男の子がおった」

「なんでじゃろうか」

「映画の最初の方でね、ジェームズ・ディーンはクラスメートの女の子が好きになって付き合い始めるんじゃけど、そうしたら、その男の子が、ほんの一瞬じゃけど、すごく悲しそうな表情で二人を見るシーンがあってね。きっとその男の子も、ジェームズ・ディーンに密かに恋してるんじゃ、と私は思うた」

「え？　男の子じゃろ？　男の子が、男のジェームズ・ディーンに？」

りょうは目を細める。

「私には、わかったんじゃ。その男の子の気持ちがね」

りょうはそれから、映画の終盤のストーリーを、清志郎に話した。

その男の子が、ジェームズ・ディーンと敵対する不良を銃で撃って、警察に追われる。それで男の子は、丘の上の天文台に身を隠す。ジェームズ・ディーンもあとを追いかけて天文台の中に入る。そこで、つかの間の友情が芽生えるが、最後、男の子は、警官に銃撃されて殺される。

「それで、映画は終わるんじゃ」

「やりきれんラストじゃなあ」

「私は、その天文台のシーンが、忘れられんでね。この映画の監督が、彼だけに最後までジーンを穿かせんかったのには、理由があると思うたんじゃ」

「理由？　なんでかなあ」

「私が思う理由は、こうじゃ」

りょうは自分の思いを清志郎に話した。

監督は、この映画で、社会や大人たちに反抗する若者たちの姿を描いている。その象徴が、きっとジーパンなのだ。ジェームズ・ディーンも、最初穿いていたウールのズボンを、途中でジーパンに穿きかえる。ジーパンは、きっと自由や自己表現の象徴なのだ、と。

「でもね、最後に殺されたあの男の子だけは、本当の自分を、社会に対してさらけ出すことができんかったの。じゃから、ジーパンを穿けんの。そういう存在として、監督は、この子を描いてる、と、私は思うたんじゃ。何が言いたいかと言うとな」

りょうは、清志郎の目を見つめた。

「もし清志郎さんが、日本でジーパンを作るなら、あの天文台で死んだ男の子も穿けるような、それぐらい、誰もが自由に穿ける、穿こうと思う、そんな魅力的なジーパンを、日本で作ってほしいんじゃ」

「りょうさん、わかった」

清志郎は唇を固く結んだ。

「写真で見る限り、あの映画でジェームズ・ディーンが穿いとったジーンズは、たしか、リーじゃな。アメリカじゃリーバイスが有名じゃが、わしは、りょうさんに約束するよ。リーにもリーバイスにも負けん、日本のジーパンを作る。ジェームズ・ディーンを好きじゃったクラスメートも穿くような、魅力的なジーパンをな」

9

一九六四年。東京の夏はどこか浮かれて騒がしかった。聞こえてくるのは蟬の鳴き声と工事の音だ。もうすぐこの街で東京オリンピックが始まるのだ。

俊蔵は喧騒の中、新宿東口の広場に座っていた。

「兄ちゃん、似顔絵、描いてくれるのかい？」

「はい。描きますよ。一枚、百円です」

「おう、安いな。描いてくれ」

去年入学した大学は、一年でドロップアウトした。俊蔵はたまたま高円寺の喫茶店で出会った男の口利きで、似顔絵描きとして生計を立てていた。その男の仲間が新宿で似顔絵描きをやっていて、仲間に入れてやってくれ、と紹介してくれたのだ。

客としてやってきたチンピラ風の男が言った。

「俺、赤木圭一郎に似ているって、よく言われるんだよ」

坂本九や橋幸夫、吉永小百合らの似顔絵を見本で置いていた。その中に赤木圭一郎の似顔絵があった。どうやら男はそれを見て描いてもらう気になったらしい。

「おお、そっくりじゃねえか。ありがとよ」

その次に現れたのは、若い男だ。髪はきっちりと整髪しているが、サラリーマンではない。今流行りの、アイビールックに身を包んでいた。

「キミ、もしよかったら、ちょっと話、聞かせてくれないかなあ」

男が差し出した名刺の肩書きには、

「平凡パンチ　編集部　記者」とあった。

平凡パンチ。知っている。今年の春に創刊されたばかりの若者向けの週刊誌だ。

「キミみたいに、今、新宿でぶらぶらしている若者たちの生態を取材したいんですよ」

「はあ」

「今、銀座でみゆき族というのが評判になってるでしょ。キミからみて、あの連中のことを、どう思う？　それから、キミが新宿でこのような生き方を選択してるのは、今の日本社会への反発、みたいなものがあるのかな？」

「すみません。答える気、ないんで帰ってください」

社会に対する主義主張なんか、まるでない。ただ、糸が切れた凧《たこ》のように風に吹きさらされてさまよって、たどり着いたのが、ここ、新宿だ。

夕方までに七、八人の客があった。

俊蔵はその間に溜まった硬貨を握ってポケットにねじ込み、立ち上がった。

新宿の紀伊國屋書店の近くにある喫茶店「風月堂」は、その日も得体の知れない若者たちでいっぱいだった。

店は二階建てで、一階には裸木の円形や四角の小さなテーブルの周りに椅子が無造作に並べられ、壁際にはこれも裸木の長椅子が一直線に通っている。ひとつのテーブルに何人もが自由に座れ、自然と相席の形になる。一階の中央には棕櫚《しゆろ》の木が何本か立っていた。

二階は高い吹き抜けで、白木の大きな円形のテーブルと、一階と同じような長椅子で、奥はボックス席だった。中二階にも小さなスペースがあった。

店のスペースには自然に常連客の棲《す》み分けができていた。一階にはアングラ演劇の連中や前衛芸術家や詩人たちが集まっている。中二階には全学連の活動家たちが昏い目をして陣取っていた。

ある日、一階の奥の席に見覚えのある男がいた。キリストだった。岡山の和菓子屋でアルバイトしていた時に隣のガレージに居候していたあの男だ。キリストも俊蔵のことを覚えていた。

「君、いつだったか、あの岡山の和菓子屋の息子がやってたコンミューンに、訪ねてきた高校生だね」

みんなは彼のことをモーリと呼んでいた。本名が森だとか毛利だとかではなく、アメリカの若者がバイブルのように読んでいる小説の登場人物の名前、モリアーティをもじっているらしい。

他にも新宿のランボーだとかツァラトストラだとかカフカだとか、みんな好き勝手にニックネームで呼びあっていた。モーリは時折原書で海外の小説などを読んでいた。翻訳の仕事もしているらしい。みんなに一目置かれ、彼の周りには自称詩人や画家志望の若者や、定職を持たずヒッチハイクで全国を放浪してるような若者が集まっている。

ブラジルの奥地の少数部族に伝わる神話だとか、ナイジェリアの作家が書いた奇妙奇天烈《きてれつ》な小説の話だとか、そんな話題を彼はテーブルの上に載せ、皆で毎日飽きもせず延々と話し合っていた。俊蔵もその輪の中にいた。

コーヒー代は六十円で他の店より高かったが、一杯頼むと、三時間も四時間も粘れた。途中、カレーライスとかの軽食を挟んで、朝十時の開店から夜十時の閉店まで粘る猛者《もさ》もいた。特段、店はそれで怒らなかった。そうして金のない若者が一日じゅうたむろした。

俊蔵がこの店に出入るするようになって、もう半年ほど経つ。毎日のように通っていても、グループごとにスペースの棲み分けがあるので、仲間以外と顔を合わしたり親しくなることはあまりなかった。

その日は八月が終わり、九月に入ったばかりの夕暮れどきだった。

風月堂の二階から降りてレジの前に立つ、若い女を見かけた。

女は長い髪で腕を露出した黄色のサマーセーターに白いスカートを穿いていた。

横顔に見覚えがあるような気がした。

大学生風の男がその背後に立ち、女が金を払うのを待っている。

その時、俊蔵と一緒にいた仲間たちが、何か冗談を言い合って大声で笑った。

女はその大声に反応し、一瞬、俊蔵のテーブルに視線を向けた。その時、はっきりと、俊蔵の方を見た。

美智子——。

女は表情を変えず、そのまま男と出て行った。

見間違えだったのか。俊蔵は仲間たちの会話に戻っていった。

東京オリンピックはあっという間に始まって、あっという間に終わった。

俊蔵の日常は、何も変わらなかった。風月堂の店内には、オリンピック開催前後から、外人の姿が急激に増えた。

どうやら海外の東京観光ブックに、風月堂のことが載ったらしい。外国人の多くは、日本人女性のナンパ目当てだった。実際、女の子には声をかけやすい店だった。俊蔵も何度かこの店で出会った子と一夜を共にしたことがある。それだけのことだった。

新宿に木枯らしが吹き始めた。

珍しく一人でコーヒーを啜っていると、女が目の前に立った。白いタートルネックのセーターを着た女だ。視線を上げる。

「久しぶり」

そこに美智子が立っていた。

「元気そうじゃね」

俊蔵は、ああ、と、反射的に言葉にならない声で返した。

「座ってもええ?」

俊蔵は黙ってうなずいた。

「何年ぶりかなあ、鶴来くんと会うの」

「四年ぶり」

「そんな、なるかなあ。まあ正確に言うと、二ヶ月ほど前に、ここで、会うとるけどね」

やはりあの時の女は、美智子だったのだ。そして、彼女は、気づいていたのだ。

四年ぶりに会う美智子は、ずいぶん大人っぽく見えた。

美智子はコーヒーを注文した後、目の前で、ただ微笑みを浮かべている。

自分が話さなければならない。沈黙を埋めなければ。しかし俊蔵は何を話していいのか戸惑った。聞きたいことはたくさんあるような気がした。なのに聞こうとすると、何から聞いていいかわからない。どうしてた？　そう聞くのが普通のような気がした。ただそれもひどく間抜けな質問のような気がした。

とっさに思いついたことを口にした。

「俺、栗原さんに、手紙を書いたことがあったんじゃ。結局、出さんかったけど」

「へえ。なんて書いたん？」

一瞬で後悔した。なんでそんなことを口走ってしまったのだろう。しかし後には引けない。

「高校一年の時、一緒に広島に行ったことがあったじゃろう。平和記念式典の日に」

「ああ。覚えとる。高校のみんなを誘ったのに、来てくれたん、鶴来くんだけじゃったね」

「あの時、栗原さん、その一年前に、広島でキューバの大佐に会うた、言うとったじゃろ」

「うん。それもよう、覚えとる」

「あの時な、栗原さんは、大佐の名前を、グウエーラって、言うとったじゃろう？　けどな、それは間違いじゃ。その大佐は、グウエーラじゃのうて、ゲバラって発音するんじゃ。二年前じゃったかな。テレビのニュースで、そう言うとった。それを、栗原さんに教えよう、思うて」

「それで、わざわざ手紙を？」

「ああ、うん」

「それだけ？」

「まあ」

美智子はけらけらと笑った。懐かしい笑い方だった。

本当はもっといっぱい、いろいろ書いた。便箋にぎっしり書いて五枚になった。しかしそれは言わなかった。

「ありがとう。ゲバラはね、一緒に活動してる仲間たちと話してる時に、よく名前が出るの。みんな、彼に対しては、憧れに似た思いを持っているからね。名前のことは、東京に出て、割とすぐには、気づいたかな。今じゃ、誰もグウエーラなんて、呼ばんよね。そう、チェ・ゲバラ。でもね、私の中では、あの人は、今でも、グウエーラなんよ」

「そうなんじゃ」

「私ね、広島で、ゲバラと会うたことを、誰にも言うてないの」

「なんで？」

「私だけの大事な秘密。言うたのは鶴来くんだけ。だからあの人は、私の中では、今も、グウエーラ」

広島の平和記念公園の献花台に佇《たたず》むグウエーラの姿を、俊蔵は頭の中で想像した。

グウエーラがチェ・ゲバラに変わるまでに、日本は、世界は、美智子はどう変わったのだろう。

「栗原さん、今でも、歌、歌うてるの？」

「歌？」

「『花はどこへ行った』」

ああ、と美智子は小さく声をもらした。

「もう、歌うとらんよ」

「そうなんじゃ」

「キングストン・トリオが歌うとるのをラジオで聞いたときは、飛び上がるほどびっくりしたけどね。今は、ピーター・ポール&マリーも歌うとるし、ブラザース・フォアも歌うとるでしょ。ラジオでしょっちゅう流れとるよ。私は、ジョーン・バエズって女の人が歌うとるのが一番好きじゃけどね」

「けど、栗原さんが歌うたみたいに、日本語で歌うとるのは、おらんじゃろう」

「そんなことないよ。デューク・エイセスも歌うとるし、園まりも歌うとる。ラジオで聞いたことあるよ。あ、ザ・ピーナッツも」

俊蔵はどれも知らなかった。

「だからね、もう、私があの歌を歌う必要は、ないんじゃ」

コーヒーがやってきた。美智子はカップに口をつけて一口啜った。

俊蔵が聞いた。

「ファイヤーストームのこと、覚えとる?」

「覚えとるよ」

「あれも、もう四年前か。あの時は、誰もあの歌のことなんか、知らんかった。岩国で、ピート・シーガーのオリジナルの歌を見つけてきてね。それを歌おうとした栗原さんは、今から思うと、すげぇなあ。それも、日本語でね」

「何にもすげぇことないよ。すげぇのはね、あの曲を作った、ピート・シーガー。これだけ歌が流行っても、そのことを、誰もほとんど知らんけどね」

「でも、ピート・シーガーは喜んどるじゃねぇかなあ」

「なんで?」

「これだけ、流行してるんじゃけえ」

美智子は少しだけ首を傾《かし》げた。

「私ね、何かの雑誌で読んだことあるんじゃ。あの歌の歌詞って、もともとは、ウクライナの民謡にあるんじゃって。それを、ピートは、ロシアの誰かの小説で読んで、歌に込められた反戦の心に感銘を受けて作ったんじゃって。じゃからね。あの歌がこんなに広く歌われるっていうことは、この世の中に、まだ戦争がなくなっとらんってこと。この世界に戦争が起こる限り、この歌は、何年後も、何十年後も、誰かに歌われていくんじゃろうなあ。それは、もしかしたら、不幸なことかもしれん。この歌が誰からも忘れられた時が、本当に、幸せな時なんじゃろうなあって思う。ピートも、きっと今、そう思うとるんと違うかなあ」

そうかもしれない。いつになったら、わかるんだろう。そんな歌詞が、たしかあの歌にあった。

今度は美智子が話題を変えた。

「鶴来くん、ジーパン、穿きょうるんじゃなあ」

「ああ、これ！　あの日、栗原さんがくれた、ジーパンじゃ」

「穿いてくりょうたんじゃな。似合うとるよ」

美智子が笑った。

「栗原さんは？　あれから、ジーパンを買うたんか」

美智子は首を横に振った。

「大学へは、行かんかったんか？」

「行ったよ。私を東京に誘ってくれた人と一緒の大学にね。そこも夜間じゃけど」

「……この前、風月堂に、一緒に来た人？」

美智子はうなずいた。

「あの人は、大学の自治会執行部の委員長でね。高校生の頃から自治会の役員とかやってずいぶん活躍してて」

「東京で、その人と一緒に？」

「うん。夜間の高校に通ってる時からね。『政暴法粉砕』だとか、『大学管理法反対』だとか。キューバ問題の時は、アメリカ大使館へ抗議デモにも行ったなあ。もちろん、大学に入ってからも自治会に入ってね。中小企業の争議の応援に行ったり、ベトナムへのアメリカの介入に反対したりね」

「頑張っとるんじゃなあ」

美智子は小さくため息をついた。

「でもね、最近は、疲れてきた」

「疲れた？」

「活動してる男の人って、『解放』だとか『自由』だとか、結構リベラルなことを言うとるでしょ」

俊蔵は曖昧にうなずいた。

「けど、実際の運動レベルではね、ものすごく男性優位の体質なんじゃや。先頭に立って闘うのは男。女はそれを支える補助的な役割。ビラを作ったり、おにぎりを作ったり、街やキャンパスに出てオルグしたりね。議論してても、男の人らが言う難しい理論に、女は思うことがあってもなかなか口を挟めん。そんな雰囲気。何か言うと、女は口を出すな、生意気言うな。下がってろ。もうそれが当たり前の感覚なんじゃゃ」

美智子はまたため息をついた。

「たとえばね、前にミーティングで、私、こんなことを言うたことがあったんじゃゃ。単に『ベトナム戦争反対』ってプラカード持って演説したり行進するんじゃなくて、プラカードを持って立ちながら、通る人に、花を渡そうって。花を渡したら、受け取った人は、必ずプラカードを見るから。そして、自分で考えるからって。でも、私の意見は、鼻で笑われて相手にされんかった」

美智子らしいアイディアだと俊蔵は思った。

「それでも、彼らが目指す『理念』を、私も信じて今まで頑張ってきた。じゃけど、最近は、女を踏みつけにしてることに何の疑問も抱かんで平気な組織の中におることに、ついていけんと思うことがいろいろあってね……」

美智子はそこから先は口をつぐんだ。

「実はね、私、その人と同棲《どうせい》してたんじゃけど、そこを飛び出して出てきたんじゃ」

「えっ」

「どうしても、我慢ならないことがあってね」

「何があったの?」

俊蔵の問いに目を伏せる。

「それは言いとうないけど……」

「行くあては、あるの?」

美智子はかぶりを振った。

「今日、帰るところは?」

美智子はまた首を振って下を向いた。

「もしよかったら、高円寺に仲間たちが集まる場所があるけえ、そこにしばらくおったら」

「仲間たちが集まる場所?」

「うん。この喫茶店と同じような感じ。仲間たちは、コンミューンって呼んどる。誰でも自由に、何日でもおってええんじゃ」

それから美智子は俊蔵たちの仲間になった。コンミューンは彼女に何も強制しなかった。俊蔵を新宿に誘ってくれた人の知人の家だったが、いつの間にか誰かがやってきて、いつの間にか去っていく。そんな場所だった。美智子は昼間はどこかの喫茶店でウエイトレスをして、風月堂のモーリたちのテーブルかコンミューンで毎日を過ごすようになった。美智子はとりわけモーリの話を熱心に聞いた。

「国家って、なんだろうね。きっと大切なのは、国を変えることじゃないんだよ。自分自身の暮らしや生き方を変えること。それが本当の革命なんだよ」

モーリはそんなことをよく話した。

ある日、モーリは言った。

「新宿は、もうダメだ」

そしてこう続けた。

「こんなとこからは、出た方がいい」

「出るって、どこへ？　放浪の旅？」

誰かが聞いた。

「いや、違う。僕たちが僕たちらしく生きていくことができる場所だ。国家の外側の、辺境と呼ばれる場所だ。権力による強制なしに、人間が助け合って互いに生きていく場所だ」

モーリは答えた。

「そこで、朝は、仲間の吹く法螺貝《ほらがい》で目を覚ましてね。鍬《くわ》やスコップや鎌や銛《もり》を持って働くんだ。それから、薪集め、水汲《みずく》み、ヤギの世話なんかをみんなでやる。そして炊事、洗濯。読書。日が暮れると、海を眺め、日が沈む水平線と一緒になる。土に生きて、土に帰る。そんな生活」

『ひょっこりひょうたん島』みたいだな、と、俊蔵は内心思った。今NHKでやっている人形劇だ。たまに夕方、大衆食堂に入ったりした時に店のテレビで観ることがある。子供たちが、無人島で共同生活する話だ。サンデー先生に密かな恋心を寄せるトラヒゲが好きだった。そんな呑気《のんき》なことを思いながら、モーリの言葉にこれまで以上に熱心に耳を傾ける美智子の横顔を見つめていた。

ある日、モーリは突然アイヌの衣装のような文様の入った上着を着て風月堂にやってきた。首からは貝殻でできた長いネックレスをぶら下げている。俊蔵は驚いたが、やがてみんながその格好を真似《まね》するようになった。それから、美智子の服装も明らかに変わった。

ある日の美智子の出《い》で立ちに、俊蔵は驚いた。彼女が穿いていたのは、真っ赤に染められたジーパンだった。

「浅草の中古の衣料店で見つけたジーパンじゃ。サイズがぴったりじゃったから。きっとアメリカのどこかで、私みたいな誰かが穿いてたんじゃね」

そう言って美智子は笑った。

俊蔵は胸がいっぱいになった。高校生の時、彼女と交わした最後の言葉を思い出したからだ。私のやりたいことが本当に見つかったとき、その時、私は、私へのご褒美として、いつかどこかのまちで、またジーパンを買う――。

美智子は、その言葉を覚えているだろうか。

「その色は？」

「自分で染めたんじゃ」

美智子はいたずらが見つかった子供のように笑った。そんな笑い方をずっと前にも見たことがある。

「それから、これも、自分で」

彼女は腿の部分を指差した。

そこには小さな花の刺繍《ししゅう》があしらわれていた。

10

喫茶店に置いてある新聞記事はソ連の宇宙飛行士が人類史上、初めての宇宙遊泳に成功したことを一面で伝えていた。宇宙を漂うって、どんな気分だろう、とりょうは思った。

あれは、いつだったか。息子の俊蔵が高校二年に上がった時だから、四年前の春だ。初めて宇宙飛行に成功したソ連の宇宙飛行士が、「地球は青かった」と言って、ずいぶん話題になった。宇宙から見る地球の「青」って、どんなだろう。見られるものならいつか見たい。そう思ったことを思い出した。

そうだ。あの宇宙飛行士の名前は、ガガーリンだ。当時読んだ何かの雑誌に、ガガーリンのことが書いてあった。地球に生還した後、ソ連の大統領から勲章を授与された時、ガガーリンの着ていた軍服の生地があまりにも分厚いために大統領は勲章を軍服に付けることができず、直接手渡した、という記事だった。この話、どこまで本当じゃろうねえ、と、息子の俊蔵と笑いながら話した覚えがある。

俊蔵は、どうしているのだろうか。二年前、学費はなんとかするから、と、東京の大学に行った。それきり、盆と正月にも一度も帰省せず、連絡はない。元気でさえいればそれでいい、とりょうは思った。

「えらい、遅うなってすまんかったのう」

喫茶店の扉を開けて入ってきたのは清志郎だった。

「こっちから誘うたのに」

「いいや。かまやぁせんよ」

向かいに座った清志郎はコーヒーを注文すると、風呂敷包みを机の上に置いた。

「遅うなったのは、これもじゃ」

清志郎は風呂敷包みを開けた。

青色の長方形の生地が丁寧に折りたたまれていた。りょうはその色に目を見張った。

「これは」

「ジーパンのデニム生地じゃ。ようやく、輸入できたんじゃ。ぜひ、りょうさんに見てほしい思うて、持ってきたんじゃ」

清志郎の声は弾んでいた。

「よう見てくれ。触ってみてくれ」

りょうは両手で生地を手にとった。ズシンとした重みが両腕に伝わる。右の掌で生地をさすった。中古のジーパンのデニム生地とはまったく違う、重厚感のある手触りだ。衣服となる前の生地は青の濃さが一層際立って、まるで深い海の底のような青だとりょうは思った。初めて目にする不思議な青だ。宇宙から見た地球の青も、もしかしたらこんな青だろうか。

「あれから、ずいぶん研究したんじゃ。ジーパンの生地をのう。東京と大阪の中古衣料店を何軒も回ってなあ。御徒町《おかちまち》のマルセルとか、ロンドンとか、アメリカ屋とか。当時、防寒ものを卸しとったんで、多少の取引があったけえね。どこも中古のジーパンが飛ぶように売れとった。そこから中古のジーパンを預かって持って帰ってね」

清志郎はいっそう声を弾ませた。

「それで、徹底的に分析したんじゃが、結局、糸の真ん中が染まってのうて、中が白いままなんじゃ。それから、縫う箇所によって、小股の縫い糸と脇の飾りとか、みんな糸の番手が違うこともわかった。糸は、なんとかなる。問題は、真ん中が染まっとらんデニム生地じゃ」

りょうは清志郎の言葉を聞きながら、不思議な感覚に包まれていた。その声の向こうに、ゾウさんがいるような気がしたのだ。

「そこらじゅうを駆け巡って探したんじゃが、いくら探しても日本にはないんじゃ。井原には、この素材に近い本紺デニム、つまり藍染で作業着を作っとる業者がおったが、その素材の糸も、中まで染まっておってね。なんで、真ん中だけが白いんじゃ。それが、不思議でしょうがなかった。素材メーカーに聞いても、日本にはないと言いよるし。アメリカに聞けんか、ちゅうたら、そんな企業秘密を向こうは絶対に教えん、ちゅうて言われるし。どうしたらあんなふうになるか、必死で考えたんじゃが」

りょうは胸がいっぱいになった。目の奥からこみ上げてくるものがあった。それが溢れ出るのを必死でこらえた。そして、やっとのことで、言葉を絞り出した。

「清志郎さん。あんたがやろうとしたこと。戦前に、恭蔵さんがやろうとしたことと同じじゃ」

清志郎はりょうのその声で、心の揺れに気づいたようだ。

「そうか。恭蔵さん、シンガポールの病院ではそこまでわしには語らんかったが、そうじゃったんじゃな。しかも、戦前に。頭が下がるよ。それでな」

清志郎は嘆息した。しばらく沈黙が続いた後、清志郎は口を開いた。

「結局、なんぼ考えてもわからんけえ、これはアメリカから、生地を輸入するしかねえ、という結論になった」

りょうはうなずく。

「そうか。生地の輸入規制が、たしか去年から解禁になったんじゃったね」

「じゃあけど、生地を輸入するちゅうてもじゃなあ、我々のような小さなメーカーが、そんな簡単に輸入できるもんじゃねえ。管理貿易は実質まだ続いとったし、大手メーカーは、輸入を取り仕切っとる通産省とパイプがあるけえできるけど、わしらにはそんなもんは何もねえけえな」

清志郎の言葉が熱を帯びてきた。

「それでな、駄目でもともとと思うて、岡山県の被服工業組合の事務局長に相談に行ったんじゃ。そうしたら、通産省の中小産業局長が、岡山県出身、ちゅうことがわかったんじゃ。それで思い切って、直接、通産省の局長のとこに電話したら、『一度会いましょう』いうことになって、岡山の桃を持って、会いに行ったんじゃ」

りょうは、清志郎の言葉の行方を見つめた。

そこから清志郎がりょうに語った顚末はおおよそ、こうだ。


局長に、こんな生地がほしい、と話したら、ちょっと調べてみましょう、ということになった。それで、控え室で二時間くらい待っていたが、一向に音沙汰がない。こりゃあ、ほったらかしにされとるなあ、おいとまの挨拶をして、出直そう、と思って立ち上がったら、局長が入ってきた。局長が言うには、日本繊維輸入組合というのがあって、そこに電話したら、最近東京のある貿易会社が輸入許可を取って、デニムを初めて日本に入れたことがわかった。局長はその貿易会社に掛け合ってくれて、社長が会ってくれることになったのだという。

「わしは、えらい骨を折って調べてくれたその人を一瞬でも疑《うたご》うたことが恥ずかしゅうなった。

それで、丁寧に礼を言うて、早速貿易会社に足を運んだ。そうしたら、実はそこもデニムの生地を輸入してはみたもんの、この生地をどうするか、どうにも扱いに困っておった、ちゅうんじゃ。『おまえたちは縫製の仕事か』ちゅうから、『そうです』て答えると、『縫製工場なら、デニムの生地をあんたんとこに売ってやる』言われたんじゃ。そうして生地を輸入できることになったんじゃ」

「それが、この、生地？」

そうじゃ、と清志郎はうなずいた。

「発色は、申し分ねえ。鮮やかな藍じゃろう。しゃあけどな、その貿易会社が、扱いに困っとった、ちゅう意味が、後になって、わかった。日本の作業ズボンや学生服の木綿の生地は4・5オンスか6オンスじゃろう。手に入れたアメリカのデニムの生地は、14・5オンスあったんじゃ。三倍近い重さじゃ。うちには縫製のノウハウはあるんじゃが、どうにも歯が立たん。三菱のミシンやジューキミシンで一所懸命改良を加えてやってみたんじゃが、どうやっても無理じゃ。生地はもう、現金で購入を済ませとるし、なんとかせんといけんのじゃがのう」

清志郎は腕を組んで天を仰いだ。

「そこで、りょうさん。相談なんじゃが、鶴来じゃあ、戦前に足袋を作って、それから戦争中に陸軍の軍服を作っとったことがあったじゃろう？」

「作っとったよ。軍部に言われて、国策でね」

「足袋や軍服ちゅうのは、分厚いもんじゃ。鶴来なら、分厚い生地を縫うミシンを、持っとるんじゃねえか、と思うてのう」

「ああ。今でも、分厚い生地を縫うミシンも針も、うちにはあるけえのう」

「そうか！」

「けどな、部分的な修繕ぐらいならなんとかなるかもしれんが、14・5オンスもある生地を、一から縫製するとなったら、さすがに、うちのミシンでも無理じゃ」

「そうか……」

清志郎はうなだれた。

「もしかしたら、ソ連には、あるかものう」

「ソ連？」

「冗談じゃ」

りょうは笑った。

「清志郎さん、それじゃったら、いっそのこと、アメリカから、中古のミシンを輸入したらどうじゃ。アメリカじゃあそのデニム生地でジーパンを作っとるミシンがあるんじゃから。新品は手に入らんでも、中古なら輸入できるんじゃねぇかのう」

「おお、それは、ええ考えじゃ。けどなあ、それは特殊なミシンじゃろう。どこに言うていったらええんじゃろうのう。なんの伝手《つて》も無《の》うては……」

「それ、なんとか、なるかもわからん」

りょうの言葉に清志郎の目が大きく見開いた。

「ほんまか。どういうことじゃ」

「恭蔵さんが生きとる頃、倉敷におったアメリカの牧師さんに、恭蔵さんと一緒に相談に行ったことがあったんじゃ。あの、ジーパンのことでな。そうしたら、戦争が終わって五年ほどした頃に、牧師さんから恭蔵さん宛てに手紙が来たんじゃ。そこに、ジーパンを縫うミシンのメーカーのことが書いてあった。その手紙に、メーカーの名前が、書いてあったような気がする。いや、たしかに、書いてあった。役員だかが知り合いじゃから、連絡とることもできるって」

「ほんまか！　それ、ぜひ教えてくれ」

清志郎は椅子から腰を浮かした。

「ちぃとは光明が見えてきたよ。それにしても」

清志郎は真顔に戻って言う。

「恭蔵さんには、いろいろと助けられるなあ」

りょうはうなずいた。

「そもそも、シンガポールの兵站病院で、清志郎さんと恭蔵さんのベッドが隣同士になったちゅうのが、不思議な縁じゃものねぇ」

「それもそうじゃ。じゃけどな、りょうさん、それだけじゃねぇんじゃ。このミシンのことだけでもねぇんじゃ」

りょうは身を乗り出し、清志郎の真剣な眼差しを覗き込む。

「もしこの生地を使うて、ミシンも手に入って、日本で縫製ができりゃあ、それは、いよいよ、日本で初めての国産のジーパン、ちゅうことになる。そうなったら、それはやっぱり、恭蔵さんが作らせてくれた、ちゅうことになる。というのもな」

「どういうことじゃの？」

「さっき、岡山出身の通産省の中小企業局長が、ジーパンの生地を輸入するのに、ええ骨を折ってくれたって、言うたじゃろう。その局長はな、実は小学生まで、児島におったそうじゃ」

「児島に？」

りょうは目を大きく見開いた。

「そうなんじゃ。それでな。児島の小学校で、忘れられん授業があったそうじゃ」

「小学校で？」

「それはな、戦争中、召集令状を受けた先生の、最後の授業じゃったそうじゃ。その時にな、その先生は、児島の綿の歴史を教えてくれたそうじゃ。そうして、その先生は、アメリカから渡ってきたっていう青いズボンを子供たちに見せて、最後にこう言うたそうじゃ」

清志郎はテーブルの上の藍の生地を見ながら言った。

「児島の祖先たちが、『わたつみ』の海に『綿』の幻を見て、実際にそれを手にしたように、いつか、このズボンを作ってくれる人が、この土地に現れるじゃろう、と。先生は、それを楽しみにしとる、と。その先生の名前は――」

今度は、我慢ができなかった。清志郎の言葉を聞く前に、目の前の風景が滲《にじ》んで何も見えなくなった。

清志郎が黙ってハンカチを差し出した。りょうは溢れる涙を拭った。

テーブルの上で「わたつみ」の藍の海が、陽を浴びて、白く光っていた。

第七章　静の青

一九九五年（平成七年）
一月十七日

1

棚にある食器がカタカタと音を立てているのに気づいて鶴来静《しずか》は目を覚ました。天井の丸い蛍光灯がゆらゆらと揺れている。地震だ。揺れが長い。いつまで揺れるのだろう。不安が襲ったころ、ようやく鎮まった。震源が近いのかもしれない。窓の外はまだ暗い。暗闇の中にデジタル時計の表示が光る。AM5：47。静はベッドから這い出し、枕元のリモコンでテレビをつけた。民放の全国ネットの情報番組が天気予報を伝えていた。地震の情報は出ていない。しかし程なくテロップで地震速報が出た。

「5時46分、東海地方で強い揺れ」

静は地震の中心が自分の住む倉敷から遠いことに安心した。しかしその安心はすぐに吹き飛んだ。地震速報が刻々と新たな情報を流した。

「震度5、京都、震度4、岐阜、福井、敦賀……」テロップだけでなく、震度表示図が出た。京都、彦根、豊岡が震度5、と表示されていた。

豊岡、震度5。豊岡というのは、兵庫県の北部の街ではないか。静は表示図の神戸の位置に目を走らせた。しかしそこに震度表示はなかった。いったいどういうことだろうか。豊岡で震度5で、神戸が揺れていないはずがない。

静はプッシュホンを摑んでボタンを押した。ボタンを押す手が震える。

話し中を知らせる通話音。何度かけ直しても同じだった。

やがて、テレビのアナウンサーがこわばった顔で伝えた。

「まだ確実な情報ではありませんが、神戸で震度6の情報が入ってきています。まだ確実な情報ではありませんが……」

アナウンサーは再生機能が壊れたCDプレイヤーのように何度も同じことを繰り返した。

神戸で震度6？

静はリモコンでチャンネルを替えた。情報はどこも似たり寄ったりで要領を得ない。どこかの民放が画面を中継に切り替えた。大阪の局内の様子や火災の情報を伝えている。

「消防本部からの情報によりますと、芦屋や西宮では民家が炎上している模様です。ブロック塀の倒壊や民家が傾いているという情報も入っています。また、神戸の三宮方面で……」

右手に握った電話はずっと話し中の音のままだ。静は受話器に向かって叫んだ。

「おばあちゃん！　電話に出て！　おばあちゃん！」

静がその朝、勤務している倉敷の会社「萩野工業」に着いたのは午前八時を少し過ぎた頃だった。通常の出社時間は午前八時四十五分だったが、すでに多くの社員が集まり、静が所属する営業部のフロアでは社員たちがテレビ画面にかぶりついていた。

ヘリコプターのカメラが捉えた高速道路が折れている映像だ。

静は息を飲んだ。まるでSF映画を見ているような非現実的な光景だった。

上司の久保木が静の顔を見つけて駆け寄ってきた。

「鶴来、おまえとこのおばあちゃん、たしか神戸で一人暮らしして言うてなかったか。大変なことになっとるじゃねえか。連絡は取れとるんか」

「朝から何度も連絡してますが、ずっと通話不能の状態です」

「神戸に、頼りになる身寄りは」

「ほとんどいないんです。祖母は気丈な性格で、なんでも一人でできる人なんで。私が知ってる限りの祖母とつながりのある方にも連絡しましたが、やっぱり電話は通じなくて。実家からも祖母に連絡してるそうですが、同じです」

「今日は家に帰れ。おばあちゃんと連絡が取れて、無事が確認できてから出社してこい」

「いえ、この地震で、業務が忙しくなるのは目に見えています。特に私は関西担当ですし」

「業務のことは心配するな。営業部全員でカバーする。なんなら、神戸まで行ってやれ」

「それが、新幹線が岡山から京都まで不通みたいで。車も高速道が通行止めで」

久保木はため息をついた。「とにかく今日は、家に帰れ」

結局、祖母の電話はその日の夕方にようやくつながり、安否は確認できた。心配せんでええけえ、と祖母はいつもの気丈な声で答えたが、電気と水道が止まっていると聞いて、静は会社と実家に連絡を取った上で、矢も盾もたまらず翌日十八日に復旧した新幹線の姫路行きに飛び乗った。しかし姫路から東は依然として不通で、在来線も神戸までは復旧の見込みがないという。静は仕方なく倉敷に帰ってきた。夜は近くの教会に避難して一夜を明かす、と祖母は昨日の電話で言っていた。祖母に携帯電話を持たせていないことを静は後悔した。今頃はどうしているだろうか。

「寒いだろうからあったかくして。食事はしっかりとって。横になってしっかり身体を休めて」

矢継ぎ早に話す静に、祖母はひときわ明るい声で答えた。

「何言うとるの。あたいは、あの関東大震災を、生き抜いてきとるんよ」

祖母の笑い声が静の耳にいつまでも残った。

2

「一杯、付き合え」

物流センターの時計は午後十時を回っていた。最終便のトラックが出るのを見送った後、営業の先輩である坂上《さかがみ》が静に言った。今は臨戦体制で、営業部員も他の部署もすべての社員が物流センターでの出荷作業に手を貸している。一刻も早く、センターにある製品を現地に届ける必要があった。

「あんまり根詰めるのも良うないじゃろう」

倉敷駅近くの縄のれんをくぐって生ビールを流し込んだ。

「入社してもうすぐ二年ですけど、こんなに連日朝から晩まで忙しいのは初めてです」

「しかもいつもとは違う、慣れん仕事じゃけえのう。インドネシアへの輸出用に向けて、新しい工場を作っとったのが幸いしたな。けど、大勢の人が亡《の》うなっとるような状況でうちの会社が特需になるちゅうのは辛い気分じゃなあ」

「ブルーシートを作ってる会社ですからねえ」

坂上が生ビールを呷った。

「ブルーシートの国内シェア六十パーセント、生産機械のシェア九十パーセントってのは、働いてる俺らからすれば誇りではあるけど、とにかく今はそんなことより、この状況をどう乗り越えるかを最優先に考えんと。俺らには、供給責任があるけぇ」

「今日、テレビのニュースで見ましたよ。ヘリコプターからの空撮でした。住宅街の屋根という屋根が、全部青に染まって、まるで都会の中に海が広がってるみたいでした」

「そのほとんどはうちのブルーシートやけど、この特需に乗じて、安い外国製品も出回っとるらしい。けど外国産のブルーシートは薄うて目が粗いけぇ、災害みたいな長期の使用には耐えられん。一週間ももたんよ。もうそろそろ破れる頃じゃ」

「国内の業者が粗悪な外国製品を扱うとるんですね」

「ああ。すぐに破れるようなブルーシートじゃあ、おえん」

「うちが頑張らんと。これからますます忙しゅうなりますね」

坂上が話を変えた。

「神戸までの新幹線は、まだずっと止まっとるのか？」

「はい。姫路から先はずっと」

「おばあちゃんのとこへ行ってやれよ。なんなら、うちの倉庫から出るトラックに同乗して、神戸まで入る、ちゅう方法もあるじゃろう」

「それが、何べん電話で話しても、会社を休んでまで来んでええ、て言うんです」

「今、幾つなんや」

「大正五年生まれですから……七十八です」

「七十八か。鶴来んとこのおばあちゃん、出身はおまえと同じ岡山じゃねえんか」

「生まれは東京です。で、小さい時に岡山の児島に来て、繊維会社の祖父に嫁いだんです」

ほう、と、つぶやく坂上の声には興味の色がにじんでいた。

「おまえとこ、児島の繊維会社か。児島は今じゃ、ジーンズの聖地、とか言われとるが。日本のジーンズは、ほとんど児島で作られとるんじゃろう」

「ええ」

「鶴来んとこもジーンズを作っとるんか」

「はい。ずっと学生服をやっていたんですが、三十年ほど前からは。僕が生まれた頃には、ものすごく売れたそうですよ。全部後から聞いた話ですけど、テレビドラマで、『ジーパン刑事』なんかが現れたりしたって。そうそう、テレビでCMを打ったりもして。その時に使われたのが、ジョン・デンバーの『カントリー・ロード』って歌で、だから最初はみんな、日本の会社って思わなくって、アメリカのブランドって思ってたみたいですよ」

おお、知っとるよ、と坂上はその歌を口ずさんだ。

「それで、なんで今、おまえとこのおばあちゃんは、ひとりで神戸におるんじゃ」

「それも、いろいろあったようです」

静は言葉を濁した。

坂上はふうん、と気のない返事をして、串カツを頬張りながらまたビールを呷った。

「僕は、おばあちゃん子でしてね。僕の両親は……ちょっと、特殊な環境にあって、それで高校の三年間、神戸にいるおばあちゃんと一緒に住んでたんです」

「特殊な環境、か。気になるなあ。いろいろ複雑そうじゃな。まあ、ええわ」

「すみません。こういうの、あんまり人に話したことなくて」

「ええよ、ええよ。みんなそれぞれ、いろいろあるよ。まあ、俺の場合は、両親のおる実家から高校と大学に通うて、普通に就職して、結婚して、三十五年のローンを組んで、絵に描いたような平凡な人生や。きっとこれから先も、なんということもなく、定年を迎えるんじゃろなあ」

そう言って坂上は笑った。静は話の穂をついだ。

「坂上さんは、なんでうちの会社に就職したんですか」

「俺か？　そら、この会社の将来性に期待して。なんちゅう、就職の面接みたいな答えはやめとこか」

そうして坂上は語り出した。

「うちの実家は、代々、花ゴザを織っとってなあ」

「花ゴザを？　岡山は、い草の産地で、花ゴザとか畳表が有名ですもんね」

「ああ。子供の頃から家で、親父たちの働く姿を見とったからな。家業は兄貴が継いどるよ。それで、就職する会社を探してた時に、うちの会社が、花ゴザの技術を発展させてブルーシートや土嚢《どのう》なんかを作っとる、ちゅうのを知って、興味を持ってな」

「ブルーシートのルーツが、岡山の花ゴザじゃ、いうのは、意外に知られていませんよね」

「ああ。江戸時代から続く伝統技術を、違う形で世の中に広めていく仕事、ちゅうのも面白いのう、と思うたんじゃ」

坂上の目はいつになく輝いていた。

「で、鶴来。おまえは、長男じゃろう？　さっき、両親が特殊な環境にあるって言うとったから、なんか事情があるんじゃろう。それはそれでええけど、うちの会社に就職しようと思うたんは、なんでじゃ？」

「笑いませんか」

「笑わんよ」

「名前なんです」

「名前？」

「僕の名前。静っていうでしょう」

「ああ。最初、うちの部署に鶴来静っていう新入社員が入ってくるっていうから、俺はてっきり、女の新入社員が入ってくると勘違いしたよ」

「よう言われます。男ですみませんでした」

「で、その名前と就職の動機と、どういう関係があるんじゃ？」

静は居酒屋のテーブルの上の紙ナプキンを取り出し、ペンで自分の名前を書いた。


「静」


「この名前が、どうした？」

「よう見てください。この名前の中に……」

ああ、と坂上は調子の外れた声をあげた。

「青」

「そうなんです。僕の名前の中に、青、という色が入っとるんです」

「それで、ブルーシートの会社？　まじかよ」

坂上は声を出して笑った。

「笑わないって言うたじゃないですか！」

「ははは。すまんすまん」

坂上は謝りながらも笑いをこらえきれない様子だ。

「で、おまえ、それ、就職の面接で、言うた？」

「はい、言いました。みんな大笑いして。じゃけえ、きっと、僕がうちの会社に入社できたのは、この名前のおかげです」

「そうかもしれんなあ」

「青は、祖母の好きな色でした。ただ僕を『静』と名付けたのは祖母じゃのうて両親です。僕が生まれたとき、祖母と両親は離れて暮らしてましたから。きっと両親は、青という字を名前に入れようなんて考えて名付けたんじゃのうて、それは偶然なんやと思います。でも、この偶然にも、何か意味があるのかなって。青というのは、僕にとってのスティグマなんじゃないかと思って」

「スティグマ？」

坂上の眉が動いた。

「烙印《らくいん》、とかいう意味です。ギリシャ語で、もともと奴隷とか犯罪者とか家畜とかの身体に刻印された『しるし』を意味するそうです。今でもあんまりいい意味には使われません。十字架にかけられたキリストの身体についた傷もスティグマといって、ときどき、信者の身体に同じような傷が浮かび上がることがあるそうです。その場合は『聖痕』というそうですが」

「なるほどなあ。『青の烙印』か。それで、鶴来のおばあちゃんは、なんで青が好きなんじゃ」

「僕も高校生の頃、一度、同じことを祖母に聞いたことがあるんです」

「で、答えは？」

「祖母は、こう言いました。時期が来たら、教えたげるよ」

「時期が来たら、ねえ」

坂上がつぶやいた。

「鶴来。やっぱり、早う、おばあちゃんのとこへ行ってやれ。会社のことは心配すんな」

静はしばらく考えて、ゆっくりとうなずいた。

「仕事を休んで行くと祖母に怒られるんで、この週末には様子を見に行こうと思っています」

「ああ、そうせえ。その時に、いっぺんおばあちゃんに聞いてみたらどうじゃ。その、『青の烙印』の理由をな。今が、その『時期』かどうかは、わからんけどな」

3

降り立った三宮駅前の光景に静は呆然とした。阪急三宮ビルはまるで爆撃にあったかのように上部が崩れ落ちていた。一瞬、視界がぐにゃりと歪《ゆが》んだような気がした。しかし歪んでいるのは視界ではなく、街の方だった。傾いた電柱に、蜘蛛《くも》の巣のように絡みついた電線。道に放り出されたショーケースやエアコンや看板を避《よ》けながら歩き、ようやくたどり着いた東門街のアーケードは、西側のビルがアーケードに寄りかかるように傾き、今にも崩れ落ちそうだ。入り口には通行止めの黄色と黒の人避けが置かれている。奥を覗き込むと巨大な黄色のパワーシャベルが瓦礫の撤去作業をしていた。神戸に住んでいた頃に見慣れた洋菓子屋の二階につけられていた看板が地面に落ちている。洋菓子屋の一階はひしゃげて跡形もない。

ブルーシートが風に揺れていた。

人は誰も歩いていない。廃墟《はいきょ》というのはこういう光景を言うのだろうと静は思った。

静は無言のまま歩き続けた。

東門街を迂回《うかい》して山手幹線を北に渡ると、道端に簡易水道が設置されていて、住民たちが洗濯をしたり飲み水を求めていた。

ハンター坂に入る。静は息を呑《の》んだ。ここもまた大きな被害にあっている。今にも崩れ落ちそうな建物が道に向かって傾いている。黄色と黒のテープが延びる道を静は歩いた。

ハンター坂の途中を左へ折れる。倒壊して瓦礫となった建物の向こうにベージュの荘厳な建物が見えてきた。祖母が避難しているという建物だ。

ステンドグラスの窓と二つの尖塔、丸いドーム。

神戸ムスリムモスク。

入り口を入ると、そこは礼拝堂だ。大勢の人が集まっていた。炊き出しをやっているようだ。

その炊き出しの行列の先に、祖母の姿があった。

祖母は炊き出しの椀《わん》を行列の人々に配っている。

「りょうばあちゃん!」

「おお、静。わざわざ来んでもええのに。やっぱり来たんか」

「ああ、元気な顔を見て、安心したよ」

「静、ちょっと手伝《てつど》うていきなさい」

「え?」

いきなりの言葉に静は思わず聞き返した。

「炊き出しじゃよ」

「りょうばあちゃん、ここに避難してるんじゃ」

「なに、言うとるの。まだまだ身体は動くよ」

「七十八じゃろ!」

「年齢なんか、関係ないじゃろ。元気なもんが元気でないもんを助けるのは当たり前じゃろう。さあ、このお椀を配って」

静は言われるままに配った。

やがて白い僧衣服に身を包んだ人がやってきて、祖母に声をかけた。

「りょうさん、この方は？」

「私の孫です」

「初めまして。私、このムスリムでイマーム、指導者を務めるムハマド・ジャファルです」

「初めまして。鶴来静と申します。祖母がここでお世話になっています」

「お世話になっているのは、こちらの方ですよ」

そう言ってジャファルさんは笑った。

「ここには、全国のムスリムたちが、救援物資を持って駆けつけてくれました。困っている人を助けるのに、信教の区別はありません」

「私もその気持ちに賛同して、こうして手伝うとるんよ」

「りょうばあちゃん、それで、いつまでここにおるつもりなん？」

りょうは作業の手を止めずに答えた。

「今日、マンションに帰るよ。ようやく水道と電気、復旧したからね」

「そんなら、今日は泊まってくよ」

「ガスはまだじゃから、お風呂には入れんよ」

「そんなんはええよ」

久しぶりに静と話ができるのう、と、りょうは初めて顔をほころばせた。

祖母のマンションはちらかっていた。二人でしばらく部屋を片付けた。

「りょうばあちゃん、本当に大丈夫？　とりあえず岡山に帰ってきたら」

「大丈夫じゃって。今、コーヒー入れるけえ」

二人はダイニングのテーブルでカセットコンロで沸かしたコーヒーを飲みながら話した。

「静んとこの会社は、今、大変なんじゃろう。ちぃとは落ち着いたんか」

「いや、大わらわじゃよ。けど、上司が、おばあちゃんとこ、行ってやれっちゅうて」

「ええ会社じゃのう。鶴来の久志からも連絡があったよ。おまえが来るかもしれん、言うたら、えらい安心しとった。それから、俊蔵からも。なかなか行けんで、申し訳ない、ちゅうて」

父の心配そうな顔が浮かんだ。

静はダイニングの壁に目を移した。

見覚えのある絵が飾られていた。昏い海の中を、帆船が走っている絵だ。

「あの絵、今も飾っとるんじゃね」

「ああ、竹久夢二。ずっと飾っとるよ」

「好きなんじゃねえ」

りょうは目を細めて、壁の絵を見つめた。いつもの優しい目だ。

「夢二は、中学の時、岡山を出て神戸に住んどったそうじゃからのう。叔父の家から学校に通うてな。異人館やメリケン波止場なんかをよう散歩したそうじゃから、きっとこの家の前のハンター坂も、歩いとったんじゃろうよ」

「この絵の海は、神戸の海?」

「それはわからんがのう。これはのう、ずいぶん古い楽譜の表紙を切り抜いたもんじゃ。『セノオ楽譜』ちゅうて、夢二がずっと表紙絵を描いとったんじゃ。あたいがまだ生まれたばかりぐらいの、古いもんじゃ。シューベルトの『楽に寄す』ちゅう歌の楽譜じゃよ」

夜の絵だ。闇の中に、空と海が青く浮かび上がっている。そこには、不思議な明るさがあった。

静は胸の中に用意していた質問を切り出した。

「ところで、りょうばあちゃん、ひとつ、ずっと聞きたいと思うとったことがあるんじゃ」

「なんじゃ。なんでも聞いてええぞ」

「高校の時にも、いっぺん、聞いたことじゃ。りょうばあちゃん、青が好きじゃろう?」

「ああ、一番、好きな色じゃ」

「なんで、青が好きなんじゃ」

「そんなことかい。話せば、長うなるよ」

「聞かせてほしいんじゃ」

「もともと、青が好きじゃったのは、あたいやない。あたいの連れ合いじゃった、光太郎の母の弟、おまえにとっては、大大叔父にあたる人が、好きじゃったんじゃ」

「大大叔父にあたる人?」

「ああ、恭蔵さんという人じゃ」

「恭蔵さん、今は?」

「戦争で、帰って来んかったよ。早いもんじゃなあ。あれから、もう、五十年も経ったんか」

りょうは夢二の絵の下の箪笥《たんす》に置かれた写真に視線を移した。一枚は祖父の光太郎。そして、もう一枚が、おそらく恭蔵だ。春の海のような穏やかな顔だ、静は思った。

「戦死ですか」

「ああ。戦争は、酷《ひど》いもんよ」

「その恭蔵さんが好きじゃったのが、青じゃったんじゃね」

「ああ。そういうことじゃ。正確に言うと、藍じゃ」

「藍?」

「ああ。この夢二の表紙の絵も、恭蔵さんが、ずっと大事にしてたもんじゃ。この海と空を囲う闇の色、どこか、光を孕《はら》んどるように見えるじゃろう？　よう見ると、まったくの闇やのうて、その中に、ほんの少うしじゃけど、藍を含んどるからじゃ。闇の中の藍が、夜空と海の『あお』を、引き立てとるんじゃ。恭蔵さんは、そんな夢二の藍が好きじゃった」

「恭蔵さんの話、聞かせてよ」

りょうは大きなため息をついた。

「そうか。もうそろそろ、静には、話をしても、ええかのう。恭蔵さんの話を」

「お願いします」

りょうは、孫にゆっくりと語り出した。浅草での恭蔵との馴《な》れ初《そ》めを。児島での生活を。恭蔵が懸命に探っていた、あの「あお」のズボンの話を。

そして、戦争が、終わってからの、自分の人生を。

4

静はりょうの話を聞いて、ため息をついた。

長い長い旅から帰ってきたような気持ちになった。

「それで、清志郎さんの会社が、日本で初めての、国産のジーンズを作ることに成功したんじゃな。『ビッグ・テディ』。今じゃあ、誰もが知ってるブランドじゃもんな」

「テディって言うのはね。清志郎さんの名字の多田、から来てるんよ。闇市時代にね、進駐軍からテディって呼ばれとったんじゃって」

「そうなんじゃ」

「立ち上げたのは、東京オリンピックの次の年。一九六五年。じゃから、ちょうど、あれから三十年、経つんじゃね」

「なんか、信じられん気がするなあ。三十年前まで、国産のジーンズがなかったってことが。だって今、みんな、当たりまえのようにジーンズ穿いてるもんね。ほら、おばあちゃんだって」

「これは、鶴来で作っとるジーンズよ」

「さっきのおばあちゃんの話だと、死んだおじいちゃんが、ジーンズに関わることはずっと反対してたって」

「そう。清志郎さんのところのジーンズが大成功してね。それで、清志郎さんが、鶴来に来てね。一緒にジーンズをやりませんかって。その時、光太郎さん、あんたのおじいちゃんは、もう、病床にいてね。胃癌《いがん》じゃったの。万博の年。五十三歳じゃった。会社は、次男の久志が後を継ぐつもりでもう会社に入っとったけど、ひいおじいちゃんの利一さんが亡くなった後、おじいちゃんが社長で、ずっとやってきてたからね。けど、おじいちゃんはその時、もう自分の命が長うない、いうのを、知っとったのかなあ。病室にみんなを集めて、鶴来のみんなで相談して決めたらええ、みんながやりたい、いうんなら、それでええ、ちゅうて言うたんじゃ。その時、おばあちゃんもそこにおったけど、あの時の、おじいちゃんの穏やかな顔が、忘れられんよ」

りょうは、そこで思い出すようにひとときを閉じ、ゆっくりと目を開けた。

「あたいは、そのとき、光太郎さんの耳元で、言うたよ。光太郎さん、あんたの戦争が、今、ようやっと、終わったんかもしれんねえって」

りょうの横顔が光太郎の遺影を見つめる。静謐《せいひつ》な時間が流れた。

「それで、鶴来もジーンズを手がけたんやね」

「そう。その時、久志がね、やるからには、鶴来独自のもんをやらにゃあいけん、言うて、女性向けジーンズのブランドを立ち上げたいって提案してね」

「その名前が、『エミリー・スミス』」

可愛い名前じゃろう、とりょうは微笑む。

「テディの妹らしい名前にしよう、ちゅうて久志が考えたんじゃね。でもね、あたいは最初、久志が女性向けのジーンズ作りたい、言うたときに、反対したんじゃよ」

「なんで？」

「ジーンズ、いうのは、男とか女とか関係なく穿けるからええんじゃよ。今まで、世界にそんなズボンはなかったけえね。清志郎さんがジーンズ作る、言うてきた時も、私は、そう頼んだの。誰もが自由に穿く、穿くことで人と人との垣根がなくなるような、そんなものを作ってって。それを言うたらね、久志は言うたんじゃ。りょうばあちゃん、エミリーって、どう言う意味か知っとる？　って」

「どういう意味なん？」

「可愛い名前じゃけど、語源はラテン語で『働く人』っていう意味なんよ。これからは、りょうばあちゃんが鶴来の会社でそうじゃったように、女の人も、男の人と肩を並べて平等に働く時代になるけえ、そういう女の人を応援するような、アクティブでスマートでかっこいい、女性のジーンズを作りたいって、久志は言うたんじゃ」

静は知らなかった。そんな意味があったのか。

「あたいは、久志のその言葉を聞いてね。目を見張ったよ。これからは、もう、久志の感性に任そう。そう思うたんじゃ。一九七一年のことじゃった」

「おじいちゃんは、エミリー・スミスのジーンズを見たの？」

りょうはうなずいた。

「病床でね。なんとか、間に合うたんよ」

「おじいちゃんは、何か、言うたの？」

「たったひと言だけ。綺麗な、青じゃなあって」

静は深いため息をついた。

「ねえ、りょうばあちゃん。もう一つ、教えてくれる？」

「なんじゃ。なんでも聞いてええよ」

「そうやって鶴来は、ジーンズで新しいスタートを切ったのに、りょうばあちゃんは、なんで鶴来の家を出て、神戸に来たんじゃ？」

「その話も、まだ静には、しとらんかったのう」

りょうは視線を遠くに向けた。

「光太郎じいちゃんは、エミリー・スミスのジーンズを見た、その一ヶ月後に亡うなった。五十三歳で、あたいは五十五歳じゃった。それからあたいは五年、六十まで鶴来におった。で、六十になったとき、あの家を出ようと思うたの。鶴来はもう久志が社長になっとったし、会社は久志に任したらええ。あんたも、もう大学生になっとったしな。それもあるけど、一番の理由は、もう鶴来には、恭蔵さんもおらん。光太郎さんもおらん。あたいにとって、鶴来におる意味は無《の》うなったんじゃ。それで、あの家を出て、新しいことをやろうと思うた。そう決めたんじゃ」

「その、新しい人生が、なんで神戸やったんじゃ」

「そうは決めたんじゃけどな。次に何をやろうか、何も決めとらんかった。そんなことを考える暇もなかったしな。ただ、これまでとは違う人生を始める。それだけじゃった。挨拶回りに、これまでお世話になった取引先を全部回った。それで、神戸の取引先が、元町にあっての。神戸の港のすぐ近くの街じゃ。挨拶が終わって、元町の商店街を一人で歩いとった。そうしたら、一軒の書店の看板が目に入った。茶色の外壁にオレンジの文字で、『海会堂書店《かいえどう》』って書いとった」

「カイエドウ？」

「海に会うで、海会堂や。あたいは、ええ名前じゃなあ、と思うて、港町のその書店に入ってみたんじゃ。商店街の中の本屋にしては、結構広い店やった。百坪近くはあったかなあ。二階建てでな、平台や棚を見たら、品揃《しなぞろ》えが、他の書店とは違う。女学生の頃、倉敷の古書店で働いとったことがあったからな。もともと本が好き、本屋が好きじゃから、そういうのは、ちょっと見たらわかる。ええ書店には、ええ書店の匂いがするんじゃ。古書店なんかは、店主の色がそれぞれ棚に現れて特徴があるもんじゃけど、そこは新刊の、しかもそこそこ大きい書店じゃのに、棚に表情があった。何より、店の名前からして、表情があるじゃろう」

海会堂。たしかにいい名前だ、と、静は思った。

「通りがかった若い店員に、ええ名前の店ですねぇ、て言うたら、ええ、よう言われます。海に会うで、海会。私も好きです。それと、カイエっていうのは、フランス語でノートとか、練習帳っていう意味もあるらしいですよ、って教えてくれた。あたいは、ますます興味を持ってね。それで、二階に上がってみて、びっくりした。船の本が、壁一面に、ずらっと置いてあったんじゃ」

「船の本？」

「そう。商船から軍艦からヨットからボートから、あらゆる船に関する本。歴史やら法律やら造船やら船舶免許の参考書やら、ロープの結び方の本とかまでね。何本もの棚に、ずらっと」

「港町の書店じゃから、船関係のお客さんが多いんじゃろうかのう」

「そういうことじゃろうなあ。それにしてもえらい充実ぶりじゃった。それで、あたいはその時、思い出したことがあった。子供の頃、浅草におった頃のことじゃ」

そこでりょうは、母親との思い出を語った。

「母親と、いっぺんだけ、凌雲閣ちゅう、高い展望塔に登ったことがあったんじゃ。十二階の展望台からな、ぎょうさんの海に浮かぶ船が見えた。そのとき、あたいは、母親に聞いたんじゃ。あのお船たちは、どこから来たの？　どこ行くの？　って。母親は、あたいに言うた。遠い遠いところからだよ。遠い遠いところへ行くのよ。あたいも、船に乗れるかなあ、そう言うあたいに、母親は、ああ、大きくなったら乗れるよ。りょう、おまえは、大きくなったら、どこへでも行け。この街を飛び出して、あの船に乗って、自由に、どこへでも行けばいいんだよ。突然、ふっと、そんなことを思い出したんじゃ」

静は祖母の話に聞き入った。

「それでな、あたいは、二階におった、店員に聞いた。この店の社長はどこですかって。そうしたら、店員が教えてくれた。あそこで、ノコギリ持ってんのが、社長ですよって。見たら、店の奥の方で、作業服着て材木をノコギリで切っとる人がおった。あの人が社長か。なんで社長がノコギリ持っとるんですかって聞いたら、社長に聞いてみてくれって。それで、あたいは、近づいて社長に言うたんじゃ。手伝いましょうかって」

「いきなり？」

「そうじゃ。おまえも覚えとき。初めて会うた人と仲良うなろうと思うたら、その人のやってることを手伝うことじゃ。社長は、一瞬、はあ、ちゅうような顔をしとったけどな、それやったら、ちょっと、この材木の端っこ、持っといてくれるかなあ、って。それからあたいは、しばらくその、日曜大工みたいな作業を手伝うたんじゃ。作業が一段落したとき、社長があたいに言うた。えらい助かりました。ありがとうって。それで、この工事は、何してるんですか？　って、社長に聞いた。その時の会話は、今でも、忘れられんなあ。社長は、あたいに、こう言うたんじゃ。ああ、これですか。ここは社長室やってんけど、そんなもんいらんなあ、いうことで、取り壊すことにしたんですわって」

「社長が、社長室を？　取り壊してたの？」

「そうなんじゃ。不思議じゃろ。壊して何にするんですかって聞いたら、『ギャラリーを作ることにしたんですわって』って。『ギャラリー？』思わず聞き返したら、社長はな、人懐こい笑顔で言うたんじゃ。『自分の目で見て、ええなと思った、まだ無名の画家の絵の企画展と、販売をやろうと思ってます。会社のみんなからは、無謀やとか、道楽やとか言われてます。それで、まあ、私が一人で、こうやって』って」

「絵の企画展？　販売？　本屋さんで？」

「あたいもそのとき、同じことを社長に聞いた。そしたら社長は、こう説明してくれた。今はたしかに、本の売り上げは好調やけど、これからの書店は、いろんなことをやっていかんと生き残れん時代がきっと来る。そこで今、大型の美術本が、結構売れてるから、絵を売ることで、絵の好きなお客さんに足を運んでもらえるような、そんな書店にしたいって。今は、船の本が顔になってるけど、もう一つの書店の顔を作りたいって」

「面白いことを考える人じゃね」

「そうなんじゃ。あたいも、面白そうじゃ、と思うた。それで、あたいは、社長に言うた。『ここで、働かせてください』って。そうしたら、社長が、急に真面目な顔になって、あたいの目をじっと見て、言うたんじゃ」

静は身を乗り出して、りょうの言葉に耳を傾けた。

「『もちろん、ここでギャラリーをやるのは、ビジネスのためです。そやけど同時に、それは、大げさに言うたら、その作家の、生き死にに関わることでもあるんです。それから、精魂込めた作品の、生死に関わることでもあるんです。まあ言うたら、私らは、医者みたいなもんです。それだけの責任がある。あなたに、それを負うだけの覚悟がありますか』あたいは、答えたよ。『それを聞いて、余計やりたくなりました』って」

そうして、りょうは、その海の近くの書店で働くことになったのだという。

「けど、りょうばあちゃん、その時、六十じゃろ？　よう、雇うてくれたね」

「もともとその書店は、年配の書店員さんが多かったんじゃ。客層に、年配のお客さんが多いから、お客さんからしたら、自分と同じ歳くらいの店員がおった方が安心してくれるっていう考えでね。六十を越えた店員が、すでに三人も働いとった。それとね、社長がギャラリーやる、言うた時、社員は、みんなそこに配属されるのを嫌がったんやて」

「なんでじゃろ」

「そりゃあ、みんな、本を売りとうて、書店に勤めてるんじゃけえ。やっぱり、文芸書とか、人文書とかそういうのを売りたいんよ。社長も困っとったんや。無理に配属して、いやいや働かれてもなあ、って。そんな時に、ひょっこりあたいが現れたってわけじゃ」

「じゃけど、りょうばあちゃん、美術の素養はあったの？」

「ない、ない。若い頃、好きじゃった、いうても、竹久夢二とか、中原淳一とか、そういう時代じゃからねえ。最近の画家のことなんか、からっきしじゃけえ、必死で勉強したよ。美術の専門雑誌とか読んだり、方々の展覧会に足を運んだりね。そんなあたいを見て、社長、その人は、杣《そま》田《だ》さんていうんじゃけど、三十五歳で、私より二十五歳も下の、杣田さんが言うた。りょうさん、勉強もええですけど、もっと、大事なことがあると思うんです、って」

勉強より大事なことって何だろう。静はりょうの言葉を待った。

「相手が命を懸けて向かいおうとるもんに、どれだけ気づけるか。有名より無名。正統より異端。中心より辺境。そこに眠ってるもんに、どれだけ共感する力を持ってるかです。僕らの、生き方そのものが問われるんですって、杣田さんは言うたんよ。杣田さんのその言葉を聞いて、あたいは、美術の雑誌を閉じた。そうして、時間はかかったけど、ギャラリーは海会堂書店の大事な柱の一つになった。当時無名やった作家を何人も見いだして、店の売り上げにもつなげた。そうして、あれは、いつやったかな、そう、ちょうど、ベルリンの壁が崩壊した年」

「ああ。一九八九年。高校三年の年じゃったから、よう覚えとる」

「そうか。その年か。あんたにはそんなこと言うてなかったけどな、その年の暮れにね。杣田さんが、社長を解任されてね」

「解任？　ギャラリーで会社を立て直したのに？」

「そう。もともと、海会堂書店は、同族企業でね。創業者の子供が、三人、おった。息子が二人と、娘が一人。普通なら長男か次男が継ぐんじゃけど、いろいろあって、娘の婿さんが継ぐことになった。それが杣田さんや。もともと勤めてた、大手の重工業の会社を辞めてな。まあ、そういうこともあって、社長になってからも、社内での杣田さんの立場は、いろいろと難しいとこがあったんじゃ。で、結局、息子さんがやっぱり継ぐことになって、杣田さんは、まあ言うたら、お払い箱になってしもうた。それで、十三年ほど続いた、二階の海会堂ギャラリーも、春に閉めることになって。そうなったら、私も、海会堂におる意味はない。どうしようか、と思うてたら、杣田さんが、言うたんじゃ。りょうさん、僕は、ここ辞めても、ギャラリーをどこかで続けようと思てるんや。これまで関わってきた画家は、ほとんど無名の頃に知りおうて、今はもう身内みたいなもんや。伴侶みたいなもんや。僕は、彼らの『居場所』を失いとうないんや。作品の『居場所』を失いとうないんや。りょうさん、もしよかったら、僕を手伝うてくれへんかって」

「居場所」。その言葉が、静の心に突き刺さった。

遠い昔、幼い頃に浅草から出てきた祖母が、社長をお払い箱になった男と、神戸の片隅でギャラリーを開く。それが二人の「居場所」となる。人生は、そして人と人とは、なんと不思議な縁で繋がっているのだろうか。

「それで、ハンター坂で、一緒にギャラリーを？」

「そういうことじゃ。ちょうどあたいが住んでるここの近くに、空き物件があってね。ハンター坂で『ギャラリー杣田』を始めて、ちょうど五年。それで、この震災じゃった」

静は、壁に、自分がいた時にはなかった絵が二点、飾られているのに気づいた。

「あの絵は？」

「ああ。海会堂のギャラリーで、最後にやった企画展の絵」

それは、二点とも不思議な絵だった。

一枚は、誰もいない部屋に、椅子がひとつ置いてある。窓からは、青い海が見える。椅子の上には、花束が置いてある。花束もすべて青い花だ。すべてが青で統一されている。なんともいえぬ静謐さが漂っている。

もう一枚も海の絵で、波打ち際の砂浜に、青色で女の横顔が描かれている。青と白と、グレーの世界だ。

「この、部屋の中の椅子の絵の作家はね、中学生の時、お姉さんを亡くされたの」

「なんで亡くなったん？」

「自分で、命を絶ってしもうてね。おった人が突然おらんようになる。残された彼女は、その時の喪失感を、ずっと絵で表現してるの」

「これも、青い世界じゃね」

「うん。この人の作品は、全部、青」

「なんでじゃろう」

「彼女が言うには、青は喪失の色でもあるけど、再生の色でもあるんじゃって。そう言うてた。あたいはね、ずっと昔に、同じことを聞いたことがあるんじゃ。恭蔵さんからね。恭蔵さんは、竹久夢二の絵の青を、そんなふうに言うてたの。それで、あたいは、青の絵に惹かれるのかねえ」

「もうひとつの絵も、青い」

波打ち際にうかぶ、女の横顔の絵だった。写実と幻想が入り混じったような不思議な絵だ。どこか現代アートの香りが漂う。

「それは、彼女の、芸大時代の恩師の絵。ただ、これは、レプリカ。今や世界的に有名な画家じゃからね。彼女は、この先生をすごく尊敬してて、影響を受けてるって言うてた。あたいは彼女からその恩師の話を聞いたことがあってね。それで興味を持って、展覧会に行ってレプリカを購入したんじゃ」

「へえ。りょうばあちゃん、何でそんなに興味を持ったの？　青い絵が好きじゃから？」

「それもある。でも、もうひとつ、理由があってね」

「何？」

「彼女も、美大を卒業してからずっと後になって知ったらしいんじゃけど、彼女の恩師はね、色盲じゃったの。今は、色覚異常っていうんじゃけど」

「色覚異常？」

静は驚いた。

「そう。いろんなパターンがあるみたいじゃけどね。うまく認識できん色があるんじゃ。じゃけど、青だけは、はっきり認識できる。それで、先生は青い絵を描いてたって。ずっと後になって、先生がそれを公表して、彼女は知ったって。恭蔵さんも、同じじゃったんじゃ。虹が七色に見えんで。けど、青だけは、はっきりと、美しく見えるって。あたいはこの絵を見たとき、恭蔵さんの世界に会うたような気がしてね」

そしてりょうは言った。

「あんたには、この、青い絵は、どげんふうに見える？」

「とてもいい絵に見えるよ。じゃけど」

「じゃけど？」

「ちょっと、不思議な感じもする。なんて言うたらええかうまく言えんけど、じっと見とると、今まで見えてなかったもんが、見えてくるって言うか……」

りょうは、ふうん、とひとりごちた。

「静は、モネって画家、知っとる？」

「ああ、睡蓮《すいれん》とか」

「そう。モネはね、晩年、白内障になってね。視界がぼやけるようになったの。じゃけどね、じゃからこそ、あの睡蓮の絵が描けたんよ。それから、マティスって知っとる？」

「聞いたことある。たしか、フランスの。ダンスの絵とか。貼り絵みたいな」

「そう。マティスはね、腕がうまく動かんようになって、筆が使えんようになったの。じゃあけど、ハサミは使えたんよ。それで、色紙を切って、貼り絵にして自分の表現したいもんを作品にしたの。じゃから、あんな躍動的な作品を生むことができたんよ。言うことはな、一般にハンデじゃと思われとることは、ハンデにならんの。むしろそれが個性になるんじゃってことを、この絵が証明しとるような気がしてね。モネが睡蓮ていう作品を描いたことで、絵を観る人の価値観を、それまでと大きく変えたようにね、彼らの個性は、多くの人たちの価値観を変える可能性があるってこと」

「恭蔵さんも」

「そう。恭蔵さんには、見えん色があったから、他の人が見えんものを見ることができた。あたいは、そんな気がしとるんじゃよ」

静は、二枚の絵をじっと見つめた。

りょうが立ち上がり、引き出しから包みを取り出した。

そこから出てきたのは、青いジーンズだ。

「これが、恭蔵さんが、東京で出会うた、アメリカのジーパンじゃ」

「ずっと、持ってたの？」

「もちろん。恭蔵さんの、大事な、形見じゃから」

静はジーパンを両手で抱え、じっと眺めた。

さっき、祖母から聞いた長い長い歴史が、ここに込められている。そんな気がした。

「すべては、このジーパンから、始まったんじゃね」

りょうはうなずいた。

関東大震災は、今から七十二年前だ。だが目の前のジーパンは、その歳月を感じさせなかった。まるで昨日誰かが穿いた時にできたシワや汚れがそのまま残っているような感じがした。引き出しの奥にしまい込むのではなく、時々はその時代の空気に晒しながら、大切に保存されてきたのだろう。ただ一箇所、裾の部分にハサミで小さく切り取られた跡があるのが気になった。

「この、ハサミで切った跡は？」

「ああ。それはなあ、恭蔵さんが、このジーパンの糸の断面を調べるために、切り取った跡じゃ。

どうして、糸の中だけが青く染まらんと白く残るんか、いうのを知りとうてのう」

りょうは思い出を手繰るように目を細めた。

「そう。それがこのジーパンの一番の謎じゃった。恭蔵さんは、ずっとそのことを考えとった。結局、謎は解けんままに、恭蔵さんは死んでしもうた。恭蔵さんが死んで、清志郎さんが初めて国産のジーンズを作ろうとした時にも、それは分からんかった。それでアメリカからデニムの生地を輸入することになったんじゃけど、清志郎さんのとこでも、鶴来でもジーパンを手がけることになったとき、やっぱり、生地作りから国産でやりたいっていう思いがみんなにあった。それでこそ百パーセント純粋な国産のジーンズって言える。それが恭蔵さんのやりたかったことじゃから。それがね、ようやくわかったんよ」

「どういうこと？」

「あたいは、鶴来でもジーンズを手がけるようになった時に、昔、あれは、たしか女学校の一年の時じゃったかな、恭蔵さんと一緒に福山の備後絣《びんごかすり》を作っとる工場に行って、染め方について相談したことを思い出してね。その時、その会社の社長は、結構親身になって恭蔵さんの疑問を一緒になって考えてくれてたんじゃ。その会社は今でも福山にあってね。久しぶりに訪ねて行ったんよ。もう何十年かぶりに。そうしたら、社長はもう息子の代になっとったけど、先代の社長は、戦後になっても、同じことをよう口にしとった、って言うんじゃ。そう、『中白《なかじろ》』の染め方を、日本でどうやったらできるか、ずっと考えてたって。ジーンズのあの独特のスレた感じの風合い、それがどうしたらできるか、その秘密を知りたがっとったんじゃ。それでな、今の社長はその意思を受け継いで、研究に研究を重ねて、ようやくその方法を突き止めたんじゃ」

「教えて。どうするの？」

「木綿糸をな、何百ヤードっていう、ものすごう細うて長い、ロープのような形に束ねてから、機械で吊り下げてザボッと漬けてサッと引き揚げるのを繰り返すっていう、ロープ染色という方法じゃ。それでやると、糸の表面だけが染まって中は染まり切らん。細うて長いロープ状に束ねるっていうのが、ミソやったんじゃ」

「けっこう、大雑把なやり方ですね」

「そうなんじゃ。アメリカの会社は、何も、中白の風合いを出しとうてそうしとったわけじゃのうて、大量生産でなるべく手間をかけとうなかったからそんなやり方をしとった。それが、藍染ちゅう職人的な考え方の日本人には、なかなか思いつかんかった。そうしてようやく、それができる染色機を工夫して開発して、日本でもあの中白で染めることができるようになったんじゃ」

「へえ、そうなんじゃ。でも、りょうばあちゃん、そこの先代の社長が、戦後になっても『中白』の染め方をずっと考えてたっていうのは、戦前に恭蔵さんとりょうさんが訪ねて行ったからじゃないかのう」

　静の言葉に、りょうは何度も深くうなずいた。

「そうかもしれん。考えてみりゃあ、単純な原理なんじゃ。昔、恭蔵さんが生きてた頃、一緒に雑巾掛けした時に、それに近い理屈を思いついとった。要は、絞ったまま染料に漬けると、揚げた時に染めきらんところができて白いまま残るってことじゃ。恭蔵さんとあたいが雑巾絞りで思いついた考え方は、あと一歩のとこまでせまっとった。あたいはね、なんであと一歩、綿糸を細うて長いロープにして漬けるっていうそのやり方を、恭蔵さんが生きとる間に思いつかんかったんかって、ぼっけぇ後悔したよ。それを恭蔵さんに教えてあげられたら、恭蔵さん、どんなに喜んだか」

　りょうは静の膝にあったジーパンに手を伸ばし、胸に抱きしめた。

　りょうは目を閉じている。静は思った。りょうが今、抱きしめているのは、二つの震災の間に流れた、七十二年という歳月だ。

「静。このジーパンね、これから、あんたが持っといて」

「えっ、なんで?」

「あんたが持っとるのが、一番ええような気がするんじゃ」

静は戸惑った。何かとてつもなく大きなものを託された気がした。

その重荷を誤魔化すように、静は話題を変えた。

「りょうばあちゃん、前の震災の時はいくつやったの」

「七歳よ。数えで八歳。今年は、数えで八十じゃよ。神戸に来て、早いもんで、もう十九年経つんじゃやな」

「数えで八十か。ねえ、りょうばあちゃん。そろそろ、仕事を辞めて、ゆっくりしたらどうかな? 面倒は、僕と、久志叔父さんが」

「何、言うとるの? あたいは、まだまだ働くよ。さっきも言うたじゃろ? 歳をとるってことは、ハンデじゃねえんじゃよ。今の自分にしかできんことがあるはずじゃ」

「今の自分にしかできんこと?」

「そうじゃよ。昨日も、この青の絵の作家の、洋子さんから電話がかかってきたよ」

「なんて?」

「今ほど、自分が画家であることを無力に感じたことはないって。こんな震災が起こってみんな生きるか死ぬか大変なときに、絵はなんの役にも立たないって。あたいはね、それは違うよって返事した。今だからできることがあるはずじゃよって。それでね、思いついたのよ。チャリティ絵画展をやろうってね」

「チャリティ絵画展?」

「そう。画家も、ギャラリーも、一切、お金を取らん。それで、絵を売って、集まったお金を、全部、震災で困っとる人たちへの救済資金に充てようって。洋子さんはじめ、みんな賛同してくれたよ。さっそく、動き出さんと。忙しゅうなるよ。こんな時にゆっくりなんかしたら、あたいは、あたいでなくなるの」

その時、マンションのドアノブを回す音がして、誰かが入ってきた。

りょうと同じぐらいの年かさの女性だ。

「お客さん？」その女性は言った。

「ああ、ちょうどよかった。紹介するわ。あたいの、長男の息子、静」

はじめまして、と静は頭を下げた。

女性も丁寧にお辞儀した。

「話は聞いとったけど、あんたが、りょうさんのお孫さん？　よう目元が似とるわ」

女性の言葉は岡山弁だ。

りょうが静に言った。

「あたいが女学校時代、古書店で働いとった時に、知り合うた人。倉敷の紡績会社で働いとってね。りつさん。今、一緒に、ここで暮らしてるの」

りつの長い睫毛が揺れ、目尻が優しく下がった。

5

りょうの容態が思わしくないと、りつから静に連絡があったのは二〇〇一年の二月だった。震災から六年が経っていた。あの日、静が神戸を訪ねた翌日から、りょうはチャリティ絵画展の準備にとりかかり、その後も若手のスタッフと共にハンター坂でギャラリー杣田をサポートし、精力的に活動していたという。ところが今年の正月に転倒して足を骨折した。静はすぐに見舞いに行ったが、その時はすこぶる元気で、退院した後の計画を生き生きと話していた。しかしその後に容態が悪化。腎臓の機能がかなり落ちているらしい。静は電話を受けてすぐに駆けつけた。児島にいる次男の久志夫妻もやってきた。

「かなり状態は良くありません」

医者は集まった家族に言った。

「最善は尽くしますが、あと、三日、保《も》つか、どうか、といったところです。もし、会わせたい方がいらっしゃるなら、今のうちに……」

医者が退室したあと、その場で久志が俊蔵に電話をした。

「兄さんか。母さんの容態が急変して、もう、長うないんじゃって。静は、こっちに来とるよ。兄さんも、せめて、顔を見せてやってくれんか」

久志は電話を切って、静たちに言った。

「俊蔵兄さんが、諏訪之瀬島《すわのせじま》から、奥さんと一緒に来るそうじゃ。船の関係で、三日後になるらしい」

「間に合うかな」

諏訪之瀬島。鹿児島県トカラ列島の島。静の両親が、今、暮らしている島だ。

島から鹿児島港までのフェリーは週二便で、およそ九時間かかる。フェリーは昨日出てしまったところだという。次のフェリーを待って鹿児島から飛行機を乗り継いても、神戸までは三日はかかるのだ。

諏訪之瀬島――。

島の中央に高く突き出た活火山があり、時々煙を吹く。山肌は火山灰の黒と緑で覆われ、海へと続く断崖は赤い地層がむき出しになっている。竹林が広がるそのほんの一部に民家が点在している。飲食店や商店はない。

両親が、東京からこの島に移住したのは、一九六七年だという。

両親から聞いた話だが、当時、両親は東京でヒッピーの集団に属していた。属していたと言ってもはっきりとした組織があった訳ではないが、そのリーダー的存在の男が、変化していく東京に疑問を抱いて文明社会に背を向けて自然に寄り添って生きようと、諏訪之瀬島への移住を仲間たちに提唱し、両親は賛同して移住を決意したという。

四年後、静はその島で生まれ、中学卒業の十五歳までを過ごした。

小さい頃からツルムラサキやゴーヤ、らっきょう、バナナを畑で育てるのを手伝ってきた。中学に入ると一緒に船に乗って漁に出たり、銛《もり》で魚を突いた。獲れた魚を干したり塩漬けにするのも手伝った。両親が自分たちの手で山から木を伐り出して作ったという家にテレビはない。自然の音と島民たちが働く音しか聞こえない。週に一度、島を訪れる連絡船の汽笛の音が聞こえた。その日だけは島が賑わう。それが当たり前の生活だと思っていた。不自由だと思ったことはない。

みんなで準備した夕食を家から軒を延ばした板の間で食べ終わると、母は時々ギターで歌を歌った。美しいメロディだった。誰が作った歌？　って聞くと、ピート・シーガーだとか、ジョーン・バエズとか、古いアメリカのフォークソングだとかって母が答えていたのを覚えている。島の民謡もよく歌っていた。父は時々、絵を描いた。みんなから、なぜかトラヒゲと呼ばれていた。ある時、東京からやってきた編集者が父の描いた絵に目を留め、絵本を作った。そうして時々出す絵本のわずかばかりの印税は、獲ってきた魚と同じように仲間たちみんなで分け合った。

島には全てのものがなく、全てのものがあった。

分校の小さな小中学校はあったが高校はなく、十五歳になると必然的に島を出なければならなかった。これからは自分の意思で生きていけ、と、両親は言った。祖母のりょうのもとに行って神戸の高校を出て岡山の大学に入り、就職した。就職してから、島に帰ったのは、二度だけ。就職の報告と、妻を伴っての結婚の報告だった。

静はりょうの病床で、少年時代を過ごした諏訪之瀬島の、海から家へと続くびろうの木と琉球竹の生垣が並ぶ小道や、薪風呂の浴槽から窓越しに見える月などを漠然と思い出していた。


俊蔵と美智子は、久志が電話した三日後の夜に病院へ駆け込んできた。

「母さん、俊蔵じゃ！　遅うなってすまんかったなあ」

俊蔵がりょうの手を取る。細い腕だった。りょうの細い腕に、俊蔵の涙が落ちた。

俊蔵の手を、りょうは握り返した。

「なんも、謝ることは、ありゃせん。元気でやっとるんなら、それでええけえ」

「お母さん！」

美智子が二人の手の上に手を重ねる。

「美智子さん……、俊蔵のこと、ありがとうな」

「お母さん……、何を言いよん……、ありがとうって……ありがとうって、言わないけんのは、私の方じゃけえ！」

「これからも、よろしゅう頼むで」

「お母さん！」

嗚咽のあとは言葉にならなかった。

翌朝、りょうは息を引き取った。

＊

りょうの通夜はりょうの希望で家族だけで行われた。通夜の場所はりょうとりつが住んでいたマンションだ。りょうの希望で祭壇もなく、写真と花束だけが飾られた簡素なものだ。棺《ひつぎ》の中のりょうの側《そば》には、子供用の水色のワンピースと、二着のセーラー服が入れられていた。それもりょうの希望だった。

「りょうばあちゃん、死ぬまでずっとあの服、大切に、持っとったんじゃな」

久志がポツリと呟いた。

「ええ、あの簞笥の中に、ずっと入れてね。時々、引っ張り出して、見とることがありましたよ」りつが教えてくれた。

久志が顎を撫でながら首をかしげる。

「そう言やあ、あの、恭蔵さんのジーパンも、りょうばあちゃんは大切にしとったはずじゃが、あれはどうしたんかの？」

「あれは、僕が」

「静が？」

「ああ。震災があって会いに行ったとき、りょうばあちゃんが、あの簞笥から引っ張り出して。これは、おまえが持っとけって。今日も、持ってきとるよ」

静はカバンの中からジーパンを取り出した。

「おう、これじゃ」

久志が懐かしそうに手に取った。

「俺が、鶴来で初めてジーパンを作る、言うた時に、見せてくれたんじゃ」

久志の指が優しくジーパンを撫ぜる。

「このジーパンも、棺の中に、入れたやった方が、ええんじゃないかの」

静は、しばらく考えた。

「いや。このジーパンは、僕が持っとく。りょうばあちゃんが、そう言うたんじゃけえ。おまえが、持っとけって」

「うん。そうせえ」久志が言った。「りょうばあちゃんも、わざわざそう言うたからには、なんか、思うところがあったんじゃろう」

「美智子さん、なんか、飲む？」

りつが押し黙ったままの美智子に声をかけた。

「ああ、ありがとうございます」

「泣き疲れたんじゃねえか？　あんまり泣いてばっかりおると、りょうさんも悲しむよ」

「そうですね」

美智子は笑顔を作った。静は笑う母親の目尻に皺が増えたのに気づいた。

静が父と母に会うのは五年ぶりだった。

本土から遠く離れた島からは滅多に出ない二人だったが、りょうの古希、喜寿、と、節目ごとには祖母のもとに帰った。傘寿で帰ってきたのが五年前だった。

俊蔵と美智子は、今年五十七歳だ。五年前、島暮らしで日焼けした顔はずいぶん若々しく見えたが、今は年相応になってきたように見える。

俊蔵が口を開いた。

「いつも帰るたびに、あんたらはあんたらで島の暮らしがあるんじゃけえ、帰ってこんでええぞって追い返しよるんで、その言葉に甘えとったが、元気に見えても、もう八十を超えとったんじゃ。毎年、帰ってきて、顔を見せてやるべきじゃったよ」

「そんなことは、悔やまんでええですよ」

りつが口を挟んだ。

「りょうさんは、いつも、言うとったですよ。人間は、自分の道を信じて生きとる人間が、一番幸せなんじゃ。俊蔵と美智子は、そんな生き方をしとる。そんな生き方を見つけよった。それが、あたいは、一番、嬉しいんじゃ。遠く離れとったって、そんなことはなんも関係ない。あの二人は、いつもあたいのそばにおるよって」

その言葉で、美智子がまた涙を見せた。

「美智子さん、ごめんね。泣かすつもりじゃなかったんよ」

「私こそ、メソメソしてごめんなさい。いろいろ、思い出してしもうて。私たちが、結婚して、東京から諏訪之瀬島に移住するって、初めて報告に行った時にね。私、ものすごく不安じゃったの。俊蔵さんは、鶴来家の長男じゃったからね。りょうさんは、ものすごく怒るんじゃないかって。でも、りょうさんは、こう言うたの。長男とか、どうとか、関係ないよ。自分たちの人生じゃもの。誰に遠慮することもない。自分たちの人生は、自分たちで決めたらええんじゃけえって。その言葉を、思い出して」

「実は、俺はな」

久志が口を挟んだ。

「大学卒業する前に、親父に言われたんじゃ」

「なんて?」静が膝を乗り出す。

「ええか。久志。鶴来の会社は、源蔵、利一、光太郎、と、三代続く会社じゃ。けど、長男の俊蔵は、家を継がんと、結婚した人と違う人生を歩むことにしよった。このまま行ったら、久志、次男のおまえが会社を継がんならんことになる。けどな、もし、おまえが、他にやりたいことがあるんじゃったら、おまえは、長男の犠牲になることはねえぞ。なんでもやったらええ。鶴来の会社には、優秀な社員がいっぱいおる。同族で続けにゃならんちゅうことは、何もないんじゃけえ、おまえは自分の信じる道を行きゃあ、ええって。俺は、その親父の言葉を聞いて、逆に家を継ぐ気になったんじゃ」

「自分の信じる道、か。りょうさんと光太郎さん、同じこと、言ってたんじゃね」

静の独り言に、妻の麻衣子が言った。

「静は、自分の信じる道を、生きてるの?」

「どうかなあ」

静は宙を見上げた。

「今、働いてる仕事には、満足しとるよ。やりがいもある。でも」

「でも?」

「何か、自分がやるべきことが、他にあるような気もしてる。今まで、漠然とそんなことを思うたこともあったけど、りょうばあちゃんが死んで、特に強くそう思うようになったよ。なんでじゃろう」

「静」

母の美智子が言った。

「私は、歌を歌うのが好きでね」

「うん、よく、島で歌うてた」

幼い頃に聞いた母の歌声が蘇る。

「高校の時から、ギターを持って歌っとったの。当時は、女の人がギターを持って歌うなんて、珍しかったんじゃけどね。けど、私が大学生の時、一人の女性がデビューしたの。ジョーン・バエズって人。彼女は高校の時、たまたまピート・シーガーって人の歌を聞いて、それで感激してギターを弾き始めたんじゃって。そんなとこが、とても自分に似てててね」

ジョーン・バエズ。覚えている。母が、よく島で彼女の歌を歌ってた。

「私は東京におった時、これからどうやって生きていこうかすごく悩んどったんじゃけど、ある時ね、何かの雑誌で読んだ彼女の言葉が、今も、ずっと心に残っとるの。彼女は、そこで、こう言うてたの。

『人はどう死ぬか、いつ死ぬかを選ぶことはできない。でも、どう生きるか。これだけは決められるんだ』

バエズのその言葉が、私の人生を、根元から変えてくれたんよ。それで、俊蔵さんと諏訪之瀬島に移住する決心がついたんじゃけど、りょうさんに会いに行った時ね、りょうさんが、バエズと同じことを言うたんで、私、本当に、びっくりして。嬉しくて。私、神戸に来てから、ずっとそのことを思い出してた。それで……」

美智子はそこで言葉を切った。

「美智子、もう、今日、みんなの前で言うたらどうじゃ」

俊蔵が促した。

「また、歌おうと思うの。時々は、島を出てね。この前、東京から島に来た女の人が、私の歌を聞いて、自分がやってるライブハウスで歌うてほしいって言うてきたの。これまでも、そんなことはたまにあったけど、全部、断ってきた。その時も、断った。でも、ここに来て、バエズと、りょうさんが、また、私の背中を押してくれてるような気がしてね」

「母さん、いくつ？」

静が聞いた。

「五十六歳」

「バエズは、まだ歌ってるよ」

美智子は笑った。

俊蔵が言った。

「その時は、ジーンズを穿いてな」

第八章　テルリングア

二〇〇一年（平成十五年）
五月十七日

1

静はサンアントニオ国際空港のハーツで白のリンカーン・コンチネンタルを借り、西を目指した。砂漠の中をひたすら走る。朝からすでに四百キロを走っている。

ひたすら赤茶けた岩と砂漠が続く道では、ほとんど対向車とすれ違わない。一時間ほど運転し続けて、ようやく一台すれ違うかどうか。時速およそ百キロで走っているので、百キロ間隔に一台ほどしか車が走っていない計算になる。すれ違う車のドライバーとは、必ず手を振り合う。誰だって百キロ四方に自分ひとりしかいないと思うと人恋しくなる。

砂漠の中のドライブインは静以外に客がいない。ビリヤード台と冷蔵庫があるだけのフロアの片隅のテーブルで、ホットドッグを熱いコーヒーで流し込みながらロードアトラスを広げた。

メキシコとの国境リオ・グランデが流れる少し北に目指す町があった。

砂漠の中に記された町の名は、テルリングア。

りょうからもらった、あのアメリカから送られてきたジーンズのポケットに、宛名のない葉書のような紙が入っていた。裏には荒野の風景のスケッチがペンで描かれ、その端に英語のスペルで文字が記されていた。

Terlingua

人の名前だろうか。地名だろうか。それとも……。

りょうが亡くなってから数週間後、静は岡山で一番大きな書店で全米の道路地図、ロードアトラスを買った。

索引を調べる。

あった。

テキサス州の地図の片隅に、その名があった。

その名を見つけてから、ずっとこの町に行きたいと思っていた。

そうしてこの五月に長期休暇を取って、アメリカへやってきたのだ。

あのジーパンのルーツを探るために。大大叔父の恭蔵さんの思いのルーツを、この目で見るために。

その町は、ここからはおよそ百三十キロ。

静は、赤ら顔のドライブインの店主に聞いてみた。

「テルリングアって、どんな町ですか」

赤ら顔は眠気まなこで静を見た。

「テルリングア？　あんた、テルリングアへ行くのか？」

静はうなずいた。赤ら顔が肩をすくめた。

「墓しかない町さ。昔は、えらく栄えたそうだよ。鉱山があったんでね」

「鉱山？」

「そう。第二次世界大戦前までは、二千人ほどが住んでたそうだよ。映画館もあったらしい。けど、戦争の後に廃《すた》れて、今はゴーストタウンさ。墓しか残っていない。ところであんた、なんであんな何にもない町に行きたいんだ？　それより、マーファへ行けよ」

「マーファ？」

「ジェームズ・ディーンて知ってるだろ？　彼の『ジャイアンツ』って映画のロケ地になった場所だよ。ここからすぐだ。今でも時々、ファンがやってくるよ。もっともディーンが映画を撮ったその場所も、第二次世界大戦で亡くなった兵士たちの、墓場なんだけどね」

どっちにしろ、このあたりにはもう、砂漠と墓場しかないのさ、と赤ら顔は大声で笑った。

静は礼を言ってまた車を走らせた。


そこは、赤ら顔が言った通りの町だった。いや、町ですらない。南に面したなだらかな丘の上に、数え切れないほどの木札が並んでいるのが見える。車を停め、登って近づくと、そこが墓地なのだった。石を積んだだけの建物らしき残骸もいくつかある。他には何もなかった。静はその残骸の中に足を踏み入れた。砂を含んだ風が頬を撫ぜる。砂漠の中なのに、ひんやりと感じたのは気のせいだろうか。崩れかけた廃墟の壁に四角い窓穴が南に向けて開いている。

そこから見渡す限りの荒野が続く。

その向こうはもうメキシコだ。切り立った二つの峡谷が見えた。そのシルエットに見覚えがあった。静はナップザックの中から、手帳に挟んだ葉書を取り出した。

左手前に、小さな渓谷。右の奥に、ボリュームのある巨大な渓谷。

そこにスケッチされた風景が、今、静の目の前にあった。

廃墟を出て、丘の中腹に座り込んだ。そうしてずっとその風景を眺めていた。

一台のピックアップトラックが丘の下に停まった。

車から誰かが降りて近づいてくる。

「こんなところで、何してるんだ」

話しかけてきたのは、浅黒い肌の中年男だった。

「風景を、見てるんだ」

静は英語で答えた。男は肩をすくめた。

「チャイニーズか」

「いや、日本人だ」

「日本から?」

男は茶色の目を丸くした。

「何しに来た?」

この男は、何者だろう？　この辺りの土地を管理している者だろうか。

「不審に思われたら、すみません。私はただ、観光で……」

静はカバンからパスポートを取り出そうとした。

男が笑って胸の前で両手を振った。

「問題ないよ」

そうして、男は静の横に座って、同じように南を見つめた。

風が吹いた。草の塊が目の前の荒地を転がってゆく。そこからピーッと甲高い鳴き声が聞こえた。鷲《わし》が大きな羽を広げて空に飛び立った。

「俺の故郷は、あの、山の向こうだ」

「メキシコ？」

「ああ。いろいろあって、今は、リオ・グランデを泳いで渡って、こっちで働いてる」

男がおどけた表情で、背中を見せた。

「背中が、濡れていないか？」

静は笑った。

そうして男はまたさっきと同じ質問をした。

「あんたは、なんでここへ来たんだ？」

どう答えようか、迷った。思いついて、ナップザックから、あのジーンズを取り出した。

「ずっと昔、もう八十年ほども前に、アメリカから日本に入ってきたものです。中古のジーンズです」

「八十年前？　ずいぶんと年代物だな」

「ええ。そのポケットに、この葉書が入ってました」

静は男に葉書を手渡した。

「テルリングア」

男は文字を指をなぞってつぶやいた。

「この絵は、ここの風景だ」

静はうなずいた。

「それで、私は、このジーンズのルーツを、探しに来たんです。誰かが穿いていたこのジーンズ、いったい、どこで穿いていたのか、知りたくて」

「それで、テルリングアに?」

男の丸い目がいっそう丸くなった。

「それしか手がかりがないですからね。もっとも、葉書にその名前が書いてあったというだけで、ここにいた男がこのジーンズを穿いていたってことにはならないんですが。どこか別の場所で、この風景を思い出して描いたのかもしれないし、誰かからもらった葉書かもしれない」

「Sure」

そう言って男は大きくうなずいた。

「このジーンズは、たしかにここで働いてた男のもんだ」

「……どうして、それが?」

「よく見てみろ。ここに、赤い汚れがあるだろう」

たしかに赤い汚れがついている。

「ここは、先住民が住んでた頃から、赤い顔料の原料が採れたんだ。先住民が描いた洞窟の壁画を見たことないか? あの赤い顔料だよ」

見たことがある。生き生きとした動物の絵や、手を象《かたど》った抽象画のような絵だ。

「顔料以外にも、防腐剤や水銀の原料にもなる。それで、百年ほど前にここに鉱山ができて出稼ぎの労働者たちがいっぱい集まってきた。この赤い汚れは、その『赤い砂』だよ」

そうなのか。

「なぜ、ここで働いていた男のジーンズが、遠く日本まで……」

「さあ、そんなことは俺もわからんがな。鉱山で働くような男たちは、ホーボーって呼ばれて、一箇所に留まらずにいろんな場所を渡り歩くんだ。列車に乗ってな。大方、ここを出てからは、カリフォルニアあたりに出て行ったんじゃないか。あそこにも鉱山はいっぱいあるからな。カリフォルニアには、日本に向かう船が出る港もあるだろう」

そうかもしれない。

そうして男は甲板の先に立つ水兵のように目を細め、南を見つめて言った。

「俺の祖父さんも、若い頃、女房と子供を残してリオ・グランデを渡って、それから行方知れずになったそうだ。もしかしたら、そのジーンズは、俺の祖父さんが穿いてたものかもしれんな」

男は愉快そうに笑った。


静はリンカーンに乗り込み、西を目指した。そのままカリフォルニアまで車を走らせるつもりだった。

途中、鉄道が荒野を横切っていた。二本の線路だけが、ひたすら何もない荒野を東西に延びていた。この風景を、祖父の光太郎は、見たかもしれない……。

祖母のりょうから、祖父、光太郎の話を聞いた。

祖母から聞いた話では、祖父の光太郎は太平洋戦争でアメリカ軍の捕虜になったあと、アメリカ本土に送られ、捕虜収容所に入れられていたという。祖父はその場所をテキサスというだけで、祖母にも詳しい場所を語らなかった。祖父は帰征後、かつての戦友たちと一切の交流を絶ったから、今でもそれがどこなのかわからない。

ただ、あの祖母が大事に持っていた、恭蔵さんのジーンズのルーツと、祖父が収容所に入れられていた場所が、共にテキサスであることに、静は不思議な巡り合わせを感じた。

カリフォルニアまでは、あと千四百キロ。

祖父が見たかもしれない風景を、そしてこのジーパンを穿いていた見知らぬ男が見たかもしれない風景を目に焼き付けながら、静はリンカーンのアクセルを踏んだ。

2

「このジーンズを作りたい？」

静の言葉に、久志は素っ頓狂な声を上げた。

「ええ。いつか、恭蔵さんがやろうとしたことを、僕が引き継いでやりたいんです」

「恭蔵さんのやろうとしたことは、清志郎さんのところと、うちがやったじゃねえか」

静はうなずいた。

「たしかにそうです。日本で初めて国産ジーンズを作ったのは、清志郎さんのところです。最初は生地をアメリカから輸入して作ったけど、数年後には国産のデニム生地を作って、岡山や広島の染色や織りや裁断専門の業種が結びついて、百パーセント純国産のジーンズを作った」

「そう。鶴来もジーンズで会社を立て直した」

「ええ。全部、恭蔵さんの情熱が、僕らに残してくれた果実です。でも僕はアメリカに行って、恭蔵さんが八十年前に見たかった風景を、この目で見た。その時、思うたんです。恭蔵さんの本当の夢を、そしてあの風景を僕の手で、新たなジーンズの中に織り込んで、形として残したいって」

「恭蔵さん本当の夢？」

「ええ。僕が作りたいのは、このジーンズと寸分違《すんぶんたが》わぬ、レプリカです。ほら、今から十年ほど前に、日本でもリーバイスの５０１をモデルにしてレプリカを作ろうとした業者がたくさん生まれたでしょう」

「ああ、あれは、大阪や神戸の連中じゃな。彼らは、もともと、アメリカから五〇年代あたりの中古ジーンズを輸入してた連中じゃ。それが、あらかた輸入し尽くして、底をついた。それで自分らで作ろうとしたんじゃ」

「はい。それも、元をたどれば全部、恭蔵さんがやろうとしたことです。恭蔵さんは、自分が作ろうとした時に訪ねて回った染色、織り、裁断、縫製の会社の名前を全部帳面に残しとる。面白いことに、それらの会社は、すべて今も残ってます。そして、もっと驚くべきは、恭蔵さんが訪ねて回ったそれらの会社は、今はどこもジーンズを手がけているということです」

静の言葉に、次第に熱がこもってくる。

「ロープ染色を最初にやった福山の会社だって、恭蔵さんは訪ねている。八十年近くも前に、恭蔵さんだけがあの会社の未来の姿を幻視してたんですよ。だから僕は、かつて恭蔵さんが回った会社と手を組んで、できる限り、恭蔵さんが生きていた時代の、昔からの技術にこだわりたいと思ってる」

熱く語る静を見つめる久志の目にも、光が宿る。

「織り機も、今じゃ完全に廃れた昔のシャトル織機を集めてきてやりたい。縫製も、当然当時のミシンを使って一から手作業でやりたい。生地糸もね、ほら、よく見てください。この裏地の糸。真っ白じゃのうて、生成《きな》りっぽいでしょう？　これは、もともとの綿に、茶色や緑色の綿花が混じっとるからです。調べたら、一九二〇年代のミシシッピのデルタ地帯の綿花畑には、まだそんな色の綿花が混じっとったんです。だから、このジーンズの生地も、茶色や緑色の綿花を混ぜて作りたい。これは、りょうばあちゃんから聞いた、昔、ボロ屋って呼ばれてたっていう山陽繊維に頼んでみようと思う」

「山陽繊維か」

「ええ。今じゃあ児島で唯一の紡績工場じゃけど、昔ながらの混紡糸をやりながら、今はジーンズの生地糸も手がけてて、ミシシッピからの綿を仕入れて糸を作っとるそうです。もし欲しい綿花が手に入らんのなら、一緒に手を組んで、由加山の麓あたりの綿花畑を使うてでも育てたい。そうしてこそ、恭蔵さんが生きたあの時代の、この独特の、藍色のジーンズの風合いが出る」

「おまえ、ようそこまで調べたな」

久志が刮目《かつもく》した。

「児島の鍋谷さんに相談しました」

「ああ、ナベさん」

「あの人はあの人で、自分で会社を作って、単なるヴィンテージじゃない、世界に通用する独自の日本のジーンズを作ろうとしとる人です。自分のやりたいことを正直に伝えたら、いくつかのアドバイスをくれました」

「しかし、そんなことをすれば、手間も時間も、膨大にかかるぞ」

「ええ。わかってます。何年かかるかわかりません。鍋谷さんにも言われました。茨《いばら》の道だって。それでも、恭蔵さんが追いかけた道をそのまま愚直に辿《たど》って、このジーンズのレプリカを作ろうと思うんです。なぜならこのジーンズは、今は世界に一本しかない、まさに、ヴィンテージのジーンズだからです」

そこで静は、恭蔵のジーンズを久志の目の前に差し出した。

「ほら、ここに、赤い色の汚れが付いとるでしょう？　これを穿いてた人が働いていた、テルリングアの鉱山で採掘された顔料の原料の赤い砂です。この赤い汚れだって、そのまま再現しようと思うてます」

久志は静の熱意に圧倒されていた。

「このジーンズ、どこのメーカーのもんか調べがついとるんか」

「レザーパッチは劣化して割れてしもうて読み取れん。いろいろと調べてみたけど、少なくとも今もある有名メーカーのものじゃありません。おそらく当時無数にあって消えていったメーカーのうちの一つでしょう」

「ジーンズの形っていうのは、おおよそ六〇年代で完成形を迎えとる。だからこそ大阪や神戸の連中はそれを目指した。このジーンズは二〇年代じゃろう？　ヒップポケットが片側にしかない4ポケットじゃし、ポケットの補強にリベットを使うとる。今じゃ必要のないサスペンダーボタンとウエスト調整のバックルバックが付いとる。なのにベルトループも付いとる。ちょうど、オーバーオールからの過度期のジーンズじゃったんじゃろう。そんなジーンズのレプリカをさっきおまえが言うた昔の製造方法にもこだわってやろう思うたら、とんでもなく単価が上がるぞ。おまけに、赤い汚れまで再現するって。そんな汚れは、消費者はいやがるんじゃねえか」

「最初に日本人がジーンズを見たときも、同じことを言いました。こんな汚いものって。それを美しい、と思ったのは、恭蔵さんだけです。もっとも、恭蔵さんは色覚異常があったらしいから、この『赤』は見えてなかったかもしれませんが。でも、この『赤』こそが、今回新たに作るジーンズのオリジナリティ、顔でもあるんです。見えるとか見えないとか言ってるけど、それは人によって見え方が違う、というだけのことです。だから僕は再現したいんです」

　静は言葉を継ぐ。

「単価が上がるのもわかってます。生産ラインに乗らないんでこんなやり方では大量生産はとても無理です。一つ一つを、丁寧に作っていくつもりです。値段はかなり高いものになると思います。でも、値段が高くてもそのようなジーンズに価値を見出す人が、必ずいるはずです。僕が売りたいのは、ジーンズだけでなく、その『物語』です。日本のジーンズの誰にも知られてこなかった『物語』を、この、美しい藍色のジーンズに織り込んでみたいんです」

「『物語』か」

「はい。それは、恭蔵さんだけじゃなくて、りょうばあちゃんの物語でもあり、光太郎じいちゃんの物語でもあり、清志郎さんの物語でもあり、もちろん、鶴来の物語でもあります。もっと言うと、この児島という土地の物語です。児島の海の向こうの三豊の物語でもある。倉敷の、岡山の、浅草の、上野の、大阪の、神戸の、テキサスの、カリフォルニアの物語でもある。鶴来だけにとどまらないんです」

　そうして、静は言った。

「こんな生産ラインに乗らないものを作って、鶴来に迷惑をかけたくありません。だから、このジーンズは、僕が独立してやろうと思います」

「そうか。そこまで言うなら、やったらええ。うちで協力できることは、なんでもやるから、遠慮なく言うてこい」

「ありがとうございます」

「いや、静。礼を言いたいのは、こっちの方じゃ」

「どういうことですか」

「今、ジーンズは海外に拠点を移した大量生産の時代に入っとる。生産ラインに乗らんものはやらん。児島でも大手商社と組んで、中国に生産工場を作ってやっとるとこが今では増えた。コストが浮くからな。じゃけど、わしは、これからの時代は、それだけじゃあ、乗り切れんと思うとる。コストカットの競争になれば、大きな資本が入ってもっと安い商品ができるようになったら、たちまちそちらに流れて苦境に陥る。物語を売る、か。それで思いついたよ。うちにはうちにしかない物語がある。そんなうちの、いや、児島のジーンズの歴史がわかる、ミュージアムみたいこうじゃねえか」


なものを児島に作ろうかって」

「久志さん、それすごく面白いアイディアじゃよ！」

「他にも、いろんなアイディアが浮かんだよ。今、おまえが言うたことの中には、これから先のそんな厳しい時代の波を乗り切る、ヒントがいっぱいある。多くの人に、ジーンズの魅力を知ってもらう。その鉱脈は、まだまだ眠っとるはずじゃ。それを、この児島の街から、また広げていこうじゃねえか」

静はそんなことまでは考えていなかった。しかし、もしかしたら、自分が作ろうとしていることのジーンズが、日本のジーンズの未来を変えるかもしれない。そうなればいい。静はその時、八十年前の恭蔵の気持ちが、少しだけわかった気がした。

「ところで、おまえが作ろうとしているそのジーンズの、ブランドの名前は決まっとるのか」

「ええ。決まってます。『TWO DREAMS』です」

『TWO DREAMS』？」

「ええ。二つの夢です」

「二つの夢……。つまり」

「そう。夢二です。恭蔵さんがずっと憧れていた、竹久夢二です。その名を、恭蔵さんが目指したこのジーンズに甦《よみがえ》らせたい」

「恭蔵さんと、夢二の、二つの夢か」

「ええ、それだけじゃありません。りょうばあちゃんと恭蔵さんと、りょうばあちゃんと光太郎さんと、りょうばあちゃんとりつさんと、僕の父と母、俊蔵と美智子の、そして、かつてテルリングアの町で夢を見た誰かと誰かの、そんな世界じゅうの、誰かと誰かの、二つの夢です」

「みんな、夢を見たんだな」

「ええ、きっと、とってもよく似た夢をね」

久志はため息をついた。

「レザーパッチのデザインも決めています。これです」

静は下絵を見せた。

「これは？」

「テルリングアの町から砂漠の向こうに見える、二つの峡谷です。このジーンズのポケットに入っていた葉書の絵、かつてこのジーンズを穿いていた男が見た風景です」

久志が苦笑いした。

「おまえは、本当に、兄貴の俊蔵と美智子おばさんの血を引いとるな」

「どういうことですか」

「自分の信じる道を往くってことじゃよ」

「ああ。それなら」

と静は言った。

「りょうおばあちゃんの血もね。でもね、僕は、そんな家族の『血』は、関係ないと思ってるんです」

「どうこうこと？」

「だって。この『物語』の一番最初。恭蔵さんと、りょうばあちゃんの血は、繋がってないんだもの。このジーンズを穿いていたテルリングアの見知らぬ人と恭蔵さんの血とは、繋がってないんだもの。そんな血の繋がりなんかなくたって、この世界は、全部、どこかで繋がってる。そんな気がするんです」

エピローグ

二〇二三年（令和五年）
九月一日

午前十一時五十八分。

静は通りがかった浅草雷門の前で立ち止まり、黙禱《もくとう》を捧げた。

あの日から、百年が経ったのだ。

浅草雷門前はいつもと何も変わらず喧騒の中にあった。そんな中で一人、辻《つじ》の角で、黙禱をささげる若者がいた。二十歳前後に見える。半纏《はんてん》を着た、観光客用の人力車を引く若者だった。

静は若者に声をかけた。

「ちょっと」

「あ、ありがとうございます」

「ほんの近くでもいいかい？」

「もちろん。どちらまでですか」

「伝法院通りから、六区ブロードウェイを北へ行ってほしいんだ。突き当たりを西に折れて、最初の通りを北に入ったところ」

「ああ。昔、凌雲閣のあったあたりですね」

「詳しいね」

「観光客相手の商売ですから」

「そりゃそうだ」

静は座席に乗り込んだ。

「さっきは、どうして、黙禱を？」

「どうしてって、ちょうど百年じゃないですか。あの震災から」

「君みたいな若い子が、珍しいよ。アルバイト？」

「よく、そう言われます。でも本業です」

「そうかい」

「うちの、ひいおじいちゃんが、浅草で、人力車夫をしてたんです。写真を、見たことあるんです。お客さんに撮ってもらったらしくて。それが、かっこよくてね。それで、ひいおじいちゃんに、憧れて」

「おじいちゃんがやってたのは、いつ頃？」

「後ろに凌雲閣が写ってたから、それこそ、百年は前ですよ」


「そこで停めてくれないか」

「はい、ありがとうございます」

若者はガラス張りの店の前に、質素な木の看板が店の前に置かれているのに気づいたようだ。

「ああ、ここは、しばらく空き店舗だったけど、何かできるんですね」

そうして看板を読み上げた。

「『TWO DREAMS　浅草店　9月2日　オープン』。なんですかね？　イタリアンレストランか、何か？」

「ジーンズだよ」

「ジーンズ？」

「僕がオーナーなんだ」

「へえ、そうなんですか。明日、オープンなんですね」

「ずっと前から決めてたんだ。今日は関東大震災から百年目。その日は亡くなった人たちのことを静かに思う。そうして翌日から、ここで店を始めるってね」

若者は怪訝な顔だ。

「なんかの、験担ぎですかね」

「まあ、そんなとこだね」

「繁盛したらいいですね」

「ありがとう。そうだ、明日、何時でもいいから、この店に来てくれないか」

「え？　もちろん、いいですけど。何時でもいいんですか？」

「ああ。君に、ジーンズを一本、プレゼントしたいんだ」

「僕に？　いや、それは……申し訳ないです。買いますよ」

「いや、もらってくれ」

「もしかして、それも、何かの、験担ぎですか」

「百年前に、うちの親戚が、ここである人に、えらい世話になったそうだ。恩返しをしたくても、どこの誰かがわからない」

「はあ」

「それでさっきね、浅草の観音堂で、みくじを引いたんだ。この店の運勢を占ってもらおうと思ってね。そうしたらね。こんなのが出た」

静はみくじを若者に差し出した。

「一番最後の行だ。読んでごらん」

『走人、出《い》づべし』……なんて意味ですか」

「見つからなかった人が、見つかるって意味だよ」

「見つかったんですか」

「ああ、そんな気がする」

静は空を見上げた。

吸い込まれそうな青空に、凌雲閣が見えた。

その展望台から、二人の男が、大きく手を振っていた。


（了）

この物語は、日本におけるジーンズの歴史から着想を得たフィクションです。

執筆にあたり、多くの方々のご協力を得ました。特に株式会社ボブソンホールディングスの尾崎博志氏、株式会社ベティスミスの大島康弘氏、株式会社インターグローの真鍋寿男氏、日本被服株式会社の福井英助氏、荒木悟氏、エフエム香川の鶴川信一郎氏には多大なるご協力をいただきました。

取材中何度も訪れた際にお世話になった岡山県の皆様、そしてご協力いただいたすべての方々に、心より御礼申し上げます。

日本のジーンズを愛する全ての人々に、この物語が届きますように。

（断り書き）

本書には、今日では不適切と思われる差別的な語句や表現が使われています。これは、当時の歴史的な背景の下で使われていたということ、作者に差別助長の意図がないことに鑑み、このまま掲載いたしました。皆様のご理解をお願い申し上げます。

主要参考文献

＊『岡山県史　現代1』岡山県史編纂委員会編
＊『児島機業と児島商人』角田直一　児島青年会議所
＊『繊維王国おかやま今昔』猪木正実　岡山文庫
＊『おかやまのせんい　vol.3　特集　岡山県学生服製造１００年』岡山県産業労働部産業振興課
＊『おかやまのせんい　vol.4　特集　岡山県のユニフォームとデニムジーンズの歩み』岡山県産業労働部産業振興課
＊『ザ・デニム』ワールドフォトプレス
＊『日本ジーンズ物語』杉山慎策　吉備人出版
＊『ヒストリー　日本のジーンズ』日本繊維新聞社
＊『ジーンズハンドブック』繊維流通研究会
＊『ジーンズスタイルブック』笠倉出版社
＊『セーラー服の誕生　女子校制服の近代史』刑部芳則　法政大学出版局
＊『中原淳一の「女学生服装帖」』中原淳一　実業之日本社
＊『『少女の友』創刊１００周年記念号』実業之日本社
＊『浅草公園　凌雲閣十二階　失われた〈高さ〉の歴史社会学』佐藤健二　弘文堂
＊『関東大震災』吉村昭　文春文庫
＊『九月、東京の路上で』加藤直輝　ころから
＊『関東大震災と日米外交』波多野勝・飯森明子　草思社
＊『夢二と花菱・耕花の関東大震災ルポ』竹久夢二・川村花菱・山村耕花　クレス出版
＊『竹久夢二　愛と哀しみの詩人画家』日下四郎・岡部昌幸　学習研究社
＊『夢二外遊記』竹久夢二　長田幹雄編　教育評論社
＊『アサヒグラフ』大正十三年十月二十二日号　朝日新聞社
＊『大東亜戦争　ビルマ戦線従軍記』尾崎宗次郎　丸善
＊『幾静想』尾崎利春　ハル・プロデュースセンター
＊『戦争とトラウマ』中村江里　吉川弘文館
＊『英雄なき島』久山忍　光人社ＮＦ文庫
＊『高校生運動の歴史』高橋雄造　明石書店
＊『ヒロシマのグウエーラ』林立雄　溪水社
＊『出発のためのメモランダム』江田五月　毎日新聞社
＊『日本のヒッピームーヴメント』スペクテーター　vol.45
＊『進化　萩原工業50年の歩み』萩原工業株式会社
＊『声の記録』島田誠　ギャラリー島田
＊『「色のふしぎ」と不思議な社会　２０２０年代の「色覚」原論』川端裕人　筑摩書房

増山　実（ますやま・みのる）

一九五八年大阪府生まれ。放送作家を経て、松本清張賞最終候補作を改題した『勇者たちへの伝言』で二〇一三年にデビュー。同作で第四回大阪ほんま本大賞を受賞。二〇二二年には、『ジュリーの世界』で第一〇回京都本大賞を受賞。他の著書に『空の走者たち』『風よ　僕らに海の歌を』『波の上のキネマ』『甘夏とオリオン』がある。

編集　矢澤　寛、石川和男

百年の藍

二〇二三年七月三日　初版第一刷発行

著　者　増山　実
発行者　石川和男
発行所　株式会社小学館
〒一〇一－八〇〇一　東京都千代田区一ツ橋二－三－一
編集　〇三－三二三〇－五八〇六　販売　〇三－五二八一－三五五五
ＤＴＰ　株式会社昭和ブライト
印刷所　萩原印刷株式会社
製本所　株式会社若林製本工場

ISBN 978-4-09-386687-3
JASRAC出2303685-301